SIMONETTA AGNELLO HORNBY

Der Jasmingarten

Buch

Sizilien Anfang des 20. Jahrhunderts: Die bildschöne Maria wächst in behüteten Verhältnissen auf, erzogen von fortschrittlich denkenden Eltern. Diese sind überrascht, als das Mädchen in eine Ehe mit dem reichen, älteren Bergwerksbesitzer Pietro Sala einwilligt. Doch die lebenslustige Maria hofft, an Pietros Seite mehr von der Welt zu sehen – ein Traum, dem sie sogar ihre große Liebe zu Giosuè, einem Freund aus Kindertagen, opfert. Maria versucht, Pietro eine gute Ehefrau zu sein, doch als dieser zunehmend der Spielsucht verfällt, sucht sie wieder die Nähe zu Giosuè. Es beginnt eine heimliche, gefährliche Liebe vor dem Hintergrund einer bewegten Zeit.

Autorin

Simonetta Agnello Hornby wurde 1945 in Palermo geboren und lebt seit über dreißig Jahren als Anwältin in London. Sie ist eine der erfolgreichsten Autorinnen Italiens. Ihr erster Roman, »Die Mandelpflückerin«, erschien 2003 auf Deutsch. Mit »Der Jasmingarten« ist ihr wieder ein ganz großer Bestseller gelungen.

Simonetta Agnello Hornby

Der Jasmingarten

ROMAN

Aus dem Italienischen
von Verena von Koskull

GOLDMANN

Die Originalausgabe erschien 2016 unter dem Titel »Caffè amaro«
bei Feltrinelli, Mailand.

Sollte diese Publikation Links auf Webseiten Dritter enthalten,
so übernehmen wir für deren Inhalte keine Haftung,
da wir uns diese nicht zu eigen machen, sondern lediglich auf
deren Stand zum Zeitpunkt der Erstveröffentlichung verweisen.

Dieses Buch ist auch als E-Book erhältlich.

Verlagsgruppe Random House FSC® N001967

2. Auflage
Taschenbuchausgabe Februar 2019
Deutsche Erstveröffentlichung August 2017
Copyright © der Originalausgabe 2016 by Giangiacomo Feltrinelli Editore
Copyright © der deutschsprachigen Ausgabe 2016
by Wilhelm Goldmann Verlag, München,
in der Verlagsgruppe Random House GmbH,
Neumarkter Str. 28, 81673 München
Umschlaggestaltung: UNO Werbeagentur München
Umschlagfoto: © MICHAEL NELSON/arcangel images
mary gaudin/getty images
FinePic®, München
Redaktion: Viktoria von Schirach
Satz: Uhl + Massopust, Aalen
Druck und Bindung: GGP Media GmbH, Pößneck
Printed in Germany
ISBN: 978-3-442-48813-1
www.goldmann-verlag.de

Besuchen Sie den Goldmann Verlag im Netz

I
Eine altmodische Verlobung

Groß und funkelnd wie der Karren der heiligen Rosalia dröhnte der Isotta Fraschini die Via Grande empor, die sich durch das Dorf Camagni schlängelte. Unter dem Stoffverdeck am Lenkrad saß Pietro Sala – schwarze Ledermütze, blaue, wattierte Jacke, Fliegerbrille, Schal –; neben ihm Leonardo, ebenfalls mit Mütze, Brille und zweireihigem, grauem Staubmantel. In jeder Kurve schrammte der Wagen haarscharf an den Hauswänden entlang. Zahlreiche Augenpaare spähten ängstlich durch die Fensterläden.

Die Via Grande war wie leergefegt. Mit Vorräten und Waren beladene Lasttiere waren hastig an die Eisenringe längs der Treppen gebunden worden, die in die Straße mündeten. Wie aufgeschreckte Ameisen hatten sich die Menschen mitsamt ihren Schubkarren, Fuhrwerken und Kutschen in Sicherheit gebracht. Fremde drängten sich in den Eingängen der Palazzi und auf den Türschwellen der Läden zusammen, die Fuhrleute hatten ihre Karren dicht an die Mauern gelenkt und den Maultieren eine Decke über den Kopf geworfen. Hier und da ertönte ein Eselsschrei oder ein entgeisterter Ausruf. Die Hunde waren in Lauerstellung. Die Eingangstreppen und Kirchenstufen hatten sich in Tribünen und Zufluchtsstätten verwandelt.

Als das von unbelebter Energie getriebene Gefährt vorbeizog, brachen die Schüler des Convitto Nazionale, die sich auf den Schulbalkonen drängten, in begeisterten Applaus aus. Das genügte, um die Normalität wiederherzustellen. Die Hunde kläfften, die Menschen strömten neugierig auf die Straße. Trotz des Auspuffqualms, der in Augen und Nase brannte, rannten die Kinder dem Wagen nach. Wer sind diese Leute? Was machen sie hier? Wo fahren sie hin? Was ist das für ein Auto? In der letzten Kurve verlangsamte der Isotta Fraschini, nahm dann Anlauf und landete schließlich auf dem kleinen Platz vor dem barocken Palazzo Tummia.

Vor der eigens von Blumentöpfen frei geräumten, blitzblank geputzten Pförtnerloge – der Fußboden glänzte, es roch nach Seifenlauge – stand Don Totò bereit, um den Schwager des Hausherrn, Barone Peppino Tummia, in Empfang zu nehmen. Ein letztes Aufbrüllen des Motors, ein Schwenk des Steuerrades, und der Isotta Fraschini passierte das Tor. Pietro sprang aus dem Wagen. Nachdem er Don Totò und die Stallburschen flüchtig begrüßt hatte, stürmte er die Treppe zum Piano nobile hinauf und ließ den verschwitzten Leonardo zurück, der der kleinen, stetig anwachsenden Menschentraube, die sich um ihn und das Auto scharte, eine ausführliche Schilderung der höchst abenteuerlichen Reise aus Fara lieferte. »Und, gefällt dir das Auto?«, fragte Don Totò. Leonardo warf ihm einen langen Blick zu und knöpfte sich den Überrock auf, der ihm bis auf die Schuhe reichte und unter dem eine Kutscherlivree zum Vorschein kam. »Nein. Ich bin der Kutscher der Familie Sala, wie schon mein Vater Don Ciccio, und genau das bleibe ich!«

Das Schlafzimmer der Barone Tummia war zweigeteilt: Auf der einen Seite befand sich das eigentliche Schlafzimmer, in das Caterina, das Hausmädchen der Baronin, Pietro eingelassen hatte, und auf der anderen, versteckt hinter einem Vorhang, ein Salon, der am Ende der Repräsentationsräume lag. Vollständig angekleidet lehnte Giuseppina Tummia in den Kissen und häkelte. Als ihr die Ankunft ihres Bruders angekündigt wurde, setzte sie sich auf, legte die Handarbeit beiseite und breitete sich das Schultertuch sittsam über die nackten Füße.

»Pietru, was für eine Freude, dich zu sehen... Du warst seit Ewigkeiten nicht mehr hier.«

Pietro ließ sich unbefangen auf der Bettkante nieder und plauderte sogleich drauflos, damit seine ältere Schwester keine Fragen stellen oder ihm Vorwürfe machen konnte. Vergeblich.

»Ich begreife nicht, wie unser Vater dir erlauben konnte, mit dem Automobil zu kommen. Auf diesen Straßen! Das ist lebensgefährlich, für dich und für die Hunde. Die kommen vor Schreck noch unter die Räder, und dann gerät der Wagen ins Schleudern, und du bezahlst mit deinem Leben!«

»Der Fortschritt hat eben seinen Preis. Ein Reiter riskiert dafür, vom Pferd zu fallen oder Schlimmeres. Und vergiss nicht, dass ich ein Glückspilz bin... das wird bei den Autos nicht anders sein. Bei der ›Targa Florio‹ letztes Jahr hat der Isotta Fraschini glänzend abgeschnitten, er ist absolut zuverlässig. Ich werde schon nicht umkommen, das verspreche ich dir!« Pietro ergriff die Hand der Schwester und küsste sie. »Dein Mann hat mir erzählt, Fuma Vecchia stehe zum Verkauf und euer Schwager Ignazio Marra sei damit betraut. Ich sehe ihn heute Vormittag. Ich würde gern ein Jagdrevier daraus machen und den Turm zu einer Sommerfrische umbauen. Dann wären wir Nachbarn und würden uns häufiger sehen.«

»Sobald deine erste Begeisterung verflogen ist, wirst du es genauso fallen lassen wie das Haus in Palermo, das Ducrot für dich eingerichtet hat. Wie lang hat es dich dort gehalten? Zwei oder drei Monate? Dir gefällt es nur in Monte-Carlo!« Giuseppina blickte auf ihre Häkelarbeit und schüttelte den Kopf. »Noch so eine Flause!« Und dann: »Wie geht es Mamà?«

»Wie immer: Sie sitzt glücklich zwischen ihren jungen Nonnen und häkelt Stolas, genau wie du«, sagte er mit einem schwer zu deutenden, leicht gereizten Gesichtsausdruck. Dann verabschiedete er sich von seiner Schwester und versprach, bis Mittag zurück zu sein.

Mit lästiger Beharrlichkeit stemmte der Wind sich in den engen Straßen gegen die Passanten, die so taten, als kümmerte sie der Fremde nicht, der erhobenen Hauptes und forschen Schrittes an ihnen vorüberlief.

»Amerikaner?«, fragte die Zuckerbäckerin.

»Nicht doch! Der muss Italiener sein«, antwortete ihre Enkelin.

»Was will er hier?«

»Keine Ahnung«, entgegnete die Enkelin zerstreut.

»Besser Amerikaner als Italiener. Die bringen wenigstens Geld, statt uns mit ihren Steuern auszuplündern!«

»Viel besser!«, rief eine Kundin, die gerade eine Tüte Kringel gekauft hatte. »Die Italiener rauben uns die Söhne! Denkt nur an all die schmucken Kerle, die der Militärdienst und der Krieg in Afrika uns genommen haben!«

Die Hausmeisterloge schien verwaist. RECHTSANWALT IGNAZIO MARRA stand auf einem Schild an der Eingangstür. Niemand war da, um Pietro zu empfangen, doch dann tauchte eine Hand aus dem Dunkel auf, bedeutete ihm mit kreisendem Zeigefinger, die Treppe in den zweiten Stock hinaufzusteigen, und dann mit gerecktem Daumen, auf die Klingel zu drücken.

Süßer Jasminduft lag in der Luft. Pietro sog ihn tief ein, jeder Atemzug erfüllte seine feine Nase mit Wohlgefühl. Auf den Stufen waren tappende Schritte zu hören, dann war es wieder still. Vor dem weit geöffneten Fenster auf dem Treppenabsatz hing eine üppige Kaskade rosig-weiß blühender Zweige. Ein dunkelhaariger Junge drückte sich in die Ecke neben dem Fensterrahmen und spähte gebannt in den Hof hinunter. Als er Pietro bemerkte, fuhr er zusammen, lupfte die Mütze und setzte seinen Abstieg fort.

Ignazio Marras Büro war nüchtern eingerichtet: mit Büchern und Aktenordnern gefüllte Vitrinen, ein Schreibtisch und Stühle aus dunklem Holz. Zwei Drucke an der Wand verrieten seine politische Zugehörigkeit: ein betagter Francesco Crispi mit Walrossbart und ein junger, versonnener Giuseppe Mazzini. Die geschäftliche Unterredung dauerte nur kurz – Pietro akzeptierte die vom Verkäufer geforderte Summe und verlangte nur den Turm vor der Unterschrift noch besichtigen –, und die beiden wollten gerade auseinandergehen, als Kindergeschrei zum Fenster emporschallte. Neugierig beugte sich Pietro hinaus. »Alle Achtung! Ich hatte den üblichen Innenhof erwartet, doch das ist ja ein grünes Paradies. Ist das Ihr Werk?« Pietro hatte dem Schwager seiner Schwester gegenüber einen familiären Ton angeschlagen.

Da Ignazio kein Haus auf dem Land besaß, hatte er den Hof in ein idyllisches Refugium verwandelt, wo man der sommerlichen Hitze entgehen, Besuch empfangen und die Kinder spielen konnten.

»Die Pflanzen haben sich den Hof geradezu einverleibt«, sagte er stolz. »Ringsherum habe ich eine Art Korridor frei gelassen, auf den die Wirtschaftsräume und das Speisezimmer hinausgehen, und entlang der Mauern zwölf Sträucher Kletterjasmin gepflanzt. Inzwischen ist er bis zu den Fenstern emporgewachsen. Der Duft gibt mir das Gefühl, auf dem Land zu sein, und außerdem hält er die Mücken fern.«

In der Mitte des Hofes erhob sich eine mit blühenden Rosen überwachsene Gartenlaube, von der vier buchsbaumgesäumte Pfade abgingen.

»Der einzige Luxus, den ich mir gegönnt habe, ist die moderne Glastür zum Speisezimmer.« Er deutete in Richtung der mit Terrakottafliesen gepflasterten runden Terrasse davor, die mit gusseisernen Tischen, Stühlen und Bänken, Kübelbäumchen sowie zwei nackten Frauenstatuen bestückt war. Direkt unter dem Bürofenster lag ein kleiner Duftgarten mit Lavendel, Rosmarin, Salbei, Oregano, Zitronengras und Lorbeerbäumen, in der Mitte eine Glyzinienlaube, in deren Schatten zwei Frauen saßen und ein Tischtuch bestickten. Der Gemüsegarten lag vor der Küche: Töpfe mit Petersilie, Minze und Basilikum, ein schmales, rechteckiges Beet mit blühenden Auberginenpflanzen und dichten Bananenstauden. Von hier oben hatte Ignazio den gesamten Garten im Blick. Unter den großen Bananenblättern stand eine greise Frau – vermutlich eine alte Magd – in einem dunkelblauen Kleid mit spitzengesäumter Haube und hellblauer Schürze und hängte nasse Taschentücher in die Lorbeerzweige, ohne sie festzuklammern. Ignazio deutete auf zwei konzentrische Kreise: ein Rondell aus Zitrusbäumen, zwischen deren glänzendem Laub sich wie Girlanden die Wäscheleinen spannten, eingefasst von einem zweiten Kreis aus Weinreben. »Damit man die aufgehängte Wäsche nicht sieht«, erklärte er. Dann entschuldigte er sich kurz und wandte sich dem Pförtner zu, der gekommen war, um ihm ein Schreiben zu überbringen.

Pietro blickte wieder hinaus. Zwei Jungen rannten hinter

einem höchstens acht Jahre alten Buben her, der mit einer Zwille in der Hand über Hecken und Beete durch den Garten stob, hinter die Büsche sprang und rief: »Die kriegt ihr nicht! Das ist meine! Meine!« Die beiden Stickerinnen in der Laube, von denen die eine grau, die andere weiß gekleidet war, folgten den Kindern mit ihren Blicken. Die Weißgekleidete, deren Haar zu einem glänzenden Zopf geflochten war, erhob sich und lief den beiden kleinen Jungen nach. Sie war selbst blutjung. Sie überholte die beiden und bekam den kleinen Ausreißer zu fassen, der keinen Widerstand leistete. Die zwei Verfolger waren ohne einen Mucks stehen geblieben. Der Hautfarbe und den Gesichtszügen nach mussten sie Brüder sein. Auf einen Wink des Mädchens traten die drei gefügig näher, blinzelten zu ihr empor und ließen den mit ruhiger, klarer Stimme vorgetragenen Tadel in verzückter Andacht über sich ergehen. Ungeniert nahm Pietro das Mädchen in Augenschein: dichtes, kastanienbraunes Haar, ovales Gesicht, olivfarbener Teint, kräftige Brauen, dunkle Augen, gerade Nase und volle Lippen. Und als hätte sie ihn ebenfalls verhext, konnte er die Augen nicht mehr von ihr lassen: wie sie so dastand, aufrecht und leicht außer Atem, in ihrem hochgeschlossenen weißen Musselinkleid mit dem engen Mieder und dem geraden, mit einer Schoßfalte versehenen Rock, stellte sie nichts ahnend ihren Körper zur Schau – Busen, Hintern, Schenkel –, als wäre sie nackt, und je länger Pietro sie ansah, desto beredter und schöner erschienen ihm ihre ebenmäßigen Züge mit den großen, strahlenden, mandelförmigen Augen. Das Mädchen schwieg. Alles stand still. Dann hob sie die Hand und fuhr den dreien zärtlich über die Locken. Nacheinander drückten die Jungen ihr einen Kuss auf die Wange und trotteten, der Kleine in der Mitte, kleinlaut ins Haus. Die Zwille in der Hand blickte sie den Kindern liebevoll nach. Abermals betrachtete Pietro die perfekt geformte sich hebende und senkende Brust, die schmale Taille, den anmutig geschwungenen Rücken. Schleppenden Schrittes schlurfte die Alte auf das Mädchen zu. »So ist es recht, gut gemacht!«, lobte sie mit der überlauten Stimme der Schwerhörigen.

»Danke, Maricchia«, entgegnete das Mädchen und streichelte ihr über den Arm.

Dann kehrte sie zu ihrer Stickerei zurück, stimmte leise und gefühlvoll ein neapolitanisches Liebeslied an und wiegte den Kopf dazu im Takt. Pietro lauschte. Ignazio, der sich zu ihm gesellt hatte, hörte ebenfalls zu.

»Wer ist sie?«

»Meine Tochter.«

»Sie ist wunderschön...«, murmelte Pietro, ohne den Blick von ihr abzuwenden.

Während ihre Finger über das Leinen huschten, sangen, tuschelten und lachten die Mädchen. Die Graugekleidete hatte ein unscheinbares Gesicht und schien die Ältere zu sein. Emsig stichelte sie vor sich hin. Auch die andere ließ die Nadel kaum sinken, gönnte sich jedoch hin und wieder eine kleine Pause. Mal beobachtete sie einen Spatz, der herabschoss, um einen Wassertropfen vom Brunnen zu erhaschen, mal sah sie den vorbeiziehenden Wolken nach, immer wieder wandte sie den Kopf, um zu sehen, wer den Hof betrat, und beschenkte jeden Neuankömmling mit einem strahlenden Lächeln und einem Winken. Dann wandte sie sich wieder ihrer Stickarbeit zu, strich mit der Hand darüber, nahm die Nadel auf und fiel erst mit der neuen Strophe in den Gesang der anderen ein.

Ab und zu hielten die beiden inne, um sich mit neuem Garn zu versorgen. Mit der kleinen Schere, die an einem Band vor ihrer Brust hing, schnitt das Mädchen ein Stück

Faden ab, nahm die Nadel zwischen die Finger und machte sich ans Einfädeln: Ihre Zungenspitze blitzte zwischen den vollen Lippen hervor und benetzte das Fadenende. Wenn der Faden dennoch nicht durch das Nadelöhr passen wollte, ging sie abermals sorgfältig mit der Zunge darüber, spitzte ihn an, hob die Nadel und nahm mit halb geöffneten Lippen und gerecktem Kinn das Öhr ins Visier, derweil die schlanken Finger ihrer Linken den Faden von oben nach unten glatt strichen und drehten, bis der kapriziöse Hauptdarsteller ihrer Stickerei sich endlich fügte. Es waren rhythmische, zeremonielle Gesten wie die einer Priesterin. Berückend. Sinnlich. Heftiges Verlangen überkam Pietro. Er versuchte den Blick abzuwenden – vergeblich.

Ein Windstoß erfasste die nachlässig in den Lorbeerbaum gehängten Taschentücher. Sie wehten empor und verfingen sich in den obersten Zweigen. Die Alte kreischte auf. Sogleich kamen andere Frauen aus der Küche gelaufen, doch das Mädchen war schneller. Ohne zu merken, dass es beobachtet wurde, kletterte es in den Baum und pflückte die Tücher herunter. Pietro betrachtete ihre anmutigen Gesten, den wohlgeformten Körper, das erhitzte Gesicht, die lockigen Strähnen, die sich aus dem Zopf gelöst hatten und ihr in die Stirn fielen, den prallen Busen. Seine Erregung wuchs. Als es alle Taschentücher beisammenhatte, reichte das Mädchen sie der Alten, kehrte zur Freundin zurück und nahm die Handarbeit wieder auf. Die beiden sangen *A cura 'e mamma*. Als hätte es den Blick des Fremden bemerkt, rückte das Mädchen seinen Stuhl unter die Laube. Pietro beugte sich vor, um sie wieder in den Blick zu bekommen. Leise vor sich hin singend spähte sie verstohlen in Pietros Richtung und lächelte. Pietro wünschte, dieses Lächeln gälte ihm, ihm allein. Er begehrte sie. Wollte sie berühren. Besitzen. Er verschlang sie mit den Augen und spürte ohne jede Scham, wie sein Glied anschwoll.

»Wie heißt sie?«

»Maria.«

Es folgte eine lange Stille. »Maria... Maria...«, murmelte Pietro. Er sah Ignazio an, atmete tief durch und richtete sich auf. »Würden Sie sie mir geben?«

2

Ein Tag, der alle ratlos macht

Die Mittagsstunde war längst vorüber. Leise verkochte der Nudelauflauf im Ofen. Die Familie Tummia hatte sich im Salon versammelt und wartete verärgert auf Pietro. »Lasst uns zu Tisch gehen! Ich sterbe vor Hunger!«, jammerte die siebzehnjährige Carolina, doch niemand schenkte ihr Gehör. Giuseppina schalt ihren Mann dafür, dass er ihren Bruder in der verrückten Idee, Fuma Vecchia zu kaufen, bestärkt hatte. »Wie konntest du ihn nur mit deinem Schwager zusammenbringen? Wo doch alle Welt weiß, dass Ignazio Marra ein Sozialist ist, dem das Geld durch die Finger rinnt. Er hat das Leben deiner Schwester und seiner Kinder zerstört... dem würde ich keine Lira anvertrauen!«

»Lasst uns doch endlich essen! Die Pasta wird sonst ungenießbar!«, klagte Carolina.

Die Vorstellung von zerkochter Pasta brachte die Eltern dazu, ihre Diskussion zu beenden. Gerade wollten sie Leonardo zu den Marras hinüberschicken, als Pietro durch die Tür trat und um Verzeihung bat. »Aber ich habe einen sehr guten Grund für meine Verspätung: das Herz!« Er verkündete, er habe sich in Ignazio Marras Tochter Maria verliebt und beabsichtige, die Verlobung so bald wie möglich bekannt zu geben. »Danke, Peppino, dass du mir dazu geraten hast, Fuma Vecchia zu kaufen. Wir werden dort unsere Sommer verbringen, ganz in eurer Nähe!« Abwartend hielt Pietro inne, um die Glückwünsche für die zweite Vermählung zwischen den Familien Sala und Tummia entgegenzunehmen. Niemand sprach ein Wort.

»Was sagt Maria denn dazu, Onkel?«, traute sich Carolina schließlich zu fragen.

»Ich habe sie nur von Weitem gesehen. Sie wird sich freuen, sobald wir uns kennengelernt haben«, antwortete Pietro gelassen und sah seine Schwester an. Der Blickwechsel währte nur kurz, denn Giuseppina erlitt einen Schwächeanfall: Sie sackte aufs Sofa, ließ den Kopf gegen die Lehne sinken und fiel geflissentlich in Ohnmacht. Ungerührt zogen sich die beiden Männer Richtung Balkon zurück und sahen zu, wie Carolina ihrer Mutter routiniert Beistand leistete: Sie hielt ihr das Riechsalz unter die Nase und kniff sie in die Finger; währenddessen spitzte sie die Ohren, um sich die Unterredung zwischen Vater und Onkel nicht entgehen zu lassen. Pietro wollte unverzüglich mit Leonardo nach Fara aufbrechen, den Vater über seine Absichten in Kenntnis setzen und noch am selben Abend zurückkehren. »Ich werde selbst fahren!«

»Neiin!«, stöhnte Giuseppina, die just wieder zu sich gekommen war. »Nein … nein … tu das nicht! Fahr nicht, Pietruzzo …« Eine weitere Ohnmacht warf sie aufs Sofa zurück.

Die Männer blieben an der Balkontür stehen und musterten sie mit leichtem Ennui. »Was rätst du mir?«, fragte Pietro seinen Schwager.

»Du solltest wissen, dass die Familie Marra knapp bei Kasse ist. Er ist ein fähiger Anwalt, aber seine politischen Ansichten schmecken den Grundbesitzern nicht, sie haben nicht vergessen, wie leichtsinnig er sich in der Zeit der sizilianischen Arbeiterbünde für den Pöbel starkgemacht hat. Er hat nur wenige gut zahlende Mandanten. Neben den Kindern hat er noch zwei Aufständische unter seinem Dach, die Schwester und die Tochter eines Freundes aus dem Piemont, der entweder verschollen oder gestorben ist, und einen achtzehnjährigen Jungen, den Sohn des toskanischen Schuldirektors, der 93 während der Landarbeiteraufstände umgekommen ist. Und möglicherweise füttert er auch noch in Palermo das eine oder andere Fräulein durch... wovon meine Schwester nichts wissen darf, verstanden? Geld für die Mitgift hat er sicherlich keines, das braucht er für das Studium seiner Söhne. Ich erzähle dir das alles, weil dein Vater zu meiner Zeit lange um die Mitgift deiner Schwester gefeilscht hat.«

»Bei Maria wird das keine Rolle spielen«, entgegnete Pietro großspurig. »Außerdem bezog sich meine Frage auf die Ohnmachtsanfälle deiner Frau.«

»Ach so. Versprich ihr aber, dass Leonardo fährt. Und dann mach einfach, was du willst.« Unter dem Vorwand, selbst mit Leonardo sprechen zu wollen, verließ Peppino gekränkt das Zimmer.

Pietro gesellte sich zu den Frauen.

»Aber Onkel, wenn Maria nichts von deinen Absichten weiß und dich gar nicht kennt... dann seid ihr also noch gar nicht verlobt?«, fragte Carolina.

Pietro kam nicht dazu, ihr zu antworten.

»Du!«, zischte es matt vom Sofa. »Du!« Mit dem ausgestreckten rechten Arm deutete Giuseppina anklagend auf ihren Bruder. »Du, der du dich der Freundschaft mit Prinzen und Großherzögen rühmst! Du, der du dein Leben in den elegantesten Hotels der Welt verbringst! Du, der du dich so gern als mondäner Gastgeber gerierst! Du, der du den großen Kunstsammler gibst!« Ihre Stimme wurde mit jedem Satz lauter und giftiger. »Du, der du dich für einen

Connaisseur hältst!« Dann überschlug sich die Stimme: »*Du willst jetzt eine Landpomeranze zur Frau nehmen, die keine blasse Ahnung von der Welt hat, die noch nicht einmal Palermo kennt?! Die Tochter eines bettelarmen Sozialisten?! Dass ich nicht lache! Und unser Vater wird ebenfalls herzlich darüber lachen!*« Mit diesen Worten sank Giuseppina in die Kissen zurück und rollte wild mit den Augen. Pietro erwiderte nichts. Gequält richtete sich Giuseppina auf und fuhr mit mühsam beherrschter Stimme fort: »Wenn du unbedingt eine Frau aus Camagni willst, dann nimm meine Tochter, die ist wenigstens von Stande!« Ohne ihren Bruder zu Wort kommen zu lassen, wandte sie sich an Carolina. »Würdest du deinen Onkel heiraten?«

Carolina, die alles stumm mit angehört hatte, sah ihren Moment gekommen: Breitbeinig kippte sie in den väterlichen Sessel und wurde ohnmächtig.

3
Ein Blitz aus heiterem Himmel

Titina war gerade im Esszimmer und erklärte dem neuen Dienstmädchen Maddalena – ein dralles Ding mit rabenschwarzem Haar, nicht älter als ihre Tochter –, wie der Tisch zu decken sei: »Die Brotkörbe stehen links und rechts von der Tischdekoration, die Suppenschüssel platzierst du vor meinem Mann«, als plötzlich Ignazio mit grimmigem Gesicht zur Fenstertür hereinstürmte und Maddalena mit einem barschen »Raus mit dir« entließ.

»Was ist denn los, Ignazio?« Titina war über das unziemliche Benehmen ihres Gatten nicht erfreut.

»Pietro Sala hat um Marias Hand angehalten.«

»Um Gottes willen! Wie kommt er denn darauf? Doch bestimmt nicht wegen der Mitgift!«

»Er hat mir zu verstehen gegeben, dass er im Bilde sei. Er weiß sehr gut, dass sie keine angemessene Mitgift haben wird, doch das ist ihm egal. Er hat sich verliebt, verstehst du?! Er war hier, in meinem Büro, vor einer Viertelstunde! Er beabsichtigt, Fuma Vecchia zu kaufen, und wollte gerade gehen, als er zufällig noch einen Blick in den Hof warf. Dort saßen Maria und Egle und stickten, und da hat ihn der Blitz getroffen!« Ignazio packte einen der Brotkörbe und schleuderte ihn auf den Tisch. »Ein Blitz. So wahr ich hier stehe.« Er blickte seine Frau eindringlich an. »Verstehst du, Titina? Er hat sie gesehen und wollte sie haben!«

»Keine Sorge, das geht vorüber«, konstatierte Titina resolut. »Ein Strohfeuer.« Dennoch konnte sie ihre Unruhe nicht verbergen. Sie griff nach den Salzstreuern und stellte sie wieder hin, überprüfte die Wasserkrüge, strich die Servietten glatt, faltete sie zusammen, glättete sie erneut und redete dabei unermüdlich vor sich hin. »Wir wissen doch von Giuseppina, was für ein Schürzenjäger er ist. Ein Nichtsnutz. Ein Leichtfuß. Der hat seinem armen Vater das Leben weiß Gott schwer gemacht!« Sie nahm die Fingerschalen vom Tisch, stapelte sie auf der Anrichte und stellte sie wieder zurück. »Er hat eine Schwäche für Damen von Welt. Meine Maria ist so unschuldig!« Sie drapierte die Likörgläser um die kristallene Rosolio-Flasche. »Er ist zu alt für sie. Und gut aussehen tut er auch nicht: klein, mit Brille... Er sieht aus wie ein Jude! Er ist älter als ich, er muss fast vierzig sein!«

»Aber ich sage doch, er hat sich verliebt, Titina. Verliebt! Verstehst du?«, beharrte ihr Ehemann. »Er will einen Hausstand gründen. Weshalb sollte er sich sonst ein Ferienhaus gleich neben dem seiner Schwester kaufen?«

»Und was hast du ihm geantwortet?« Endlich nahm Titina ihn ernst.

»Dass sie sich erst kennenlernen müssen. Maria entscheidet, sie allein. Ehrlich gesagt, wenn er ihr gefällt, ist Pietro Sala eine großartige Partie. Morgen sind wir alle in Fuma Nuova, und die beiden werden sich begegnen. Wenn's passt, dann passt's.«

»Aber Maria ist doch noch ein Kind!«

»In ihrem Alter warst du bereits Ehefrau und Mutter.«

»Mag sein, aber die Zeiten haben sich geändert.« Titina sprach jetzt leise und überdeutlich: »Du hast mir beigebracht, dass die Frau dem Mann ebenbürtig ist. Dass wir Frauen früher oder später das Wahlrecht bekommen werden. Du sagtest, Präsident Zanardelli habe das bereits erwogen. Und dass irgendwann vielleicht sogar die Scheidung möglich sein wird... Heutzutage heiraten die Frauen nicht mehr, sobald sie erwachsen sind. Sie studieren, arbeiten, unterrichten... Es gibt Lehrerinnen, die weit weg von zu Hause arbeiten und respektiert werden. Die Frauen von heute sind modern, und unsere Tochter ist die modernste von allen! Pianistin wollte sie werden, bis sie einsehen musste, dass wir es uns bei vier auszubildenden Söhnen nicht leisten können, sie aufs Konservatorium zu schicken!«

»Meine liebe Titina, sag bloß nicht, du hast es bereut, mich geheiratet zu haben...« Ignazio umfasste ihre Taille.

»Das habe ich ebenso wenig bereut wie das, was du mir beigebracht hast... Aber das waren andere Zeiten! Und außerdem... hast du mir gefallen, und ich habe mich in dich verliebt.« Titina streichelte ihm zärtlich über die Wange.

Nach dem Essen bat Ignazio seine Tochter, mit ihm im Esszimmer zu bleiben. So pflegte er es immer zu tun, wenn er mit seinen Kindern im Guten wie im Schlechten unter vier Augen reden wollte. Mit Maria, seiner Ältesten und dem einzigen Mädchen, waren diese Gespräche von besonderer, geradezu rührender Vertraulichkeit: Der Vater versuchte seine heiß geliebte Tochter politisch zu erziehen, und obgleich die Ausbildung seiner Söhne hätte Vorrang haben sollen, bestärkte er sie darin, jedem anderen Menschen ebenbürtig zu sein und sich in einer Welt, in der das Frauenwahlrecht noch undenkbar war, Respekt zu verschaffen. Widerstrebend trat Maria zu ihrem Vater an die Fenstertür, die auf den Garten hinausging. Viel lieber wäre sie Klavierspielen gegangen. Im Hause Marra gab es nur ein Piano, an dem man sich abwechseln musste. Seit Maria vierzehn geworden war und nicht mehr zur Schule ging, war das Instrument zu ihrem Refugium geworden: Kaum war es frei und sie hatte keine Hausarbeiten mehr zu erledigen – was selten vorkam –, flüchtete sie sich dorthin. Nach dem Mittagessen war es für sie reserviert, und sie verzichtete freiwillig auf die Mittagsruhe, um zu spielen. Das waren die schönsten Stunden des Tages für sie.

Wie die Mutter ihr aufgetragen hatte, beaufsichtigte Maria die ungeübte Maddalena beim Abräumen. Mit Gesten und vielsagenden Blicken half sie dem von der Anwesenheit des Hausherrn eingeschüchterten Mädchen, die benutzten Teller richtig zu stapeln, die Gläser und das saubere Besteck einzusammeln und die Servietten in ihre Ringe zurückzustecken, und raunte ihr hier und da ein ermunterndes »Gut gemacht!« zu, egal wie gut sie ihre Sache tatsächlich machte.

»Heute Morgen ist Pietro Sala bei mir gewesen, der Schwager deines Onkels Peppino. Er ist am Kauf von Fuma Vecchia interessiert, um den Turm in ein Sommerhaus umzuwandeln und das dazugehörige Jagdrevier zu nutzen.« Maria hörte geduldig zu. Sie wusste, dass der Vater bei ihren Unterredungen gern weit ausholte.

»Als er gerade gehen wollte, fiel sein Blick in den Hof und...« Er brach ab.

»Die Kleinen haben gestritten«, kam Maria ihm zuvor. »Ich hoffe, sie haben euch nicht gestört. Sie haben doch gar keinen Radau gemacht«, nahm sie die Brüder in Schutz.

»Nein, nicht sie, du...«

»Egle und ich haben nur ein bisschen gesungen... aber das tun wir doch oft...« Ignazio betrachtete sie gedankenverloren und stellte sie sich beim Singen vor. Maria blickte ihn verständnislos an. »Hat er sich über mich beschwert?«

»Mein Kind, du hast nichts Schlechtes oder Unschickliches getan. Nun... Die Sache ist so: Er hat dich gesehen und in Augenschein genommen... und sich in dich verliebt. Er will dich zur Frau.« Die letzten Sätze stieß er in einem Atemzug hervor. Überwältigt von der Wucht seiner Worte starrten er und Maria sich an.

»Er kennt mich doch gar nicht! Und ich habe keine Ahnung, wer er ist!«

»Deshalb will ich ja mit dir reden. Du weißt, wer er ist. Wir sind miteinander verschwägert, seine Schwester hat den Bruder deiner Mutter geheiratet. Er ist älter als deine Mutter, aber der Altersunterschied zwischen dir und ihm ist geringer als der zwischen mir und deiner Mutter. Als wir geheiratet haben... war sie vierzehn und ich schon über vierzig.«

Bei der Erinnerung an die blutjunge Titina wurde der unverbesserliche Romantiker Ignazio sentimental. »Er will dich zur Frau«, wiederholte er.

»Und was soll ich tun?« Maria war verwirrt. »Was hält Mamà davon?«

»Deine Mutter und ich sind einer Meinung. Erlaube mir, dir die Situation zu umreißen. Pietro Sala ist eine hervorragende Partie. Vor vielen Jahren hat sein Vater eine Baronie erworben, und das ganze Dorf nennt sie jetzt Barone, obwohl der Titel ihnen eigentlich gar nicht zusteht. Er ist mehr als wohlhabend, besitzt Ländereien und Bergwerke und ist der einzige männliche Erbe seines Vaters und des ledigen Onkels. Er wurde in Neapel erzogen, reist durch die Welt und genießt das Leben. Er liebt die schönen Künste und ist äußerst gebildet. Ich glaube nicht, dass er politische Neigungen hegt, und wenn doch, dann wären sie liberal – das Gegenteil von meinen. Er möchte mehr Zeit in Camagni verbringen, deshalb will er Fuma Vecchia kaufen. Gewiss hat er schon zahlreiche Frauen gehabt. Aber jetzt will er dich. Zur Frau und Mutter seiner Kinder.«

»Wie kann er mich lieben! Er kennt mich doch gar nicht!«

»Es war wie ein Blitz aus heiterem Himmel.«

»Wie ist so ein Blitz?« Maria hob den Kopf und blickte den Vater neugierig an.

»Er schlägt urplötzlich in dein Leben ein und verbrennt dich.« Die Verlegenheit trieb ihm den Schweiß ins Gesicht. »Er legt alles um dich herum in Schutt und Asche. Du hast nur noch Augen für deine Liebste.«

»Ist dir das auch passiert?«

»Ja.«

Maria sah ihn abwartend an.

»Ich habe es nie bereut, mich in deine Mutter verliebt und dich bekommen zu haben«, murmelte er befangen.

»Und meine Brüder«, verbesserte sie ihn, wieder ganz Tochter und fürsorgliche Schwester.

»Also, Maria, antworte!«

»Ich kenne ihn doch gar nicht ...«

»Du wirst ihn morgen kennenlernen, beim Empfang der Tummia in Fuma Nuova. Man wird ihn dir vorstellen.«

Maria erstarrte, ihr Blick verfinsterte sich.

»Du musst nicht mit ihm reden, wenn er dir nicht gefällt«, schob der Vater hastig nach. »Es ist ganz allein deine Entscheidung. Du kannst sagen: ›Nein danke, Signor Blitzschlag, ich habe Ihnen nichts zu sagen und will nichts von Ihnen wissen‹, oder aber: ›Mal sehen, was Signor Blitzschlag zu bieten hat‹.« Er versuchte, unbeschwert zu klingen und sie zum Lächeln zu bringen.

Maria ging nicht darauf ein. »Was rätst du mir?«

»Das, was dir auch deine Mutter rät. Lerne ihn kennen, hör dir an, was er zu sagen hat, und triff dann deine Entscheidung. Dies wird immer dein Zuhause bleiben.« Nachdenklich fügte er hinzu: »Dass wir dich ausgerechnet jetzt verheiraten, wer hätte das gedacht ...«

»Etwa wegen der Mitgift?«

»Ich weiß nicht, was du meinst ...«

»Giosuè wird dieses Jahr mit der Schule fertig und Filippo in zwei Jahren. Der Unterhalt und das Studium der beiden wird einiges kosten. Wie sollst du da noch meine Mitgift aufbringen?« Sie stieß einen verzweifelten Seufzer aus. »Die würde mehr Geld verschlingen als meine Ausbildung!«

»Woher weißt du das?«

»Die Wände haben Augen und Ohren. Ich weiß, dass wir wenig Geld haben, aber ich beklage mich nicht!« Sogleich bereute Maria ihre harten Worte. Die finanzielle Situation der Familie und ihre verwehrte Ausbildung waren gewiss das Letzte, worüber der Vater mit ihr reden wollte. Vergeblich versuchte sie, ihre Lippen zu einem versöhnlichen Lächeln zu schürzen. »Lieber verzichte ich aufs Heiraten und sorge dafür, dass meine Brüder eine gute Universität besuchen können. Und ich möchte ebenfalls arbeiten und Geld verdienen, um meiner Familie zu helfen.«

»Du denkst zu viel nach und siehst Dinge, die es nicht gibt ...«, spöttelte der Vater. »Hör zu. Als Allererstes solltest du entscheiden, ob du Pietro Sala kennenlernen möchtest. Über alles andere reden wir später. Er will dich zur Frau, mit oder ohne Mitgift.« Ignazio blickte sie einen Moment lang schweigend an. »Ich gehe jetzt in den Klub«, sagte er schließlich. »Denk darüber nach, meine Schöne, und dann sag mir, wie du dich entschieden hast.« Sie umarmten sich mit feuchten Augen, doch es floss keine Träne.

4
Nach jeder finsteren Nacht geht die Sonne wieder auf

Maria war die Treppe hinaufgestürmt, sie wollte allein sein und Klavier spielen. Das vertrauliche Gespräch mit dem Vater hatte sie vorlaut werden lassen, und der diffuse Ärger über sich selbst schlug um in Furcht: Was, wenn sie ihn gekränkt hatte und er ihren nachmittäglichen Plaudereien an der Terrassentür nun ein Ende setzte?

Sie zog die Partitur von Edvard Griegs *Konzert in a-Moll* aus dem Notenregal. Giosuè hatte es ihr kürzlich geschenkt, und sie hatte sich sofort in das Stück verliebt. Sie streichelte den Umschlag und stellte die Noten auf den Ständer. Ehe sie zu spielen anfing, ließ sie den Blick aus dem Fenster schweifen. Die Rückseite des Hauses ging auf den kargen, steilen und dennoch dicht bebauten Nordhang des nach der gleichnamigen Kirche *l'Addulurata* genannten Hügels hinaus. Der Südhang, auf dem sich die vornehmen Palazzi und die Hauptkirche erhoben, fiel sanft zur Ebene ab. Im Laufe der Jahrhunderte hatten sich einige der ärmlichen Hütten in zweistöckige Häuser verwandelt, deren dicken Mauern ein Labyrinth aus Durchgängen und Sackgassen, schmalen Sträßchen und Treppen bildeten. In den ursprünglich von Juden bewohnten Häusern lebten nun die Armen des Dorfes; viele standen auch einfach leer. Am Fuß des Hügels endete der Ort, und die Ebene von Camagni begann. Flach und grün wie ein See dehnte sie sich bis zum Horizont und schlug dort in sanften Weizenwogen gegen die Ausläufer der bewaldeten Hügel, über denen sich klar und strahlend der blaue Himmel wölbte. Auf einem dieser Hügel lag Fuma Vecchia. Maria kniff die Augen zusammen und versuchte vergeblich, den Turm auszumachen. Entmutigt wandte sie sich wieder den Noten zu.

Dem Wunsch der Mutter folgend öffnete sie das Fenster, um den Alten und den Frauen vom Nordhang, die kaum vor die Tür kamen, eine Freude zu machen. Hin und wieder bat ihr unsichtbares Publikum sie lautstark um ein bekanntes Lied oder eine Opernmelodie, und sie erfüllte diese Wünsche bereitwillig.

Die Sonne brannte vom Himmel, die Straße war wie leergefegt. Eine düstere Vorahnung ergriff Maria. Sie würde fortgehen, weit weg von dieser innig geliebten kleinen Welt. Nie mehr würde sie diesen Ausblick genießen. Lebt wohl, ihr Hoffnungen, mit Giosuè zu lernen, einen Abschluss zu machen und als Lehrerin zu arbeiten... Giosuè würde ihr fehlen.

Eine ferne Erinnerung.
Eine kalte Januarnacht. Maria war drei Jahre alt. Laute Männerstimmen im Haus hatten sie geweckt. Sie hatte eine vage Ahnung vom Treiben der Briganten, von Entführungen und nächtlichen Heimsuchungen durch Soldaten und befürchtete das Schlimmste. Sie tastete nach ihrem kleinen Bruder. Filippo, kaum älter als ein Jahr, schlief friedlich im Bett neben ihr. Sie kroch zurück unter die Decken und lauschte. Endlich vernahm sie die beruhigende Stimme des Vaters. Sie kuschelte sich ein, griff sich einen Lakenzipfel und strich sich damit über die Oberlippe. Das wohlig sanfte Kitzeln ließ sie in den Schlaf gleiten.

Am nächsten Morgen aßen die Kinder ihren von Maricchia mit

Nelken und Zimt gewürzten Frühstücksbrei aus heißer Milch und altbackenem Brot und blieben in der Kammer vor der Küche, wo Filippo friedlich mit der Katze spielte und Maria sich die Zeit damit vertrieb, die Schnur des Kreisels auf- und abzuwickeln. Gebannt kauerte sie sich an die Eingangstür, um zu horchen, wer kam und ging, und ein paar Gesprächsfetzen aufzuschnappen. Doch es war allenfalls Geflüster zu hören, und dann neue, unbekannte Geräusche: Hammerschläge, Möbelrücken... Endlich kam die Mutter herein. Sie hatte tiefe Augenringe, das dunkle Kleid spannte über ihrem schwangeren Bauch. Sie gab Filippo einen flüchtigen Kuss und streckte die Hand nach Maria aus. »Kommst du mit mir ins Wohnzimmer?« Maria folgte ihr vertrauensvoll. Vor der Tür hielt die Mutter inne. »Gestern ist Giosuès Vater gestorben. Der Junge hat die ganze Nacht neben der Bahre verbracht. Giosuè hat dich gern, er liest dir so oft vor...« Wohl wissend, dass sie Maria mit einer Aufgabe betraute, die eine Dreijährige zwar erfüllen, aber schwerlich begreifen kann, fuhr sie fort: »Versuche, ihn zu einer Tasse Milch bei euch in der Küche zu überreden.« Sie öffnete die Tür einen Spaltbreit, und Maria konnte sehen, wie sich ihr sonst so behagliches Wohnzimmer verändert hatte. Sofas und Sessel waren gegen die Wände gerückt und schwarz verhüllt, ebenso die Bilder und Spiegel. In der Mitte unter dem Lüster stand ein mit rotem Tuch bedeckter Katafalk. Zu seinen Füßen knieten Männer mit gesenkten Köpfen, murmelten Gebete, erhoben sich und machten weiteren Männern Platz. Neben dem Leichnam stand Giosuè. Allein. »Geh, Maria...«, flüsterte ihre Mutter und schob sie in das Zimmer.

Das Bild von Giosuè neben dem Sarg legte sich über das von den Dächern Camagnis. Maria sah die Szene lebhaft vor sich: Die Mutter führte sie zu Giosuè und trat dann zurück, sie nahm seine Hand und zog ihn, sich der Blicke der Umstehenden wohl bewusst, wortlos und mit erhobenem Kopf zur Tür. Ohne Giosuè aus den Augen zu lassen, wichen die Männer zur Seite, doch der hatte den Blick starr auf Maria gerichtet, die sich bei jedem Schritt ermutigend nach ihm umdrehte.

An jenem Tag vor über zehn Jahren war Giosuè Teil ihrer Familie geworden.

Noch eine Erinnerung.
Im Dezember war der Vater zum Schulleiter gegangen, um über Giosuès Zukunft zu sprechen, der die Schule kurz vor seinem neunzehnten Geburtstag im Juni verlassen würde. Bei Tisch hatte er verkündet, der Direktor halte Giosuè für den besten Schüler seines Instituts und er könne zwischen den angesehensten Universitäten Italiens wählen. Giosuè hatte Maria einen Blick zugeworfen, den sie glückstrahlend erwidert hatte.

Nach dem Essen bat der Vater Maria zu bleiben und eröffnete ihr sichtlich verlegen, was sie bereits wusste: Giosuès Mutter war krank. Bis der Junge in ihr Haus gekommen war, hatte der Vater ihn allein aufgezogen. »Tonino hat mich zu Giosuès Vormund gemacht. Für den Fall der Fälle wollte er ihn in meiner Obhut wissen, er wollte nicht, dass er zur Stiefschwester komme. Er wusste, dass ich ihn in seinem Sinne erziehen würde. Inzwischen wissen wir, dass Giosuè das Zeug hat, den Traum seines Vaters zu erfüllen. Und das wird er auf unsere Kosten tun.« Er sah seiner Tochter direkt in die Augen. »Das bedeutet, dass weniger Geld für euch bleibt, verstehst du?«

Maria nickte.

»Ich möchte, dass du mir hilfst, sollte mir ebenfalls etwas zustoßen. Bisweilen ist Giosuè genauso arglos wie sein Vater. Er sieht die Schlechtigkeiten der anderen nicht und kann keine Bitte abschlagen. Er schont sich nicht, denkt nicht an seine schwache Gesundheit. Als er nach seiner Typhuserkrankung gleich wieder loslegte, als wäre nichts gewesen, ging es ihm schließlich so schlecht, dass er das

Schuljahr wiederholen musste. Er scheut keine Mühen, erst recht nicht, wenn es darum geht, anderen zu helfen. Genau wie Tonino an jenem 20. Januar 1893, als er ermordet wurde.« Der Vater zögerte einen Moment lang. »Du musst wissen, dass Giosuès Mutter Jüdin ist. Der Antisemitismus wird erst verschwinden, wenn die Christen aufhören, ihn zu predigen, wie sie es jeden Karfreitag tun. Viele russische Juden sind in andere Länder Europas geflohen, und viele weitere werden ihrem Beispiel folgen. Kümmere dich um Giosuè, hab ein Auge auf ihn... und steh ihm mit deinem Rat zur Seite, er hört auf dich. Du bist klug, Maria.« Er blickte sie eindringlich an und wirkte erschöpft. »Du musst ihn beschützen. Versprichst du mir das?«

Maria versprach es. Sie senkte den Kopf, griff nach der Hand des Vaters und küsste sie.

»Signora Maria, ich wäre so weit«, krächzte die alte Amme von unten. Breitbeinig hatte sie ihren Platz im imaginären Konzertsaal eingenommen und saß, die zu lesenden Linsen in der blauen Schürze, auf ihrer Türschwelle. »Versprochen! Versprochen, Annettina!«, rief Maria schnell noch ganz in Gedanken und trat vom Fenster zurück.

»Zu freundlich!«, entgegnete die Alte ungeduldig, während die ersten Noten schon zu ihr herabklangen und die Straße erfüllten.

Marias Hände flatterten zunächst parallel über die Tasten, von einer Oktave zur nächsten, danach fielen einzelne Töne wie Regentropfen auf ein Fensterbrett in einem glockenklaren Allegro moderato und schwollen schließlich zu einem erhabenen, beglückenden Andante maestoso an.

Es war neun Uhr abends; Zeit, sich für die Nacht fertig zu machen. Ein scheinbar ruhiger Tag war zu Ende gegangen.

Vor dem Zubettgehen hatten die Jungen mit Maricchia und Egle in der Küche gegessen. Es herrschte eine drückende Hitze, in der es vor Mücken wimmelte. Maria war in den Garten hinuntergegangen, um sich eine Schüssel Jasminblüten zu pflücken, deren Duft die Insekten fernhielt. Giosuès Zimmer ging auf den Garten hinaus, und häufig kam er zu ihr herunter, um mit ihr die Pflanzen zu wässern und über den Tag zu plaudern. Maria erzählte ihm, was sich zugetragen hatte und worüber die Erwachsenen redeten, er berichtete ihr aus den Zeitungen, die er in der Schule las, sie besprachen ihre Pläne für den folgenden Tag und lachten über Giosuès unnachahmlich komische, aber niemals bösartige Imitationen anderer Leute.

Nur die trockensten Beete wurden gegossen, denn Wasser war knapp und nachts zählte jeder Tropfen doppelt. Gewissenhaft versorgte Giosuè jede Pflanze mit der richtigen Menge. Maria musterte ihn verstohlen. Er war mittelgroß, tadellos gekleidet, hatte einen dunklen Teint, lockiges Haar, entschlossene, markante Züge und schöne Hände – ein hübscher Kerl. Wie gern hätte sie ihn umarmt und ihm gesagt, wie großartig er alles gemeistert hatte, dass alle im Haus ihn liebten und wie dankbar sie ihm für die Hilfe war, die er ihr und ihrem Vater leistete.

Ihr Vater genoss den Ruf, ein exzellenter Anwalt für Sachenrecht zu sein: Eigentum, Erbau, Erbpacht, Nießbrauch, Nutzung und Dienstbarkeit. Als Maria noch klein gewesen war, zur Zeit der Arbeiterbünde, hatte er die Bauern vertreten, die für das Nutzungsrecht der ihnen zustehenden staatlichen Ländereien kämpften, und sich den Staat und seine Mandanten zum Feind gemacht. Die Leute wandten sich an andere Anwälte und kamen nur in den vertracktesten Fällen höchst widerwillig auf ihn zurück. Aus Mangel an Mandaten waren die jungen Juristen nach und nach fortgegangen. Sogar seinen Referendar hatte der Vater entlassen müssen, und Giosuè, der von einem Jurastudium träumte, hatte das Zimmer direkt neben dem Büro bezogen und erledigte seine Hausaufgaben fortan am Referendarstisch, um Ignazio jederzeit zur Hand gehen zu können und von ihm zu lernen.

Mit Einwilligung der Mutter durfte Giosuè Maria beim Lernen helfen. Es war ein schwerer Schlag für sie gewesen, als die Eltern ihr eröffnet hatten, dass sie die Schule wie ihre Cousinen mit vierzehn verlassen würde. Sie hatte stets geglaubt, ihre Eltern würden sie ebenso unterstützen wie ihre Brüder und alles dafür tun, dass sie einen Schulabschluss machen und einen Beruf ergreifen könne. Daraufhin hatte Giosuè ihr einen Vorschlag gemacht: Er würde das Schulamt um den Studienplan für Lehramtsstudenten bitten, sich den Stoff aneignen und Maria darin unterrichten. Dem Vater würden sie erst davon erzählen, wenn sie die Prüfung als externe Kandidatin bestanden hätte. Fortan stellte Giosuè ihr die Aufgaben und korrigierte sie mit rotem und blauem Stift.

Im Gegenzug versorgte Maria ihn mit Säften und Kräutertees, wenn er krank war, und mit ausgelesenen Zeitschriften und Zeitungen. Wenn die trockene Wäsche zum Bügeln in der Vorküche stand, zog sie heimlich seine Sachen aus dem Korb, untersuchte sie auf Löcher, kaputte Nähte oder fehlende Knöpfe und flickte sie unbemerkt. Und wenn er traurig oder bedrückt war, tröstete sie ihn wie eine Mutter.

Wäre es mit alldem vorbei, wenn sie heiratete?

»Woran denkst du?« Giosuè kannte sie gut.

»Jemand hat um meine Hand angehalten. Mein Vater meint, ich sollte ihn kennenlernen.«

»Ich muss dir etwas verraten.«

»Du hast einen Studienplatz bekommen!«, tippte Maria. »Wohin gehst du?«

»Aufs Festland...«

Ihr Blick verdüsterte sich. »Wir werden einander vergessen.«

»Unmöglich!« Giosuè schüttelte energisch den Kopf. »Unmöglich!« Er stellte sich vor sie hin und hinderte sie am Weitergießen. Ängstlich sah Maria ihn an, sie hatte ihn noch nie so aufgebracht erlebt.

»Dass wir einander vergessen, ist völlig ausgeschlossen! Wir sind seelenverwandt, Maria! Unsere Seelen sind miteinander verflochten! Wir sind mehr als Geschwister! Enger als Geschwister! Verstehst du? Wir teilen ein Schicksal!« Er blickte sie eindringlich an. »Der Mord an meinem Vater hat uns geeint. Hättest du mich nicht aufgerüttelt und mir den nötigen Lebensmut gegeben, um zu einem Sohn zu werden, der seiner würdig ist und seine Wünsche erfüllt... Das werde ich dir nie vergessen... Wir sind eins, egal wohin uns das Leben verschlägt!« Er verstummte erregt. Blass starrte Maria auf die Gießkannen, die leer an ihren Händen baumelten.

»Verzeih«, murmelte Giosuè.

»Nicht doch, du hast ja recht...« Versonnen blickte sie ihn an. »Lass uns schlafen gehen, na komm...«, sagte sie schließlich und streichelte seinen Arm.

Unruhig wälzte sich Maria im Bett. Ihr Vater wollte Giosuè das gesamte Studium finanzieren. Doch würde das Geld reichen, um auch Filippo studieren zu lassen? Die Ehe mit Pietro Sala würde die Sache erleichtern – ein Esser weniger und eine Tochter unter der Haube, ohne dass man sich um die Mitgift sorgen musste. »Nach jeder finsteren Nacht geht die Sonne wieder auf«, pflegte Maricchia zu sagen. Was, wenn dieser Pietro Sala ihr tatsächlich gefiel?

Sie schob das Laken zur Seite, griff nach der Schüssel mit den Jasminblüten und atmete ihren öligen Duft ein. Die Lampe auf dem Treppenabsatz brannte noch, offenbar war ihr Vater vom Klub noch nicht wieder zurück. Sie öffnete die Tür, um Licht einzulassen, und holte eine Briefkarte hervor.

Lieber Vater,
ich bitte um Verzeihung für mein heutiges Betragen, ich hatte nicht erwartet, die Aufmerksamkeit von Baron Sala zu erregen. Ich nehme Deinen Rat an und sehe der morgigen Begegnung erwartungsvoll entgegen.
Deine ergebene, Dich liebende Tochter
Maria

Es war das erste Mal, dass sie ihrem Vater schrieb. Sie steckte die Karte in einen Umschlag und schob ihn unter der elterlichen Schlafzimmertür hindurch.

Dann kroch sie unter die Decken und schlief ein, den Lakenzipfel auf den Lippen.

5
Vuttara

Mit gerunzelter Stirn und aufeinandergepressten Lippen kämpfte Giosuè gegen eine Erinnerung an, die er nicht zulassen wollte, noch nicht. Sie umgarnte ihn, streichelte ihm Haut und Haar, kitzelte seine Ohren, verweilte unter seiner Nase in der Hoffnung, eingelassen zu werden. Doch er wehrte sich, er war nicht bereit dazu. Er starrte aus dem Fenster zum Schein der Petroleumlampe hinüber, die den Flur vor den Schlafgemächern der Marras erhellte. Sonst war alles dunkel. Ein weiß gekleideter Schemen huschte an der Lampe vorbei. Es war Maria. Wie sie im hochgeschlossenen weißen Nachthemd, den geflochtenen Zopf über der Schulter, bedächtig in ihr Zimmer zurückkehrte, strahlte sie eine kindliche Gelassenheit aus, die Giosuès Widerstand brach und seinen Erinnerungen freien Lauf ließ.

Es war der 20. Januar 1893, und er war sechs Jahre alt. Als einziges Kind alter Eltern, beide glühende Sozialisten, war er zu Hause unterrichtet worden und hatte sich als glänzender Schüler erwiesen. Er wirkte ein wenig zu erwachsen für sein Alter – die Außenwelt kannte er nur durch die Freunde und die politischen Aktivitäten seines Vaters, der ihn überallhin mitnahm, als wäre er sein Schatten – und war in der Familie von Anwalt Marra, dem besten Freund seines Vaters, wie zu Hause.

Sie waren vor Sonnenaufgang aufgestanden, um mit dem Anwalt nach Vuttara zu reiten, wo die Landarbeiterbewegung ein zweihundertfünfzig Hektar großes, fruchtbares Lehen, das an den Staat gefallen war und unter den Bauern von Vuttara aufgeteilt werden sollte, symbolisch besetzen wollte. Dieses Land hatte auch den Appetit anderer, sehr einflussreicher Männer geweckt, die nur darauf warteten, es sich in bewährter Manier unter den Nagel zu reißen: Die Gemeinde wurde genötigt, die Vergabe der Parzellen so lange hinauszuzögern, bis man Verbündete gefunden und die zuständigen Beamten bestochen hatte. Dann schlug man zu und ließ das Land schnell auf seine Kinder oder einen Strohmann überschreiben.

Sie hatten Picknickdecken und reichlich Essen für sich und die Freunde in Vuttara eingepackt – geschnittenes Brot, in Butterbrotpapier eingepacktes Omelett, Orangen, Wasser, Kekse. »Das wird ein Festessen, bestimmt werden wir dort eine Menge Leute sein!«, sagte der Vater, während sie das schlafende Camagni verließen. »Die Gemeinde scheint einverstanden zu sein, dass die Ländereien an die Bauern verteilt werden, deshalb werden sie unbewaffnet marschieren. Die Arbeiterbünde werden immer mehr respektiert. Das wird ein schöner Tag.« Die Teilnahme der beiden Mittfünfziger war eine Solidaritätsbekundung gegenüber den Freunden des Arbeiterbundes und eine symbolische Kampfansage an den ehemaligen Freund und garibaldinischen Mitstreiter Francesco Crispi, der die Seite gewechselt hatte und die Arbeiterbünde niederschlagen wollte. »Das wird ein herrlicher Tag«, bekräftigte der Vater immer wieder, als wollte er sich selbst davon überzeugen.

Sie waren im Hinterland: Berge, Hügel, Täler, vom winterlichen Regen angeschwollene Flüsse. Das schräge Licht der Morgensonne fiel auf die spitzen Felssäulen, die wie Türme oder Obelisken auf den Bergkämmen aufragten, und ließ ihre Farben und Maserungen erstrahlen. Im Tal malten ihre Schatten bizarre Figuren auf die bestellten Felder. An den steilen Berghängen leuchteten die ersten Blüten der wilden Mandelbäume wie rosa Wattebäusche zwischen den Felsbrocken und Zwergpalmen hervor. Im Gänsemarsch erklommen die Stuten den Pfad.

Kein Haus, kein Mensch oder Tier, nicht einmal ein Vogel war unter dem strahlenden Firmament zu sehen. Nichts regte sich. Giosuè sog den feuchten Duft der Erde ein und umschlang die väterliche Brust: Er war restlos glücklich.

In den vergangenen Monaten hatte der Vater alles darangesetzt, Giosuè seine sozialistischen Überzeugungen zu vermitteln – die allgemeine Schulpflicht, die Gleichberechtigung von Mann und Frau, die Verbesserung der Arbeitsbedingungen. Er erzählte ihm vom Feudalismus, der erst kurz vor der Landung Garibaldis abgeschafft worden war, und dass es den Baronen damals verboten gewesen sei, ihre Lehen zu veräußern: Sie verwalteten die Städte, in denen sie für Ordnung sorgten, Recht sprachen, die Gefängnisse unterhielten und die königliche Armee mit Soldaten versorgten – sie hatten das Gewaltmonopol. »Die armen Bewohner der Ländereien außerhalb der Kommunen, Kommunisten genannt, hatten hingegen nur vier Rechte, die sogenannten Usi: Holz schlagen, Steine brechen, Wildkräuter sammeln und Lasttiere weiden. Vom Anspruch auf ein solches Recht hing ab, ob man unter freiem Himmel schlief oder ein Dach über dem Kopf hatte, ob man hungerte oder eine Suppe im Bauch hatte.« Er hielt kurz inne und fügte streng hinzu: »Die Forderungen der

Arbeiter, die wir heute besuchen werden, sind vielleicht bescheiden und nicht neu, aber sie sind von größter Wichtigkeit!«

Dann lächelte er wieder. »Dieser Marsch von fünfhundert Bauern ist der Auftakt einer besseren Zukunft für alle. Das wird ein herrlicher Tag!«

Während sie sich dem Dorf näherten, verfinsterte sich die Stimmung der beiden Männer. Vergeblich hielten sie Ausschau nach den befreundeten Sozialisten und Freimaurern, die wie auch andere Unterstützer der Arbeiterbünde ihre Teilnahme an der Feier der Landvergabe zugesichert hatten. Doch es fehlte jede Spur. Dann, plötzlich, ertönte Gesang. Sie trieben die Pferde auf eine Hügelkuppe und erblickten die fünfhundert Bauern, die sich in der Ebene vor dem Dorf versammelt hatten, um laut singend zu dem ihnen versprochenen Land zu marschieren.

»Präge dir das gut ein, Giosuè.« Der Vater machte eine ausladende Geste in Richtung Tal. »Diese Ländereien sind Gemeingut: Sie gehören allen.« Er gab der Stute die Sporen und trabte den Pfad Richtung Dorf hinunter.

Die Anführer diskutierten. Unruhig waren die Demonstranten stehen geblieben und warteten auf Anweisungen. Der Gesang hallte über die Ebene. In leichtem Trab umrundeten die beiden Stuten die Menschenmenge. Ignazio Marra und Tonino Sacerdoti grüßten ihre Freunde und wurden zurückgegrüßt. Am liebsten wäre Giosuè vom Pferd gestiegen, um mitzumarschieren. »Das geht nicht, sie müssen ihr Land allein besetzen. Wenn es so weit ist, feiern wir zusammen«, sagte der Vater.

Zwei Freimaurerfreunde, ein Anwalt und der Bürgermeister von Tilocca, gesellten sich zu ihnen, und gemeinsam beschlossen sie, abseits des Aufmarsches zu frühstücken. Unter einem Johannisbrotbaum auf einer Anhöhe stiegen sie vom Pferd, stärkten sich, tranken den mitgebrachten Wein, ließen den Blick über die fünfhundert Demonstranten schweifen und unterhielten sich angeregt: über den Belagerungszustand, die Politiker, die Mobilisierung der Soldaten und den Zustand der Armee, die Crispi nach Afrika entsenden wollte, um Italien zu einer Kolonialmacht zu machen. Giosuè saß ein wenig abseits. Er hatte das Omelett mit Pfeffer bestreut, den er in einem Tütchen mitgebracht hatte, es zwischen zwei Brotscheiben geklemmt, alles fest zusammengedrückt und hineingebissen – es schmeckte saftig und köstlich. Er warf ein paar Krumen zwischen die Steine und welken Blätter und beobachtete belustigt die aufgeregt herumwuselnden Ameisen, die sich immer wieder neu orientieren mussten.

Die beiden Freunde waren zu den Demonstranten hinuntergegangen; der Vater verstaute die Reste der Brotzeit in der Satteltasche und war jetzt auch bereit für den Marsch.

»Giosuè, ich möchte dir etwas sagen.« Er legte seinem Sohn die Hände auf die Schultern. »Deine Mutter und ich haben dich zu einem aufrechten, respektvollen, fleißigen und großzügigen Menschen erzogen, der niemandem etwas zuleide tut.«

Er musterte ihn mit liebevoller Strenge. Er war sich bewusst, dass Giosuè zwar sensibel, aber noch ein Kind war und eigentlich zu jung für solche Gespräche, aber zugleich hoffte er, dass seine mit Leidenschaft vorgetragenen Worte eines Tages Früchte tragen würden. »In einer zivilisierten, friedlichen Gesellschaft muss das Gewaltmonopol beim Staat liegen. Die Gewalt darf einzig dem Staat obliegen: Sie ist unteilbar. Vergiss das nicht! Das Gewaltmonopol liegt bei der Polizei und dem Militär – interne und externe Gewalt. Wenn sie dem Staat entgleitet, verliert er die Kontrolle, und das ist sein Tod. Missbraucht er sie, verliert er das Vertrauen seiner Bürger. Gebraucht er sie falsch, verwirrt er das Volk und verliert seinen Respekt. Hierzulande haben die Regierenden alle Verantwortung an die Mafia abgegeben, und wir sind dabei, zu einem Staat im Staate zu werden. Es gib keine Gewissheiten mehr, keine Freiheit, keine Gerechtigkeit.«

Giosuè sah seinem Vater in die Augen und schielte von Zeit zu Zeit verstohlen zu den hungrigen Ameisen hinüber.

»Ignazio, was meinst du dazu?«

»Ich meine, du hast recht!«

»Die königliche Armee besteht aus unwilligen, ignoranten Rekruten, die keine Lust zum Kämpfen haben.«

»Die Offiziere sind schlecht ausgebildet...«

»...und den Generälen mangelt es an Urteilsvermögen.«

»Genau wie den Regierenden!«

Tonino wandte sich wieder an seinen Sohn. »Giosuè, nach der Schule wirst du zur Militärakademie gehen. Du wirst es weit bringen, und dann ist es an dir, das Militär zu Stärke und Verantwortung zu erziehen. Bleibe stets ein Diener deines Volkes!«

»Bravo!«, stimmte der Anwalt zu.

»Wenn ich nicht mehr sein sollte, musst du aus ihm den besten General Italiens machen, Ignazio!« Tonino drückte den Arm seines Freundes und mit dem letzten Schluck Wein tranken sie auf die königliche Armee.

Sie kehrten Richtung Dorf zurück. Vorsichtig tasteten sich die Stuten den karstigen Abhang hinunter. Die Sonne war aufgegangen, die Luft frisch und klar. Vuttara, das sich an den rosigen, blau geäderten Felsen eines Berges schmiegte, schien noch zu schlafen. Die Fenster waren verrammelt, die Gassen menschenleer. Selbst die Hunde waren verschwunden.

Weitere Demonstranten waren hinzugekommen, auch sie unbewaffnet. Sie wären am liebsten schon losmarschiert und sangen, um ihre Unruhe zu zügeln. Tonino und Ignazio sprangen vom Pferd, begrüßten ihre Freunde, stiegen wieder in den Sattel und beobachteten das Treiben: Die Anführer redeten mit ein paar Männern, die ebenfalls keine Waffen trugen. Vom Bürgermeister oder den Stadträten war nichts zu sehen.

Endlich setzten sie sich in Bewegung. Geschlossen, geeint, geordnet.

Das Geräusch von Stiefeln auf Kopfsteinpflaster. Wie bei einem über die Ufer tretenden Bach tauchten auf einmal an den Seiten der Marschierenden Feldhüter, Landpächter und Tunichtgute auf, die aus unterirdischen Verstecken dazustießen – aus Kellern, Krypten, Lagerräumen. Sie waren angeheuert, um Ärger zu machen. Wortlos, grimmig.

Als hätten sie nichts gesehen und gehört, verließen die Demonstranten ruhig und geordnet das Dorf. Die Flut folgte ihnen durch die Ebene und rückte allmählich heran. Die singenden Demonstranten beschleunigten ihre Schritte. Ein paar Köpfe wandten sich um. Niemand sagte ein Wort.

Dann lief der Strom der Verfolger plötzlich laut schreiend los und versuchte, die Marschierenden mit Schmähungen und Beschimpfungen aus der Reserve zu locken.

»Die sind nicht von hier, das hört man. Die sind extra angereist«, bemerkte Anwalt Marra.

»Sie werden nichts ausrichten. Unsere Leute sind anständig, die lassen sich nicht provozieren. Und sollten sie doch reagieren, werden die Leute aus Vuttara eingreifen. Die sind alle unbewaffnet. Mach dir keine Sorgen«, entgegnete Tonino. Er hob den Arm und winkte den Demonstranten zu, die ihn erkannt hatten. Der Anwalt jedoch runzelte besorgt die Stirn, er kniff den Mund unter dem dichten Schnurrbart zusammen, während er den Hügel fixierte, den er schon seit einer Weile im Auge behielt. Auf dessen Kuppe tauchten jetzt plötzlich Dutzende Soldaten auf, bewaffnet, in Formation und kampfbereit. Wie auf ein geheimes Zeichen bedrängten die Angreifer nun massiv die Marschierenden, die abermals das Tempo beschleunigten, um Abstand zu gewinnen.

Das Dorf war wie erstarrt. Türen und Fenster blieben geschlossen, keine Menschenseele war zu sehen.

Auf einen Ruf hin bückten sich die Angreifer nach Pflastersteinen und schleuderten sie halbherzig in Richtung der Demonstranten, als wollten sie Zeit gewinnen.

»Das sieht nicht gut aus«, murmelte der Anwalt. Sie stiegen vom Pferd und banden die Stuten an einen Baumstumpf. Giosuè wurde unter einem Mandelbaum hinter einem Felsblock versteckt. Von dort würde er gefahrlos zusehen können. Dann stießen die beiden Männer zu den Demonstranten. Jemand löste sich aus der Menge, umarmte sie und reihte sich wieder ein.

Die königliche Armee rückte geschlossen heran, es schienen Hunderte zu sein. Sie kamen immer näher.

Die Angreifer eröffneten den Kampf: Jetzt flog jeder Stein gezielt und traf. Sie drängten heran, doch die Demonstranten marschierten unbeirrt weiter. Manche wurden getroffen, stolperten, rappelten sich wieder auf. Kein Steinwurf wurde erwidert. Doch mit einem Mal änderte sich alles: Die Werfer zielten, um zu töten. Der Erste, der zu Boden ging, war der Mann, der Giosuès Vater eben noch umarmt hatte. Ein Stein hatte ihn am Kopf getroffen, er blutete.

»Helft mir!«, schrie er.

»Du nimmst Giosuè, wenn ich nicht zurückkehre!« Und schon war Tonino im Gedränge verschwunden.

Er kniete neben dem Mann und versuchte verzweifelt, die Wunde zu reinigen und die Blutung zu stillen. Andere eilten herbei, und Giosuè verlor den Vater aus den Augen. Ein erster Schuss fiel. Weitere Gewehrsalven folgten, abgefeuert von der Armee. Panik brach aus, die Leute stoben schreiend durcheinander, manche flohen, andere versuchten, den Verwundeten zu helfen. Nur der vordere Teil des Demonstrationszuges zog unbeirrt singend weiter.

Die Soldaten, die in der Ebene Stellung bezogen hatten, schossen. Schreie. Schüsse. Schreie. Schüsse. Die Schreie schwollen an, dann wurde es still.

Sonst hatte Giosuè so gut wie keine Erinnerungen an jenen Tag und auch an den folgenden nicht. Später hieß es, es habe eine Feuerpause gegeben, damit die Dorfbewohner, die bei den ersten Schüssen aus ihren Häusern gekommen waren, die Verletzten bergen konnten. Auch zu seinem Vater war jemand gelaufen. Er erinnerte sich, dass er nicht geweint hatte. Er erinnerte sich, dass der Anwalt ihn auf seine Stute gehoben und vor sich in den Sattel gesetzt hatte. Das andere Pferd folgte ihnen mit dem in eine Decke gewickelten Leichnam seines Vaters. Er erinnerte sich, dass es Nacht gewesen war, als sie in Camagni bei den Marras eingetroffen waren.

In den langen, schlaflosen Stunden hatte er die verstörten Blicke der Soldaten vor sich gesehen, die das Bergen der Toten wie verängstigte Kinder aus der Ferne verfolgten. Wieder und wieder gingen ihm die Worte des Vaters durch den Kopf: *Es ist an dir, das Militär zu Stärke und Verantwortung zu erziehen. Bleibe stets ein Diener deines Volkes.* Er würde den für ihn vorgezeichneten Weg gehen und die militärische Laufbahn einschlagen.

Notgedrungen war Giosuè bei den Marras geblieben: Seine Schwester hatte die Mutter nach Livorno geholt, und so hatte er Ignazios Angebot angenommen, bei ihnen zu wohnen, bis seine Schwester und ihr Mann eine größere Wohnung und eine Schule für ihn gefunden hatten. Doch während die Dinge sich hinzogen, war in ihm, bestärkt vom Zuspruch der Schulkameraden und Lehrer des Convitto Nazionale, dessen Rektor sein Vater gewesen war, die Erkenntnis gereift, dass er, statt im schwägerlichen Textilbetrieb in Livorno zu arbeiten, weiterhin zur Schule gehen und in Camagni bei den Marras bleiben wollte, die ihm eine zweite Familie geworden waren.

6
Die drei Industrien Siziliens

Die Sizilianer liebten ihre exklusiven Männerklubs. Man spielte dort Karten, tauschte Neuigkeiten aus und debattierte über lokale und nationale Politik. Vor allem die Alten gingen dorthin, um nicht allein zu Hause zu sitzen. In den kleineren Ortschaften bestand der Klub meist aus einem einzigen spartanisch möblierten Raum, der auf die Hauptstraße hinausging, wo sich zu beiden Seiten des Eingangs Holzstühle an den Hauswänden reihten, auf denen die Mitglieder saßen und das Treiben auf der Straße beobachteten oder vor sich hin dösten. Manchmal waren es Vereine, die von einer Arbeiter- oder Bauerngenossenschaft (nach dem Anschluss an das Königreich Italien waren sie wie Pilze aus dem Boden geschossen) oder religiösen Bruderschaft betrieben wurden. In den größeren Ortschaften trafen sich Männer mit ähnlichen politischen Ansichten und ähnlicher sozialer Herkunft in Freizeitvereinen, wo ihnen Aniswasser, Limonade und sogar Kaffee gereicht wurde; daraus entwickelten sich häufig Zunftgenossenschaften, Arbeiterverbände oder bisweilen auch politische Parteien.

Die Reform von 1882 hatte die Wählerschaft fast verdoppelt. Kleinbesitzer, Handwerker und Angestellte, die nicht kraft ihres Vermögens, sondern ihrer Fähigkeiten zu Wählern geworden waren, hatten politische Zirkel gegründet, in denen sich unter dem Deckmäntelchen von Genossenschaften gewerkschaftliche und politische Gruppierungen bildeten. Hier wurden die Forderungen erarbeitet, die darauf abzielten, die alte wirtschaftliche und gesellschaftliche Ordnung zu kippen. Einige dieser von Freimaurern und Sozialisten geprägten Klubs hatte Ignazio mitgegründet.

Neben dem Klub der Adeligen auf der einen und dem Klub Garibaldi auf der politisch entgegengesetzten Seite gab es in Camagni noch den Landwirtschaftsverein, den Genossenschaftsverein Quinzio Cincinnato, den Konversationsklub, den Klub Savoia und den Klub der Landwirte. Ignazio war Gründungsmitglied im Klub Garibaldi in der gleichnamigen Straße im Ortsteil Camagni Bassa. Wochentags ging er nach dem Mittagessen dorthin, um Zeitung zu lesen und mit seinen Freunden über die neuesten Ereignisse zu diskutieren.

An jenem Nachmittag verließ er das Haus aufgewühlt. Maria hatte verstörende Dinge angesprochen, über die bis dahin nie geredet worden war: seine Arbeit, der Geldmangel, ihre abgebrochene Schulausbildung. Ganz in Gedanken hatte Ignazio entgegen seiner Gewohnheit die Abkürzung nach Camagni Bassa eingeschlagen, eine trostlose, von Hütten gesäumte Straße, deren Nebengassen selbst für Esel zu steil waren. Die Türen der vergebens auf die Rückkehr ihrer Bewohner wartenden Häuser waren mit Brettern vernagelt. Unkraut wucherte auf den Simsen, in den Regenrinnen und auf den Dächern und war durch die zerbrochenen Fenster bis in die Häuser vorgedrungen.

Die Umstände, die seine Landsleute dazu zwangen, ihrer Heimat den Rücken zu kehren, versetzten Ignazio derart in Rage, dass er darüber sogar seine Tochter vergaß. Die Auswanderung war ein junges Phänomen, ausgelöst durch den Anschluss an Italien. »Wir waren die größten Exporteure von Getreide, Zitrusfrüchten und Schwefel in ganz Europa, vielleicht in der ganzen Welt, die bourbonische Staatskasse platzte vor Geld. Natürlich gab es auch reichlich Armut, aber wenigstens war niemand gezwungen, aus Hunger sein Land zu verlassen!«, murmelte er in sich hinein. Selbst in Notzeiten war höchst selten jemand hungers gestorben. Die religiösen Einrichtungen hatten sich um die Kranken und Bedürftigen gekümmert und Arbeitsplätze geschaffen. Nach der Einigung Italiens hatten sich viele Sizilianer entschlossen fortzugehen. Und was hatte die Fremde diesen armen Teufeln gebracht?

Sobald sie das Geld für die Reise und die erste Zeit in der Fremde zusammengekratzt hatten, brachen junge Männer mit oder ohne ihre Familien zu ihrem Traumziel Amerika auf. Bei der Ankunft erwartete sie ein »Freund«, der sie dem *Padrone* übergab. Beide waren ebenfalls ausgewanderte Sizilianer. Das System in New York glich urbaner Sklaverei. Auf den Baumwollfeldern und den Zuckerplantagen der Südstaaten wurden die schwarzen Sklaven durch Sizilianer ersetzt und ebenso behandelt. Ignazio kochte vor Zorn, wenn er von den Morden, der Lynchjustiz und den Misshandlungen hörte, die häufig von Landsleuten verübt wurden, die die Neuankömmlinge gnadenlos und ungestraft ausbeuteten.

Was hat Italien für diese Menschen getan?, fragte er sich bitter.

Von heute auf morgen hatte sich der arrogante, für die sizilianische Wirklichkeit blinde Staat das Vermögen des Bourbonischen Reiches unter den Nagel gerissen, es zur Begleichung der in den Unabhängigkeitskriegen angehäuften Schulden verwendet und in die industrielle Entwicklung und das Bildungssystem Norditaliens gepumpt. Nach der wohlmeinenden Herrschaft Garibaldis und der Volksabstimmung über den Anschluss an das Königreich Sardinien hatte das neue italienische Parlament Sizilien Reformen aufgezwungen und seine Gesetze mitsamt dem Verwaltungsapparat, dem Steuersystem und der fünfjährigen Wehrpflicht auf die Insel übertragen, was die politischen Gegner in den Untergrund trieb und das Brigantentum beflügelte. Die Verpflichtung zur italienischen Sprache, von der keiner sich die Mühe machte, sie dem Volk beizubringen, schürte den Widerstand gegen eine Obrigkeit, die mehr und mehr einer piemontesischen Kolonialmacht glich. Die ohnehin elenden Lebensbedingungen verschlechterten sich noch erheblich. Die Insel wurde zu einem ungewollten Geschenk, das es mit minimalem Einsatz zu verwalten und auszuplündern galt.

Und ich? Was habe ich getan?, fragte sich Ignazio. Ich habe links gewählt, den Sozialismus gepredigt und nichts erreicht. Nachdem die Regierung uns den letzten Tropfen abgepresst hat, hat sie beschlossen, uns wie ein Land zu behandeln, das man ausbeuten, demütigen und der Armut und dem Analphabetismus überlassen, der Mafia und den Mächtigen ausliefern kann, die gemeinsam mit dem alten sizilianischen Adel, der Senatoren und Abgeordnete stellte, die Wahlen manipulieren.

Ein Kinderreim gellte durch die Stille. Eine Kampfansage.

»*I cca sugnu,
e tu unni si'?
Nesci nesci,
ca mortu si'.*«*

Es waren zwei kaum vierjährige Knaben. Arm in Arm kamen sie aus einer Gasse, marschierten laut krakeelend an ihm

---

* Ich bin hier, wo bist du? Komm raus und du bist tot.

vorbei und ließen ihre dicken, langen Zöpfe im Takt wippen. Sie waren nackt und spindeldürr, mit aufgedunsenen Bäuchen und hervorstehenden Nabeln. Groteske Erscheinungen. Aus einer Seitenstraße tauchten zwei nicht viel ältere Kinder auf, in zerschlissenen kurzen Hemden, unter denen die kleinen Penisse hervorlugten. Auch sie waren nur Haut und Knochen, mit Blähbäuchen und Zöpfen. Sie drückten sich gegen die Mauer und beobachteten die beiden anderen, die unverdrossen singend die Straße hinunterstapften. »Los!« Eine Salve Steinchen wurde abgefeuert, verfehlten jedoch die beiden, die ihren Schritt und ihren rhythmischen Singsang beschleunigten: »*Nesci nesci, ca mortu si'! Nesci nesci!*« Sie kamen näher. Die Steine prasselten ihnen auf die Füße, doch sie blieben nicht stehen. Ein dicker Stein traf eines der Kinder am Bauch. Es taumelte, ohne hinzufallen. Mit heiserem, drohendem Gesang marschierten sie auf ihre Angreifer zu.

Ignazio blieb ein wenig abseits stehen und blickte sich um. Die Sonne brannte auf das Pflaster. Es war, als läge das Dorf in tiefem Schlaf. Plötzlich brach Geschrei los: Tretend, prügelnd, beißend und fauchend fielen die Kinder übereinander her wie mordlustige Frettchen, die sich bis aufs Blut ineinander verbeißen, ehe sie zur Kaninchenjagd aus ihrem Käfig gelassen werden.

Eine Alte stand am Fenster eines verwahrlosten Hauses und sah ihnen teilnahmslos zu.

Wie hatte es in so kurzer Zeit zu solch einem Niedergang kommen können?, fragte sich Ignazio entsetzt. Gegen ein verrammeltes Tor gelehnt verfolgte er den Kampf. Fast sah es aus, als wollte eines der Kinder einem anderen den Penis abbeißen. Er erinnerte sich an die Enttäuschung in den Jahren nach der Volksabstimmung, hatte man doch gehofft, die Alphabetisierung und das Studium der neuen Einheitssprache, Italienisch, hätten für den neuen Staat oberste Priorität. Stattdessen gab es noch weniger Schulen als vorher, vor allem für die Armen. Die italienische Regierung hatte kein Interesse daran, das Gewerbe und das Handwerk zu finanzieren und so die Entstehung einer Mittelschicht zu fördern, die den Schritt vom Feudalismus zum Kapitalismus erleichtert hätte. Und schließlich der Gnadenstoß. Mit der ersatzlosen Auflösung der religiösen Körperschaften – die Einzigen, die für eine notdürftige Alphabetisierung der Armen gesorgt, ihnen Arbeit, medizinische Versorgung und Essen gegeben hatten – im sechsten Jahr nach der Staatsgründung hatte das Elend der Bevölkerung dramatisch zugenommen. Obwohl Ignazio nicht gläubig war, hatte er ihr Verschwinden bedauert und vorausgeahnt, dass sich die Potentaten und die einstigen Großgrundbesitzer mit den konfiszierten kirchlichen Gütern die Taschen vollstopfen würden – zum Schaden der Armen. Und genauso war es gekommen.

»Verschwindet!«, brüllte er die Kinder an. Keine Reaktion. »Haut ab!« Ignazio stürmte entschlossen auf sie zu. Gemeinsam huschten die Kinder davon und verschwanden in einer Gasse. Dann war es wieder still.

Blut klebte auf dem Pflaster. Ignazio betrachtete es. Habe ich mein Leben lang einen politischen Kampf geführt, um meinen Landsleuten das zu geben?, fragte er sich.

Er war ein Gescheiterter. Als Republikaner, garibaldinischer Freischärler und Freimaurer hatte er so gut wie nichts für Camagni und für seine Insel erreicht. Er versuchte sich zu trösten: Die Leute aus seiner Provinz respektierten ihn, er war ein guter Anwalt, half den Mittellosen, galt als großzügig und anständig, als gerechter Vater. Gerecht. Ignazio blinzelte: *ein gerechter Vater.*

Was hatte er seiner Tochter angetan?

Als er ihr von Pietro Sala berichtet hatte, war der Blick seiner geliebten Tochter erloschen wie der von Rosalie Montmasson, die er im fernen Jahr 1879 zufällig in Rom auf der Straße getroffen hatte. Sie waren eng befreundet gewesen. Rosalie hatte ausgesehen wie ein Schatten ihrer selbst. Kein Wort hatte sie über ihren Gatten und die erlittene Schmach verloren. Als einzige Frau im Zug der Tausend war sie ihrem Mann Ciccio Crispi gefolgt, den sie 1848 im Exil in Marseille kennengelernt und auf Malta geheiratet hatte. In den langen Jahren des Exils hatte sie ihn mit ihrer Arbeit als Wäscherin und Dienstmädchen durchgebracht. Als Crispi 1878 dann Innenminister geworden war, hatte er, obwohl er verheiratet war, in Neapel eine andere Frau geehelicht und mit ihr eine Tochter gezeugt. Die neapolitanische Zeitung *Il Piccolo* hatte darüber berichtet und verbreitet, der Minister habe offensichtlich seine erste Frau verlassen, weil sie seinem gesellschaftlichen Aufstieg im Wege stand. Erbost war Crispi zum Gegenangriff übergegangen: Das Verhältnis mit »jener Frau« sei eine »Scheinehe« gewesen, und überhaupt seien »maltesische Eheschließungen formal null und nichtig«. Die Staatsanwaltschaft hatte den Fall zu den Akten gelegt. Einige Monate später war Crispi wieder in der Regierung und wurde zum Ministerpräsidenten gewählt: Alles war vergessen.

Eines hatten Maria und Rosalie gemein: Loyalität. Genau wie die von ihrem noch immer geliebten Mann verstoßene und gedemütigte Französin nicht schlecht über ihn zu sprechen vermochte und sich in würdevolles, großherziges Schweigen flüchtete, nahm Maria demütig und ohne Groll hin, dass der Vater sie schlechter behandelte als seine Söhne. *Lieber würde ich auf die Ehe verzichten und meinen Brüdern ein gutes Studium ermöglichen*, hatte sie gesagt, opferbereit wie Rosalie, um die Männer des Hauses zu unterstützen.

Ignazio verachtete sich als Vater. *Ich würde gern arbeiten und Geld verdienen.* Dank ihrer Mutter war Maria ein modernes Mädchen. Doch Sizilien blieb gestrig und hielt die Frauen in ihrem Ghetto aus Hausarbeit und Kindererziehung gefangen. *Der Familie helfen*, hatte Maria gesagt. Sizilianische Familienbande waren mächtig, im Guten wie im Schlechten.

In der Ferne ertönte die Kirchenglocke von Santa Maria Addolorata. Eilig machte sich Ignazio auf den Weg in den Klub. Es war kaum jemand dort. Er griff sich eine Zeitung, las jedoch keine Zeile.

Die beiden Träume, die er als Jugendlicher und später als Erwachsener gehabt hatte, hatten sich nicht erfüllt. Weder waren die unter dem Bourbonenkönig verstaatlichten Lehen und der von den Savoyen beschlagnahmte Grundbesitz der Kirche in Form von Parzellen an die Kleinbauern und Landwirte verteilt worden, damit sie sich zu Kooperativen und Kleinunternehmern zusammenschließen und modernisieren konnten, noch waren die Sizilianer alphabetisiert worden, um eine Mittelschicht aus Arbeitern, Unternehmern, Lehrern und Beamten entstehen zu lassen.

Das seit den Aufständen von 1866 vom Staat im Stich gelassene Sizilien war Banditen und Gesetzesbrechern anheimgefallen. Das institutionelle Vakuum hatte das Sozialgefüge aus den Angeln gehoben: Auf der Suche nach Macht und Geld hatten sich die einstigen Großgrundbesitzer mit den ehemaligen, mafiösen Landpächtern zusammengetan, mit den gleichen Zielen: Macht und Reichtum. Die Mafia hatte sämtliche Berufsstände durchsetzt und machte sich die unternehmerischen Prinzipien des Bürgertums zu eigen: Ordnung, Weitblick, Besonnenheit und spießbürgerliche Redlichkeit. Sie teilte sich das Ordnungs-, Gewalt- und Arbeitsmonopol mit der Oberschicht, mit dem Ergebnis, dass die Bauern doppelt ausgebeutet wurden.

Ignazio hatte versucht, etwas dagegen zu unternehmen. Er vertrat die Rechte des Volkes und verbreitete sein sozialistisches Credo in der vergeblichen Hoffnung, dass es in der Mittelschicht Wurzeln schlüge. Denn das Volk misstraute dem Staat und seinen Gesetzen. Die Alphabetisierung ging nur schleppend voran. Der Staat hatte beschlossen, seine Mittel vor allem in den industrialisierten Norden fließen zu lassen. Die Kindersterblichkeit im Süden nahm zu. Die einfachen Leute wurden immer ärmer, ihnen blieb nur die Emigration. In Riesi, Grotte, Sutera und Modica hatten Ignazio und sein Freund Giovanni Prosio die Waldenser unterstützt, die sich für Erwachsenenschulen einsetzten, damit die Bauern und Arbeiter ihre Forderungen besser vertreten konnten.

Im Osten Siziliens keimte ein sozialistischer Geist, der Hoffnungen weckte. Ende der Achtzigerjahre hatte Ignazio gehofft, die stetig wachsenden Arbeiter- und Handwerkervereinigungen und die kleinen Banken könnten die Mittelschicht endlich erstarken lassen. Damals war er Anfang vierzig und in seinen besten Jahren gewesen. Seine Familie war mit dem Kleinadel von Camagni verwandt, zu dem er nach wie vor gute Beziehungen pflegte. Titina, Peppino Tummias dreizehnjährige Schwester, war zu einem aufgeweckten, selbstbewussten, wohlgeformten Mädchen mit hellem Haar und kastanienbraunen Augen herangereift. Ignazio erklärte ihr den Sozialismus, die Arbeiterbewegung, die Politik. Er erzählte ihr von seinen Träumen, von der Gerechtigkeit und einer rosigen Zukunft für alle, und sie hing an seinen Lippen. Sie stellte ihm Fragen und verlangte fundierte Antworten. Mit ihrer jugendlichen Frische und unstillbaren Neugier hatte sie ihn erobert. Einmal, als er bei den Tummias in Fuma Nuova zu Gast war, hatte sich Titina des Nachts in sein Zimmer geschlichen und sich ihm mit argloser, verführerischer Entschlossenheit angeboten. Als er abgelehnt hatte, war sie in theatralisches Schluchzen ausgebrochen, wohl wissend, dass sie andere damit wecken würde. Hastig hatte er nachgegeben. So war Maria gezeugt worden, die Titina nach ihrer Mutter benannt hatte. Das winzige Neugeborene mit den ausdrucksvollen Augen seiner Mutter war Ignazio wie ein Schatz erschienen, wie ein Wunder, eine Hoffnung, ein Engel. Trotz all der anderen Frauen liebte er Titina innig, und sie war niemals eifersüchtig gewesen: Sie wusste um ihre privilegierte Beziehung, die auf Vertrauen und unverminderter Leidenschaft basierte.

Und jetzt wollte sich Maria für die Familie opfern. Die Zeitung auf den Knien starrte Ignazio auf die matten Fußbodenfliesen. Maria wollte sich opfern, genau dieser Ausdruck hatte sich in seinem Kopf festgesetzt.

Der Klub hatte sich mit Mitgliedern gefüllt, die voller Energie von ihrer Mittagsruhe zurückkehrten. Alfonso, ein ehemaliger Schulkamerad, der Ingenieurwesen in Turin studiert hatte, hatte seinen Veneter Kollegen Manfrinato mitgebracht, der als Ministerialdirigent mit der Kontrolle des Agrigenter Hafens betraut war. Die beiden hatten es sich neben Ignazio bequem gemacht und unterhielten sich über die Verschwendung öffentlicher Gelder in Sizilien. Seit dem Beginn der Bauarbeiten für den Hafen von Messina 1862 seien Millionen vergeudet worden, bemerkte Manfrinato. Der ausgewählte Standort sei dermaßen ungeeignet, dass man das Trockendock woanders hatte errichten müssen. Für den Hafen von Agrigent seien mehr als sechs Millionen bereitgestellt worden, und als die aufgebraucht waren, hätte man erfolgreich weitere vierhundert beantragt. Am Ende wurde die ganze Sache fallen gelassen und ein neues Projekt in Angriff genommen.

»Warum diese Verschwendung? Unvermögen kann doch nicht der einzige Grund sein.«

Ignazio schaute auf. Der Veneter sah Alfonso fragend an, der den Blick verlegen erwiderte.

»So ist das hier nun mal.« Alfonso blies den Rauch aus. »Über diese Dinge spricht man nicht. Die Politik weiß das und verdient daran.«

»Verstehe«, erwiderte Manfrinato. »Aber beklagt sich das Volk nicht? Was sagen die Fischer, die Unternehmer, die Hafenarbeiter dazu? Und die bescheidene Schifffahrtsindustrie, mit der es bei einem effizienteren Hafen gewiss aufwärtsginge?« Als Manfrinato keine Antwort erhielt, widmete auch er sich resigniert dem Rauchen.

Schließlich ergriff Alfonso wieder das Wort. »Du hast Palermo doch gesehen, du weißt, was für ein Erfolg die Nationalausstellung von 1891 war, und du kennst auch Catania und Messina. Wunderschöne Städte, deren Bevölkerung sich verdoppelt hat. Sie glänzen mit ihren Jugendstilvillen, den Palästen der Neureichen, den Opernhäusern, den prächtigen öffentlichen Gebäuden… Das Bürgertum gedeiht, Berühmtheiten und Mitglieder der Königshäuser aus ganz Europa reisen an. Das ist es, was die Sizilianer sehen, und das sehen auch die einfachen Leute. Die Armen vergessen darüber, dass sie keine Kanalisation haben und in Löchern hausen. Sie sind daran gewöhnt. Sie lassen sich lieber von der Schönheit und dem Luxus der anderen blenden.«

Manfrinato fiel es nicht schwer, dem etwas entgegenzusetzen. »Aber hier krepieren die Menschen an Typhus und Cholera! Auf höchst unbequeme und diesen Zeiten gänzlich unangemessene Weise bin ich auf kaum passierbaren Straßen durchs Land gereist und habe verwaiste Landstriche, nackte Kinder, hungernde Bauern und ausgezehrte Schwefelarbeiter gesehen. Die Leute wandern aus, um nicht zu verhungern! Wieso reagiert ihr nicht und sorgt dafür, dass hier mehr Industrie entsteht?«

Alfonso blickte sich um. Die drei waren allein. »Aber das stimmt doch nicht, Manfrinato«, entgegnete er. »Wir haben doch drei Industriezweige. Ignazio weiß, wovon ich rede, und wird mich gegebenenfalls korrigieren. Die Adeligen und deren ehemalige Landpächter haben sich zu einer Industrie der Unterdrückung zusammengeschlossen, um die Verteilung der ehemaligen Lehen an die Bauern zu verhindern, wozu sie gesetzlich verpflichtet wären. Oder sie schröpfen die Bevölkerung durch Wucher, unfaire Knebelverträge und illegale Halbpachtverträge.«

»Und die Mafia lässt das zu?«, fiel ihm der junge Veneter mit purpurroten Zornesflecken auf den blassen Wangen ins Wort.

Alfonso machte ein überraschtes Gesicht. »Pardon, aber ohne die Erlaubnis der Mafia kann keine Industrie florieren, auch der Schwefelabbau nicht! In diesem Fall wurde auf ganzer Linie kollaboriert.« Die zweite Industrie sei die der Gewalt, erklärte er, und die liege nicht ausschließlich in den Händen der Mafia. Die gesetzlosen Banditen in den Bergen respektierten sie zwar, doch blieben sie das letzte Bollwerk der sizilianischen Unabhängigkeit gegenüber den Institutionen, von denen die Mafia eine tragende Säule war. Mit ihnen zu verhandeln sei unmöglich, und nicht zuletzt deshalb sei die Kommunikation auf der Insel vollkommen rückständig geblieben. Reisen war nur möglich mit der – nicht immer effizienten – Unterstützung der Mafia und unter dem Schutz ihrer bis an die Zähne bewaffneten Agenten. Doch da das urbane Wachstum und die wenigen staatlich subventionierten Industriebetriebe den Eindruck von Fortschritt vermittelten, unterschlug man den Besuchern die Wahrheit: Armut, Gewalt und Analphabetismus. Noch immer verließen die Menschen in Scharen das Land.

»Gibt es denn keine einzige Gemeinde oder Verwaltung, die unabhängig ist?«

»Sollte es hier in Westsizilien eine geben, kennen wir sie nicht«, entgegnete Alfonso. »Den dritten Industriezweig kennt man auch bei euch: die Korruption. Bei uns ist sie allerdings erheblich weiter gediehen. Sie umfasst staatliche Genehmigungen und gekaufte Wählerstimmen und macht auch vor der Polizei und anderen zivilen Institutionen nicht halt. Wehe dem, der sich ihr widersetzt oder sie anprangert. Neben der Hand der Mafia und der Potentaten legt sich auch die der Präfekten schwer auf die Schultern derer, die es wagen, den Mund aufzumachen. Die Strafen reichen von Verbannung bis zu gesellschaftlicher Ächtung, die auch vor den Kreisen um den Regierungsvertreter nicht haltmacht. Das geht bis zu Geiselnahmen, Gewalt gegen Familienangehörige und Abschreckungsmorden.« Zustimmung suchend blickte Alfonso zu Ignazio hinüber, der jedoch reglos dasaß, die Beine von sich gestreckt, als wäre er eingeschlafen. Einzig die gerunzelte Stirn verriet seine innere Qual.

Ein fröhlich plauderndes Grüppchen betrat den Klub, zu dem auch Ignazios Cousin Diego Margiotta gehörte. Alfonso und der Veneter erhoben sich und wandten sich zum Gehen. Diego machte vor Ignazios Sessel halt. »Mein lieber Cousin, ich weiß, dass du nicht schläfst. Wach auf, ich will dir zu den guten Neuigkeiten gratulieren.«

Ignazio funkelte ihn verächtlich an. »Was für gute Neuigkeiten? Ich habe keine.«

»Tu nicht so! Alle wissen, dass eine prachtvolle Hochzeit für deine Tochter ins Haus steht!«

»Du redest von Dingen, von denen du keine Ahnung hast.«

»Nun, wenn du meinst. Ich hatte gehofft, dein schlechter Charakter würde sich mit dem Alter bessern, zumal wenn es solche Neuigkeiten gibt. Du wirst der Schwager eines der größten Bergwerksbesitzer der Provinz. Das wird gewiss eine Umstellung für dich. Jetzt musst du auf die Seite der Arbeitgeber wechseln.«

Ignazio drehte sich wortlos weg. Diego lachte. »Wir sind Cousins und einander sehr zugetan«, wandte er sich an seine Begleiter, »wir streiten gern, aber gute Neuigkeiten söhnen uns aus. Ich habe es schon immer gesagt: Schwefelarbeiter sind Glückspilze. Sie haben Arbeit und müssen nicht auswandern, und obendrauf kriegen die Kumpels der Sala-Minen eine Dienstherrin mit weichem Herzen.«

Ignazio schickte einen Burschen los und ließ seiner Frau ausrichten, dass er nicht zum Abendessen kommen würde. Missgelaunt verließ er den Klub. Er brauchte Entspannung. Also machte er sich auf den Weg zur Herberge seiner alten Freundin Donna Assunta, die ihm Wein und Trost spenden würde.

Mitten in der Nacht kam Ignazio erschöpft heim. Titina war im Morgenrock und las. Sie hatte auf ihn gewartet. Seine Weinfahne verriet ihr, wo er gewesen war.

»Soll ich dir beim Auskleiden helfen?«, fragte sie.

»Danke, Titina, mein Herz. Ich will sie nicht diesem Mann überlassen ... nein ... nein ...«, nuschelte er, während sie ihm die Schuhe auszog.

»Na so was. Dort bei der Tür liegt ein Umschlag.« Titina hob ihn auf. »Er ist für dich.«

7
Der Schmetterling

Im vorletzten Jahrzehnt des neunzehnten Jahrhunderts hatten die florierende Weltwirtschaft, der wissenschaftliche und industrielle Fortschritt in Norditalien, das Ende des Zollkrieges mit Frankreich und die beträchtlichen Geldüberweisungen der Auswanderer für einen gewissen Wohlstand in Sizilien gesorgt. Ohne das Zutun der Regierung war er auch bis zu dem unternehmerisch geprägten, verhältnismäßig fortschrittlichen Dorf Camagni vorgedrungen. Auf den waldigen Hängen unweit des Ortes bauten sich gut situierte Bürger schmucke Ferienhäuser im modernen Stil wie in Palermo. Die Villa Tummia in Fuma Nuova war eines davon. Gesimse aus floral gemusterten Keramikkacheln zierten die mit kleinen Balkonen bestückte Fassade aus honigfarbenem Sandstein, über der sich ein zierlicher, mit schmiedeeisernem Geländer und Krönchen versehener Aussichtsturm erhob. In dem weitläufigen Garten wuchsen prächtige Palmen und Agaven. Jedes Jahr Ende Mai luden die Tummias zum Empfang. Vor dem Mittagessen flanierten die Gäste die Gartenwege zu den Treibhäusern und der etwas übertrieben »Zoo« genannten Menagerie hinunter, die am Rand des Waldes vom Fuma lag.

Peppino Tummia liebte es, seine Gäste mit neu erworbenen kostspieligen seltenen Pflanzen und exotischen Tieren zu überraschen, die er aus Norditalien und aus dem Ausland bezog. Dieses Jahr konnte er mit drei Kapuzineraffen aus Argentinien aufwarten, die ihm ein in den Siebzigerjahren emigrierter ehemaliger Landpächter geschenkt hatte. Mit dem weißen Gesicht und der weißen Brust, die sich vom schwarzen Fell des Körpers abhob, erinnerten sie aus der Ferne tatsächlich an Mönche. Auch den eigens gebauten Käfig galt es zu bewundern, der angeblich ebenso groß war wie die Familiengruften auf dem neuen Friedhof und in dem ein ausgewachsener, knorriger Olivenbaum und ein Feigenbaum Platz hatten, auf deren Ästen sich die Äffchen zum Schlafen zusammenkauerten.

Mit Frau und Tochter am Arm und den beiden ältesten Söhnen Filippo und Nicola im Gefolge schlenderte Ignazio Marra hinter den anderen Gästen drein.

»Wenn er dir nicht gefällt, musst du ihn nicht nehmen, hast du verstanden?«, raunte er seiner Tochter zu.

»Ich weiß, Papa, das sagtest du gestern schon.«

»Vergiss es nicht!«

Wie zufällig kamen Peppino und Pietro auf dem Rückweg vom Affenhaus auf die Marras zu. Nach der Begrüßung schlug Peppino vor, das Treibhaus zu besuchen, um den Gästen einige afrikanische Falter zu zeigen, die er zwischen den tropischen Pflanzen ausgesetzt hatte. Er hakte seine Nichte unter und schlug, die anderen im Schlepptau, den Weg zu den Gewächshäusern ein. Während Maria scheinbar gelassen seinen Erklärungen lauschte, folgte der sichtlich nervöse Pietro dicht hinter ihnen. Schließlich gab er sich einen Ruck und gesellte sich an ihre Seite. Maria tat so, als bemerke sie ihn nicht. Sie schnupperte an den Blumen, streichelte ihre Blätter, beobachtete die Schmetterlinge, die sich auf den

Pflanzen niederließen, und folgte ihrem Flug wortlos mit den Augen, wobei sie es tunlichst vermied, Pietro anzusehen.

Ein schwarz-weißer Schmetterlingsschwarm stob von einem stattlichen Strauch auf und gab das leuchtend grüne Laub frei. Ein Falter verfing sich hektisch flatternd in Peppinos pomadeglänzendem Haar. Irritiert ließ Peppino den Arm seiner Nichte los und verscheuchte ihn. Sogleich kniete sich Pietro hin und setzte ihn sich auf die Hand. Während sich der verschwitzte Peppino mit seinen groben Fingern das zerzauste Haar glatt strich, blickte Maria neugierig zu Pietro hinunter, der sich über den Schmetterling beugte und ihn mit dem Finger behutsam anstupste. »Na komm, flieg doch weiter«, flüsterte er. Diskret wich Peppino zurück, um die beiden allein zu lassen. »Na los, flieg schon«, flüsterte Pietro und hob den Falter in die Höhe. Ein zaghaftes, zitterndes Flattern, und mit einem Ruck löste sich der Falter mühsam von Pietros Handfläche, um sogleich wieder zurückzupurzeln. Nach mehreren Fehlstarts erhob er sich schließlich taumelnd in die Luft und schwebte zu den anderen, die jeder nach seinem eigenen Rhythmus bei jedem Flügelschlag ihre prachtvollen schwarzweißen Muster preisgaben.

Hingerissen sah Maria ihnen dabei zu.

Pietro erhob sich und bat stammelnd um Verzeihung, sie noch nicht angesprochen zu haben.

»Sie müssen sich nicht entschuldigen, immerhin haben Sie diese wunderbare Gotteskreatur wieder auf den Weg ins Leben gebracht«, sagte Maria leise, ohne den Blick von den Schmetterlingen abzuwenden.

»Aber Signorina! Vielmehr möchte ich eine ebenso wunderbare Gotteskreatur dazu bringen, ihr Leben mit mir zu teilen... als meine Frau.«

Maria wurde erst blass, dann rot. Sie senkte den Kopf und

schien leicht zu wanken. Eine kleine Hand schob sich in die ihre. Ihr Bruder Roberto war zu ihr gelaufen. »Der Schmetterling fliegt wieder! Warst du das, Mimì?« Vertrauensvoll schaute er zu ihr empor. Sie lächelte. »Nein, es war dieser Herr hier.« Sie blickte auf, und diesmal sah sie ihn an. Hinter ihnen standen ein paar fröhliche junge Männer mit einem Glas Wein in der Hand unter einer Glyzinie. Nur einer stand mit kalkweißem Gesicht ein wenig abseits und ließ Maria nicht aus den Augen.

Nach diesem Vorfall war Pietro plötzlich verschwunden, was für Unruhe und Gerede sorgte. Wieso war er so früh und ohne Abschied gegangen?

Angeblich hatte er es auf Anwalt Marras Tochter abgesehen: Hatte die dumme Gans ihm etwa einen Korb gegeben?

Oder war ihm etwas zugestoßen?

Jemand schwor, ihn mit einem schwarzweißen Schmetterling auf der Hand im Glashaus gesehen zu haben, und zwar längere Zeit. Womöglich war das Viech giftig, bei diesen exotischen Kreaturen konnte man nie wissen.

Oder vielleicht hatte er eine Nachricht von der Friulana erhalten, seiner langjährigen Geliebten aus dem Bordell von Ponente, die er jedes Mal aufsuchte, wenn er nach Camagni kam.

Am frühen Nachmittag waren die Marras nach Hause zurückgekehrt. Ignazio hatte für Empfänge nichts übrig, erst recht nicht für die der Tummias, denen er vorwarf, sich mit ihrem Titel zu brüsten – einer der letzten, die der Bourbonenkönig vor der Landung der Tausend verliehen hatte – und das Geld für Nutzlosigkeiten wie eine Menagerie zu verprassen. Hinzu kam, dass die Tummias seine Heirat mit Titina nie akzeptiert hatten. Er bereute es, Pietro Salas Bitte so vorschnell nachgegeben zu haben, und wurde jetzt von Schuldgefühlen geplagt. Er beschloss, in den Klub zu gehen.

Nachdem er die anderen Mitglieder begrüßt hatte, griff er sich eine Zeitung und sank in einen Sessel. Doch er konnte sich nicht konzentrieren. Immer wieder wanderten seine Gedanken zu Pietro Sala und dessen Familie. Der Isotta Fraschini hatte im Dorf für Aufsehen gesorgt, und die Klubmitglieder konnten nicht aufhören, voller Bewunderung und herablassendem Neid über das Fahrzeug und den Reichtum der Salas zu sprechen.

»Mit dem Wagen sollte man gar nicht durchs Dorf fahren dürfen, er gefährdet den Verkehr! Einmal nicht aufgepasst, und schon sind Tiere und Menschen unter den Rädern!«, sagte einer. »Angeblich hat der Kutscher des jungen Barons eine Prüfung machen müssen, um die Fahrerlaubnis zu bekommen!«, fügte er altklug hinzu.

»Nicht zu fassen! Ausgerechnet Leonardo Ingrascia, dieser Strohkopf, der nicht lesen und schreiben kann!«, eiferte sich jemand.

Ein anderer schüttelte den Kopf. »Der bringt uns noch alle um. Er muss nur an irgendeinem Hebel ziehen oder auf einen Knopf drücken, und schon kann er nicht mehr bremsen!«

Ein Medizinstudent, der ebenfalls im Klub verkehrte, behauptete, der Auspuffqualm sei hochgiftig und habe den Tagelöhnern entlang der Straße die Augen verätzt.

Ein Mann, dessen Frau ins Krankenhaus eingeliefert worden war, hatte aus sicherer Quelle erfahren, dass ein armer Teufel, dem der Qualm in die Lunge geraten sei, das Krankenhaus noch immer nicht verlassen habe.

»Als er vor einer halben Stunde aus Fara zurück nach Camagni gekommen ist, hat er zwei Hunde überfahren, einen nach dem anderen, gleich am Dorfeingang. Das habe ich mit eigenen Augen gesehen!«, sagte ein anderer.

»Das stimmt«, pflichtete sein Nebenmann ihm bei. »Mein Schwager war dort. Einfach plattgefahren. Immerhin hat er angehalten und gewartet, bis der Besitzer kam, ein Jäger. Er hat ihm Geld gegeben, damit er sich zwei neue Jagdhunde kaufen kann.«

»Bravo!«

»So gehört sich das!«

»Wenn doch alle so anständig wären!«, pflichteten andere bei.

»Und so reich«, murmelte einer, der ein wenig abseits stand.

Der nachmittägliche Ausflug nach Fara blieb ein Rätsel. Pietro hatte den Empfang des Schwagers noch vor dem Mittagessen verlassen, um nach Fara zu fahren, und war noch vor dem Abendessen nach Camagni zurückgekehrt. Er hatte die Höllenmaschine selbst gesteuert. Zu Pferde hätte man für die Strecke rund zehn Stunden gebraucht. Er hatte es in weniger als der Hälfte der Zeit geschafft, und das hatte seinen Preis gehabt: Hasen, Kaninchen und vor allem Hunde hatten mit ihrem Leben bezahlt – von einem ganzen Dutzend war die Rede, das sich mit jeder weinseligen Schilderung verdoppelte.

Doch weshalb dieses Hin und Her? Der Filialdirektor der Banca Sicula war ein wortkarger Mann: »*Irgendwas* muss passiert sein.« Dann schwieg er für den Rest des Abends.

Man kam auf die Tummias zu sprechen und munkelte über einen Schwächeanfall der Schwester Giuseppina oder ihrer Tochter Carolina, die wohl schon tags zuvor unpässlich gewesen sei. Pietro Sala hätte seiner innig geliebten Schwester beistehen und dem Vater telegrafieren sollen: Jeder wusste, dass der alte Sala eine private Telegrafenleitung zwischen seinem Haus und seinen Schwefelminen besaß, von denen eine unweit von Camagni lag.

Möglicherweise hatte ein heikles, unaufschiebbares Problem Pietro gezwungen, nach Fara zu fahren. Es war allgemein bekannt, dass Baron Tummia sich wegen seiner leichtfertigen Investitionen in die inzwischen stillgelegte Eisfabrik und in manch anderes, was man besser unerwähnt ließ, verschuldet hatte. Zudem hatte er eine Klage am Hals, weil er nicht nur den Arbeitern, sondern selbst dem Direktor ihren Lohn schuldig war. Womöglich hatte Pietro den Vater um ein Darlehen für den Schwager gebeten und war mit dem Geld zurückgekommen?

Alle hielten Pietro für genusssüchtig, und jeder wusste seinen Senf dazuzugeben. »Wenn er etwas sieht, das ihm gefällt, muss er es haben«, sagte einer, der sich als sein Freund bezeichnete. Die Klubmitglieder waren sich einig, dass ihn das ausschweifende Leben zwischen Rom, Paris und Monte Carlo seine oberste Pflicht vergessen ließ – dem Vater einen Enkel zu schenken.

Dennoch war der herzliche, geistreiche und großzügige Pietro bei allen beliebt.

»Er hat nie jemandem etwas zuleide getan.«

»Pietro Sala ist reich und verwöhnt, aber für das, was er tut, steht er gerade.«

»Wenn es einem schlecht geht oder man in Schwierigkeiten steckt, ist er der Erste, der zur Stelle ist.«

8

Eine nie gekostete Frucht

Der große Tisch, der im Hause Marra im Vorraum der Küche stand, leistete vielseitige Dienste: Der Nudelteig wurde darauf ausgerollt, die Mägde bügelten auf ihm die großen Wäschestücke – Laken, Decken, Tischdecken, Handtücher, Vorhänge –, und wochentags, wenn sie nicht an den elterlichen Esstisch gebeten wurden, nahmen die jüngeren Kinder daran ihre Mahlzeiten ein; Maricchia und Egle aßen immer dort.

Obwohl sie mehr als satt aus Fuma Nuova heimkehrten, konnten die Kinder Maricchias köstlichem Imbiss nicht widerstehen: dunkles Brot mit einer dünnen Schicht Quittengelee und dazu Limonade. Sie erzählten von dem Ausflug. Nicola schwärmte vom Isotta Fraschini, der ein wenig abseits von den Kutschen und Einspännern geparkt hatte und von Jung und Alt bestaunt wurde. Maria war schweigsam. Am liebsten hätte sie sich allein ans Klavier gesetzt, doch dazu war es zu spät, und so würde sie sich mit Egle und Maricchia an die Näharbeit machen.

Im letzten Tageslicht saßen Egle und Maria am Fenster und ersetzten die abgetragenen Kragen und Manschetten der Hemden – eine Präzisionsarbeit: Das Auftrennen der Nähte erforderte Fingerspitzengefühl, um den Stoff nicht zu beschädigen. Dann mussten die Ersatzstücke befestigt und die Nadel durch die winzigen Löcher der alten Naht geführt werden. Geduldig heftete Maria die angesteckten Kragen an und sang, begleitet von Egles Summen, *Ascoltami Lucia…* aus *Lucia di Lammermoor*.

Sie war traurig. Noch nie hatten die Eltern Andeutungen gemacht, sie könnte vor ihrem achtzehnten Lebensjahr heiraten. Sie hatten sie zunächst sogar ermutigt, das Collegio di Maria zu besuchen, ihre dritte Wahl. Ihre erste Wahl war das Königliche Konservatorium in Palermo gewesen, doch das war von vornherein ausgeschlossen worden als zu teuer und zu weit entfernt; dabei hätte sie doch bei Elena, der einzigen Schwester des Vaters, wohnen können. Auch die Hochschule von Camagni hatte sich als zu kostspielig erwiesen. Maria hätte sich gern eine Stelle als Hauslehrerin oder Musiklehrerin gesucht, doch die Eltern hatten sie gebeten, abzuwarten und zu Hause zu bleiben.

Wenn sie Pietro heiratete, würde sie Camagni unverzüglich und für immer verlassen müssen. Mit einem Unbekannten, in den sie nicht verliebt war – dazu war keine Zeit gewesen. Doch Maria dachte auch an die positiven Aspekte. Das wenige, was sie von ihm wusste, war ihr nicht unsympathisch: Er mochte Tiere, schien ein gutes Herz zu haben, hatte ein tadelloses Benehmen und war zwar nicht schön, aber attraktiv. Und er war der Onkel mütterlicherseits ihrer Tummia-Cousins. Immerhin. Maria fühlte sich privilegiert: Der Vater hatte ihr versichert, dass er der Ehe ohne ihre Einwilligung nicht zustimmen würde. Ihr Cousinen und Freundinnen hingegen wurden mit Wildfremden verheiratet, die die Eltern für sie ausgesucht hatten. Dass Pietro reich war, interessierte sie nicht. So viel Sozialismus hatten der Vater und Giosuè ihr vermittelt, dass sie trotz ihrer Furcht vor Armut nicht nach Reichtum strebte.

Als Nächstes wurden die Ecken von Servietten mit Kirschzweigen in Glatt- und Stielstich bestickt. Maria fädelte den leuchtend roten Seidenfaden ein und nahm das Fadenende zwischen Zeigefinger und Daumen, um es zu verknoten.

»Wie soll mir eine Frucht schmecken, die ich nie gekostet habe?«

Maricchia hob die schlaffen Lider und beobachtete stumm, wie Maria den Faden geschickt in die Nadel zog und sich an die Stickerei machte.

Roberto stürmte herein, um die Schwester zu rufen: Onkel und Tante Tummia seien im Wohnzimmer und der Vater wünsche sie zu sehen. Maria seufzte leise, entschuldigte sich bei den anderen und folgte ihrem kleinen Bruder.

Die Tummias waren gleichzeitig mit Ignazio eingetroffen, der aus dem Klub zurückkam. Sie hatten nicht einmal Zeit gehabt, sich nach dem Empfang auszuruhen. Pietro wartete bereits in der Eingangshalle; rastlos wie ein Gefangener umrundete er mit verschränkten Armen den großen Tisch in der Mitte. Gleich nach der Begegnung mit Maria hatte er Fuma Nuova verlassen, um nach Fara zum Vater zu fahren, der der Heirat zugestimmt hatte – fünf Stunden Autofahrt über holperige Straßen –, und die Schwester und den Schwager krank vor Liebe angefleht, sie mögen seiner Qual ein Ende bereiten und sich unverzüglich zu den Marras begeben, um ihnen die gute Neuigkeit zu überbringen und zu fragen, ob Maria der Vermählung zustimmte.

»Aus diesem Grund sind wir hier«, sagte Giuseppina. »Mein Vater ist bereit, morgen seine Aufwartung zu machen, um Marias Hand zu bitten und die Hochzeit offiziell zu beschließen. Mein Bruder möchte so bald wie möglich heiraten.«

»Und die Mitgift?«, fragte Ignazio, um sich zu vergewissern, dass sie tatsächlich nicht gefordert war.

»Mein Bruder will sie nackt und bloß...« Giuseppinas Wortwahl entging den Anwesenden nicht.

»Wir werden mit Maria sprechen und euch in Kenntnis setzen«, entgegnete Titina gereizt.

»Du könntest sie jetzt fragen und uns ihre Antwort sofort wissen lassen. Denk dran, keine Mitgift.«

Die Worte des Bruders verfehlten ihre Wirkung. »Lieber verheirate ich sie gar nicht, als sie zu verkaufen!«, zischte Titina.

»Beruhige dich, meine Liebe.« Ignazio legte ihr die Hand auf die Schulter. »Gut möglich, dass Maria auch an Pietro Gefallen gefunden hat. Wir wissen es nicht! Wir müssen sie fragen.«

»Na, dann ruf sie doch!«

Titina war außer sich. »Pietro Sala will alles sofort! Das gefällt mir ganz und gar nicht! Er hat meinen Bruder gezwungen, uns diesen unerhörten Antrag zu machen! Wir nagen doch nicht am Hungertuch! Er ist verrückt, genauso verrückt wie seine...« Peppinos warnender Blick brachte sie zum Schweigen.

Giuseppina nahm die Beleidigung ungerührt hin. Nur ihre Hände zitterten leicht.

»Rufen wir also unsere Tochter und hören, was sie zu sagen hat!«, beschloss Ignazio resolut.

In der Hast, ihrem Vater Folge zu leisten, hatte Maria vergessen, die an ihre Schürze gesteckte Sticknadel zu entfernen. Der Onkel hatte sich feierlich erhoben und erklärte ihr, er und seine Gattin seien im Auftrag der Salas gekommen. »Baron Sala, also mein Schwager, ist bereit, die Verlobung zu beschließen.« Die Salas würden sie mit offenen Armen aufnehmen und ihr ein reiches, geradezu luxuriöses Leben garantieren. »Reich... verstehst du, Maria? Ein sorgloses Leben! Für dich und deine Kinder!«

Es klopfte an der Tür. »O Himmel... er kommt doch nicht etwa selbst!«, murmelte Titina finster.

Giosuè steckte lächelnd den Kopf herein. »Entschuldigt...« Er machte keine Anstalten zu gehen. »Darf ich stören? Die Post ist gekommen...«, sagte er an Ignazio gewandt.

»Darüber reden wir später!«

»Maria«, hob der Onkel an. »Du wirst in den besten Salons auf dem Festland und im Ausland verkehren, in den höchsten Adelskreisen, du wirst Künstler, Musiker, Schriftsteller und Politiker treffen!« Pietro garantiere ihr ein Auskommen, verlange keine Mitgift und würde ihr beim Einrichten und Führen des Palazzos in Agrigent, in dem sie leben würden, vollkommene Freiheit gewähren. Des Weiteren unterstünden ihr die Wohnung in Palermo und das Haus in Fara.

Je rosiger der Onkel ihre Zukunft ausmalte, desto unbehaglicher fühlte sich Maria. Sie war so benommen, dass sie ihm irgendwann nicht mehr zuhörte. Das Einzige, was sie noch wahrnahm, waren die Beklommenheit ihrer Mutter und die Anspannung des Vaters, für die sie sich schuldig fühlte. Schließlich gab sie sich einen Ruck und ergriff mit klarer Stimme und zitterndem Herzens das Wort. »Wenn meine Eltern mir dazu rieten, würde ich mich der Ehe mit Pietro Sala nicht widersetzen. Aber ehe ich mein Wort gebe, möchte ich mit ihm unter vier Augen sprechen. Bis dahin soll keiner von seinem Heiratsantrag erfahren. Entschuldigt mich«, fügte sie nach einem kurzen Zögern hinzu, »aber ich muss noch Näharbeiten erledigen, ehe es dunkel wird.«

Der Auftrag, dem Bruder die demütigende Nachricht einer mittellosen Fünfzehnjährigen zu überbringen, löste in Giuseppina, die nie etwas für Titina übriggehabt hatte, eine unbändige, tiefe Abneigung gegen Maria aus, mit der sie auch ihre älteren Schwestern infizieren sollte.

Als die Tummias sich verabschiedet hatten, holte Titina Maria aus dem Nähzimmer und brachte sie zu ihrem Vater. Der Anwalt war in seinen Sessel gesunken. Er wirkte alt. »Sag mir, mein Kind, was bewegt dein Herz?«

Maria war ernst. Eine leise Traurigkeit lag in ihrer Stimme. »Ich weiß, dass ich eine Last für euch bin, wenn ich Pietro Sala oder einen anderen nicht heirate. Das weiß ich sehr gut, doch ich weiß auch, dass ich eine Anstellung finden und arbeiten könnte.«

Der Vater war sprachlos. »Maria, hör mir zu!«, ergriff Titina entschlossen das Wort. »Du darfst nie mehr denken, du seist eine Last für deine Eltern! Niemals! Dies ist dein Zuhause ebenso wie meines, und das wird es immer bleiben! Wir wollen, dass du selbst und in aller Ruhe entscheidest, welchen Mann du heiraten willst. Und das bedeutet, dass du ihn gut kennenlernst. Einen, der dir sympathisch ist und von dem du glaubst, ihn als Mann lieben und mit ihm das Bett teilen zu können. Das Bett, verstehst du? Einen, von dem du dir Kinder wünschst. Bisher hast du Pietro Sala noch nicht kennengelernt und kannst nicht wissen, ob er dir gefällt. Solltest du beschließen, ihn aus anderen Gründen zu heiraten, angefangen bei der nicht verlangten Mitgift, hätte ich als Frau und Mutter versagt. Verstehst du mich, Maria? Du bist klug, und ich vertraue auf dein Urteil.«

»Du kennst ihn doch, Mamà... sag mir, was du von ihm hältst.«

»Das sage ich dir gern: Ich wünsche mir, dass du ihn nicht nimmst, so reich, tüchtig, gebildet und charmant er auch sein mag. Seine Familie gefällt mir nicht, und nach zwanzig Jahren mit seiner Schwester als Schwägerin weiß ich so einiges über die Salas. Bleib hier, Maria, und warte auf den Richtigen, einen, der dich gernhat und dich umwirbt... in aller Ruhe.«

»Und du...«, fragte Maria, an den Vater gewandt.

»Mein Kind, deine Mutter hat recht gesprochen.« Seine Stimme brach. »Geh und denk darüber nach. Du hast das hochheilige Recht, dein Leben zu genießen. Immer. Und dein Glück zu suchen.«

Es war fast Nacht. Ein blasser Mond lugte über das Dach. Maria war in den Garten gegangen, um ein wenig frische Luft zu schnappen, ehe sie sich auf ihr Zimmer zurückzog. Sie fühlte sich leer. Mit hängenden Armen saß sie in der Gartenlaube und starrte ins Leere. Als sie aufschaute, blieb ihr müder Blick an Giosuès Fenster hängen, das neben dem Büro des Vaters und dem ihren gegenüberlag. Die Schreibtischlampe brannte noch. Maria sah den über die Bücher gebeugten Giosuè und rief ihn.

Wartend stand sie da. Die frisch gewässerten Kletterrosen verströmten ihren betörenden Duft. In Windeseile war Giosuè bei ihr.

»Jetzt kann ich dir das Geheimnis verraten!«

Er strahlte. Der sehnlich erwartete Brief von der Königlichen Militärakademie in Modena war eingetroffen. »Ich weiß, ich hätte die Unterhaltung mit euren Verwandten nicht unterbrechen dürfen. Ich bin, ohne nachzudenken, hereingeplatzt. Ich wollte es deinem Vater sagen: Von insgesamt zweitausend Bewerbern haben sie gerade mal dreißig genommen! Ich werde königlicher Offizier!«

Er konnte nicht weiterreden. Mit gesenktem Kopf ließ er sich stumm auf den steinernen Gartenstuhl sinken, die Hände auf den Knien. Maria setzte sich beklommen neben ihn. Giosuè weinte still in sich hinein. Hilflos hielt sie ihm ihr Taschentuch hin. Er wischte sich die Augen.

Maria kamen ebenfalls die Tränen. Ihr ganzes Leben würde sich verändern. Giosuè würde fortgehen, vielleicht für immer. Er würde eine Norditalienerin heiraten und sich auf dem Festland niederlassen, vielleicht bei Livorno, wo seine Mutter lebte. Und sie? Womöglich würde sie noch vor ihm das Haus verlassen. Ein entsetzlicher Gedanke. Maria wollte ihre Familie nicht verlassen. Noch immer weinte Giosuè leise vor sich hin.

»Nicht weinen... das ist doch eine wunderbare Neuigkeit, genau das, was du wolltest«, sagte sie.

»Ich fühle mich gar nicht wie ein Soldat, ich liebe Literatur und Dichtung. Dein Vater hat mich immer unterstützt, sogar das hohe Kostgeld hat er übernommen... Er wollte den Wunsch meines Vaters erfüllen und mir die militärische Laufbahn ermöglichen.«

»Aber weshalb? Er ist doch Sozialist...« Maria begriff nicht.

Während Giosuè redete, regte sich in Maria Erleichterung. Sie wusste, was zu tun war. Wenn sie Pietro heiratete, könnte sie dem Vater die Möglichkeit geben, den Wunsch seines besten Freundes zu erfüllen und zugleich Filippo das Ingenieursstudium an der Universität von Catania zu ermöglichen. Eine göttliche Vorsehung. Sie war Pietro für seine Liebe dankbar und bereit, ihr Bestes zu geben, um ihr gerecht zu werden.

Ihre Mutter würde sich an ihren Schwiegersohn gewöhnen. Sie würde sich ein Beispiel an Giosuè nehmen, der sich der Sohnespflicht fügte und die Wünsche seines Vaters erfüllte. Sie würde versuchen, Pietro zu lieben und ihr Glück an seiner Seite zu finden.

»Lass uns ein paar Schritte durch den Garten machen, ehe wir schlafen gehen. Uns reicht doch die Gewissheit, dass wir immer Freunde bleiben«, fügte sie mit einem Lächeln hinzu.

Ihre Erleichterung mischte sich mit Wehmut, und auch Giosuès Schritte hatten etwas Wehmütiges, wie sie so Seite an Seite durch den dunklen Garten schlenderten.

Die Eheleute Marra gingen bedrückt zu Bett. Über Maria und Pietro Sala verloren sie kaum ein Wort. Da es ungewöhnlich kühl war, breiteten sie die Steppdecke aus, die im Sommer gefaltet am Fußende des Bettes lag. Titina hatte sich auf ihrer Seite zusammengerollt und wandte Ignazio den Rücken zu. Wie gewöhnlich hielt ihr Ehemann sie an der Taille umfasst. Titina rührte sich nicht. Seine Hand tastete nach den Knöpfen ihres Nachthemdes, arbeitete sich zu ihrem kleinen, festen Busen vor und umfasste ihn. Titina war jung und schön. Sie war noch keine dreißig. Ignazio atmete das herbe Aroma ihres fettigen Haares und den beißenden Geruch ihrer dunklen Achseln ein, der dem aufgeknöpften Nachthemd entwich. Titina rührte sich nicht. Ignazio wagte es nicht, ihre bereits harte Brustwarze zu streicheln.

»Wieso ist dir diese Heirat so wichtig?« Ihre Stimme klang kein bisschen schläfrig. »Ich könnte den Schmuck meiner Aussteuer verkaufen, ich hänge sowieso nicht daran!«, brach es aus ihr heraus.

»Der wird nicht angerührt! Er ist unser Notnagel!«

»Nicht einmal für die Kinder?«

»Für sie vielleicht, wenn es hart auf hart kommt, aber nicht für Giosuè.«

»Was hat er denn damit zu tun?«

»Als Tonino starb, habe ich ihm versprochen, ihn bei uns aufzunehmen und ihn auf die königliche Militärakademie nach Modena zu schicken. Heute hat Giosuè die Zulassung erhalten.«

»Aber er hat doch eine Mutter! Wir haben ihn zwölf Jahre lang durchgefüttert. Frag doch sie! Ich glaube nicht, dass sie in Livorno am Hungertuch nagt!«

»Ich habe es versprochen!«

Titina schob die Hand ihres Mannes von ihrem Busen. Dann knöpfte sie das Nachthemd ganz auf, zog es bis zu den Achseln hoch und drehte sich zu ihm um.

9

Eine ungewöhnliche voreheliche Vereinbarung

Die Hausmeisterin der Marras wischte die Treppe und reckte den Hals, um zu sehen, ob im Hof, wie alle den Garten immer noch nannten, jemand wäre. Doch dort saß nur Maricchia auf ihrem Lieblingsplatz unter dem Bananenbaum.

Schritte ertönten. Giosuè kehrte von der Schule zurück, zu der er in aller Frühe aufgebrochen war, um den Lehrern die gute Neuigkeit zu verkünden. Schwungvoll trat er durch den Eingang.

»Halt, die Treppe ist nass!«, rief die Hausmeisterin ihm zu, doch Giosuè hob Einhalt gebietend die Hand. »Der Anwalt hat nach mir geschickt: Er erwartet mich.«

Und als wollte er seiner Rechtfertigung Nachdruck verleihen, stürmte er zwei Stufen auf einmal nehmend die Treppe hinauf.

»Eine dringende Angelegenheit«, erklärte Ignazio. »Stell mir keine Fragen, Giosuè. Wir müssen einen Ehevertrag aufsetzen.« Er schob die Bücher und Aktenordner auf dem Schreibtisch zur Seite und nahm sich, hin und wieder einen Blick auf die Straße werfend, die Unterlagen vor. »Sie kommen, und der kleine Salon ist noch nicht hergerichtet!« Pietro Sala und Peppino Tummia waren bereits auf dem Vorplatz und steuerten mit großen Schritten auf das Haus zu. »Schau!«, sagte Ignazio. »Geh ins Haus und ruf Maria. Oder nein, bring sie hierher und lass sie in meinem Büro warten, während ich mit ihnen rede.«

Maria war zusammen mit Egle in Titinas Zimmer. Sie trug ein dunkelblaues hochgeschlossenes Kleid mit gebauschten, unterhalb des Ellenbogens schmal anliegenden Ärmeln, stramm sitzendem Mieder und tailliertem Rock, dessen tiefe Rückenfalte in einer Rüsche mündete. Ihre »Tante« Matilde Sacco hatte es ihr vererbt, die Lieblingscousine ihrer Großmutter mütterlicherseits, eine mildtätige alte Jungfer mit mädchenhafter Figur.

Mit dem glühenden Glätteisen hatten Egle und Titina ihr die Locken gebändigt, die sich an den Schläfen und hinter den Ohren kräuselten, und ihren dicken Zopf zu einem Krönchen aufgesteckt, das sie sehr erwachsen aussehen ließ. Titina zupfte ein letztes Mal das Kleid zurecht. Dann traten Mutter und Tochter steif und feierlich in den Hof. Maricchia und Giosuè kamen ihnen entgegen.

»Seht nur, wie hübsch meine Tochter ist!«, rief Titina stolz, erhielt jedoch keine Antwort.

»Maria, ich soll dich zu deinem Vater bringen«, sagte Giosuè verlegen.

Fragend blickte sie ihn an. Dann rückte sie ihren Gürtel zurecht, in dem ein zusammengefalteter Zettel steckte, reckte das Kinn und folgte ihm.

Sie durchquerten den Garten. »Der Mann, der um meine Hand angehalten hat, ist Pietro Sala. Wusstest du das?«, fragte sie wie aus heiterem Himmel. Sie wagte es nicht, ihn anzusehen, und blickte starr geradeaus. Giosuè senkte den Kopf. Gemeinsam setzten sie ihren Weg fort. Der stechende Duft des Jasmins hatte eine bittere Note.

Alles ging sehr schnell. Der Vater geleitete Maria in den kleinen Salon: »Da ist sie.« Dann zog er sich zurück. Die Augen erwartungsvoll auf die Tür geheftet hatte Pietro rücklings am Balkongeländer gestanden.

Nun lehnten sie beide an der Marmorbrüstung und blickten einander an. Maria sprach als Erste.

»Man sagte mir, Ihr Vater habe Ihren Wunsch, mich zu heiraten, gutgeheißen.« Sie machte eine Pause. »Ich bin Ihnen und Ihrem Vater dankbar.« Sie holte Luft. »Doch ehe ich mich entscheide, möchte ich mich mit Ihnen bekannt machen und Ihnen erklären, wer ich bin und was es bedeutet, mich zur Frau zu haben.«

»Von meiner Schwester Giuseppina und meinem Schwager weiß ich bereits um Ihre Tugenden! Maria! Meine angebetete Maria! Das Wort Ehefrau bewegt mich…« Der verwirrte Versuch, an ihr Herz zu appellieren, geriet rührselig und peinlich.

Unbeirrt fuhr Maria fort. »Zuerst hören Sie sich meine Bedingungen an.« Sie umklammerte den Zettel und sprach langsam und ohne ihn anzusehen, als koste sie jedes Wort Überwindung.

»Erstens: Ich liebe meine Familie und will sie häufig sehen, entweder in meinem Haus oder in ihrem. Zweitens: Ich werde meinem Mann gehorchen, aber ich werde zu jeder mir angemessen erscheinenden Gelegenheit meine Meinung kundtun und erwarte, dass mein Mann sie sich zu Herzen nimmt. Drittens: Wir entscheiden gemeinsam über alles, was die Kinder betrifft, genau wie meine Eltern. Viertens: Ich werde mein Bestes tun, um eine gute Hausherrin zu sein, und bin bereit zu lernen. Ich werde mich nach Kräften bemühen, den Gästen meines Mannes eine gute Gastgeberin zu sein, doch wenn jemand mich beleidigt, will ich ihn nie mehr in meinem Hause sehen. Fünftens: Ich bitte mir die Freiheit aus, sämtliche Bücher und Zeitungen zu kaufen, die ich lesen will.«

Pietro hörte kaum zu und verschlang sie mit den Blicken. Er konnte es gar nicht abwarten, sie zu berühren, und er war überzeugt, dass Maria einwilligen würde. Sie starrte auf ihren Zettel. »Verzeihen Sie, eine Bedingung habe ich vergessen, die sechste: Ich bin keine Dame der Gesellschaft. Ich bin gern daheim, doch ich werde meinen Mann auf seinen Reisen begleiten. Vorausgesetzt, ich kann, egal wo wir uns befinden, jeden Tag Klavier spielen. Die Musik darf mir niemals fehlen.« Schweißperlen standen auf ihrer Stirn. »Ich wollte sagen... sie ist meine Leidenschaft.« Sie machte eine Pause. »Wenn ich nicht heiraten würde, wäre ich gern Klavierlehrerin geworden.«

Wenn ich nicht heiraten würde... Pietro jubilierte. »Dann wollen Sie mich zum Mann nehmen?« Er hob die Hand, um ihren Arm zu berühren. Maria wurde starr und stützte sich am Tisch ab.

»Versprechen Sie, meine Bedingungen zu respektieren?«
»Versprochen!«

Pietro ergriff ihre Hände und hob sie nach oben. Marias Finger hatten sich zu zwei kleinen Schüsseln zusammengekrümmt. Pietro beugte sich darüber, als wollte er daraus trinken, und bedeckte sie mit winzigen, hauchzarten Küssen. Sie wehrte sich nicht. Seine Küsse wurden drängender, feucht und hungrig.

Ein nie gekanntes Kribbeln strömte von den Fingerspitzen durch ihren Körper, und vertrauensvoll ließ Maria es gewähren.

Der Vater klopfte an die Tür: Don Totò, der Pförtner des Palazzos Tummia, war gekommen, um Pietro ein eiliges Päckchen aus Palermo zu bringen.

Vater und Tochter warfen sich einen verlegenen Blick zu. Pietro, der die Situation wieder im Griff hatte, ließ die Hände seiner Verlobten los und öffnete vor aller Augen das Päckchen, das eine lederne Schatulle enthielt. »Das erste Geschenk für meine zukünftige Frau!«, verkündete er und ließ die Feder aufschnappen.

Maria machte große Augen. Auf grünem Samt funkelte eine Brosche aus Emaille und Brillanten in Form eines schwarzweißen Schmetterlings. Es war eine herrliche detailgetreue Nachbildung. Sie erlaubte Pietro, sie ihr anzustecken. »Von Giuliani«, sagte er. »Ein Goldschmied, der in ganz Europa berühmt ist.«

Im selben Moment trat Giosuè aus dem Anwaltsbüro und kam nicht umhin, einen Blick in den kleinen Salon zu werfen, dessen Tür weit offen stand.

»Komm herein, Giosuè«, rief Maria, »komm und lern meinen Verlobten kennen... Giosuè Sacerdoti lebt bei uns«, sagte sie an Pietro gewandt. »Er ist wie ein großer Bruder für mich oder noch mehr.«

Es gab Glückwünsche und Umarmungen. In der Aufregung umarmte Ignazio zuerst Giosuè und dann die Verlobten.

10

Nackt und bloß

Kurze Verlobungszeiten waren bei arrangierten Ehen üblich. Auf Bitten der Salas sollte die von Pietro und Maria nur acht Wochen dauern. Pietros Vater hatte sich bereit erklärt, sie bei der Rückkehr von ihrer Hochzeitsreise im Palazzo von Fara aufzunehmen, bis die zweite Etage des Hauses in Agrigent, in der sie zukünftig leben sollten, neu eingerichtet wäre. Von den Marras wurde nichts weiter erwartet als eine Grundausstattung der Tochter mit Wäsche, denn Pietro hatte seine Absicht erklärt, seine Braut zur Schneiderei Montorsi nach Rom und zur königlichen Schneiderin nach Bologna zu bringen, damit sie sich aussuchen konnte, was sie wollte. Bei den Hochzeitszeremonien – der standesamtlichen im Rathaus und der kirchlichen – war nur der engste Kreis geladen, um die Abwesenheit der seit Jahren erkrankten Mutter des Bräutigams zu verbergen.

Während der Aufwartungen der beiden Verlobten, die sich auf die engsten Verwandten beschränkten, stand nicht das neue Familienmitglied im Vordergrund, sondern der von Männern wie Frauen gleichermaßen bewunderte Verlobungsring, der ein äußerst vielsagendes Licht auf die bevorstehende Ehe warf. Der Tradition nach gab die zukünftige Schwiegermutter ihren Ring an die Verlobte des ältesten Sohnes weiter. Ausnahmen waren ein verdächtiger Hinweis auf dunkle Geheimnisse. Maria erhielt einen lupenreinen fünfkarätigen Brillanten – das übliche Gewicht für Verlobungen in höheren Kreisen –, von dem Pietro behauptete, er habe ihn vor Jahren in der Erwartung gekauft, der Frau seines Lebens zu begegnen; doch kaum jemand glaubte ihm. Der Ring wurde zum Hauptgegenstand von Klatsch und Tratsch über die Salas. Einige behaupteten sogar, er sei für die berühmte spanische Tänzerin Otéro bestimmt gewesen, in die Pietro verliebt gewesen war und die ihn für einen russischen Erzherzog sitzen gelassen hatte. Es hieß auch, sein Onkel, Giovannino Sala, habe ihn gekauft, ein eingefleischter Junggeselle, von dem gemunkelt wurde, er verkehre nur mit Männern. Angeblich hatte sich der Ärmste einst hoffnungslos in eine französische Adelige verliebt, die vor der offiziellen Verlobung an Typhus gestorben war. Andere meinten, der Ring stamme aus dem Juwelenschatz, den Pietros durch Wucher und Schwefel reich gewordener Großvater angehäuft hatte: Konnte ein verarmter Adeliger seine Schulden nicht zahlen, behalf er sich mit Familienschmuck. Diese und andere Gerüchte kamen Ignazio Marra zu Ohren, der höchst verstimmt und gegen den Willen seiner Frau beschloss, die Besuche auf eine halbe Stunde zu begrenzen. Maria indes begrüßte seine Entscheidung, ebenso wie Pietro, der die Gartenlaube im Garten der Marras den Salons der Honoratioren von Camagni vorzog: Hand in Hand saß er mit Maria in der Laube und erzählte ihr wahre und erfundene Geschichten, die sie unter den diskreten Blicken der diensthabenden Anstandsdame zum Lachen brachten.

Ignazios Maßnahme blieb ohne Erfolg: Die Gerüchteküche brodelte. Diesmal hatte man ihn aufs Korn genommen. Man echauffierte sich über seinen brillanten, wiewohl von intellektueller Arroganz getrübten juristischen Verstand und bedauerte mit einiger Genugtuung seine Fehlentscheidungen: Dieser Mann, der zu Zeiten des Bourbonenkönigs ein blutjunges Mitglied der Karbonari und ein Anhänger Mazzinis gewesen war, der gegen die Bedingungen des Volksentscheides über den Zusammenschluss mit Piemont aufbegehrt hatte, krankte auf seine alten Tage noch immer am Sozialismus, der Plage des Jahrhunderts, und sympathisierte mit den sizilianischen Arbeiterbünden. Die wenigen, die ihn für einen weitblickenden Vorreiter des Fortschrittsgedankens gehalten hatten, schlossen sich nun den vielen an, die ihm vorwarfen, er hätte sich mit den häretischen Piemontesern, die mit Garibaldi gelandet waren, verbündet und sie sogar ermutigt, sich im unweit gelegenen Grotte niederzulassen. Ein paar davon hatte er angeblich sogar bei sich aufgenommen. Hauptgesprächsthema in den Salons von Camagni war jedoch seine schwerste Verfehlung, die von der Baronin Tummia weidlich ausgewalzt wurde: »Mein Schwager ist der intelligenteste und versierteste Anwalt des Dorfes und der Einzige, der es nicht zu Wohlstand gebracht hat. Dass er sich leisten kann, Sozialist zu sein, verdankt er einzig und allein der Erbschaft, die ein angeheirateter Verwandter, der Mann seiner Tante Carlotta, seiner Mutter hinterlassen hat.« Im Flüsterton, der noch in der hintersten Ecke zu hören war, fügte sie hinzu, sein Onkel Luigi Margiotta, ein äußerst bigotter Wucherer, der es verstand, sich seine Kundschaft – Mafiosi wie ehrbare Bürger, Adelige wie Leute aus dem Volk –, gewogen zu halten, habe sein Glück mit der unlauteren Ersteigerung von Liegenschaften der Heiligen Mutter Kirche gemacht, die von den Savoyern konfisziert worden waren. Dann habe er seinen Sohn Diego enterbt, weil der eine griechisch-orthodoxe Frau geheiratet hatte, und mit dem Geld ein Krankenhaus gegründet, was ihm die Ernennung zum Senator des Königreiches eingebracht hatte. »Er hatte so einiges auf dem Kerbholz und war kein guter Vater, doch die Leute werden ihm ein ehrfürchtiges Andenken bewahren. Bei Ignazio Marra hingegen, der nie etwas Unredliches getan hat und seine Kinder vergöttert – die eigenen ebenso wie die, die er bei sich aufgenommen hat –, wird man sich nur an seine Affären erinnern... und das nicht gerade wohlwollend!«

Im Privaten war Giuseppina Tummia noch giftiger. Die Marras steckten in argen finanziellen Schwierigkeiten. Auf Pietros Verblendung setzend hatte Ignazio noch einmal betont, dass er seiner Tochter keine Mitgift geben könne. »Er überlässt sie meinem Bruder nackt und bloß!«, wiederholte Giuseppina mit genüsslicher Häme.

Maria, die von all dem Gerede nichts mitbekam, durchlebte ein Wechselbad der Gefühle. Sie schätzte Pietros kluge, unterhaltsame Konversation, seine häufigen Briefe und die kundigen Berührungen seiner Hände. Doch sosehr er sich auch bemühte, ihr seine Liebe zu zeigen und die ihre zu entfachen – sie war nicht verliebt. Er überschüttete sie mit wohlüberlegten Geschenken: einen Schal von ebenso leuchtendem Gelb wie die Margeriten, die sie eines Nachmittags zusammen mit Leonardo und Filippo gepflückt hatten; eine wunderschöne lederne Schreibtischausstattung, verziert mit der gleichen Goldprägung wie das Notizbuch, das sie stets bei sich trug; eine Sammlung von D'Annunzio-Gedichten, dessen Werk im Hause Marra verboten war. Wie gern hätte Maria auch die körperliche Anziehung empfunden, die bei Pietro stets spürbar war. Neben den kurzweiligen, detailreichen Beschreibungen von Schmuckstücken, die ihn begeisterten, nebst eigenhändigen Tuschezeichnungen, mit denen er seine Briefe illustrierte, genügte Pietro ein Wort, ein Federstrich, ein Halbsatz, um auf das vollkommene Glück anzuspielen, das ihm ihre körperliche Vereinigung bereiten würde. Doch sosehr diese Sinnlichkeit Maria faszinierte und ihre Neugier weckte, reagierte sie noch mit instinktiver Abwehr darauf.

Pietro öffnete ihr die Türen zu einer Welt, in der Schönheit und Bildung regierten. Maria, die Sizilien niemals verlassen hatte, von Kunst nur wenig verstand und keine Ahnung von der Goldschmiedekunst der Magna Graecia hatte, deren Sammler die Salas waren, war fasziniert von seinen Schilderungen und den Schmuckstücken, die er ihr in den Büchern zeigte.

Pietro nutzte diese Gelegenheiten, um seiner Verlobten nahe zu sein und ihren Körper zu spüren. Er brachte ihr Bildbände über Meisterwerke der Renaissance und Kataloge zeitgenössischer Künstler mit – eine absolute Neuheit – und blätterte sie mit ihr durch. Mit schamhaft erhitztem Gesicht saß Maria neben ihm und bemerkte das Verlangen nicht, welches das Zusammenspiel von Kunst und Sinnlichkeit in ihm weckte. Andere Male jedoch spürte sie die machtvolle Anziehung, die sie auf Pietro ausübte, was ihr nicht missfiel, und sie glaubte sich bereit, sie zu erwidern. Was musste sie tun? Stimmte etwas mit ihr nicht? Sie hatte niemanden, mit dem sie darüber hätte sprechen können. Der Gedanke belastete sie. Lauernd hockte er in ihrem Hinterkopf, bereit, in einsamen Momenten hervorzuspringen. Einzig die Musik konnte ihn vertreiben. Zudem war Giosuè wenige Tage nach der Verlobung zu seiner Mutter nach Livorno gereist, um seine Zulassung zur Königlichen Militärakademie in Modena zu feiern und einige Familienangelegenheiten zu klären. Sie schrieben einander. Giosuè gab ihr weiterhin Aufgaben, die er korrigierte, und Maria kam ihnen fleißig nach, fest entschlossen, ihr Studium nach der Heirat fortzuführen. Es war ihr Geheimnis, von dem sonst nur noch ihre Mutter wusste.

Alle im Hause Marra waren stolz auf die Verlobung – die Ehe war das Ziel eines jeden Mädchens –, wenn auch ein wenig wehmütig: Maria würde Camagni für immer verlassen. Über den Kauf von Fuma Vecchia wurde nicht mehr geredet, und Maria wagte nicht danach zu fragen. Es erschien ihr unhöflich, obschon ihr diese Frage auf den Lippen brannte, sobald sie mit ihrem Vater allein war. Die Gewissheit, ein eigenes Haus in Camagni zu haben, hätte ihr den Abschied weniger schwer gemacht.

11

Anisplätzchen

Weil sich die Arbeiten im Haus von Agrigent hinzogen, währte die Verlobung über vier Monate und somit erheblich länger als gedacht. Elena, Ignazios Schwester, und ihr Mann Tommaso Savoca – ein Ingenieur, der seinen beruflichen Aufstieg der Zusammenarbeit mit Damiani Almeyda beim Bau des Teatro Politeama in Palermo verdankte, wo das Paar nunmehr dauerhaft wohnte – waren sehr viel früher als sonst nach Camagni gekommen, um den Sommer mit den Marras zu verbringen. Giosuè war erst seit wenigen Tagen zurück. Da die Familie ihn länger als geplant in Livorno aufgehalten hatte, war er von dort direkt nach Modena gereist.

Nun fehlte nur noch Pietro. Er war auf dem Festland, um die Lieferanten der Teppiche, Lampen und Möbel für die Schlafzimmereinrichtung aufzusuchen, die nach Maß gefertigt wurde. Noch immer schrieb er Maria zwei bis drei Mal die Woche, wenn auch nur kurz, doch über Fuma Vecchia verlor er kein Wort. Es war Marias Cousine Leonora Margiotta, die die Sprache darauf brachte. Sie waren gerade bei Carolina Tummia und suchten die blauen Bänder für den Saum der Häkelpelerinen aus, an denen sie arbeiteten. Die Hochzeit stand vor der Tür, und die Pelerine markierte Marias Abschied von ihrem unverheirateten Leben und das Ende einer von »Mädchenhäkeleien« geprägten Zeit. Von den familiären Banden abgesehen hatte Maria mit ihren einige

Jahre älteren Cousinen, mit denen sie viel Zeit verbrachte, nur wenig gemein. Leonora, ein hochgewachsenes Mädchen mit fraulichen Rundungen und dunkler Haut, war eine Schönheit. Wegen ihres stets wohlgesinnten, freigiebigen und heiteren Wesens wurde sie von Männern umschwärmt und von Frauen beneidet. Sie hatte ein großes Ziel, aus dem sie keinen Hehl machte: Sie wollte einen reichen Mann finden. Ihr Vater Diego war ein reizbarer, glückloser Mann. Nachdem er wegen seiner unziemlichen Heirat vom Vater enterbt worden war, hatte seine Frau ihn verlassen, war in ihre Heimat zurückgekehrt und hatte ihm die Kinder gelassen, die er mit seinem Gehalt als Gemeindesekretär und dem spärlichen Ertrag der von der Mutter ererbten Ländereien durchbrachte. Man munkelte, seine Frau habe die Kinder seit ihrem Fortgang nicht mehr gesehen. Ansonsten wurde sie totgeschwiegen, und man tat so, als hätte es sie nie gegeben. Maria tat es leid, dass Leonora keine Mutter hatte.

Leonora kramte in der Schachtel und zog ein tiefblaues Seidenband hervor. »Das erinnert mich an die Augen eines gewissen Jemands...«, zwitscherte sie und wedelte damit. Der gewisse Jemand war ein höchst begehrter junger Sohn eines Generals aus Messina, eine optimale Partie.

»Oberleutnant Caravano! Wo hast du ihn gesehen?«, wollte Carolina wissen, die eine Schwäche für Uniformen hatte.

»Er war bei uns, hat zusammen mit dem General meinen Vater besucht«, entgegnete Leonora obenhin. »Sie wollten wissen, ob Fuma Vecchia wirklich an deinen Verlobten verkauft wurde«, fügte sie hinzu und sah Maria an. »Offenbar wollten sie es kaufen...« Sie hielt sich den Fächer vor den Mund und blickte ihre Cousine spöttisch an.

»Weißt du etwas davon, Maria?«, frage Carolina.

»Nein... gar nichts.« Maria schien ganz woanders zu sein

und nahm das operettenhafte Gehabe ihrer Cousinen mit Gleichmut hin. »In letzter Zeit haben wir nicht mehr darüber gesprochen.«

»Ich sage euch, was passiert ist«, fiel Leonora ihr ins Wort. »Nachdem er sich Hals über Kopf darein verliebt hat, hat dein lieber Verlobter das Interesse an dem Kauf verloren. Wir wissen doch alle, wie wankelmütig Pietro Sala ist. Der Vorvertrag ist noch nicht unterschrieben, das weiß ich ganz genau. Giosuè hat es meinem Vater bestätigt.«

Caterina kam mit einem Tablett frisch gebackener, mit Puderzucker und einem Spritzer Anis verfeinerter Löffelbiskuits herein. Leonora griff sich einen und zeigte damit gebieterisch auf die Magd: »Erzähl du's ihnen, du hast für die Salas gearbeitet und warst dort! Erzähl ihnen, dass der ›Baron‹ einmal hü und einmal hott sagt!«

Die Alte schüttelte energisch den Kopf, sodass ihr Spitzenhäubchen zitterte. Sie stellte das Tablett mit den Keksen ab und entfernte sich eilig, ohne ein Wort zu sagen.

Anisduft erfüllte das Zimmer, und die Mädchen griffen gierig zu.

Maria verzieh Leonora ihre Taktlosigkeit, sie war daran gewöhnt. Und sie hatte ein schlechtes Gewissen: Pietro kam häufig nach Camagni, um seine Zeit mit ihr zu verbringen. Wenn er fort war, streifte er durch Läden und Kunstgalerien, um ihr Geschenke und Möbel für das Haus zu kaufen. Sie lenkte ihn von seinen Geschäften ab. Das köstlich süße, knusprige Gebäck zerstreute ihre Gedanken. Ohne Reue steckte sie sich ein Biskuit für ihren naschhaften kleinen Bruder in die Tasche, und als man ihr sagte, Filippo warte in der Pförtnerloge, um sie nach Hause zu bringen, nahm sie gleich noch einmal zwei.

Vor ihrer Verlobung war Maria immer in Begleitung von Maricchia oder Egle ausgegangen, doch nun, da sie verlobt war, war ihr ältester Bruder neben den Eltern der Einzige, der ihren Ruf gebührend wahren konnte. Die beiden genossen ihre gemeinsamen Spaziergänge. Der Altersunterschied betrug nur achtzehn Monate, und sie standen einander sehr nahe. Dicke schwarze Wolken waren über dem Hügel aufgezogen und verdunkelten die Straßen des Dorfes. Die beiden beschleunigten ihre Schritte.

»Weißt du etwas über den Kauf von Fuma Vecchia?«, fragte Maria unvermittelt. Filippo wusste nichts. Er lernte für seine Prüfungen und interessierte sich kaum für Familienangelegenheiten. Seine Leidenschaft, über die er mit seiner Schwester nicht sprach, waren Bordellbesuche, zu denen ihn wenige Wochen zuvor Leonoras großer Bruder Luigi und Carolinas Bruder Carlo angestiftet hatten; sie wollten bei seinem Erkunden weiblicher Sinnlichkeit Pate stehen.

Sie betraten den Hauseingang und schlüpften durch die kleine Tür zum Hof. Giosuè durchquerte den Garten in Richtung Speisezimmer. Er sah blendend aus in seiner eleganten Kadettenuniform. In der Hand hielt er ein in leuchtend gelbes Papier eingeschlagenes Päckchen, das augenscheinlich geöffnet und dann, so gut es ging, wieder eingewickelt worden war.

»Giosuè, warte! Das ist für mich!« Maria holte ihn bei der Laube ein.

»Ich habe den Papierkram im Büro aufgeräumt, haufenweise geöffnete Post, die sortiert werden will, und noch einmal so viel, die geöffnet werden will. Das hier war an deinen Vater adressiert, darin waren Unterlagen für ihn«, erklärte Giosuè. »Ich habe es wieder eingepackt, allerdings ohne großen Erfolg.«

Hektisch nestelte Maria ihre Handarbeitsschere hervor und zerschnitt die schmale Kordel, die das vornehme Papier zusammenhielt. Ein Band französischer Gedichte war darin. »*Une saison à l'enfer* von Rimbaud. Erst vor wenigen Tagen haben wir darüber gesprochen!« Dankbar bot sie Giosuè die für Roberto bestimmten Plätzchen an. Filippo griff sich gierig seinen Keks. »Den esse ich später«, sagte er und ließ die beiden allein.

Bedächtig kauend musterte Maria Giosuè. Er war so tüchtig. Selbst aus der Ferne schickte er ihr Aufgaben und korrigierte sie. Er sah größer und erwachsener aus. Seit seiner Rückkehr hatte er sich nur selten bei ihr blicken lassen. Vielleicht begleitete er Filippo bei seinen Bordellbesuchen, die in diesem Alter als beruhigendes Zeichen von Männlichkeit galten. Das Knuspern des Anisgebäcks mischte sich mit dem Zirpen einer einsamen Grille, die sich in einen Gemüsekorb verirrt hatte. Wie gern hätte Maria Giosuè gefragt, ob Pietro die Verhandlungen um Fuma Vecchia wirklich abgebrochen hatte. Doch sie hielt sich zurück. Ich habe kein Recht, Giosuè nach den Geschäften meines Verlobten zu fragen. Er würde womöglich glauben, ich wollte Pietro in den Rücken fallen. Würde er mich dafür verachten, oder würde er mich verstehen? Ohne ihren versonnenen Blick von ihm abzuwenden, atmete sie den intensiven Duft der vom Spätsommerregen erfrischten Rosen ein.

Als hätte er ihre Gedanken gelesen, erzählte Giosuè, Pietro habe ihrem Vater geschrieben und ihm mitgeteilt, dass er für ein paar Tage verreisen müsse. Er bat ihn, so bald wie möglich nach Fuma Vecchia zu fahren, um eine Inventur des im Turm verbliebenen Mobiliars und eine zweite Besichtigung vorzunehmen. Giosuè sah sie eindringlich an. »Er möchte, dass du mitfährst, um dir von den Möbeln auszusuchen, was dir gefällt. Sie stehen ebenfalls zum Verkauf.«

Marias Gesicht leuchtete auf. Sie streichelte über den Einband des Buches, dessen aufspringende Seiten vermuten ließen, dass Giosuè ihr die bereits korrigierten Aufgaben des Vortages hineingesteckt hatte. »Danke, Giosuè!«, wisperte sie und riss den Umschlag auf: Es war ein zweiseitiger Brief von Pietro. Er hatte Fuma Vecchia nicht vergessen. Carolina und Leonora hatten unrecht gehabt. Taktvoll wandte Giosuè sich ab, und Marias lächelnder Blick flog gierig über die Zeilen.

Ein Donner ertönte, gefolgt von einem jähen Schauer. Sie flüchteten ins Haus und schauten dem Kreisen, Tosen und Prasseln des Sommergewitters zu, das sogleich wieder vorüber war. Schon war die Sonne zurück, und der Wind hatte die Wolken vertrieben. »Auf nach Fuma Vecchia, ich bin bereit«, verkündete Maria. »Kommst du mit?«

12

Der zerbrochene Spiegel

»Tücke!«, schimpfte Anwalt Marra beim x-ten Stoß.

Der ebenso wie der Turm seit Jahrzehnten verwahrloste Privatweg von Fuma Vecchia hatte sich in eine holperige Piste verwandelt, die sich durch einen Eichenwald schlängelte. Auf den Lichtungen wucherten alle Arten von Wildpflanzen und Kolonien gelber Margeriten, die Steine und Löcher überdeckten. Schaukelnd kämpfte sich die Kutsche durch eine von Schlafmohn bewachsene Schneise – mannshohe Pflanzen mit langen, grünlichen Blättern und violetten, orangefarbenen und amarantroten Blüten, aus deren getrockneten Samen opiumhaltiger Saft gewonnen wurde – und rüttelte ihre drei Insassen kräftig durcheinander.

Maria saß eingekeilt zwischen ihrem Vater und Giosuè und schien die Stöße nicht zu bemerken. Sie dachte an Pietro. Zufrieden trommelte sie mit den Fingern auf ihre Knie: Sie feierte den Abschied von ihrer Kindheit, ehe sie in das Leben einer Braut und zukünftigen Mutter eintrat, und sie tat es mit den beiden Männern, die ihr geholfen hatten, erwachsen zu werden und ihr gewiss auch in dieser Phase beistehen würden. Sie jubelte innerlich, weil ihr Verlobter die bösen Zungen Lügen gestraft hatte: Ihr Pietro hatte sein Wort gehalten. »Ihr Pietro« – sie wurde rot. So hatte sie noch nie an ihn gedacht. Es kam ihr beinahe ungehörig vor und voreilig obendrein. Aber es gefiel ihr. Pietro gehörte ihr! Marias Fingerkuppen trommelten eine Melodie aus Mozarts *Don Giovanni*. Sie lächelte zufrieden. Plötzlich folgte ein weiterer heftiger Stoß.

»Tückische Straße, verdammte!«, grollte ihr Vater. Nicht nur die Straße machte ihm schlechte Laune. Maria wusste, dass er, ebenso wie ihre Mutter, Vorbehalte gegen Pietro hegte, der allem Anschein nach drei Makel besaß: Er war verwöhnt, liebte die Mondänität und reiste viel. Er war das Inbild des genusssüchtigen Lebens, das im Hause Marra nicht gutgeheißen wurde. Doch die Eltern hatten der Verlobung zugestimmt, und Maria war bereit, Pietro zu lieben und das Leben, das er ihr bot, zu genießen. Sie tastete nach dem Brief, der in ihrem Taillenband steckte, als könnten ihre Finger die Worte erfühlen, die sie in Erwartung der Abfahrt wieder und wieder in ihrem Zimmer gelesen hatte. *Du wirst meine Muse und Gefährtin sein, kein unterwürfiges Frauchen. Fuma Vecchia wird Dir gehören. Dir allein.* Sie würde seinen Wunsch erfüllen und jeden Winkel des Turmes in Augenschein nehmen, jedes Zimmer betreten, Schränke und Schubladen öffnen und auswählen, was ihr gefiel. Sie würde den Turm auf ihr Herz wirken lassen und erst dann entscheiden, ob sie ihn zu ihrer Sommerfrische machen wollte. Stolz auf die vertrauensvolle Liebe ihres Verlobten suchte Maria den Blick des Vaters, doch der sah stur aus dem Fenster. Sie schaute zu Giosuè hinüber. Wie erwachsen er geworden war. Mit gesenktem Kopf studierte er die Dokumente, die er in einem großen Umschlag bei sich trug. »Wenn man im Leben Gesellschaft braucht, ist man stets allein«, pflegte Maricchia zu sagen. Maria musste lächeln.

In der letzten Kurve weitete sich die Straße, und die Fassade von Fuma Vecchia tauchte auf. Das oberste Geschoss des dreistöckigen, von stattlichen Zinnen gekrönten Turmes aus gelbem Tuffstein besaß noch die ursprünglichen zweibogigen Fenster. Die darunterliegenden Stockwerke waren rund ein Jahrhundert zuvor erneuert worden. Der Kutscher hielt an und sprang vom Bock, um den Wagenschlag zu öffnen. Da das Gewitter das Gelände in Morast verwandelt hatte, kamen sie nicht weiter und mussten das letzte Stück zu Fuß gehen. Ein schmaler Pfad, dessen holperiges Pflaster einst ein geometrisches Muster gebildet hatte, führte zum Eingang des Turmes. Vorsichtig setzte Maria einen Fuß vor den anderen und stützte sich auf den Arm ihres Vaters. Giosuè folgte ihnen. Der aufgeweichte Grund roch feucht, zwischen den Pflasterplatten wucherte dreiblättriger Sauerklee mit kleinen, glänzend gelben Blütenkelchen. Plötzlich strauchelte der Vater, Maria erschrak, doch schon war Giosuè bei ihnen, um ihm aufzuhelfen. »Danke«, murmelte sie und streichelte ihm über die Schulter, doch Giosuè war zu sehr damit beschäftigt, dem keuchenden Anwalt wieder auf die Beine zu helfen. Er bot ihm seinen Arm und führte ihn zu einem der beiden Felsblöcke links und rechts des Eingangsbogens, die als Steigbock und Sitzgelegenheit dienten. »Ich warte hier auf euch«, sagte der Anwalt und hielt Giosuè die Schlüssel hin. »Ich bin müde, geht ihr zwei. Giosuè, du kontrollierst den Zustand der Möbel und schreibst auf, was Maria behalten möchte.«

CAV. EMANUELE MANOLO FECIT 1816 stand in kantigen Lettern über dem Portal. Die Luft im Inneren des Turms war abgestanden und modrig. Durch das verwitterte Fensterholz fiel ein schmaler Lichtstrahl quer über den Tisch in der Mitte des Raumes bis auf den Fußboden. Vergeblich versuchte Giosuè, die Läden zu öffnen. Das aufgeschwemmte Holz hatte sich verzogen. Er rüttelte so heftig daran, dass ein

Laden schließlich aus den Angeln brach. Das Licht strömte in einen sechseckigen Raum mit einem Tisch und sechs weißgoldenen Empirestühlen in der Mitte. Von den schwarz angelaufenen Messingstangen über den Fenstern hingen cremefarbene Vorhangfetzen herab. Ein Walzmuster aus gelben und amarantroten Blumensträußchen verzierte die fleckigen Wände. Enttäuscht blickte sich Maria um. Die klobigen Möbel waren in beklagenswertem Zustand. *Du wirst meine Muse und Gefährtin sein, kein unterwürfiges Frauchen*, hatte Pietro geschrieben, und sie war fest entschlossen, seine Erwartungen zu erfüllen. Wie in Trance folgte sie Giosuè, der mit gezücktem Bleistift Schubläden aufzog, Stühle anhob, Sofapolster prüfte und an den Betten rüttelte. Das gesamte Mobiliar war von Moder und Vogelkot zerfressen. Es gab nichts, was man hätte haben wollen.

Ungewohnt wortlos streiften Giosuè und Maria durch das verwahrloste Gemäuer. »Warte«, »Ich gehe voraus«, »Vorsicht Stufen« oder »Gefällt dir hier etwas?« war das Einzige, was Giosuè von sich gab, und Maria antwortete mit einem knappen: »Hier ist nichts dabei!«

Das Hauptschlafzimmer im zweiten Stock war ein großer Raum mit drei Fenstern: zwei verrammelten rechteckigen Öffnungen aus dem siebzehnten Jahrhundert und einer mittelalterlichen Schießscharte in der Wand gegenüber. Im Gegensatz zu den zusammengerollten und mit Laken bedeckten Matratzen in den übrigen Zimmern war das Bett mit einem sorgfältig geglätteten Brokatüberwurf bedeckt, als warte es auf seine Hausherren. Maria fuhr mit der Hand darüber – der Stoff war intakt. Dem Bett gegenüber hing ein leicht geneigter, in üppiges Gold gerahmter Spiegel, in dem man sich vom Bett aus sehen konnte. Maria errötete. Das Schlafzimmer gefiel ihr wie auch die Vorstellung, hier mit Pietro zu schlafen. Sie sog die stickige Luft ein. Eine berückende Schwere lag darin. Maria spürte etwas, von dem sie glaubte, es nicht spüren zu dürfen, noch nicht, doch sie konnte es nicht unterdrücken. Eine eigentümliche Hitze wallte in ihr auf. Sie rang nach Luft und bat Giosuè, die Fenster zu öffnen. Der Duft des Waldes strömte herein. Ein dichtes, grünes Geflecht aus Ästen und Blätterwerk sperrte das Sonnenlicht aus, als hätte sich der Wald den Turm einverleibt. Während der unbewohnten Jahre waren die Eichen in die Breite gegangen, und ihre Äste drückten gegen die Fenster. Maria legte die Hand auf das Fensterbrett und schaute hinaus. Es war, als wollten sich die jungen, regennassen Zweige vorsichtig ins Zimmer recken. In den Astgabeln hingen verlassene Vogelnester. Maria nahm einen tiefen Atemzug und kam langsam wieder zu sich.

»Dein Vater wartet auf uns. Du musst dich entscheiden, aber wie es aussieht, willst du nichts davon haben.« Giosuè klang wie ein großer Bruder. Maria antwortete nicht und starrte in das Gewirr aus Laub und Geäst. Trockene, welke Zweige säumten den Stamm und die Hauptäste. Im Dickicht, das gegen die Fenster und Mauern drängte, hatten sich Federn, Blätter und Reisig verfangen. Die stattlichen Wipfel leuchteten dunkelgrün. Maria konnte Raben in der Baumkrone hören – Flügelschlagen, schwankende Zweige, lärmendes Krächzen. Vielleicht hatten sie dort vor dem Gewitter Schutz gesucht.

»Es ist der Wunsch deines Verlobten«, drängte Giosuè.

Maria wandte sich vom Fenster ab und nahm noch einmal jeden Gegenstand in Augenschein. »Hilf du mir beim Aussuchen.«

»Das geht nicht. Es wird dein Haus und das deines Mannes sein«, entgegnete er knapp.

Zögerlich schlenderte Maria durch das Zimmer, betrachtete den großen ovalen Spiegel, den mit Blumenstuck verzierten Rahmen, drehte sich unschlüssig nach dem Bett um und rief sich Pietros Tugenden ins Gedächtnis. *Er ist großzügig und gütig. Er liebt mich. Ich kann mich glücklich schätzen und bin ihm dankbar für seine Liebe.* Ihr kamen die Tränen. Sie wusste nicht, warum und konnte sie nicht aufhalten. Langsam und unaufhaltsam wie Eschenmanna rannen sie ihre Wangen hinab. *Pietro ist gut, so gut ...* Mit tränennassen Augen blickte Maria zu Giosuè hinüber, der neben dem Bett stand. »Giosuè ... danke, du bist ein wahrer Freund«, flüsterte sie.

Plötzlich erhob sich ein Rauschen, wie das Rühren einer Trommel. Flügelschlagen und heiseres Krächzen erfüllte den Raum. Verwirrt oder neugierig ob der geöffneten Fenster waren einige Raben durch das dichte Geäst geschlüpft und segelten nun wie silbrig schwarze Schatten durchs Zimmer. Auf der panischen Suche nach dem Weg hinaus flogen sie zeternd im Kreis, streiften Decke und Boden, derweil ihre Kameraden im Baum mit markerschütterndem Geschrei antworteten. Der Holzboden bebte, der Spiegel stürzte von der Wand. Der Rahmen blieb intakt, doch das Glas zerbarst in zahllose Splitter, von denen sich etliche in Marias Haar und ihren Kleidern verfingen. Endlich fanden die verschreckten Raben das Fenster und flüchteten sich in die schützenden Zweige zu ihren Artgenossen.

»Warte!« Mit einem Satz war Giosuè bei ihr. »Geht es dir gut? Halt still, du bist hinten voller Splitter. Heb die Arme, ich bringe das in Ordnung.«

Mit erhobenen Armen drehte sich Maria langsam um sich selbst. Giosuè pflückte ihr Splitter aus dem Haar und von den Schultern, vom Mieder und aus den Rockfalten, stets darauf bedacht, sie nicht zu berühren, was sich zu Marias Freude jedoch nicht immer vermeiden ließ. Trotz der messerscharfen Splitter war sie unverletzt geblieben. »Bleib stehen.« Giosuè bückte sich und inspizierte ihre Schuhe. Reglos und still stand Maria da. »Alles in Ordnung?«, fragte Giosuè noch einmal und richtete sich auf.

Sie rührte sich nicht. »Ich habe Angst!«, brach es aus ihr heraus. Sie schlang ihm die Arme um den Hals.

»Alles ist gut!«, flüsterte er und umfasste ihre Taille. An ihn geklammert brach sie in haltloses Schluchzen aus. Er streichelte sie und drückte sie an sich, bis ihre Tränen versiegten. Giosuè umarmte sie fester. Maria spürte sein Verlangen, doch sie wies ihn nicht zurück.

»Dein Vater wird sich schon Sorgen machen. Lass uns gehen.« Giosuè löste sich aus der Umarmung, ohne ihre Hände loszulassen, und zog sie an seine Lippen, um sie zu küssen. Erst jetzt bemerkte Maria, dass Giosuès Hände von winzigen blutenden Schnittwunden übersät waren.

13
Maria trinkt ihn bitter

Pietros Willen folgend waren seine engsten Verwandten die Letzten, denen sie einen Besuch abstatteten. Freimütig hatte er Maria den Grund dafür erklärt, und sie hatte ihn akzeptiert. Eines Nachmittags saßen sie in der Laube beisammen. Im Garten herrschte ein großes Kommen und Gehen: Marias kleine Brüder hatten mit dem Reifen auf dem Gartenweg gespielt und sich gestritten. Maricchia saß unter den Bananenbäumen und sah ihnen gelassen zu, Egle hängte die frisch bestickte und gewaschene Tischwäsche zum Trocknen auf, und zwei Mägde hockten neben der Küchentür und verlasen Linsen.

»In eurem Haus leben und arbeiten großartige, taktvolle Menschen. Jeder kümmert sich um seine eigenen Dinge. So war es bei mir zu Hause nie. Jeder steckt die Nase in anderer Leute Angelegenheiten, macht große Ohren, krittelt herum. Ständig herrscht Neid. Das ist gewiss auch der Schwäche meiner Mutter geschuldet, doch eine hinreichende Erklärung ist das nicht. So schnell ich konnte, habe ich das Weite gesucht. Und ich heirate dich, um unseren Kindern ein gesundes Leben zu ermöglichen. Du wirst ihre Rettung sein. Es fällt mir nicht leicht, dich meinen Schwestern vorzustellen. Ich möchte damit lieber noch warten, bis du mich wenigstens ein bisschen gernhast, sonst entliebst du dich womöglich noch und ich verliere dich. Gestattest du mir das?« Pietro hatte eine sehr zartfühlende Art zu bitten. Es war unmöglich, ihm etwas abzuschlagen, dachte Maria. Und es wurde ihr warm ums Herz.

Der erste Besuch in der alten Distrikthauptstadt Naro erfolgte im Palazzo des Conte Giacomo di Altomonte, dem Mann von Pietros ältester Schwester Sistina. Marias Eltern waren nicht mitgekommen: Der Vater hatte in Palermo zu tun, und Titina entschuldigte sich mit Kopfschmerzen. Als Tante mütterlicherseits der Verlobten und Schwester des Bräutigams nahm Giuseppina Tummia ihre Stelle ein.

Die Nareser blickten mit Ingrimm auf das prosperierende Camagni, das als landwirtschaftliches Zentrum und Knotenpunkt des Schienenverkehrs immer mehr an Bedeutung gewann. Keine Straße, die in das hoch auf einem Berg gelegene Naro führte, wäre für ein Auto geeignet gewesen. Der Besuch erfolgte also per Kutsche. Mit der Ausrede, seiner Verlobten die unsanfte Fahrt erträglicher zu machen, hatte Pietro Titinas Abwesenheit genutzt und den Arm um Marias Taille gelegt. Sie ließ ihn gewähren. Sie war zu dem Schluss gekommen, dass die körperliche Nähe der Kitt ihrer Ehe sein würde, so wie er es bei ihren Eltern bis heute war. Pietros zärtliche Berührungen bereiteten ihr wohlige Schauder.

Wie die übrige Familie hatte Sistina eine Hakennase. Mit dem Alter waren ihre Züge sanfter geworden und ließen erahnen, dass sie in ihrer Jugend von gewisser Anmut gewesen sein musste. Sofort fingen die beiden Schwestern an, aufeinander herumzuhacken. »Es musste wohl erst eine Verlobung geben, damit du dich hier blicken lässt!«, keifte Sistina vom Treppenabsatz herunter. »Nun mach schon, ich warte!«, setzte sie nach, während die füllige Giuseppina die Stufen hinaufschnaufte. Nach den obligatorischen Küssen hielt Sistina sie fest und musterte sie kritisch. »Wie hässlich du geworden bist!« »Nicht so hässlich wie du!«, gab Giuseppina zurück. »Auch wenn das zunehmende Alter dir schmeichelt... Die Falten kaschieren sämtliche Fehler.« »Hör auf, Giuseppina!«, wies Pietro sie unmutig zurecht. Dann machte er Maria Platz und stellte sie Sistina vor.

Als sie eingetreten waren, gesellten sich der hagere, stille Giacomo Altomonte, der älteste Sohn Paolo, dessen schwangere Frau Maria Immacolata und die jüngste Tochter Erminia zu ihnen. Das Wohnzimmer und die gesamte Herrschaftsetage waren zu Beginn des Jahrhunderts im Stil des französischen Neoklassizismus neu dekoriert worden: goldener Stuck, hohe, filigran gerahmte Spiegel, Kamine aus weißem, grau geädertem Marmor und Vasen mit schmalen, langen Hälsen und anmutig geschwungenen Henkeln. Selbst die Möbel waren vergoldet. Sofas und Sessel waren mit hellem, mit dezenten Blumenmustern durchwirktem Brokat bezogen. Maria war hingerissen von all der Eleganz und Leichtigkeit. Carolina, die ihre Mutter und die Verlobten begleitet hatte, hatte Maria den Erwachsenen überlassen und sich zu Erminia in die Fensternische gesellt.

Auf einem Tischchen hatte der Diener ein Tablett mit Keksen und Kaffee abgestellt, den Sistina ihren Gästen servierte. Noch nie hatte Maria solches Kaffeegeschirr gesehen: Die kunstvoll bemalten Porzellantässchen hatten die Form fünfblättriger Tulpen. Keine glich der anderen, und alle sahen aus, als könne man unmöglich daraus trinken, ohne sich zu bekleckern.

Das Gezänk zwischen den Schwestern war spitzen Bemerkungen gegen die Kinder gewichen. »Maria Immacolata, hoffen wir, dass du den Altomontes nach drei Mädchen endlich einen Jungen schenkst!«, sagte Giuseppina zu ihrer schwangeren Nichte und zu der fraglos recht klein gebliebenen Erminia: »Du wächst ja kein Stück! Du bist doch nicht etwa eine Zwergin?« Und zu Paolo: »Ich habe gehört, der Conte von Laschi ist zum Senator ernannt worden. Was ist mit dir, Paoli, du bist schließlich auch ein Graf! Haben sie dich nicht gewollt?«

Pietro bekam ebenfalls sein Fett weg. »Du hast dir eine aus der Tummia-Familie ausgesucht... na, wenn das mal gut geht!«, sagte Sistina. »Nachdem du uns jahrelang hast leiden lassen, hast du dich endlich entschieden. Womit hat dieses Kind dich bloß behext?«

Maria war verlegen und wurde selbst bei wohlwollenden Blicken rot.

Unterdessen servierte Sistina den Kaffee. Sie hielt Maria die Tasse hin und wandte sich an die Schwiegertochter. »Du kriegst nichts, das schadet dem Baby«, sagte sie und schenkte Giuseppina ein. »Drei Stück Zucker, richtig? Dann wirst du noch fetter.« Sie goss Pietro ein und bot ihm ebenfalls Zucker an, dann bedachte sie ihren Mann und ihren Sohn. Erleichtert setzte Maria die Lippen an den welligen Tassenrand: Der Kaffee war gallenbitter. Ohne eine Miene zu verziehen, trank sie ihn in winzigen Schlucken aus, tunlichst darauf bedacht, keinen Tropfen zu verschütten.

Als Sistina die Kekse herumreichte, fiel ihr auf, dass sie Maria keinen Zucker angeboten hatte.

»Entschuldige, wolltest du welchen?«

»Danke, nicht nötig...«

Giuseppina Tummia beäugte sie. Sie wusste, dass Maria gezuckerte Getränke liebte. Der bittere Kaffee geschah dieser mitgiftlosen kleinen Hexe recht, die Pietro betört und ihrer Tochter Carolina weggeschnappt hatte.

Beim nächsten Besuch in Agrigent wurde Maria Graziella, der zweitältesten der Sala-Schwestern, vorgestellt. Graziella hatte Riccardo geheiratet, einen Offizier, der jünger war als sie und mit dem sie keine Kinder hatte. Sie lebten in einem Apartment im ersten Stock des Familienpalazzos, in dem Pietro und Maria das gesamte zweite Stockwerk beziehen würden. Die Eheleute reisten viel und waren begeisterte Opernliebhaber. Als der Kaffee serviert wurde, beeilte sich Giuseppina zu sagen: »Maria trinkt ihn ohne Zucker!«, und blickte triumphierend in die Runde.

Pietro warf Maria einen Blick zu, die ihm beschwichtigend zunickte. Titina wollte etwas sagen, schwieg jedoch. »Das wusste ich bereits, kein Zucker für Maria!«, entgegnete Graziella spitz. »Sistina hat's mir geschrieben.« Als man die Höflichkeiten hinter sich gebracht hatte, nahm Graziella Maria ins Verhör. Wie alt sie sei? Ob sie jemals auf dem Festland gewesen sei? Welche Instrumente sie spiele? Was sie von Puccini halte? Und von Bizet? Welche Musik sie mochte? Was sie lieber tat, häkeln oder sticken? Ob sie malen könne?

Als sie wieder zu Hause waren, fragte Titina ihre Tochter, wieso sie keinen Zucker gewollt habe. »Bei Sistina habe ich nichts gesagt, weil es mir unhöflich erschien, sie auf ihr Versäumnis aufmerksam zu machen. Ich werde mich daran gewöhnen«, antwortete Maria.

»Sieh dich vor!«, warnte ihre Mutter. »Die Salas sind anmaßend. Das nächste Mal bittest du um Zucker! Wenn du verheiratet bist und deinen eigenen Haushalt führst, dann denk daran, dass du die Herrin bist, du allein, und nicht deine Schwägerinnen.«

14

Besorgungen für die Aussteuer

Die Hochzeit rückte näher. Nachdem Pietro den Kaufvertrag für Fuma Vecchia unterschrieben hatte, war er abgereist und hatte seine Rückkunft offengelassen. Böse Zungen, Peppino Tummia mit eingeschlossen, behaupteten, er sei nach Venedig ins Casino gefahren, weil ihm das Roulette fehle. Andere meinten, er toure durch Italien, um sich von seinen Geliebten zu verabschieden. Nichts von dem Gerede ahnend genoss Maria die Zeit mit ihrer Familie und erfreute sich an den Briefen und kleinen Geschenken, die ihr Verlobter ihr zukommen ließ. Titina indes war beunruhigt: Noch war Maria weder ihrer zukünftigen Schwiegermutter noch Pietros Tante väterlicherseits, Giacomina, die als Nonne zu Hause lebte, vorgestellt worden. In Erwartung dieser wichtigen Besuche waren sie noch nicht nach Palermo gefahren, um die letzten Besorgungen für die Brautausstattung zu erledigen, die ihr sehr am Herzen lagen.

Seit die Eisenbahn das Binnenland mit der Küste verband, hatten sich Camagnis betuchte Unternehmer und das wohlhabende Bürgertum Wohnungen in Palermo zugelegt, aus beruflichen und gesellschaftlichen Gründen oder weil die Kinder an der dort zu Beginn des neunzehnten Jahrhunderts gegründeten Universität studierten, die versuchte, der jahrhundertealten Hochschule von Catania den Rang abzulaufen, aber auch einfach, um sich zu amüsieren. Das florierende Baugeschäft, die Entwicklung der chemischen Industrie und der Ausbau der Schiffswerften nährten die Hoffnung, die Insel könnte trotz ihrer Entfernung vom kulturellen und wirtschaftlichen Herzen Europas einen Aufschwung erleben. Palermo war zu einer italienischen Großstadt geworden. In den vergangenen dreißig Jahren hatte die Stadt mit dem Bau des Teatro Massimo, dem vier Klöster hatten weichen müssen, ein herrliches Opernhaus bekommen, dazu das Teatro Politeama – ein Konzerthaus, Operetten- und Amphitheater – sowie mehrere Schauspielhäuser. Es gab zahlreiche Teesalons, Konditoreien, Restaurants und Grandhotels. Doch die Hauptattraktion war Palermo selbst. Die Belle-Époque-Architektur hatte die Stadt und ihre Umgebung enorm bereichert. Höhepunkt der baulichen Veränderungen war die Nationalausstellung von 1891 gewesen, denn zum ersten Mal seit fünfhundert Jahren wurde nun auch jenseits der Porta Maqueda gebaut. Das wunderschöne, träge und unersättliche Palermo voller erlesener Geschäfte und herrlicher, exquisit bestückter Kaufhäuser war an Eleganz nicht zu übertreffen.

Zwei Wochen vor der Hochzeit wollte Titina mit Maria zu ihrer Schwägerin und ihrem Schwager Elena und Tommaso Savoca fahren – die beiden lebten gleich hinter dem Teatro Politeama in einer Villa mit einem großen Garten –, um letzte Besorgungen für die Brautausstattung zu machen und Maria in die Gesellschaft einzuführen. Sie sollte die Stadt mit den Augen und den Werten ihrer Familie und nicht aus der Sicht der Salas kennen- und schätzen lernen. Elena und Tommaso waren gut in der Gesellschaft vernetzt und würden Maria an die Hand nehmen. Außerdem hatte Titina sich vorgenommen, *ihr* Hochzeitsgeschenk für die Tochter zu kaufen: eine Diamantbrosche, die sich neben den sehr viel kostspieligeren Schmuckstücken der Salas nicht zu schämen brauchte.

»Unsinniger Stolz armer Leute«, hatte Ignazio gemurrt, als sie ihm davon erzählt hatte, aber er hatte nicht widersprochen.

Maria nahm das Angebot freudig an. Wenige Tage vor der Abreise fragte sie den Vater, ob sie Egle mitnehmen dürfe: Sie wollte Palermo mit ihr zusammen erkunden, als Abschied sozusagen. Ignazio willigte ein und ließ Titinas Traum, die Tochter dem palermitanischen Adel vorzustellen, in Rauch aufgehen: Niemals würde Maria ohne Egle auf einen Empfang gehen.

Die beiden Mädchen genossen die Freiheit in der großen Stadt. Tante Elena hatte ihre Schwägerin überredet, sie in der Frühe ohne Anstandsdame ausgehen zu lassen. Sie schlenderten die zu dieser Stunde menschenleere, von eleganten Palazzi gesäumte Via Maqueda entlang, bogen an den Quattro Canti in den Corso Vittorio Emanuele ein, durchquerten die Porta Felice und erreichten die mit Cafés und Eisdielen gespickte Promenade der Marina. Sie setzten sich an die gusseisernen Tischchen, probierten sich durch die Eisspezialitäten – *pezzi duri,* Zitroneneiscreme, Kaffeegranita, Halbgefrorenes, Eisbombe mit Sahneherz – und bestaunten die Kutschen und ersten Automobile, die vor dem kobaltblauen Hintergrund des Tyrrhenischen Meeres an ihnen vorbeizogen. Für den Heimweg ließen sie sich Zeit: Jeden Tag wählten sie eine neue Route, ohne sich von den engen Gassen und Straßen abschrecken zu lassen. Wenn die Via Maqueda von Menschen wimmelte, betrachteten sie die Leute, die mit entspannter Miene und eleganter Garderobe vorbeiflanierten, um sich bewundern zu lassen. Sie besuchten die Cappella Palatina im Palazzo Reale und bestaunten die überwältigenden Mosaike und die mit goldenen Stalaktiten verzierte Decke. Sie gingen auch in die Waldenserkirche, deren Adresse Egle besaß. Die Kirche bestand aus einem rechteckigen, schmucklosen Raum in einem Privathaus. Sie beteten zusammen, lange und inbrünstig. Beim Hinausgehen gestand Egle Maria, dass sie entgegen allen Vermutungen nach der Hochzeit nicht bei ihr bleiben würde. Sie wollte Marichia nicht verlassen, der Schmerz wäre zu viel für ihre Tante. Maria war erleichtert, denn Pietro wollte Egle nicht im Haus haben. »Das wäre nicht richtig«, hatte er gesagt. »Wir müssen lernen, miteinander zu leben. Wenn du Kinder hast, aber erst dann, kann Egle dir vielleicht nützlich sein.«

Maria wusste die Klugheit ihres Verlobten und die Diskretion ihrer Freundin zu schätzen.

Den Kauf des Brautnachthemds erledigten Mutter und Tochter allein bei Madame Richter, einer Österreicherin, die es vor Jahren nach Palermo verschlagen hatte. Es hieß, sie sei die Geliebte eines Adeligen gewesen, der ihr das Geschäft finanziert habe, um sie loszuwerden. Wie alle eleganten Maßschneidereien und Hutmachereien befand sich Madames Atelier im ersten Stock eines eleganten Palazzos im Stadtzentrum. Ein schwarz gekleidetes Dienstmädchen mit Schürze und Spitzenhäubchen führte Titina und Maria in den mit Stühlen, Fauteuils und Kanapees bestückten Salon, in dem Madame sie erwartete. Schränke mit Spiegeltüren reihten sich an den Wänden. In einer Ecke standen drei Schneiderpuppen mit Unterkleidern und Nachthemden. Eine vierte, die einen prächtigen Morgenrock aus smaragdgrünem Brokat mit japanisch anmutendem schwarzsilbernem Muster und einem ebenfalls schwarzsilbernen Wendegürtel aus Atlasstoff präsentierte, stand auf einem Podest.

Madame bot ihnen Limonade an und führte Maria zu der Schneiderpuppe. »Die Brautnachthemden sind Teil einer Garnitur, zu der auch Morgenrock und Bettjacke gehören.«

Mit theatralischer Geste zog sie den Morgenrock von der Puppe, unter dem ein hellgrün schimmerndes, von silberfarbener, smaragdgrün abgesetzter Spitze umsäumtes bodenlanges Seidennachthemd mit kurzer Schleppe zum Vorschein kam. »Das eng anliegende Mieder ist dekolletiert. Als Stoff kommt je nach Geschmack Seide, Batist oder Georgette infrage, dazu Verzierungen aus Spitze, Plissee, Stickereien und Applikationen in allen erdenklichen Kombinationen.« Mit der Hand fuhr sie unter der Brust der Schneiderpuppe entlang, unter der eine mit breiter Spitze eingefasste Kellerfalte ansetzte. Madame schlug die Falte auf, hob den ebenfalls mit Spitze verzierten Saum und ließ ihn wieder fallen. Dann geleitete sie Mutter und Tochter zu den Schränken hinüber und öffnete eine Tür nach der anderen, hinter denen sich Dutzende Garnituren in allen erdenklichen Farben reihten. »Anders als allgemein angenommen darf das Nachthemd einer Braut niemals weiß sein!« Madame zog eines nach dem anderen heraus, reckte den Bügel wie ein Banner in die Höhe und wedelte leicht damit, um das Faltenspiel zur Geltung zu bringen. Von Madame Richter und ihrer Mutter ermutigt begutachtete und befühlte Maria zahllose Nachthemden und entschied sich schließlich für das allererste, das sie unter dem brokatenen Morgenrock gesehen hatte. »Eine mutige Wahl!«, bemerkte Madame. »Meinen Glückwunsch! Dann probieren wir es an.« Ein leichter Schwindel erfasste Maria. Sie wollte nicht, dass die Mutter sie in die Umkleidekabine begleitete. Sie betrachtete sich im Spiegel – das Mieder, das sich um ihren Busen schmiegte, der bodenlange Rock – und gefiel sich. Sie zog den Vorhang auf.

»Sie sieht aus wie eine Göttin!«, rief Madame. »Jetzt braucht es nur noch Pantoffeln mit einem kleinen Absatz, dann ist es perfekt.«

»Wie schön du bist, mein Schatz«, hauchte die Mutter. Scheu fuhr sie ihr mit der Hand über die Hüften. Madame Richter forderte Maria auf, Platz zu nehmen. Leicht befangen raffte sie das Kleid und kauerte sich mit aneinandergedrückten Knien in den kleinen Sessel, während Madame ihr eine eindrückliche kleine Lektion über die Kunst der Verführung erteilte. Titina setzte ein zustimmendes, komplizenhaftes Lächeln auf. Madame kommandierte, Maria gehorchte. In diesem Moment sehnte sie sich nach Pietro.

Titina, Maria und Tante Elena hatten sich gemeinsam auf den Weg gemacht, um eine Brosche zu kaufen. »Ich will, dass sie dir gefällt«, sagte Titina, »egal was sie kostet.« Sie betraten einen berühmten Juwelierladen in der Via Maqueda. Der Besitzer zeigte ihnen alles, was er hatte, doch nichts davon sagte Maria zu. Sie klapperten weitere Juweliergeschäfte ab und kehrten gegen Mittag mit leeren Händen heim. Maria war niedergeschlagen: Die neumodischen Jugendstilformen waren nicht nach ihrem Geschmack, und auch die strengen klassizistischen des neunzehnten Jahrhunderts nicht. Ihr gefielen weder die Gold- noch die Platinfassungen. Als die Tante schließlich versuchte, sie für etwas anderes zu begeistern, gab Maria ihr mit einem unmissverständlichen Blick zu verstehen, dass sie für die zwanghafte Suche nach dem passenden Stück nichts übrig hatte. Sie war es leid, Dinge auszusuchen, Kleider und Unterwäsche anzuprobieren, einzukaufen. Sie wollte allein sein und sich ans Klavier setzen, in ihr war kein Platz mehr für eine Brosche. Doch um ihre Mutter nicht zu verletzen, sagte sie nichts. Der Vater, mit dem sie beim Mittagessen saßen, schien sie zu verstehen. »Wie wäre es, wenn du sie zu Signora Daneu bringst, Titina? Sie weiß von der Verlobung«, schlug er behutsam vor. »Sie hat hübsche

Sachen, und wenn Maria bei ihr auch nicht das Richtige findet, belassen wir es dabei. Dann kaufen wir ihr ein hübsches Schmuckstück zur Geburt des ersten Enkelchens!«

Am nächsten Tag fuhren Mutter und Tochter mit der Kutsche zum Corso Vittorio Emanuele und stiegen in den ersten Stock eines alten Palazzos hinauf. Ein blasser Jüngling geleitete sie in einen mit mythologischen Deckenfresken verzierten Salon. Die Wände beherbergten eine stattliche Gemäldesammlung: Kriegsszenen, Landschaften, klassische Ruinen, zahlreiche Heilige – Rosalia, Rita, Agata –, ein paar Madonnen und viele bärtige Josefs, sinnliche Sebastians und zerraufte Eremiten. Entlang der Wände und in der Mitte des Raumes standen mit dunklem Samt bedeckte Tische voller Kerzenleuchter, Silberzeug, Kristall und Keramik. »Das ist der Ausstellungsraum des bekanntesten Antiquitätenhändlers von Palermo«, sagte Titina und fügte flüsternd hinzu: »Eine jüdische Familie aus Triest, sehr berühmt.« Sie seufzte.

Signora Daneu war eine kräftige Frau mittleren Alters mit olivfarbenem Teint ohne einen Hauch von Puder. Das kohlschwarze Haar war zu einem Dutt gebunden. Sie trug einen blauen Leinenrock, eine bestickte weiße Bluse und eine leichte Wolljacke in der Farbe des Rockes. Eine Brosche war ihr einziger Schmuck. Sie bat die beiden in ein Büro, in dem zwei schwarzgrün emaillierte Panzerschränke standen, aus denen sie mehrere Schachteln und Etuis hervorholte. Titina und Signora Daneu kannten sich seit Langem: Die Signora duzte Titina, die sie, wie es sich Älteren gegenüber gebührte, respektvoll siezte, und zeigte ihnen Broschen aus Gold, Platin und mit Edelsteinen besetztem Emaille in Blumen- oder Tiergestalt oder in raffinierten geometrischen Formen – ein Potpourri exzellenter Goldschmiedekunst. Maria hätte am liebsten jede davon gehabt. Und keine. Unschlüssig und ratlos sah sie die Antiquitätenhändlerin an, und immer wieder blieb ihr Blick an der Brosche an deren Revers hängen, die die schönste von allen war: ein Zweig im Stil der Renaissance, schwerelos und verspielt, mit einer fünfblättrigen Blüte und einem schlanken Blatt, die beide dicht mit Diamanten besetzt waren. »Ist etwas dabei, das dir gefällt?«, fragte Signora Daneu. »Du musst es nur sagen.«

Maria nahm ihren Mut zusammen und deutete auf die Blume. »Diese da...«

»Eine diamantenbesetzte Ranke aus dem achtzehnten Jahrhundert. Sie war ein Geschenk.« Schweigend nahm Signora Daneu die Brosche ab und heftete sie Maria an die Brust. »Sie gehört dir!«

Erleichtert wollte Titina zur Preisverhandlung ansetzen.

»Sie schulden mir nichts.«

»Aber das können wir unmöglich annehmen!«, rief Titina verdutzt.

»Sie schulden mir nichts«, wiederholte Signora Daneu. »Es ist mein Hochzeitsgeschenk für diese samtäugige junge Frau.«

Für Maria war die Palermoreise ein voller Erfolg. Für ihre Mutter weniger.

15
Pietros Mutter

Der dritte und letzte Besuch bei Pietros Familie erfolgte kurz vor der Hochzeit im Palazzo von Fara, dem alten Familiensitz der Salas, wo die drei Geschwister Vito – Marias zukünftiger Schwiegervater –, Giovannino und Giacomina sowie Pietros nervenkranke Mutter Anna wohnten, die ihre Gemächer seit Jahren nicht verlassen hatte und von den Nonnen des San-Vincenzo-Ordens gepflegt wurde. Um die Feierlichkeit zu unterstreichen, waren auch die Töchter und Schwiegersöhne der Salas einberufen worden. Maria wurde von beiden Eltern begleitet.

Fast hätte man den Palazzo mit nur einem oberen Stockwerk und fünf Balkonen als bescheiden bezeichnen können, hätte er nicht so makellos ausgesehen. Die Fassade strahlte, als wäre sie gebürstet worden. Von den Balkongeländern, die wie frisch gestrichen glänzten, hing üppig blühender Jasmin herab. Die dunkelblau getünchten Fensterläden, an denen nicht der kleinste Riss zu sehen war, und das Eingangstor waren geschlossen. Doch bei aller Gepflegtheit strahlte der Palazzo Sala etwas Trauriges aus, das gut zu den schlecht gekleideten Männern mit den verdrossenen Gesichtern passte, die davor herumlungerten und grimmig auf das Tor starrten. In den Neunzigerjahren des vergangenen Jahrhunderts waren die Forderungen der Arbeiterbünde von Fara von einem Fürsten vertreten worden, der sich als Freund der Grubenarbeiter ausgegeben hatte, sich in Wahrheit jedoch nicht im Geringsten um sie scherte und so gut wie gar nichts zur Verbesserung ihrer Lebensumstände unternahm. Dies hatte für Elend und Missgunst gegenüber den Salas gesorgt, denen die Mine von Ciatta unweit des Dorfes gehörte.

Als die Kutsche sich näherte, öffnete sich das Tor wie auf ein Zeichen. Zusammen mit zwei Dienern stieß der Pförtner die Torflügel auf, und die Männer davor wichen stumm und träge zur Seite, um die Kutsche einzulassen. Lächelnd stand Pietro am Fuß der zweiläufigen Freitreppe am Ende des Innenhofes und nahm seine Verlobte in Empfang. Er ergriff ihre Hand und geleitete sie unter den neugierigen Blicken der Beobachter, die durch die Fenster spähten, die Stufen hinauf. Sistina, Graziella und Giuseppina hatten sich wie Schulmädchen in der Eingangshalle aufgereiht. Tante Giacomina Sala, die Hausnonne, stand, in schlichtes Grau gekleidet und mit einem brillantenbesetzten Emaillekreuz um den Hals, ein wenig abseits. Sie trat auf Maria zu, hieß sie willkommen und geleitete sie an Pietros Seite in das Wohnzimmer.

Ehe sie Hausnonne geworden war, hatte Giacomina zusammen mit Giovannino die Welt bereist und ein mondänes Leben geführt. Doch dann hatte sie aus nicht näher bekannten Gründen beschlossen, sich hinter die Mauern des Palazzos in Fara zurückzuziehen und ihrer mildtätigen Arbeit zu widmen. Sie führte das Haus der beiden Brüder, da Anna nicht dazu in der Lage war, und frequentierte das Benediktinerinnenkloster, das sie mit Geldspenden unterstützte und mit Erzeugnissen ihrer Ländereien versorgte. Auch eine Lotterie für mittellose Familien, die kein Geld für die Mitgift hatten und ihre Töchter ins Kloster schicken wollten, hatte sie ins Leben gerufen: Jedes Mädchen erhielt eine Nummer, die in einen Beutel gesteckt wurde, und einmal im Jahr wurde eine glückliche Gewinnerin ausgelost, deren Mitgift Giacomina finanzierte.

In Camagni hatte Maria bereits Pietros Vater Vito und seinen Onkel Giovannino kennengelernt. Nun erwartete sie, im Wohnzimmer endlich Pietros Mutter zu begegnen, doch Anna Sala war nicht zu sehen und wurde mit keinem Wort erwähnt. Nach den ersten Höflichkeiten stand man in kleinen Grüppchen beieinander und plauderte. Onkel Giovannino hatte sich zu Ignazio und Peppino Tummia gesellt und brachte sie über das jüngste Unglück in einer der Schwefelminen auf den neuesten Stand: Ein Gerüst war zusammengebrochen und hatte zwei Jungen unter sich begraben. Die Sozialisten behaupteten, der Unfall sei auf Sicherheitsmängel zurückzuführen und die Hilfe sei zu spät gekommen. »Die üblichen Scherereien«, sagte Baron Tummia, »Sie gießen Öl ins Feuer. Aber das geht auch wieder vorbei. Sie tun ihre Arbeit, und wir müssen unsere tun.«

»Die Lage hat sich verschlechtert«, meinte Onkel Giovannino. »Man muss auf der Hut sein. Habt ihr die Männer vor dem Tor gesehen?«

»Nun, vielleicht sollte man keine Kinder unter Tage schicken!«, bemerkte Ignazio und wandte den beiden den Rücken zu.

Mit seiner Verlobten an der Seite erzählte Pietro Titina von seinen beiden Jagdhunden, zwei Bracken, die in dasselbe Cirneco-Weibchen verliebt waren und verbissen um sie warben, derweil die Cirneco-Hündin nur Augen für einen Deutschen Schäferhund hatte. Pietro war ein guter Erzähler, und alle hörten ihm gebannt zu. Vito Sala hatte sich neben Maria gesellt und bot ihr seinen Arm. »Lass uns gehen, ich möchte dir die Familienporträts zeigen.« Er führte sie zu einer Vitrine, in der filigrane, goldgerahmte Miniaturen seiner Kinder und seiner hellhäutigen, blonden Frau in jungen Jahren ausgestellt waren. »Das ist meine arme Anna...« Er blickte ratlos auf das Bild. »Sie wird dir eine Last sein, wenn ich nicht mehr bin.«

»Der Mutter meines Mannes zu helfen ist mir keine Last, sondern eine Ehre«, sagte Maria. »Ich möchte sie kennenlernen«, fügte sie entschlossen hinzu.

Kaum hatte Pietro bemerkt, dass Maria sich mit seinem Vater entfernt hatte, brachte er seine Erzählung hastig zu Ende und gesellte sich zu ihnen. »Wenn du es wirklich willst, bringe ich dich zu ihr.« Er bot ihr seinen Arm, doch Maria ging nicht darauf ein. Statt den Arm des Schwiegervaters loszulassen, drückte sie ihn und fragte lächelnd: »Würden Sie mir die Ehre erweisen, mich zu Ihrer Frau zu begleiten?«

Gemessenen Schrittes machten sie sich auf den Weg zu den Privatgemächern. Giacomina umklammerte das Kreuz, murmelte ein Stoßgebet und schlurfte hinter ihrem Bruder und Maria drein. Giovannino und die Marras folgten ihr. Die Diener öffneten ihnen die Türen.

Mit Maria und ihrem Schwiegervater an der Spitze durchwanderte die stumme Prozession die Durchgangszimmer. Zwei Mägde waren die Dienstbotentreppe hinaufgehuscht, um die Nonnen von dem bevorstehenden Besuch in Kenntnis zu setzen. Der alte Herr und das junge Mädchen betraten eine hinter einem Vorhang verborgene Treppe. Die Fenster und Balkone des von außen unsichtbaren zweiten Stockwerks gingen auf mehrere Innenhöfe hinaus. Das Rascheln von Unterröcken, gedämpfte Schritte und das Geräusch der von unsichtbaren Händen behutsam geschlossenen und geöffneten Türen drangen gespenstisch durch die leeren Gänge und verwaisten Räume. Schließlich erreichten sie ein vollkommen schmuckloses Zimmer, das nur mit ein paar Sesseln und mehreren Körben voller Wolle bestückt war. Vor den Fenstern hingen Tüllgardinen. Zwei grau gekleidete Nonnen saßen links und rechts neben Anna Sala und häkelten bunte Rechtecke. Eine weitere Nonne saß ein wenig abseits neben einem Korb und wickelte Wolle auf. Anna hielt eine dicke hölzerne Häkelnadel in der Hand und stocherte damit in einem Fadenknäuel. Die anderen beiden arbeiteten emsig vor sich hin.

»Da kommt die Verlobte des jungen Barons Pietro«, raunte die eine Nonne der Mutter zu.

»Pietro. Pietro, mein Sohn.« Sie legte die Nadel in den Schoß. »Ist das mein Sohn? Pietro! Wo ist er?« Sie richtete die leeren Augen auf Maria und ihren Begleiter. Dann blieb ihr Blick an ihrem Gatten hängen. »Vito... Neiiin!«

Der Schrei erfüllte das ganze Haus. Anna krümmte sich und vergrub den Kopf in den Armen. Sie wollte nichts sehen und nicht gesehen werden. Immer wieder schlug sie die Arme wie riesige Scherenklingen vor dem Gesicht zusammen. »Weg, weg, weg! Ich will nicht!«

»Ich möchte dir Maria Marra vorstellen, Pietros Verlobte. Sie wird unseren Sohn heiraten und möchte dir Guten Tag sagen«, sagte Vito tonlos.

»Weg, weg!«, kreischte sie.

»Maria hat mich gebeten, sie zu begleiten.«

»Weg, weg! Weg, weg, weg...« Die Scherenklingen schnappten auf und zu. »Weg! Weg, weg...« Unerwartet schwungvoll sprang Anna vom Stuhl auf und wollte sich auf ihren Mann stürzen. Eine Nonne packte sie bei den Armen, drehte sie ihr auf den Rücken und hielt sie fest. Die Dienstmädchen, die beim ersten Schrei herbeigeeilt waren, drückten sich gegen die Wand und schoben sich, im Schatten fast unsichtbar, Richtung

Tür. Ohne ihre Herrin aus den Augen zu lassen, schlüpften sie rückwärts hinaus und schlugen den eintreffenden Angehörigen die Tür vor der Nase zu.

Verstört versuchte Maria, Annas Verhalten zu begreifen, die mit auf dem Rücken fixierten Armen dastand und fauchte: »Klirren von eisernen Schlüsseln! Klirren von Ketten! Verschlossene Türen! Sie schließen die Türen! Gefangene! In Ketten Gelegte! Auf Befehl der Salas! Er, er kommt rein, für ihn öffnen sich die Türen, er will mich. Er will mich, er will mich, er will Anna!« Sie wand und wehrte sich, bis es ihr gelang, einen Arm zu befreien. Keuchend rollte sie mit den Augen, die schließlich an ihrem Gatten hängenblieben. Mit dem freien Arm riss sie ihren Rock hoch, unter dem die bestickte, am Knöchelsaum berüschte und von einem Taillenband gehaltene Batistunterhose zum Vorschein kam. Vergeblich versuchte sie, das Band zu lösen, und strich sich schnaufend mit der Hand über den Hosenschlitz. »Hier, Herr Baron, ich bin bereit! Bereit!« Mit einer behänden Bewegung riss sie sich die Hose herunter, zeigte ihre Genitalien und stieß mit einem verzerrten Grinsen das Becken vor. »Das will der Herr Baron! Kinder! Kinder von Anna!«

Marias klare Stimme durchbrach die Stille. »Ich bin die Verlobte Ihres Sohnes Pietro.« Sie machte einen Schritt auf Anna zu. »Niemand will Ihnen etwas tun. Ich heiße Maria.«

Anna stierte sie verwirrt an. »Ich bin verflucht! Verflucht! Verflucht!« Ihre Stimme wurde lauter. »Verflucht... beeilt euch!« Dann wandte sie sich an Maria. »Und wer bist du? Wer hat dich hergebracht? Verflucht bist du! Verschwinde aus diesem Haus!« Sie riss sich von den Nonnen los und ließ sich mit gerafftem Rock breitbeinig in den Sessel fallen. »Raus, raus, raus!«, krächzte sie unablässig mit matter, heiserer Stimme.

Die Dienstmädchen drückten sie von hinten gegen die Lehne. Mit flatternden weißen Ärmeln und wogenden schwarzen Tuniken stürzten die Nonnen herbei und hielten sie fest. »Raus, raus...«, klang es immer matter. Die Nonnen umstanden sie wie ein Wall, mit dem Rücken zu Maria und Vito. Eine vierte Nonne, die durch eine kleine Nebentür hereingeschlüpft war, trat auf sie zu, geleitete sie ins Vestibül und schloss die Tür hinter ihnen.

»Es tut mir leid, mein Kind. Sie weiß nicht, was sie tut. Sie ist verrückt. Verzeih mir«, murmelte der Baron.

»Es ist nicht Ihre Schuld, die Ärmste ist nicht bei Sinnen...« Maria drückte seinen Arm, und gefolgt von den anderen kehrten sie in den Salon zurück, wo Pietro sie zitternd erwartete.

Tags darauf ließ Pietro Ignazio Marra eine Nachricht zukommen: Er wünsche dringend, mit ihm, seiner Frau und Maria zu sprechen.

»Weißt du, was diese Nachricht soll?«, fragte Ignazio Titina.

»Er wird schon wissen, was er uns zu sagen hat. Hauptsache, er hat nicht die Absicht, seine Mutter samt all den Nonnen bei sich wohnen zu lassen, Maria würde durchdrehen!«, meinte seine Frau.

Als Maria von der Nachricht erfuhr, verzog sie keine Miene.

Pietro gab sich pathetisch und blinzelte zwanghaft mit den Lidern. Er erklärte, nach Meinung der Ärzte, die seine Mutter betreuten, sei ihre Geisteskrankheit nicht erblich. Ihr Nervenleiden habe bereits vor seiner Geburt begonnen, und sie habe sich nie davon erholt. Seither hege sie einen unerfindlichen Groll gegen ihren Gatten. Bestimmt sei die Begegnung des

Vortages entsetzlich für Maria gewesen. Er würde ihr keinen Vorwurf machen, wenn sie ihn nicht mehr heiraten wolle und sich weigern würde, sich nach dem Tod des Schwiegervaters um die Schwiegermutter zu kümmern. Keine der Schwestern würde sie bei sich aufnehmen und deshalb sehe er sich in der Pflicht. »Sie war niemals das, was man unter einer Mutter versteht: Sie hat mich nie in den Arm genommen, und noch nie war ich mit ihr allein in einem Raum.« Sollte Maria ihn trotz allem zum Mann nehmen, fuhr Pietro fort, würde er die Schwiegereltern bitten, ihnen auf seine Kosten zwei Zimmer in ihrem Haus zurechtzumachen, damit er und Maria zu Familienbesuchen bei den Marras statt im Palazzo Sala logieren könnten.

Maria antwortete ihm als Erste. »Bereits ehe wir uns kannten, hat mir Carolina von der Krankheit deiner Mutter erzählt. Ich hege also nicht den geringsten Wunsch, dich um meine Freiheit zu bitten, damit ich einen anderen heiraten kann. Ganz im Gegenteil. Und ich würde mich freuen, wenn wir ein Zimmer ganz für uns allein im Hause meiner Eltern hätten.«

Der Termin für die Hochzeit wurde eingehalten.

16

Brüsseler Spitze

Als Titina sieben Jahre alt war, erkrankte ihre Mutter Maria tödlich an Diphtherie. Ehe sie starb, bat sie ihre Lieblingscousine Matilde, sich um ihre kleine Tochter zu kümmern, und Matilde versprach es. Sie stand Titina sehr nahe und hatte sie durch die schwere Zeit vor ihrer Heirat mit Ignazio Marra begleitet. Titina liebte Matilde sehr und besuchte sie jeden Tag, entweder allein oder mit Maria oder ihrem jüngsten Sohn Roberto.

Nach Marias Verlobung mit Pietro nutzte Leonora jeden Vorwand, um möglichst viel Zeit bei den Marras zu verbringen, und sooft sich die Gelegenheit bot, begleitete sie Titina und Maria zu Tante Matilde. Maria glaubte, Leonora fühlte sich allein. Seit der Vater ihr Leonoras Geschichte erzählt hatte, tat sie ihr noch mehr leid.

Ignazio war im Esszimmer geblieben, während Maddalena träge den Tisch abräumte. »Komm, Maria, ich muss dir etwas sagen.« Er wartete, bis Maddalena verschwunden war, und hob mit zögerlicher Stimme zu sprechen an. »Ich sehe, dass Leonora dir nahesteht. Sieh dich vor, man kann diesem Mädchen nicht trauen. Nicht sie hat daran Schuld, sondern die Umstände, in denen sie aufgewachsen ist. Nun, da du bald heiraten wirst, ist es Zeit, dass du auch die hässliche Seite der Menschen kennenlernst. Angefangen bei deinen Verwandten.« Er machte eine Pause. »Das sind die schlimmsten.«

Er erzählte ihr von Leonoras Vater Diego, seinem Cousin ersten Grades, der, statt für seinen Posten als Gemeindesekretär dankbar zu sein, auf das Präfektenamt geschielt hatte. Deshalb hatte er Nike geheiratet, eine Albanerin aus Palazzo Adriano, die er zwar nicht liebte, die jedoch mit Francesco Crispi verwandt war, in der – vergeblichen – Hoffnung, der Minister könnte ihm bei seiner Karriere nützlich sein. Doch Crispi hatte sich von Sizilien und seinen Bewohnern abgewandt, und nach dessen Tod vor vier Jahren war es mit Diegos Ehe bergab gegangen. Es wurde gemunkelt, Nike habe ihn mit einem albanischen Cousin betrogen. Er hatte sie gezwungen, Haus und Kinder zu verlassen, und sie war allein nach Palazzo Adriano zurückgekehrt. Ob Leonora und Luigi zu ihrer Mutter Kontakt hatten, war nicht bekannt. In Camagni hieß es, Nike sei verdorben, und trotz seines schlechten Charakters sei Diego zu bedauern und man müsse die selbstlose Hingabe, mit der er sich um seine Kinder sorge, anerkennen. Doch dann fingen die Leute an, sich zu wundern. In Diegos Haus arbeitete ein Mädchen aus der Romagna namens Albertina, die Nike aus Palazzo Adriano mitgebracht hatte, damit sie sich um die Kinder kümmerte. Irgendwann kam das Gerücht auf, sie sei seit Langem schon Diegos Geliebte und könne Leonora und Luigi nicht ausstehen. Diegos Vater hasste Crispi, den er für einen Verräter Siziliens und einen Bigamisten hielt. Nachdem der Sohn gegen seinen Willen auf der Heirat mit Nike bestanden hatte, hatte er für die liberale Rechte kandidiert und gewonnen. Bei seinem Tod hatte er sein gesamtes Vermögen wohltätigen Einrichtungen vererbt. »Sosehr Leonora und Luigi zu bemitleiden sind, ihre Familie war ihnen ein schlechtes Vorbild. Deine Mutter ist eine gute Seele und lässt Leonora bei uns sein, sooft sie will. Aber du musst auf der Hut sein!«

»Was soll ich tun?« Maria war beunruhigt.
»Pass auf bei Leonora. Halte dich von ihr fern!«

Leonora war auch weiterhin häufiger Gast im Hause Marra und begleitete Titina und Maria zu Tante Matilde, die im Palazzo neben den Tummias wohnte. Eines Nachmittags unterhielt man sich darüber, was Maria bei der kirchlichen Trauung tragen würde: Titina besaß einen Spitzenschleier, er sei sehr kurz, aber von feinster Machart, ob er wohl passen würde? Mit gebeugtem Rücken tappte Tante Matilde davon und kehrte mit einer großen Pappschachtel zurück. Ohne sich von den anderen helfen zu lassen, öffnete sie sie und zog behutsam einen Schleier aus Brüsseler Spitze hervor, der ihrer Mutter gehört hatte. Um ihn vor Feuchtigkeit zu schützen, hatte man ihn zusammen mit trockenen Lorbeerblättern in Seidenpapier eingeschlagen. Er sah aus wie neu. Die Frauen waren sprachlos: Der lange, duftige Schleier war mit einer Girlande aus Blumen und Putten durchwirkt. Seufzend befühlte Leonora den Saum und sah die Tante Mitleid heischend an. »Wie gern hätte ich so einen Schleier, aber weil mein Vater mir keine anständige Mitgift geben kann, will mich keiner heiraten!«

Niemand sagte etwas. Sorgfältig legte Matilde den Schleier zurück in das Seidenpapier, bat Titina ins Nebenzimmer und ließ die Mädchen allein. Leonora versuchte, ihre Verlegenheit mit kleinen, giftigen Sticheleien zu überspielen, auf die Maria sowieso nicht reagieren würde. Geschickt ließ sie beiläufige Anspielungen auf Pietros Lebenswandel fallen. »Man weiß doch, dass er schon immer eine Schwäche für die Frauen aus Camagni hatte!«, »Die Frau des Bürgermeisters kennt ihn gut, und sie meint, er sei ein ausgezeichneter Tänzer, und er fordere sie immer zum Walzer auf! Hat Pietro dir davon erzählt?«, »Angeblich geht ihm nichts übers Kartenspielen. Was hältst du davon?« Maria wurde dann blass, sagte aber nichts. Sie begriff nicht, wieso sich Leonora lang und breit übers Kartenspielen ausließ: Karten zu spielen war doch ein argloser Zeitvertreib. Als es Zeit war, nach Hause zu gehen, zog Leonora ein Buch aus ihrem Täschchen und drückte es Maria in die Hand: Es war für Filippo. Zwischen den Seiten steckte ein Zettel. Titina, der das nicht entgangen war, tat einen tiefen Seufzer.

Als sie, untergehakt bei ihrer Mutter, die Straße entlangging, kam Maria zu dem Schluss, dass Leonora sie nicht mochte. Sie machte verletzende Bemerkungen und ließ keine Gelegenheit aus, sie mit ihrer Verlobung aufzuziehen. Kaum zu Hause schüttete sie Maricchia mit Tränen in den Augen ihr Herz aus. Sie erzählte ihr alles: dass Leonora behauptete, Pietro habe unzählige Schwächen und würde sie betrügen; dass sie sie für unfähig halte, die Frau eines reichen, kultivierten, angesehenen Mannes zu sein.

»Ich schaffe es einfach nicht, auf meinen Vater zu hören und Leonora aus meinem Leben auszuschließen und nicht mehr ihre Freundin zu sein.«

»Hör zu, Mimì.« Maricchia hatte sie bei dem Spitznamen genannt, den nur noch ihre Mutter und Roberto verwendeten. Sie nahm ihre Hände. »Du wirst noch vielen neidvollen Menschen begegnen, die versuchen werden, dir wehzutun und dich unglücklich zu machen. Du bist klug und aufgeschlossen: Du wirst schon lernen, an der Seite deines Mannes zu leben und seine Welt kennenzulernen. Lass nicht zu, dass Menschen wie Leonora dir deine Würde, deinen Mut und am Ende dein Glück nehmen. All das trägst du in dir, weil du weißt, im Recht zu sein. Versuch, gut zu deinen Mitmenschen zu sein, und nimm dir ein Beispiel an Jesus Christus.«

»Ich bin ein Dorfmädchen, wie soll ich Pietro eine würdige Ehefrau sein?« Maria war verzweifelt.

Maricchia runzelte die Stirn. »Er scheint sich darüber keine Sorgen zu machen. Mit seiner Hilfe wirst du es schaffen.«

Maria schien nicht sonderlich beruhigt. Sie ließ den Kopf hängen und starrte zu Boden.

»Ich habe eine Idee!«, rief Maricchia triumphierend. »An der Militärakademie trifft Giosuè gewiss junge Männer aus besten Kreisen und hochgestellte Persönlichkeiten und liest Zeitungen und Zeitschriften. Er gibt dir doch schon Unterricht, um Lehrerin zu werden. Bitte ihn, dir zu schreiben, was in Italien passiert und worüber man an der Akademie und in seinem Freundeskreis spricht!«

Maria fasste neuen Mut, und Giosuè zeigte sich hocherfreut, sie auch in diesem neuen Fach zu unterrichten.

17
Die Hochzeit

Die schwere Wunde, die die Eroberung Roms am 28. Oktober 1870 im Herzen des katholischen Italien hinterlassen hatte, wurde durch den rund zwanzig Jahre später von Crispi bestimmten Nationalfeiertag noch schmerzhafter. Für Eheschließungen waren zwei getrennte Zeremonien an unterschiedlichen Tagen vorgesehen. Die erste war die kirchliche Heirat nebst traditionellen Feierlichkeiten, bei der die Braut verschleiert und weiß gekleidet war; bei der standesamtlichen Heirat im Rathaus erschien sie dann schlicht, elegant und zumeist in Schwarz – das ausschließlich verheirateten Frauen und trauernden Jungfrauen vorbehalten war. Einigen war das schwarze, figurbetonte, paillettenbesetzte Kleid auch beredtes Zeugnis der vollzogenen Ehe, so etwas wie ein weithin sichtbar aufgehängtes Brautlaken. Es bekräftigte den Status der verheirateten Frau in den Augen Gottes und der Menschen und war zudem von großer Symbolik: In Trauer trat die junge Braut vor den Staat, der die Heilige Mutter Kirche gedemütigt hatte.

Getreu seinem Versprechen hatte Pietro im ungenutzten Dachboden des Hauses Marra auf eigene Kosten eine kleine Wohnung einrichten lassen, die er vor Maria geheim halten wollte: Sie sollte eine Überraschung sein. Bei der Gelegenheit hatte er auch gleich das schadhafte Dach ausbessern lassen. Der Kauf von Fuma Vecchia war abgeschlossen, und Pietro war nun der einzige Besitzer. Ignazio hatte Pietros Vorschlag, die Immobilie gänzlich auf seine Tochter zu überschreiben, höflich abgelehnt und auch der Bitte widerstanden, beide Eheleute als Eigentümer einzutragen. Sogleich hatte Pietro mit der Instandsetzung der Auffahrt begonnen.

Maria war fröhlich und viel beschäftigt. Obwohl die Arbeiten nur langsam vorangingen, band Pietro sie in die Entscheidungen für das Haus in Agrigent ein. Es mussten Stoffe für Vorhänge und Tapeten ausgesucht werden, ebenso Möbel und Geschirr, und dann gab es noch diese brandneuen Erfindungen: fließendes warmes und kaltes Wasser, Elektrizität und eine Zentralheizung mit Heißwasserrohren. Die Bäder sollten mit den revolutionären Wasserspülungen der englischen Firma Crapper ausgestattet werden. Außerdem galt es, neue Lampen auszuwählen und zu entscheiden, wo die Wandleuchter hängen sollten. Aufmerksam hörte sich Pietro an, was Maria zu sagen hatte, und respektierte ihre Meinung. Doch es war offensichtlich, dass die sinnliche Anziehung für ihn alles andere überwog. Manchmal, wenn Maria am Klavier saß, setzte sich Pietro hinter sie. Eines Nachmittags wurde Egle, die als Anstandsdame fungierte, wenn die beiden Verlobten im Haus waren, in die Küche gerufen, und die zwei blieben allein. Maria, die weiterspielte, meinte plötzlich, Pietros erregten Atem zu hören, doch dann ließ sie sich vom Andante aus *Libiam nei lieti calici* aus *La Traviata* fortreißen. Als sie geendet hatte, die Hände noch voller Energie über der Tastatur erhoben, spürte sie abermals seinen Atem, diesmal ganz nah. Pietro umfasste ihre Taille und bedeckte das Stück nackte Schulter, das der Ausschnitt ihres Sommerkleides freigab, mit Küssen. Sanft versuchte Maria sich loszumachen und wollte aufstehen. Er lockerte seinen Griff, schob den Hocker mit dem Fuß beiseite, drückte sie an sich und benetzte ihren

Hals und Nacken mit einer Spur warmer Küsse. Maria empfand ein begehrliches Kribbeln. Pietro ließ seine Zunge langsam in ihrem Nacken kreisen, und genüssliche Schauder durchsickerten ihre Glieder. Er hätte ewig so weitermachen können. Doch Pietro war zu impulsiv. Er drehte sie zu sich hin und küsste ihre Lippen, zuerst sanft, dann leidenschaftlicher, um mit der Zunge einzudringen. Maria versuchte ihn fortzuschieben, doch er drückte sich umso heftiger an sie und drängte sich gegen ihren Leib. Auch das gefiel ihr.

Die Zeremonie in der Kapelle und der Hochzeitsempfang am späten Vormittag in den Salons des Palazzos Tummia hatten Maria enttäuscht. Die Gäste, insgesamt rund sechzig enge Verwandte, hatten sich nicht gemischt. Die Schwestern Sala hatten sich aufgedonnert und mit Brillanten behängt, als wollten sie den materiellen und gesellschaftlichen Unterschied zu den Marras noch unterstreichen. Die obligatorischen Komplimente an die Braut für ihr schönes Kleid aus weißem, mit zarten Röschen besticktem Musselin und für das Perlencollier, das Pietro ihr erst an diesem Morgen geschickt hatte, klangen geheuchelt. Carolina und Leonora konnten ihren Neid kaum zurückhalten. Maria hatte das Gefühl, dass nur ihre Familie und die Menschen, die zu ihrem Haushalt gehörten – einschließlich Giosuè, der in seiner schwarzen Kadettenuniform mit rotem Kragen und roten Manschetten und dem kurzen Schwert an der Seite äußerst elegant aussah –, sich für sie freuten und ihr aufrichtig gratulierten.

Während der Messe hatte Pietro seine Rührung nicht unterdrücken können, doch davon abgesehen, blieb es seltsamerweise eine Hochzeit ohne Tränen. Maria, die sich Pietros Tränen mit der Abwesenheit seiner Mutter erklärte, hatte seine Hand genommen und sie fest gedrückt. Während des

Empfangs hatte er sie begehrlich angesehen, und nun, da sie endlich verheiratet war, hatte sie seinen Blick offen erwidert.

Kurz vor Sonnenuntergang kehrten sie ins Haus der Marras zurück. Pietro nahm die Situation in die Hand und schlug Titinas Einladung zum Abendessen aus: »Leonardo und seine Frau haben für uns gesorgt. Wir ziehen uns zurück. Bis morgen früh.« Er führte Maria die Treppe hinauf. Leonardo und Rosalia hatten ihre Zimmer zurechtgemacht und erwarteten sie auf der Schwelle. Nachdem sie ihrer neuen Herrin gratuliert hatten, zogen sie sich zurück.

Maria befiel ein banges Zögern. Sie wusste, dass die Hausangestellten all ihre Habseligkeiten in die Wohnung gebracht hatten. Wo hatten sie sie hingestellt? Wie würde sie sie vorfinden? Pietro hielt ihr die Tür auf, und endlich trat sie über die Schwelle. Er führte sie in das Ankleidezimmer: Mit den Schränken, dem Wandspiegel, den beiden Sesseln und der Liege glich es einem kleinen Salon. Durch die gläserne Terrassentür strömte Sonnenlicht. Im Vorbeigehen zeigte Pietro ihr das Badezimmer. Er war ungeduldig; er wollte ihr das Schlafzimmer vorführen. Das erste Licht der Dämmerung fiel in safrangelben und glutroten Strahlen durch die Vorhänge aus Cantù-Spitze und malte ein verzerrtes Muster auf den weißen, damastenen Bettüberwurf. Eine fast theatralische Feierlichkeit erfüllte das Zimmer. Maria bemerkte, dass die sich umarmenden Putten, die das Herzstück der Spitze bildeten, die gleichen waren wie auf dem Überwurf ihres Mädchenbettes. »Schau dich um!«, forderte Pietro sie auf. Er umfasste ihre Taille und zeigte ihr die Bilder, die gerahmten Fotografien, die Möbel aus ihrem alten Schlafzimmer, die beiden neuen Sessel neben dem kleinen runden Tisch, den großen Kleiderschrank und die beiden Kommoden. Der

Umzug war während der Hochzeitsfeierlichkeiten gemacht worden. Gerührt dreht sich Maria zu ihm um und wagte eine erste zärtliche Geste. Pietro hielt ihre Hand fest. »Warte! Hast du Hunger?«

Maria nickte. Am Morgen hatte sie keinen Bissen hinunterbekommen und beim Empfang nur ein winziges Stück Hochzeitstorte gegessen. Pietro führte sie auf die Terrasse. Umgeben von hohen Mauern wirkte sie wie ein Zimmer, über dem sich der Himmel wölbte. Auf einem Tisch stand ein üppiger, von einem Gazeschleier bedeckter Imbiss. Maria machte einen Schritt darauf zu, doch wieder ergriff Pietro ihren Arm und hielt sie zurück. »Noch nicht, gib mir zuerst einen richtigen Kuss.« Er drängte sie gegen die Mauer und legte seine Lippen auf die ihren. Es war ein langer Kuss, der zwischen verzehrender Leidenschaft und behutsamer, zögernder Zärtlichkeit wechselte und sich in kleinen, tastenden Küssen auf Gesicht, Ohren und Hals fortsetzte. Endlich machte Pietro sich von Maria los, riss sich Jacke, Krawatte und Hemd vom Leib und stand mit nacktem Oberkörper da. Schon hatte er ihr Mieder aufgeknöpft, die Ärmel des Brautkleides rutschten über die Träger ihres Unterkleides herab und gaben die runden Schultern und den Ansatz ihrer Brüste frei. Maria war gänzlich entflammt, sie wollte ihn und wusste nicht, wie. Sie spürte ihn an ihrem Unterleib, wagte es jedoch nicht, ihn zu berühren. Pietro machte sich von ihr los und raffte seine verstreuten Kleidungsstücke zusammen. »Komm, wir gehen uns ausziehen.«

»Wo?« Befangen blickte Maria sich um.

»Im Bad findest du deine Sachen.« Pietro verschwand im Schlafzimmer und ließ sie auf der Terrasse zurück.

Der grüne Morgenrock von Madame Richter hing auf einem Haken neben dem Waschbecken. In der Erwartung, darunter das mit der Mutter gekaufte Brautnachthemd zu finden, nahm Maria ihn vom Bügel. Es war nicht da. Sie schaute in der Kommode nach, in der nur Handtücher lagen. Da begriff sie.

Der Schleier über dem Tisch war verschwunden. Pietro erwartete sie und nippte am Champagner. Er trug eine sehr männliche, braungrün gemusterte Hausjacke mit Paisleymuster.

»Woher wusstest du …«, fragte Maria, die in ihrem smaragdgrünen, eng um die Taille geknoteten Morgenmantel wunderschön aussah.

»Madame Richter ist eine alte Freundin«, antwortete er obenhin. »Lass uns mit Küssen anstoßen! Ich fange an!« Er trank und sagte: »Auf den Mund!« Er gab ihr einen lauten, alles andere als sinnlichen Kuss auf die Lippen. Maria lachte. Sie trank ebenfalls und sagte: »Aufs Kinn!« Dann war er an der Reihe: »Auf den Hals!« »Auf die Nase!« Sie küsste ihn auf die große Nase. Pietro füllte die Gläser auf. »Du hast eine vollendet klassische Nase … Meine Frau hat das Profil einer Göttin!« Er nahm Maria den Kelch aus den Händen und küsste sie sanft auf die Nasenspitze.

»Wir sollten etwas essen. Es wird Abend, schau!« Hinter den fernen Hügelkuppen schraffierten tintenschwarze Streifen den strahlend hellen Himmel. Das Banner der Nacht. Pietro servierte Maria die üppigen Speisen, die bequem mit den Händen zu essen waren. Er reichte ihr einen mit Béchamel gefüllten Vol-au-vent, eine Stange aus würzigem Mürbeteig, gefüllte Oliven, Häppchen mit Foie gras und Kaviar. Sie genossen ihr Nachtmahl und tranken dazu Champagner. Pietro stand auf. »Lass mich fühlen, ob du auch die Brüste einer Göttin hast!« Er schob seine Hand in ihren Morgenrock.

»Nicht hier!« In einem Anflug von Scham riss Maria seine Hand fort.

Er nahm es ihr nicht übel. Dann saßen sie wieder da, tranken Champagner und aßen kleine, runde Erdbeertrauben mit duftender, dunkelroter Schale.

»Die Luft hat keine Augen«, sagte Pietro schließlich und zog sich aus. »Mach den Gürtel auf...«

Endlich ließ Maria ihre Zurückhaltung fahren. Langsam glitt der Morgenrock zu Boden, und sie zeigte sich. Im Stehen. Im Sitzen. Auf dem Sofa. Ohne einander zu berühren. Es war ein Spiel der Blicke und Hände, des flüchtigen Ertastens. Pietro hockte vor ihr auf dem Boden. »Und jetzt lass mich in dich hineinsehen.« Maria betrachtete ihren über einen Stuhl geworfenen Morgenrock, der über seinem lag. Pietro schob ihre Schenkel auseinander, näherte sich ihr mit dem Mund, küsste sie, schob die Zunge hinein und ließ sie lange in ihr spielen.

Der Mond weckte sie. Sie lag allein im Bett, den schalen Geschmack von Wein auf der Zunge. Sie betrachtete die Laken, sie schienen sauber zu sein. Was war passiert? Wo war Pietro? Er fehlte ihr. Sie fand ihn friedlich schlafend auf der Liege im Ankleidezimmer, zugedeckt mit einem indischen Schal. Maria schmiegte sich an ihn. Verschlafen öffnete Pietro die Arme und zog sie an sich. »Ich hab auf dich gewartet«, murmelte er.

18

Maricchia denkt nach

Maricchia fand keinen Schlaf. Stocksteif saß sie auf der Bettkante und betete. Dies war ihre Art, Gott zu huldigen: Der Ischias hinderte sie am Niederknien.

Jetzt, da Maria verheiratet war, galten ihre Gedanken Giosuè. Maricchia betete für seine Zukunft. Wenn er Camagni erst einmal verlassen hatte und aufs Festland gegangen war, würde er gewiss zu seiner Familie zurückkehren und nie mehr nach Sizilien kommen. Er war ein guter Junge, großzügig und fröhlich. Weil sie nicht mehr gut sah, las er ihr fast jeden Abend aus dem Alten und Neuen Testament vor und kannte die Psalmen und den Großteil der Evangelien so gut, dass er fast als Christ durchgehen konnte.

Giosuè strotzte vor Lebenshunger, und Maricchia war sich sicher, dass er, seit er vierzehn war, mit Carlo Tummia das Bordell von Camagni Bassa besuchte. In seiner freien Zeit arbeitete Giosuè für den Schulleiter des Convitto Nazionale, um Geld zu verdienen: Anfangs hatte er dessen Briefe ins Reine geschrieben und es dank seiner Fertigkeit und Hingabe beinahe zum Sekretär gebracht. Daneben half er Ignazio, der ihn nur dann bezahlte, wenn er Geld von seinen Mandanten bekam, was selten der Fall war. Giosuè vertraute Maricchia seine Ersparnisse an. »Sonst würde ich sie nur für Dummheiten ausgeben«, hatte er verlegen erklärt. Ein Teil dieses Geldes war für die leichten Mädchen bestimmt: Das ahnte sie, wenn er, ausgehfertig geschniegelt, verlegen und mit vorfreudig blitzenden Augen zu ihr kam und sie um die immer gleiche Summe bat. Maricchia hatte keine Vorstellung von körperlichen Freuden, nicht einmal davon, sich selbst zu berühren, wie es die Mädchen im Kloster taten. Sie war froh, Jungfrau zu sein und bei den Marras zu leben, wo sie sich als Teil der Familie fühlte, wohlbehütet und frei, nach ihrem Glauben zu leben.

Seit Garibaldis Landung in Marsala waren Tonino Sacerdoti, Ignazio Marra und Maricchias älterer Bruder Carlin Malon in tiefer Freundschaft verbunden. Carlin und Tonino hatten den Tausend angehört und Ignazio in Sizilien kennengelernt. Carlin war in Palermo geblieben, um Pastor Giorgio Appia zu helfen, der vom Moderator der Waldensertafel den Auftrag erhalten hatte, eine Mission in Palermo zu gründen. Auch eine Schule sollte entstehen, und so war Maricchia gleich nach ihrem Abschluss mit drei anderen Lehrerinnen aus Torre Pellice nach Sizilien gekommen. Ignazio hatte sich um die Genehmigungen gekümmert; Tonino, der Gymnasiallehrer war, hatte ihnen beim Ausarbeiten des Lehrplans geholfen und dank eines Cousins, der mit Antiquitäten handelte, Räumlichkeiten gefunden, die genug Platz boten, um die Schule, ihre Wohnung und einen Gebetsraum darin unterzubringen.

Die Waldenserschule erwies sich als Erfolg. Es wurde auf Italienisch unterrichtet, der Sprache des neuen Königreiches, die den meisten Sizilianern nicht geläufig war. Die Kinder lernten schnell und fühlten sich wohl, und schon bald wollten auch ihre Mütter Italienischstunden nehmen, die Maricchia ihnen am Nachmittag erteilte und es dabei nicht versäumte, Valdes' Glaubenslehren einfließen zu lassen. Zu jener

Zeit war Palermo für alles offen, auch für nicht katholische Konfessionen. Im Jahr 1871 übernahm Maricchias Verwandter Teofilo Malon die Kanzel der Palermitaner Waldensertafel. Carlin, der inzwischen geheiratet hatte, zog in das unweit von Camagni gelegene Dorf Grotte im Hinterland, in dem sich auf Geheiß des ehemaligen, zu den Waldensern übergetretenen Priesters Stefano Dimino bereits weitere Waldenser angesiedelt hatten. Maricchia folgte ihm. Sie kümmerte sich um die Kinder ihres Bruders und arbeitete weiter als Lehrerin. In jener Zeit überwarf sich Don Luigi Sciarratta, der Pfarrer von Grotte, der nicht vom Bischof von Agrigent, sondern von den anderen Priestern zum Erzpriester ernannt worden war, mit dem Bischof, was zur Spaltung der Kirche und Sciarrattas Exkommunikation führte. Derweil hatte sich der Glaube der Waldenser so sehr durchgesetzt, dass der Bau einer richtigen Kirche nebst Kinder- und Erwachsenenschule für die Bergleute und Arbeiter unerlässlich wurde. Für Maricchias Familie und ihren sich stetig ausbreitenden Glauben war es eine glückliche Zeit.

Ende der Achtzigerjahre ereigneten sich gleich mehrere Katastrophen: eine Hungersnot, der Einsturz einer Grube in der nahe gelegenen Gemeinde Sutera und die sich verschlechternden Arbeitsbedingungen der Minenarbeiter. Elend und innere Zwietracht beutelten das Land. Die Familie Carlin wurde von einer tödlichen Choleraepidemie heimgesucht, die nur Maricchia und ihre jüngste Nichte Egle verschonte. Ohne die Unterstützung des Dorfes und des Staates war die Waldensergemeinde den Angriffen der katholischen Geistlichen schutzlos ausgeliefert. Nicht einer ergriff für sie Partei. Man beschuldigte sie sogar, die Cholera verbreitet zu haben. Die katholischen Schüler wurden von der Schule genommen, die daraufhin schließen musste. Wer als fliegender Händler sein Brot verdiente, hatte keine Waren und keine Kunden mehr. Viele, zu denen auch Maricchia und Egle gehörten, wurden obdachlos. Sie hatten nichts zu essen und krochen unter, wo es eben ging, in Hauseingängen und Hinterhöfen. Einem mit Carlin befreundeten Anwalt gelang es, sie im Benediktinerinnenkloster unterzubringen, wo man sie umgehend voneinander trennte: Maricchia blieb bei den Laienschwestern, Egle kam ins Waisenhaus. Beide mussten konvertieren. Mara wurde in Maricchia umbenannt, und diesen Namen sollte sie ihr Leben lang nicht mehr loswerden. Todunglücklich und fern ihrer Nichte wurde sie krank, verweigerte Nahrung und Wasser. Der Anwalt schrieb an Ignazio wegen der beiden armen Kreaturen und bat ihn um Hilfe. Es war Titina, seine vierzehnjährige, schwangere Braut, die ihm vorschlug, sie bei sich aufzunehmen. Da sie selbst keine Mutter mehr hatte, könnte Maricchia ihr helfen, sich um das Kind zu kümmern, das in ihr heranwuchs, und Egle würde ihm wie eine große Schwester sein.

Jetzt, da Maria die Familie für ihr neues Eheleben verlassen hatte, betete Maricchia für das Glück und Wohlergehen der Marras. Seit einigen Monaten hatte sich die Stimmung im Haus verändert. Das Geld war knapp, und es wurde mehr gespart als früher. Maricchia kannte viele Rezepte der einfachen Waldenser Küche, die die Marras zu schätzen wussten und die ihr ein Gefühl von Heimat gaben, darunter ein Pudding aus altbackenem Brot und eine deftige, mit Rotwein gewürzte Blutwurst aus Innereien und Gekröse, nach der die Kinder ganz verrückt waren.

Ignazio reiste häufig nach Palermo und blieb lange fort, angeblich aus geschäftlichen Gründen, und Titina wirkte bedrückt. Wie gern hätte Maricchia mehr gewusst, um ihr helfen zu können. Sie war ihr dankbar für die Gastfreundschaft und dafür, dass sie ihren Glauben praktizieren und das ungewöhnliche Privileg genießen durfte, zugleich Freundin und Dienerin zu sein. Zusammen mit Egle war sie zu ewiger Jungfräulichkeit bestimmt, aber wenigstens in der tröstlichen Gewissheit, dass die Männer des Hauses sie stets respektieren würden.

Arme Maria! Maricchia war eine aufmerksame Beobachterin, die viel sah und wenig sagte. Trotz der Unstimmigkeiten und Eifersüchteleien, die zwischen den Marras und den Tummias herrschten, wurden solidarisch Vorräte ausgetauscht. Die Tummias schickten Körbe mit Obst und Gemüse, Eiern, Hühnern, Mandeln und Getreide und bekamen von den Marras Süßigkeiten, Gebäck und Küchenkräuter. Alles in allem stimmte das, was die Bediensteten einander über die jeweiligen Herrschaften erzählten. So war Maricchia über die Ereignisse im Hause Tummia im Bilde und hatte sofort erfahren, dass Pietro sich in Maria verliebt hatte. Die Marras hatten gut daran getan, sie Pietro Sala zu geben, schließlich war er reich. Ahnungslos, oder fast, hatte Maria einen Mann geheiratet, der älter war als ihre eigene Mutter. Ganz anders als Titina, die sich mit dreizehn in den über vierzigjährigen, blendend aussehenden Frauenhelden Ignazio verguckt und ihm den Kopf verdreht hatte. Maricchias Gedanken schweiften ab und ließen sie erröten.

19

Hochzeitsreise

Der Dampfer, das Glanzstück der Schifffahrtsgesellschaft *Compagnia di Navigazione Italiana*, die aus dem Zusammenschluss einer sizilianischen und einer Genueser Reederei hervorgegangen war, verließ den Hafen. Pietro und Maria waren die einzigen Passagiere, die nicht von einer auf der Mole winkenden Menschentraube verabschiedet wurden. Auf ihre Bitte hin hatte keiner der Familie sie begleitet, und statt bei der Verwandtschaft zu übernachten, hatten sie ein Hotel vorgezogen. Allerdings hatte der Isotta Fraschini, der sie – mit Leonardo nebst Gattin, beide kerzengerade auf den Vordersitzen – in den Bauch des Dampfers brachte, für einen kurzen, von Applaus begleiteten Moment des Ruhms gesorgt.

Vom Promenadendeck der ersten Klasse blickte Maria auf den Trubel am Kai zurück, der mit dem Auslaufen des Schiffes immer kleiner wurde. Alles war neu für sie.

Es schien, als würde nicht der Dampfer, sondern Palermo sich entfernen, und gebannt hielt sie die Augen auf die Kuppeln der Kirchen und Oratorien gerichtet, die sich in Größe und Pracht überboten. Einige waren mit wunderschönen Ornamenten aus bunten Kacheln gedeckt, andere mit zwei- oder mehrfarbigen Fischgrätmustern, Bogen und Bändern. Palermos Ziegeldächer leuchteten rot, grau, gelb und backsteinfarben – ganz anders als die eintönig grauen oder blassroten von Camagni. Zwischen den alten Giebeln blitzten die Kuppeln der neuen Theater hervor und wurden von der ausladenden, türkisfarbenen Rundung des Teatro Massimo überstrahlt, die sich über dem eigens dafür geschaffenen Platz erhob. Pietro lenkte Marias Blick auf einzelne Gebäude und erläuterte ihr die Fassaden, die modernen Stadtparks, die für die Nationalausstellung eröffneten Straßen und die Jugendstilbauten der neuen Viertel jenseits der Porta Maqueda. Er kannte die Namen der Erbauer und Besitzer und konnte kuriose Geschichten und Anekdoten erzählen. Gebannt hörte Maria ihm zu. Im Gegensatz zu Paris, London und Berlin, wo riesige, hochmoderne archäologische Museen erbaut worden waren, die er während der Geschäftsreisen zu den Schwefelhändlern mit seinem Onkel Giovannino besucht hatte, besaß Palermo kein Museum, um die in Sizilien gefundenen Herrlichkeiten auszustellen. »Diese Museen beherbergen Exponate, die hier gefunden und häufig einfach gestohlen wurden. Dort werden sie gewürdigt. Wir hingegen lassen sie eingemottet in Holzkisten und Kartons in alten Klöstern und verlassenen Priesterseminaren vergammeln. Sollte unsere Sammlung sich noch weiter vergrößern, möchte ich sie dem Staat schenken, zum Wohle aller. Aber nur, wenn sie eine würdige Bleibe bekommt.« Er sah Maria an. »Sonst bleibt sie eben in unseren Salons, die wir fürs Publikum öffnen. Schönheit zu erkennen und sie zu schätzen ist Balsam für die menschliche Seele. Sie ist ein wesentlicher Bestandteil des Lebens, man muss sie teilen.« Gerührt von Pietros Großzügigkeit senkte Maria den Blick. Sie freute sich, ihn an Bord dieses Dampfers, der sie in Richtung Festland brachte, an ihrer Seite zu haben und zu wissen, dass er ihr gehörte.

Leonardo hatte für die beiden einen Tisch im Restaurant reserviert und kam an Deck, um sie zum Abendessen zu holen. Palermo verschwand in der Ferne. Die Möwen stiegen in weiten Kreisen empor und verabschiedeten sich vom Schiff. Die Ellenbogen auf die Reling gestützt betrachtete Maria den Sonnenuntergang. Verzaubert wanderte ihr Blick vom sanften Profil des Monte Pellegrino über den Halbkreis der Berge, die wie dunkel gewandete, kopflose Ritter über die Stadt wachten und sich gegen den vom ersterbenden Sonnenlicht überstrahlten Himmel abhoben, zu den Fischerbooten, die auf ihrem Weg hinaus über das ruhige, funkelnde Wasser glitten. Mit einem Handzeichen schickte Pietro Leonardo fort. Sie würden später essen, in ihrer Kabine. Er schmiegte sich an Marias Rücken und legte ihr die Hände auf die Hüften, die sich zum rhythmischen Schaukeln des Schiffes an seinem Bauch rieben.

In der Kabine war alles für sie bereit: Neben dem Fenster stand ein gedeckter Tisch mit Blick auf das Meer. »Gewiss hast du bemerkt, dass ich mein Versprechen nicht gehalten habe, dir überall ein Klavier zu bieten, aber hier wäre es schlicht unmöglich gewesen.« Pietro lächelte. Das kohlschwarz glitzernde Meer verschmolz mit dem Sternenhimmel. Nur ein einziges Mal flirrten in der Ferne die Lichter eines anderen Schiffes auf. Fasziniert von der Schwärze des Wassers blickte Maria hinaus. Während des Essens fragte Pietro, ob sie ihren Eltern ein Telegramm schicken wolle. »Nein danke. Ich bin wahrhaft glücklich und vermisse sie nicht«, entgegnete Maria verlegen.

In der Ferne tauchte Neapel auf. Während des gesamten Landungsmanövers blieb Maria an Deck. Sie war aufgeregt. Neapel mit seinen zahllosen Plätzen, Obelisken, Kirchen, Straßen,

Theatern, Palazzi und Geschäften war eine Weltstadt. Zum ersten Mal sah Maria Menschen unterschiedlicher Rassen in exotischen Gewändern: Chinesen mit langen Schnurrbärten, Perser mit Turbanen und flatternden Kaftanen, weiß gekleidete Araber, Frauen in bauschigen Hosenröcken, Inderinnen in Saris, die sie von Kopf bis Fuß verhüllten, und unzählige europäische Touristen. Sie hörte Sprachen, die ihr noch nie zu Ohren gekommen waren. Pietro hatte die Militärschule Nunziatella in Neapel besucht und seine Jugendfreundschaften gepflegt. Maria wurde in prachtvolle Palazzi eingeladen, aß an mit Silber und feinstem Porzellan gedeckten Tafeln und schämte sich ihrer schlichten Kleider. Pietro schien seine vor der Heirat feierlich kundgetane Erklärung, sie zu den elegantesten Schneidern Italiens zu bringen, vergessen zu haben. Wenn sie ihre Garderobe auswählte, sah er aufmerksam zu, ließ – ebenso wie ihre Gastgeber und deren Frauen – keine Gelegenheit aus, ihr Komplimente zu machen, und erteilte zu Marias Verwunderung keine Ratschläge.

Die Tage folgten einem eigenen Rhythmus. In dem Hotel, das einem Königspalast glich, bewohnten sie eine Luxussuite mit Salon und kleinem Esszimmer. Die breiten Flure waren mit dicken Teppichen ausgelegt, die Nischen mit Sofas und Sesseln bestückt. Auf jedem Treppenabsatz standen große Porzellanvasen mit herrlichen, farblich aufeinander abgestimmten Blumenarrangements. Nach dem Frühstück, das sie auf dem Zimmer einnahmen, setzte sich Maria an das eigens in den Salon gebrachte Klavier. Manchmal hörte Pietro ihr Zeitung lesend zu oder er ging aus, um Erledigungen zu machen oder sich mit jemandem zu treffen. Nach einem gemeinsamen Mittagessen, zu dem sich zuweilen Pietros Freunde gesellten, unternahmen sie eine kurze Ausfahrt durch die Stadt oder an die Küste. Nachmittags kehrten sie ins Hotel zurück und gönnten sich eine Ruhepause, die sich regelmäßig in eine erotische Lehrstunde verwandelte.

An einem dieser Nachmittage lehnte Pietro erschöpft am Kopfteil des Bettes, den Arm um Marias Schultern gelegt, die eine Hand auf ihrem Bauch, die andere nachlässig auf ihrem Busen. Er hatte eine Loge im Teatro San Carlo für die Vorstellung von *Lucia di Lammermoor* genommen und erzählte, dass die Uraufführung der Oper just in diesem Theater stattgefunden habe. »Perfekt«, murmelte er und streichelte ihre Brustwarzen. »Hättest du Lust, zu einer Schneiderin zu gehen, die auf operntaugliche Abendkleider spezialisiert ist?« Zustimmend schloss sie die Augen und schmiegte sich an ihn. Wie taktvoll Pietro gefragt hatte, und genau zur rechten Zeit: Jetzt war sie bereit, ihren Körper zur Geltung zu bringen.

Die Schneiderei Stassi befand sich in einem von seinen Besitzern bewohnten Adelspalast. Pietro erklärte, unter den neapolitanischen Adligen sei es üblich, Teile ihrer Palazzi an Geschäftsleute zu vermieten. Die Schneiderei wurde von zwei Schwestern geführt, die das Geschäft von ihren Eltern übernommen hatten. Obwohl sie versuchten, es nicht zu zeigen, ließ die Art, wie sie Pietro begrüßten, auf eine lange Bekanntschaft schließen. Maria störte sich nicht daran. Sie wusste, dass ihr Mann weibliche Bekannte gehabt hatte, und es machte ihr nichts aus.

Die Schneiderinnen führten ihr verschiedene Modelle vor. Maria probierte mehrere an, doch weder ihr noch Pietro wollte etwas davon gefallen. Sie fühlte sich erschlagen von den vielen Stickereien und üppigen Stoffen.

Schließlich brachten sie eine Schneiderpuppe mit einem leichten, blassblauen Kleid. Das ärmellose Modell aus Seidentüll war mit Blättern- und Tulpenranken aus winzigen, auf Goldfaden aufgezogenen Perlen bestickt. Vorn und hinten hatte es einen gewagten V-Ausschnitt, der am Rücken bis zur Taille reichte. Zwei hellblaue, rückseitig angesetzte Bänder wurden durch mehrere Ösen nach vorn geführt, kreuzten sich unter der Brust, was den Busen und die Hüften zur Geltung brachte, und trafen sich in einer Schleife auf dem Gesäß. Vorn und hinten zierten jeweils zwei auf Hüfthöhe ansetzende, spitz zulaufende, ebenfalls bestickte Zwickel den Rock. Der Saum war mit einer schmalen Perlenborte besetzt, deren letzte Perle aus echtem Blattgold war.

Die Schneiderin löste das Band und zog mit wenigen Handgriffen das Kleid von der Puppe. Darunter kam ein Unterrock aus Seidentaft zum Vorschein.

»Möchten Sie es anprobieren?«

Die Stassi-Schwestern halfen Maria in das Kleid und wiesen sie an, sich fest in den Tüll zu wickeln, damit sich der Stoff an den Körper schmiegte und die Bänder sich richtig kreuzten.

Zufrieden betrachtete sie sich im Spiegel und versuchte vergeblich, die Träger des Unterkleides zu verstecken.

Die beiden Schwestern tauschten einen vielsagenden Blick, drehten sich zu Pietro um, wandten sich wieder Maria zu und forderten sie auf, sich vor dem Spiegel zu bewegen. Trotz der hervorblitzenden Träger fühlte sich Maria in diesem Kleid wohl. Sie gefiel sich darin, doch Pietro und den Schneiderinnen war anzusehen, dass irgendetwas nicht stimmte.

»Und wenn Sie es einmal ohne alles anprobierten?«, meinte die Ältere der Schwestern, eine betagte Dame mit feinen Zügen und einem Kneifer.

Maria wurde tiefrot und machte große Augen. »Ohne etwas drunter?«

»Versuchen wir's«, forderte sie die Jüngere auf.

Pietro saß tief in seinem Sessel und zupfte sich nachdenklich am Bart. Dann nickte er. Mit der jüngeren Stassi-Schwester verschwand Maria hinter dem Paravent. Als sie wieder auftauchte, saß das Abendkleid wie angegossen.

»Hinreißend!«, riefen die beiden Schneiderinnen wie aus einem Mund.

Stumm musterte Pietro seine Frau. Maria drehte sich vor dem dreiflügeligen Spiegel, der ihr vielfaches Bild zurückwarf. Ihre Befangenheit war wie weggeweht: Sie wusste, dass sie wunderschön war.

Maria hatte noch nie die Loge eines Opernhauses betreten. Im Stadttheater von Camagni gab es zwei Ränge, die durch kleine Geländer in Abteile mit jeweils vier schmalen, in Zweierreihen angeordneten Sitzen für die Damen ausgestattet waren. Die anderen Zuschauer drängten sich dahinter. Die wenigen Male, die sie mit ihren Eltern im Theater gewesen war, hatten sie im Parkett gesessen. Pietro hingegen fühlte sich im San Carlo wie zu Hause. Er hatte die Proszeniumsloge bekommen, die er bevorzugte. Sie war geräumig, mit bequemen Sesseln und einem winzigen Hinterzimmer ausgestattet. Maria trug das bei den Stassi-Schwestern gekaufte Kleid. Auch ohne Rosalias Hilfe war das Ankleiden ein Kinderspiel gewesen. Schüchtern, wie sie war, hatte sie darauf verzichtet, sich helfen zu lassen. »Schau dich an! Du bist wunderschön. Genieße es und lass die anderen deine Schönheit genießen!«, hatte Pietro gesagt, als sie beim Hinausgehen nach ihrem goldenen Täschchen und der Stola gegriffen hatte.

Maria war aufgeregt und durcheinander. Das Kleid saß makellos, doch es kam ihr schamlos vor, darunter nichts zu tragen. Als hätte er ihre Gedanken gelesen, hatte Pietro sich vor sie hingestellt. »Schließ die Augen!«, hatte er sie aufgefordert und ihr eine Kette um den Hals gelegt. »Jetzt bist du fertig! Schau dich an.« Eine Reihe rosafarbener Brillanten schmiegte sich um ihren Hals. Endlich fühlte sich Maria angezogen und wohl in ihrer Haut.

Pietro geleitete sie in den prunkvollen Saal, der noch immer ein Juwel unter den europäischen Musiktheatern war. Er deutete zur königlichen Loge. Sie war leer. »Die königliche Familie ist noch im Hinterzimmer und nimmt Erfrischungen ein.« Er zeigte ihr die Logen der großen neapolitanischen Familien und schnurrte Namen, Nachnamen und Familiengeschichten herunter. Hin und wieder blickte Maria verstohlen zur königlichen Loge empor, die noch immer unbesetzt war. Dann wurde es plötzlich still. Die Musiker, die gerade noch ihre Instrumente gestimmt hatten, saßen an ihrem Platz, die Bogen in der Hand, die Geigen unter dem Kinn und die Cellos zwischen den Knien. Maria bekam Gänsehaut, als der Dirigent unter Beifall die Stufen zu seinem Pult erklomm.

Es herrschte vollkommene Stille, und als gehöre es zum Stück, tauchten der König und die Königin in ihrer Loge auf. Alle hielten den Atem an, kein Hüsteln war zu hören. Mit scharrenden Schritten und raschelnden Kleidern begaben sich die zum Hof gehörenden Herrschaften an ihre Plätze. Dann erhoben sich alle und verharrten reglos. Pietro hatte Maria aufgeholfen und drückte ihre Hand. Sie blickte sich um. Die Frauen in ihren tief ausgeschnittenen, prächtigen Abendkleidern waren mit Schmuck behängt. Die Herren in Frack, Hemdbrust und weißer Krawatte sahen aus wie stolze Pinguine. Aus dem Orchestergraben stiegen die Klänge der Nationalhymne empor.

Während der ersten Pause bat Maria, auf ihrem Platz zu bleiben, um sich das Publikum anzusehen. Jede Loge erzählte eine Geschichte. In ihrer Reihe saßen vornehmlich ältere, säuerlich dreinblickende Paare: Die schmächtigen oder fülligen, allesamt äußerst würdigen Herren blickten resigniert ins Leere, derweil ihre juwelenbehängten Gattinnen das Publikum mit dem Opernglas ins Visier nahmen. In anderen Logen drängten sich aufgeregte junge Leute: Strahlende junge Mädchen lehnten sich lächelnd über die Brüstung und riefen nach ihren Freunden, hinter ihnen grüßten junge Männer. In den Logen der Neureichen funkelten die Juwelen.

Maria konnte sich gar nicht sattsehen – mit leuchtenden Augen und heißen Wangen sog sie alles in sich auf und lächelte dem Leben zu.

Jemand klopfte an die Tür. Ärgerlich stand Pietro auf, um zu öffnen, doch sogleich folgte eine freudige Begrüßung. »Ich möchte dir Pasquale De Sanctis vorstellen, ein guter Freund und Schulkamerad. Er ist bei Hofe.« Feierlich wandte sich der Mann an Maria: »Ihre Majestät die Königin hat Sie bemerkt und möchte Sie kennenlernen.« Pietro platzte fast vor Stolz. Maria traute ihren Ohren nicht. »Ihre Majestät hat gefragt: ›Wer ist diese elegante Schönheit?‹«, beeilte sich Pietros Freund zu erklären. »Ich habe Pietro sogleich erkannt, denn ich wusste, dass eure Hochzeitsreise euch nach Neapel führen würde, und nun bin ich hier.«

20

Eine glückliche Hochzeitsreise, die unglücklich zu enden droht

Bei der Planung der Flitterwochen hatte Pietro darauf geachtet, dass die im Automobil zurückgelegten Etappen durch entlegene Orte und malerische Landschaften auch über die großen Städte führten, um dort Freunde und Bekannte zu treffen. Die Autofahrt von Neapel nach Rom – die erste in ihrem Leben – genoss Maria besonders. Sie rasteten in kleinen Herbergen und Gasthöfen, aßen schmackhafte, landestypische Gerichte und unternahmen ausgedehnte Spaziergänge. Es gefiel ihr, wie mühelos und ungezwungen sich Pietro selbst mit den einfachsten Leuten verstand. Er begegnete jedem mit freundlicher, respektvoller Höflichkeit. Wenn ihm etwas missfiel, nahm er allerdings kein Blatt vor den Mund.

Bislang war Maria noch nicht in den Genuss von Pietros umfassender Kenntnis über römische und griechische Keramik und Goldschmiedekunst gekommen, doch da die Reiseroute sie zu einigen Fundorten antiker Stücke aus der Sala-Sammlung führte, nahm er die Gelegenheit wahr, ihr die Schönheit der alten Gefäße zu erschließen. Als echter Experte hatte er Fachliteratur bei sich, die er häufig konsultierte und die zu lesen er sie unaufdringlich ermunterte.

Spaziergänge waren für Maria etwas völlig Neues. Die Marras besaßen kein Land, und während der seltenen Aufenthalte bei Verwandten waren derlei Ausflüge zu Fuß nicht vorgesehen. In Paestum führte Pietro sie durch die Ausgrabungsstätten. Die nichtssagenden Scherben, die er aufsammelte, wurden durch seine Erläuterungen zu beredten Zeugen der Vergangenheit. Einige Jahre zuvor, so erzählte er Maria, hatte er einen ganzen Nachmittag damit zugebracht, die Scherben eines schwarzgrundigen Tongefäßes mit roten Ornamenten zusammenzufügen, und am Ende war es ihm gelungen.

Aus Rücksicht auf Maria hatte er die Reise so gestaltet, dass sie täglich einige Stunden am Klavier verbringen konnte, und traf keine Entscheidung, ohne sie vorher zu fragen. Maria war gern mit Pietro allein. Jeden Tag lernten sie sich besser kennen. Pietro indes liebte das städtische Leben und die Gesellschaft, geistreiche Konversation und Schönheit in jeder Form. Und er liebte es, seine schöne Frau vorzuführen, erst recht nach der Begegnung mit der Königsfamilie im San Carlo.

Der Isotta Fraschini war kurz vor Rom. Es wehte ein kühler Wind. Eingehüllt in eine wärmende Biberfellstola saß Maria auf dem Rücksitz und schmiegte sich an ihren Mann. Die Berührung genügte, um Pietro zu erregen. Er ergriff ihre Hand und führte sie an seinen Körper. »Was möchtest du in Rom gern sehen?«, fragte er unvermittelt, während sie sich selbstvergessen dem leisen, lustvollen Kribbeln hingab, das ihren Körper in Wellen durchrieselte. »Das Kolosseum und den Petersdom«, erwiderte sie schnell, ohne nachzudenken.

Sogleich wurde Leonardo angewiesen, vor dem Eingang des Kolosseums zu halten, und während sich Wärter und Passanten um den Isotta Fraschini drängten, konnten sie ungestört die Arena besichtigen. Im Vatikan verhielt es sich ebenso. Sowohl der Dom als auch das Kolosseum erwiesen sich für Maria als herbe Enttäuschung: Sie waren so riesig, dass sie sich darin verloren fühlte, doch um Pietro nicht vor den Kopf zu stoßen, tat sie so, als hörte sie aufmerksam zu, während er unermüdlich aus dem Reiseführer vorlas. Nach den Besichtigungen fuhren sie ins Hotel, um dort zu Mittag zu essen und sich auszuruhen.

Bei Tisch war Maria schweigsam.

»Bist du müde?«, fragte Pietro.

»Nein, aber der Dom und das Kolosseum haben mir nicht gefallen, sie sind einfach zu monströs. Kleinere Bauwerke sind mir lieber.«

»Du ahnst nicht, wie froh mich das macht! Ich kann diese Trümmer nicht ausstehen! Winzige Schmuckstücke, nicht größer als ein Fingernagel, die das Ergebnis monatelanger Arbeit sind, sind mir viel lieber als pompöse Bauten, deren Zweck es ist, die Leute einzuschüchtern.« Er ergriff ihre Hand und küsste sie. »Allein für diesen Satz hätte ich dich geheiratet! Komm, lass uns aufs Zimmer gehen.«

Im Gegensatz zu Neapel wimmelte Rom von Sizilianern und Süditalienern. Manche waren zum Studieren gekommen und hatten danach eine Anstellung gefunden, andere arbeiteten bei den staatlichen Behörden oder gehörten zum Gefolge der Parlamentarier und lauerten auf kleine Gelegenheiten, große Verträge und lukrative Geschäfte. Seit 1870 war Rom enorm gewachsen, und die neuen Wohnviertel waren durchaus sehenswert. Leonardo fuhr sie herum, und Maria saß wie in einer Opernloge auf dem Rücksitz und genoss die Aussicht.

Zum Mittagessen hatte Pietro eine Verabredung mit einem ebenfalls frisch vermählten Paar in der Casina Valadier getroffen. Es waren sein alter Verlegerfreund Angelo Formiggini und seine äußerst gebildete Frau Emilia. Während sie zum Pincio hinaufgingen, bemerkte Pietro wie nebenbei, dass

Emilia gerade dabei sei, ihren zweiten Studienabschluss zu machen. Maria war gekränkt. Sie musste an Leonoras Worte vor der Hochzeit denken – *Tu so, als seist du klug und gebildet, damit du deinem Mann keine Schande machst!*

Dann könne sie diesem Paar bestimmt nicht das Wasser reichen, erwiderte Maria beklommen. »Und was soll ich sagen? Ich habe die Schule mit siebzehn verlassen!«, entgegnete Pietro. »Ich bin Autodidakt und schäme mich nicht dafür. Du bist um einiges klüger und reifer als so manche Zwanzigjährige mit abgeschlossenem Studium. Unwissenheit ist kein Makel. Sie wird es erst, wenn man nichts dagegen tut. Aber das trifft auf uns nicht zu.«

Angelo Fortunato Formiggini war in Pietros Alter und entstammte einer reichen Bankiersfamilie. Seine Frau Emilia Santamaria war jünger. Ihre Wissbegier verband die beiden. Als die Speisen aufgetragen worden waren, begann Angelo von seinem großen Traum zu reden: Er glaubte an die menschliche Eintracht und dass sich die ethischen, religiösen, gesellschaftlichen und politischen Schranken und Mauern zwischen den Menschen überwinden ließen. Seine Examensarbeit hatte er über die Gemeinsamkeiten von Ariern und Juden geschrieben. Es sei wichtig, die junge Leserschaft über die unterschiedlichen Religionen aufzuklären, erklärte er. »Wer weiß schon, was Taoismus ist?« Dem Atheismus müsse man philosophische Würde zugestehen und dem Judentum eingehende Studien widmen, die mit kleinbürgerlichen Trivialitäten aufräumten. Nach seiner Mitgliedschaft in der Studentenvereinigung Corda Fratres war er einer kosmopolitischen Freimaurerloge namens *Lira e Spada* beigetreten und zum Logenmeister aufgestiegen.

Während er sich über den gepflegten Schnurrbart strich, war ihm förmlich anzusehen, wie es hinter der hohen, geraden Stirn vor Ideen brodelte. Mit ernster Miene musterte er seine Tischgenossen. »Als guter Jude bin ich überzeugt, dass sich viele Probleme mit einem Lachen lösen lassen.« Er lachte, und die anderen fielen in sein Lachen ein.

Angelo erwog, mit einer Arbeit über die Philosophie des Lachens einen zweiten Studienabschluss an der Universität Bologna zu machen. Als Verleger wollte er eine Reihe unter dem Namen »Die Klassiker des Lachens« herausgeben. Angelo und Pietro teilten den gleichen Sinn für Humor. »Im Vergleich zu dir bin ich faul«, sagte Pietro. »Aber ich glaube, ich habe alles bekommen, was ich wollte, selbst diese wunderbare Frau. Mir würde es genügen, meiner Antikensammlung noch ein paar Schmuckstücke hinzuzufügen und durch Marias Schönheit geadelt zu werden.«

Angelo lachte. »Ich glaube dir kein Wort ... abgesehen von deiner Faulheit, die kann ich bezeugen! Du bist einer der lustigsten Menschen, die ich kenne. Man müsste ein Buch mit deinen Witzen herausbringen!«

Maria nahm Emilias Vorschlag an, am folgenden Tag zusammen auszugehen. Zwischen den beiden Frauen entwickelte sich eine tiefe, sich gegenseitig bereichernde Freundschaft. Emilia war rücksichtsvoll und diskret, großherzig und freigiebig. Als Maria ihr erzählte, sie wäre gern Lehrerin geworden, war sie begeistert.

Die Formigginis besaßen eine Wohnung in Rom, lebten jedoch in Modena, wo die Bank und der Edelsteinhandel der Familie ihren Hauptsitz hatten. Die beiden Frauen verabschiedeten sich mit dem Versprechen, dass die Salas sie in Modena besuchen würden.

Ein Verwandter Pietros, der in Rom und Palermo lebte, hatte sie in den Palazzo Montecitorio begleitet, der von dem sizilianischen Architekten Ernesto Basile, der auch Peppino Tummias Villa entworfen hatte, zur Abgeordnetenkammer umgebaut worden war. Noch nie hatte Maria so viele von Männern gewählte Männer gesehen, die die Nation regierten und über das Wohl der für wahl- und entscheidungsunfähig gehaltenen Frauen entschieden. Die Politiker, denen sie begegneten, kamen Maria aufgeblasen, anmaßend, affektiert und kriecherisch vor. Sie redeten mit bedeutsam gedämpfter Stimme, als gäben sie vertrauliche Informationen preis, oder so lautstark, als sollten nicht nur Pietro und Maria hören, was sie zu sagen hatten. Sie schienen sich für etwas ganz Besonderes zu halten und hatten keinerlei Sinn für Ironie.

Einzig der Abgeordnete von Camagni, ein palermitanischer Fürst, besaß ein distinguiertes Auftreten und kam sogleich auf die archäologischen Ausgrabungen in Agrigent zu sprechen, wohl wissend, dass Pietros Onkel zusammen mit dem Engländer Hardcastle zu deren größten Förderern gehörte. Er war aufmerksam und interessiert und zeigte sich besonders Maria gegenüber ausnehmend freundlich: Er führte sie herum, erläuterte ihr die Geschichte des Renaissancepalastes und machte sie auf Basiles architektonische Eingriffe aufmerksam. »Vor vielen Jahren bin ich Ihrem Vater begegnet, ein großer Denker und ein Mann mit Prinzipien, wie es nur wenige gibt«, raunte er ihr beim Handkuss zu. Maria war hingerissen. Später im Auto kam ihr eine Geschichte ihres Vaters in den Sinn: Zu Zeiten der sizilianischen Arbeiterbünde hatte der Fürst der Regierung Crispi angehört, die den Belagerungszustand ausgerufen und die Armee und die Militärjustiz nach Sizilien gebracht hatte. Als wäre dem nicht genug, hatte er sich zum Sprachrohr einer Bewegung für die

Abschaffung der Schulpflicht gemacht, die unter den Adeligen wachsenden Zuspruch fand, mit der Begründung, die Alphabetisierung habe die Bevölkerung instabil und aggressiv gemacht und würde dem Fortschritt Siziliens und der gesamten Nation nachhaltig schaden. Der Vater hatte ihr auch erzählt, der Prinz sei durch und durch von der Mafia korrumpiert, der er seine Macht verdankte.

Pietro und Maria waren zum Abendessen des Öfteren bei verheirateten Freunden eingeladen. Als formvollendete Damen des Hauses sorgten die Ehefrauen scheinbar mühelos für das Wohl ihrer Gäste. »Sieh dir das gut an, Maria«, sagte Pietro nach besonders gelungenen Abenden. »In Agrigent wirst du viele Gäste unterhalten müssen, auch unbekannte.«

In Modena waren sie bei Angelo und Emilia zu Gast. Kurz vor Mittag erreichten sie die Stadt. In der breiten, baumbestandenen Via Margherita war vom Herbst noch nichts zu spüren. Sie parkten den Wagen vor dem Tor des Hauses Formiggini, einem großen, zweistöckigen Palazzo mit einer breiten Loggia, die die Strenge der Fassade milderte. Die Dienstboten öffneten das Tor und nahmen sich des ledernen Reisegepäcks an.

In jenen Tagen lernte Maria junge Ehefrauen kennen, die sehr viel fortschrittlicher und selbstbewusster waren als sie selbst und sich gern für kulturelle oder wohltätige Zwecke engagierten. Die Formigginis zeigten ihnen die Stadt und führten sie durch die von niedrigen Bogengängen gesäumten Straßen, die in eleganten Plätzen oder kleinen Parks mündeten. Zuletzt besuchten sie den Dom. Hoch oben an der Südfassade entdeckte Maria mehrere Basreliefs von verstörend grotesken, obszönen Fantasiewesen – eine Sirene mit zwei

Schwänzen, ein nackter Hermaphrodit mit gespreizten Beinen, ein Mann, der einen Fisch verschlang –, wagte jedoch nicht zu fragen, was sie dort zu suchen hatten.

Der Isotta Fraschini sauste die Via Emilia entlang. Seit ihrer Abreise aus Modena wirkte Pietro nachdenklich. »Mein Vater ist alt, und Onkel Giovannino möchte mehr Zeit in Paris verbringen. Ich werde wohl die Verantwortung für die Schwefelminen übernehmen müssen«, seufzte er. Dann wandte er sich an Maria. »Wirst du mir helfen?«, fragte er laut. »Auch, meine Dämonen zu bekämpfen?«, setzte er leise nach.

»Hast du Dämonen gesagt?«, fragte Maria, die ihn nicht richtig verstanden hatte.

»Wir reden ein anderes Mal darüber«, erwiderte Pietro knapp.

Sie waren nach Crespi d'Adda unterwegs, einem Tausend-Seelen-Ort, der rund zwanzig Jahre zuvor zusammen mit der Seidenspinnerei entstanden war, die seinen Bewohnern Arbeit gab. Der Fabrikbesitzer hatte eine Mustersiedlung gebaut, die den Angestellten adäquaten Wohnraum direkt neben der Fabrik bot und sie mit allem versorgte, was zu einem würdigen Leben nötig war.

Die Crespis waren Textilunternehmer, die seit Generationen Spinnereien in der Lombardei unterhielten. Sie hatten die Siedlung nach englischem Vorbild erbaut, mit einem Kindergarten und einer Schule für die Arbeiterkinder, einem Krankenhaus, einer Kirche und einem Lebensmittelladen. Sie selbst bewohnten das vor dem Ort gelegene elegante Herrenhaus.

Die Fabrik bestand aus mehreren Flachbauten und zwei hohen, minarettähnlichen Schornsteinen, die weithin sichtbar in den Himmel ragten, als wollten sie dem industriellen Fortschritt ein Denkmal setzen und dem verschlafenen Umland zurufen: Wach auf und schau zu uns empor!

Maria war von dem harmonischen Miteinander von Fabrik und Siedlung begeistert. Schmiedeeiserne Geländer und Schmuckelemente zierten die Fabrikgebäude, gepflegte Blumenbeete säumten die Straßen, jedes der Backsteinhäuser hatte einen kleinen Garten, und in der Dorfmitte neben der Bar gab es eine öffentliche Waschküche mit Wetterdach, Arbeitstischen und Spülwannen. Als Daniele Crespi Süditalien bereist hatte, weil er sich kurzzeitig mit dem Gedanken trug, sein Unternehmen über die lombardischen Grenzen hinaus auszudehnen, hatten er und Pietro sich kennengelernt. Pietros Beschreibungen nach war Crespi ein extrovertierter, durch und durch sympathischer junger Kerl. Er hatte Chemietechnik studiert und zusammen mit seinem Bruder Silvio ein Thomas & Prevost genanntes Verfahren zur Optimierung der Baumwollveredelung eingeführt, wofür ihm das Königlich Lombardische Institut für Wissenschaften und Literatur eine Auszeichnung verliehen hatte. »Er wirft mit Geld um sich, ist ein großartiger Gastgeber und genießt das Leben. Crespis Pinakothek ist eine der reichsten Privatsammlungen Mailands. Silvio und Teresa erwarten uns zum Tee auf der neuromanischen ›Burg‹, ihrer Sommerresidenz.«

Sie wurden herzlich empfangen und sogleich auf den Aussichtsturm geführt, von dem sich ein weiter Blick über das Veltlin bis zu den Luganer Voralpen bot. Der Tee wurde im blauen Salon im Erdgeschoss serviert, der auch als Musikzimmer diente. Vor den großen Fenstern rauschte das leuchtend grüne, vom ungewohnt sanften Sonnenlicht durchflirrte Laub. Sowohl die Hausherren als auch ihre Angestellten strahlten eine distinguierte, selbstbewusste Gelassenheit aus, die sich aus dem Bewusstsein ihres unternehmerischen Erfolges speiste. Obwohl die Crespis alles daransetzten, damit sich die junge Sizilianerin wohlfühlte, getraute sich Maria, ihrer lombardischen Resolutheit kaum mehr als ein scheues Lächeln oder eine schüchterne Bemerkung entgegenzusetzen.

»Das ist eine völlig andere Welt!«, seufzte Maria, als sie mit dem Automobil aus Crespi d'Adda abreisten. »Bei uns in Sizilien wäre so etwas unvorstellbar.«

»Da hast du recht«, entgegnete Pietro. »Wir leben in einer Welt, in der die Kluft zwischen Arm und Reich unüberwindlich ist: Der Staat gilt als Feind, und die öffentliche Ordnung wird von der Mafia mit Gewalt und Terror aufrechterhalten. Statt einer Vision haben die Politiker nur ihren eigenen Vorteil im Sinn: Für einen Regierungsposten würden sie ihre Seele verkaufen. Die Armen werden von ihren Arbeitgebern und der Mafia ausgebeutet, sodass ihnen nichts anderes übrigbleibt, als auszuwandern. Über unserem Volk liegt ein Fluch.« Er ließ sich in den Sitz zurückfallen, und Maria legte den Kopf auf seine Schulter. Ihr Vater hatte etwas ganz Ähnliches gesagt, doch der gab sich erst geschlagen, wenn die Schlacht verloren war, und stürzte sich sofort in den nächsten Kampf, um für mehr Gerechtigkeit zu sorgen und den Armen die Chance auf ein besseres Leben zu geben.

Die Reise führte weiter nach Venetien. Als sie in Padua in ihrem Speisezimmer saßen und Rosalia das Essen auftat, verkündete Pietro, sie würden die Rückreise antreten. Maria war überrascht. Sie hatte geglaubt, sie wollten bis nach Venedig reisen, auf das sie sich besonders gefreut hatte. »Aber du hast mir doch so sehr davon geschwärmt. Wieso fahren wir nicht hin?«

»Darum«, versetzte Pietro schroff und kippte seinen Wein

hinunter. Es war das erste Mal, dass er ihr einen Wunsch verweigerte und so mit ihr sprach. »Schade...«, flüsterte sie. Verletzt sah sie ihn an in der Hoffnung, er würde ihr eine begütigende Erklärung geben. Doch Pietro funkelte sie nur grimmig an. Schließlich schleuderte er die Serviette auf den Tisch, stieß den Stuhl zurück und sprang auf.

»Raus mit dir!«, fuhr er Rosalia an, die angefangen hatte, die Teller abzuräumen, und erschrocken innehielt. »Verschwinde!«, brüllte er. Mit hochrotem Kopf ergriff sie die Flucht.

Beklommen starrte Maria auf den einsamen Brotkorb auf dem Tisch. Pietro füllte erneut sein Glas, leerte es in einem Zug und fing an, mit großen Schritten vor dem Balkonfenster auf und ab zu tigern. Maria konnte sich sein Verhalten gegenüber Rosalia nicht erklären. Sonst war er Dienstboten gegenüber immer höflich und respektvoll. An jenem Morgen hatten sie den Botanischen Garten aus der Renaissancezeit besucht – »Der älteste der Welt«, hatte es im Führer geheißen. Auch dort hatte sich Pietro nicht sonderlich liebevoll gezeigt. Er hatte sich lediglich die Namen einiger Pflanzen notiert, die Maria gefallen hatten, um sie im Garten von Agrigent anpflanzen zu lassen. Maria konnte sich Pietros Verstimmung beim besten Willen nicht erklären. Leonoras Anspielungen auf Pietros Geliebte und seine Vergangenheit kamen ihr in den Sinn. Pietro selbst hatte ihr gesagt, er habe viele Frauen gehabt. Vielleicht hatte er in Venedig eine Geliebte und wollte nicht, dass Maria ihr zufällig über den Weg lief? Dieser Gedanke genügte, um sie in Tränen ausbrechen zu lassen.

Pietro war vor dem Balkon stehengeblieben und starrte angestrengt hinaus. Dann fing er wieder an, auf und ab zu wandern, ohne Maria eines Blickes zu würdigen. Maria entfuhr ein verzweifeltes Schluchzen, und sie presste sich die Serviette vor den Mund.

»Wieso weinst du?« Pietro war stehengeblieben und funkelte sie grimmig an, was sie umso heftiger aufschluchzen ließ. »Wieso weinst du?!«, wiederholte er und baute sich vor ihr auf.

Unter Tränen gestand Maria ihren zur Gewissheit gewordenen Verdacht: Er wolle sie nicht nach Venedig bringen, weil er dort eine Frau habe, die er immer noch liebte, mehr als seine Ehefrau.

»Da ist keine Frau!« Wütend gestand Pietro ihr, er wolle wegen des Casinos nicht nach Venedig. »Ich liebe das Glücksspiel!«, rief er. »Verstehst du? Ich liebe es über alle Maßen!« Abwartend sah er Maria an. Ihre Reaktion brachte ihn vollends aus der Fassung. Sofort hatte sie sich beruhigt und streckte die Hand nach ihm aus. »Ich weiß doch, dass du gerne spielst, Pietro. Bitte verzeih, dass ich das Schlimmste befürchtet habe.« Kleinlaut lächelte sie ihn an.

Pietro wich zurück. Angewidert von Marias Unschuld schleuderte er das Glas gegen die Wand, wo es in zahllose Splitter zerbarst.

Auf den Krach hin war Leonardo, der mit Rosalia im Vorzimmer gesessen hatte, ohne anzuklopfen, in das Zimmer gestürzt und hatte sich eilends darangemacht, die Glasscherben aufzusammeln. Pietro war hinausgestürmt.

Reglos und kerzengerade, die Hände auf dem Tisch, saß Maria da, als warte sie darauf, bedient zu werden. Große Tränen rannen ihr über die Wangen und fielen auf die weiße Tischdecke. Leonardo warf ihr einen besorgten Blick zu. Als er die Scherben aufgesammelt hatte, rief er Rosalia und ließ die beiden allein.

Obwohl Maria nicht über ihren Mann sprechen wollte, war sie für Rosalias zurückhaltende Anteilnahme dankbar. Rosalia hatte ihre kalten Hände genommen und fragte, ob sie eine Massage wünsche. »Leonardo massiere ich immer die Hände, wenn er mal wieder ohne Handschuhe gefahren ist. Jedes Mal sage ich ihm, er soll sie anziehen, aber er hört nicht auf mich und kommt mit eisigen Fingern zurück.«

Wortlos ließ Maria sie gewähren. Sanft und beruhigend knetete Rosalia ihre Finger und schlug ihr vor, sich auszuruhen. Es brauchte eine Weile, bis sie die verängstigte Maria überreden konnte, sich ins Schlafzimmer zurückzuziehen, und als sie endlich damit einverstanden war, wollte sie sich nicht ausziehen. Wortlos streichelte Rosalia ihr mit sachten, kundigen Fingern die nackten Füße: Sie war eine gute Masseurin, und Maria schloss dankbar die Augen. Doch kaum wollte sie sich entspannen, kehrte die Verzweiflung zurück. Wieso hatte Pietro sie so behandelt? Rosalia spürte, wie sich Maria verkrampfte, und legte ihr die warmen Hände um die schmalen Fesseln. Plötzlich läutete es an der Tür. Maria fuhr hoch, kauerte sich gegen das Kopfende und zog die nackten Füße unter den Rock. Was, wenn es Pietro war? Furcht glomm in ihren großen, traurigen Augen auf. Doch es war der Hoteldiener, der ein Tablett mit einem Päckchen brachte. Begierig griff sie danach. Als Antwort auf ihren Wunsch, ihre Lateinkenntnisse zu verbessern, schrieb Giosuè:

Ich schicke Dir Catulls Carmina im Original mit gegenübergestellter Übersetzung. Bisher habe ich gezögert, sie Dir zu schicken, doch jetzt, da Du eine verheiratete Frau bist, wirst Du sie gewiss zu schätzen wissen.

Maria betrachtete das Büchlein. Wie gern wollte sie darin blättern, doch nicht hier. Da öffnete es sich von selbst auf Carmen 86:

> *Odi et amo. Quare id faciam, fortasse requiris.*
> *Nescio, sed fieri sentio et excrucior.*

»Ich gehe zum Lesen nach unten auf die Veranda«, sagte sie und stand auf. Sie ließ sich von Rosalia ein wenig zurechtmachen und erlaubte sich einen Hauch Puder. »Würdest du mich hinunterbringen?«, fragte sie zögernd, als sie fertig war.

Schweren Herzens ließ Rosalia ihre junge Herrin allein. Auf dem Weg zurück in die Empfangshalle drehte sie sich noch einmal nach ihr um: Versunken saß Maria in einem Korbsessel auf der Veranda, das Buch mit dem rotledernen Einband in den Händen und den Blick auf die von blühenden Kletterrosen überwucherte Laube gerichtet, die die Illusion erweckten, dass der Herbst noch weit weg wäre. Eine einsame, mutige junge Frau. Dann schlug Maria das Buch auf, und Rosalia kehrte zu ihrem Mann zurück, der sie zum Essen erwartete.

Als Rosalia kaum eine Stunde später auf die Veranda zurückkehrte, saß Maria mit geschlossenen Augen da, das aufgeschlagene Buch im Schoß. Ihr Kopf war gegen die Rückenlehne gesunken, als würde sie schlafen. Neugierig las Rosalia die Übersetzung des Gedichtes:

> *Lass uns leben, mein Mädchen, und uns lieben,*
> *Und der mürrischen Alten üble Reden*
> *Auch nicht höher als einen Pfennig achten.*

Sieh, die Sonne sie geht und kehret wieder:
Wir nur, geht uns das kurze Licht des Lebens
Unter, schlafen dort eine lange Nacht durch.
Gib mir tausend und hunderttausend Küsse.

Maria schreckte auf, als sie Rosalia bemerkte. Fügsam folgte sie ihr aufs Zimmer.

Beim Eintreten schlug ihr ein durchdringender Duft entgegen: Das Zimmer war voller Rosen und weißer Gladiolen. Auf dem Bett lag ein Umschlag. Zögernd öffnete Maria ihn.

Verzeih mir, mein Engel. Morgen erwartet uns Venedig.

21

Rückkehr nach Sizilien

Das Schiff hatte den Hafen verlassen. Die Sonne war fast untergegangen und hatte nur ein paar letzte violette Pinselstriche am Himmel hinterlassen. Hinter ihnen hob sich düster der Maschio Angioino von der dahinter funkelnden Stadt ab.
»Freust du dich, wieder nach Hause zu kommen?«

Sie standen an Deck. In seinen Kaschmirmantel gehüllt hatte Pietro Maria den Arm um die Schultern gelegt. Noch immer hielt sie John Ruskins *Die Steine von Venedig* in den Händen, ihr ständiger Begleiter während der Zeit in der Lagune. Ein kostbares Buch, das ihr geholfen hatte, die Schönheit der Stadt zu entdecken und ihren Zauber zu entschlüsseln. »Ja und nein. Ein bisschen traurig bin ich schon. Ich bin gern mit dir allein: Jeden Tag hast du mir etwas Neues und Wunderschönes gezeigt.« Marias behandschuhte Hand griff nach der seinen.

»Wir werden nur ein paar Wochen in Fara sein, dann sind wir wieder allein, bei uns zu Hause«, tröstete er sie. »Aber erst einmal wollen wir den Anblick von Neapel genießen, das in der Ferne verschwindet!«

Das Meer war spiegelglatt. Statt auf einer Fähre hatten sie sich auf einem Luxusdampfer eingeschifft. Jetzt saßen sie bei Tisch und studierten die Speisekarte. Ein Paar war hereingekommen, und Pietro war aufgestanden und hatte ihnen bedeutet, zu ihnen an den Tisch zu kommen. »Hier hat man den besten Blick, setzt euch doch zu uns!« Miguel und Dolores Flores hatten in Florenz im selben Hotel gewohnt und sie hatten sich angefreundet. Mehr als einmal hatte Miguel ihm von seinen Zigarren angeboten – er besaß Tabakplantagen und eine kleine Fabrik in Kuba –, und nun wollte Pietro die Gelegenheit nutzen, sich zu revanchieren. Die Flores' lebten in Havanna. Jeden August begleiteten sie ihre vier ältesten Kinder nach Barcelona ins Internat und kehrten nach einer Europareise Ende November nach Kuba zurück. Maria fühlte sich in Miguels Gesellschaft unwohl, er hatte etwas Aggressives an sich, doch mit Dolores verstand sie sich trotz des Altersunterschiedes gut. Beide liebten Musik und stickten gern.

An jenem Tag hatten die Flores' die Nachricht erhalten, dass der Dampfer nach Kuba, der ihre Reiseeinkäufe geladen hatte, wegen eines Motorschadens gesunken war. Die Passagiere der ersten drei Klassen hatten es in die Rettungsboote geschafft, doch die armen Teufel im Laderaum waren mit dem Schiff untergegangen. »Der Verlust unserer Einkäufe lässt mich völlig kalt«, sagte Miguel. »Aber die ›menschliche Fracht‹ erschüttert mich. Siebenhundert Menschen, in den Laderaum gepfercht wie Tiere, sind tot! Über sie wird man kein Wort verlieren. Die Zeitungen werden die Zahl der Opfer verschweigen, und die Angehörigen werden glauben, dass man sie vergessen hat. Ein vorhersehbarer, womöglich vorhergesehener Tod. Ich kenne den Kapitän, er hat mir gesagt, dass sie dreihundert Leute mehr an Bord genommen haben als erlaubt und dass der Dampfer nach dieser Reise abgewrackt werden sollte!«

Seit eine anhaltende Wirtschaftskrise zwei Jahrzehnte zuvor viele Menschen gezwungen hatte, nach Amerika auszuwandern, wurden auf den Routen von profitgierigen, gewissenlosen Reedern sogenannte Seelenverkäufer eingesetzt. Da diese ausgedienten Schiffe keine Waren mehr laden konnten – die Versicherungssummen für solche Wracks waren immens –, verlagerten sie sich auf Emigranten: Dezimiert von Hunger, Krankheit und Erstickungstod erreichten sie ihr Ziel. Laut Miguel geschah das mit dem stillschweigenden Einverständnis der europäischen Regierungen. Wenn die Motoren ausfielen oder die Fracht erleichtert werden musste, hatten die Reeder keine Skrupel, Kranke und selbst Gesunde über Bord zu werfen. »Die armen Teufel werden vorsätzlich umgebracht«, sagte er grimmig. »Menschen, die ihr Land in der Hoffnung auf ein besseres Leben verlassen haben, die all ihre Ersparnisse in diese Reise gesteckt oder sich dafür verschuldet haben. Mein Urgroßvater war selbst einer von ihnen, er stammte aus Galizien!«

Maria war fassungslos. Sie hatte geglaubt, die Emigranten stürben an Krankheiten, niemals hätte sie es für möglich gehalten, dass gewinnsüchtige, an Mord grenzende Fahrlässigkeit für diese Toten verantwortlich war. Pietro musterte sie besorgt. Als sich ihre Blicke trafen, versuchte Maria, sich wieder zu fassen. Dennoch wurde sie die Gesichter der Dorfbewohner von Camagni nicht los, die sich auf den Weg nach Amerika gemacht hatten, und die ihrer Verwandten, die nichts mehr von ihnen gehört und sich damit getröstet hatten, dass sie ihr Glück machten und keine Zeit zum Briefeschreiben hatten. Stattdessen waren sie womöglich in einem Laderaum erstickt, hatten Schiffbruch erlitten oder waren über Bord geworfen worden, um die Fracht zu erleichtern.

Am Abend in der Kabine war Pietro noch fürsorglicher als sonst und tat alles, um sie aufzuheitern, und Maria erwiderte seine Liebe nicht nur aus Dankbarkeit, sondern mit wahrer Hingabe.

Das Haus in Agrigent war alles andere als fertig. Die Arbeiten waren ins Stocken geraten, woran Pietro nicht ganz unschuldig war: Während ihrer Italienreise hatte er Keramikfliesen in Vietri, gläserne Kronleuchter in Venedig, schmiedeeiserne Lüster in der Lombardei, Wandschränke, Fenster und Fensterrahmen bestellt. Vieles davon war noch nicht eingetroffen, und schon bald stellte sich heraus, dass sie mindestens bis Ostern in Fara bleiben würden. Maria hatte nichts dagegen, denn so hätte sie Gelegenheit, ihre neue Familie besser kennenzulernen. Pietro hingegen war sichtlich verstimmt. Nach mehreren Auseinandersetzungen hinter verschlossenen Türen mit seinem Vater und Onkel Giovannino verdüsterte sich seine Laune noch mehr. Zunächst verstand Maria nicht, was los war, doch dann schloss sie aus den Andeutungen des Schwiegervaters und der Schwägerinnen, dass Pietro es mit den Ausgaben übertrieben hatte, und sie bekam Schuldgefühle: Pietro hatte sie mit teuren Geschenken überhäuft. Leonora hatte sie darauf gebracht, als sie ihr bei einem Besuch einige davon zeigte. »Das ist ja ein kleines Vermögen wert, so viel verdient mein Vater in vier Jahren nicht!«, hatte ihre Cousine ausgerufen. »Da hast du dir aber einen ganz schön reichen Mann geangelt!« Gekränkt hatte Maria beschlossen, ihre Geschenke niemandem mehr zu zeigen.

Sie tat gut daran, denn die Schwägerinnen starben vor Neugier. Wenn sie zu Besuch kamen, trug Maria nur ihre Verlobungsgeschenke und wich neugierigen Fragen mit freundlichen Floskeln aus: »Darf ich dir noch etwas Gebäck anbieten?«, »Frisch ist es hier! Wollen wir uns an den Kamin setzen?«, »Ich kann mich nicht erinnern, in diesem Laden gewesen zu sein...«

Wenn Pietro nach Agrigent fuhr, um die Arbeiten zu kontrollieren, kehrte er meist angespannt zurück. Nach ihren Unterredungen saßen Vater und Sohn nervös bei Tisch, derweil Tante Giacomina und Onkel Giovannino so taten, als wäre nichts, und Maria kam zu dem Schluss, dass Eltern und Kinder wohl von Natur aus ein schwieriges, zu Missverständnissen neigendes Verhältnis hatten und dass ihre Familie eine Ausnahme war.

Die ersten Morgenstunden verbrachte Maria mit Klavierspielen, und manchmal hörte der Schwiegervater ihr zu. Er war hochmusikalisch und ein großer Kenner der Oper und des klassischen Repertoires. Er schlug ihr vor, die von ihm geliebten *Nocturnes* von Chopin zu spielen, und sofort machte Maria sich daran, sie einzustudieren.

Gerade spielte sie dem Schwiegervater etwas vor, als Pietro hereinkam. Er war in Agrigent gewesen und wirkte verärgert. »Ducrot hat die Einrichtung fürs Speisezimmer geliefert, Lambris, Anrichten, Vitrinen, den Tisch und sechsundzwanzig Stühle. Das Ahornholz hat das falsche Gelb! Zu hell! Er muss alles wieder mitnehmen und neu anfertigen, das wird Monate dauern!«, rief er. »Sie behaupten natürlich, es sei die Farbe, die ich ausgesucht hätte!« Er suchte den Blick des Vaters.

»Diese Möbel waren unglaublich teuer; sie neu anfertigen zu lassen würde ein Vermögen kosten.«

»Ich werde ihnen sagen, dass ich keine Lira mehr zahle: Der Fehler liegt bei ihnen!«

»Hast du noch das Holzmuster, das du ausgesucht hast?«

»Nein, ich hatte ihnen alles erklärt und im Katalog gezeigt, welche Farbe ich haben will.«

»Hast du die Farbbezeichnung auf der Bestellung kontrolliert?«

»Du weißt doch, dass ich auf Hochzeitsreise war!«

Der Schlagabtausch war alles andere als herzlich. »Pietro, hör zu«, griff Maria ein. »Wir haben sie zusammen ausgesucht. Könnten wir nicht einen Kunsttischler finden, der das Holz dunkler macht? Das ist doch nicht schwer. Mein Vater hatte einen Liegestuhl aus Ahorn, der ihm auch zu hell war. Er ließ ihn mit dunklem Öl behandeln, und schon hatte er die richtige Farbe.«

Irritiert horchte Pietro auf.

»Dann machen wir Maria eine Freude und lassen Meister Cipolla, den Kunsttischler, kommen«, schlug der Vater vor.

»Vater, weißt du, wie viel Meister Cipolla pro Tag verlangt?«

Vito hatte keine Ahnung. »Mein Vater kennt einen sehr guten Schreiner«, fuhr Maria fort, »Don Michele Asaro, er ist auch Kunsttischler. Er nimmt drei Lire fünfzig am Tag und arbeitet auch auswärts. Er verlangt Kost und Logis, und wenn er seine Lehrlinge mitbringt, schlafen sie in einem Zimmer.« Maria machte eine Pause, damit Pietro darüber nachdenken konnte. »Er ist sehr gut, und wenn er erst einmal den richtigen Farbton gefunden hat, könnte er die Überarbeitung der Innen- und Rückseiten seinen Lehrlingen überlassen, die nur vierzig Centesimi am Tag nehmen und äußerst präzise arbeiten.«

Von da an sah der Schwiegervater Maria mit anderen Augen. Er respektierte ihre Meinung, fragte sie um Rat und beobachtete sie wohlwollend, wenn sie mit den Hausangestellten und den Arbeitern von auswärts redete. Ihm gefielen die Aufmerksamkeit, mit der sie zuhörte, die besonnene Entschlossenheit, mit der sie antwortete, und die Deutlichkeit, mit der sie ihre Wünsche äußerte und erklärte, wann und wie ihnen nachzukommen sei.

Wenn er sie allein beim Sticken oder Lesen antraf, setzte er sich zu ihr und nutzte die Gelegenheit, um mit ihr über ihre zukünftige »Arbeit« zu sprechen: die Verwaltung der Familiengüter, die Pietro einmal erben würde. Er erklärte ihr die Unterschiede zwischen der Dreifelderwirtschaft der Ebene, wo sich Weizen, Hafer und Gerste alle drei Jahre mit Weidegras abwechselten, und der Bewirtschaftung der Hügel, die als Weideland oder als Anbaugebiet für Oliven-, Mandel- und Pistazienbäume dienten. Er gab ihr einen kurzen Abriss über die Schwefelminen – von der Arbeit unter und über Tage bis zur Verschiffung des Minerals zu den ausländischen Käufern. Hin und wieder sprach er mit ihr über die Verwaltung des Hauses und erwähnte die Steuern, die auf den Familieneinkünften lasteten.

Für Maria eröffnete sich eine neue Welt, und sie war bereit, sie kennenzulernen und den Erwartungen des Schwiegervaters gerecht zu werden. Der Geldmangel hatte sie gelehrt, sparsam zu sein und Hab und Gut wertzuschätzen. Immer häufiger bat der Schwiegervater sie in sein Arbeitszimmer, anfangs noch unter dem Vorwand, ihr seine Sammlung japanischer Netsuke aus Elfenbein, Bernstein, Jade oder Holz zu zeigen: winzige Drachen, exotische Gewächse und mythologische Gestalten, nicht größer als ein Knopf, mit zwei Löchern für die feine Seidenkordel, mit der die Männer ihre Tabakdosen, Arzneien und Pfeifen am Kimonogürtel befestigten. Vito hatte sie 1867 als junger Mann auf der Pariser Weltausstellung entdeckt und sich in die Kleinode verliebt; Giovannino brachte sie ihm von seinen Europareisen mit. Während der Schwiegervater redete, nahm er mal die eine, mal die andere Netsuke in die Hand, streichelte mit den Fingerspitzen darüber, als hätten sie eine Seele und könnten seine Zärtlichkeiten fühlen, und versuchte währenddessen, Maria in die Seele zu blicken. Maria spürte, dass er sie ebenso in sein Herz zu schließen begann wie sie ihn, und am liebsten hätte sie ihn umarmt, doch das getraute sie sich nicht, denn er scheute direkte Berührungen. Sie verabschiedete sich lieber mit einem Knicks und griff nach seiner Hand, um sie zu küssen, doch das war selbst ihm zu altmodisch, und er verwehrte sich dagegen.

Eines Tages zog der Schwiegervater ein dickes, in goldgeprägtes Leder gebundenes Album mit Familienfotografien hervor. Unter jedem Konterfei waren der Name und das Geburts- und Todesdatum vermerkt. »Präge sie dir gut ein. Wenn ich einmal nicht mehr bin, sollen deine Kinder wissen, von wem sie abstammen.« Maria wurde rot. Jede Monatsblutung war eine Enttäuschung. Wie sehr wünschte sie sich ein Kind! Es war ihr ein Rätsel, wieso sie nicht schwanger wurde, doch sie traute sich weder mit Pietro noch mit ihrer Mutter darüber zu reden. Jedes Mal, wenn sie nach Camagni fuhr, fragten die Freunde und Verwandten: »Gibt es Neuigkeiten?« und meinten damit die Schwangerschaft, die sich jedoch nicht einstellen wollte. Maria beschloss, Pietro das Album nicht zu zeigen, enthielt es doch zahlreiche Fotografien seiner Mutter vor ihrer Geisteskrankheit. Pietro selbst erwähnte seine Mutter nie.

Da Onkel Giovannino in jenen Monaten in Paris oder Palermo war, hatte Maria keine Gelegenheit, ihn besser kennenzulernen. Stattdessen war es ihr gelungen, Pietros Mutter näherzukommen. Wenn Pietro fort war und die anderen ihren Mittagschlaf hielten, ging sie am frühen Nachmittag in ihre Wohnung hinauf. Vom Nichtstun ermattet lehnte die Schwiegermutter mit zurückgelehntem Kopf in ihrem Sessel. Neben ihr standen zwei Körbe mit Wolle, der rechte randvoll mit knotigem Garn, der linke mit säuberlich aufgewickelten Wollknäuel. Annas Beschäftigung bestand darin, das Fadengewirr in ordentliche Garnkugeln zu verwandeln. Sobald sie mit einer fertig war, wickelten die beiden Nonnen, die bei ihr saßen, sie geschwind wieder ab und warfen den Fadenwust in den rechten Korb zurück.

Zwei weitere Nonnen saßen am Fenster, murmelten Gebete und Rosenkränze vor sich hin und strickten Söckchen auf drei Nadeln, die sie tunlichst von der Schwiegermutter fernhielten, damit sie sich selbst und anderen damit nichts antun konnte. Maria setzte sich auf eine Fußbank neben sie, griff sich zwei oder drei Wollfäden auf einmal und wickelte sie zu bunten Knäuel. Die Schwiegermutter hielt mit ihrer ermüdenden Arbeit inne und sah ihr zu. Als Maria mit dem Knäuel fertig war, hielt sie es ihr hin. Anna griff danach und fuhr einer Farbe mit dem Finger nach, als wäre es der Ariadnefaden, der sie in die Freiheit bringen würde. Anfangs sprach sie kein Wort mit Maria, doch dann begann sie, sie »meine Hübsche« zu nennen. Manchmal, während sie zusammen Wolle aufwickelten, musterte sie Maria mit beinahe gesundem Blick. Am schönsten fand sie es, wenn Maria mit dem Zeigefinger Kordeln häkelte. »Soll ich es Ihnen beibringen?«, fragte Maria. Sie nickte. Zögernd fing sie an, als suchte sie in ihrer Erinnerung nach altvertrauten Handgriffen, und wurde allmählich besser. Gemeinsam saßen sie da und häkelten Schnüre, und hin und wieder kam es Maria so vor, als lächelte die Schwiegermutter ihr zu.

Maria hatte auch versucht, mit Tante Giacomina warm zu werden, doch es war offensichtlich, dass die Tante sie nicht mochte, und nach ein paar Versuchen hatte sie es aufgegeben.

Manchmal, wenn Pietro mit ihr Ausflüge unternahm, fuhren sie bis ans Meer. Maria war früher nie am Strand gewesen. Sie liebte es, den weichen Sand unter ihren Füßen zu spüren. Arm in Arm spazierten sie am Wasser entlang oder wanderten bis zu verwaisten Ausgrabungsstätten, aus denen Stücke ihrer Antikensammlung stammten. Wenn sie von ihren Spaziergängen zurückkehrten, hatte Leonardo neben dem Isotta Fraschini Klappstühle und ein vollendet gedecktes Tischchen aufgebaut und servierte ihnen heiße Getränke – Tee, Kaffee, Kamillentee, Lorbeerwasser –, die er auf einem Gaskocher zubereitete. Auf dem Rücksitz unter eine Decke gekuschelt, die sie vor dem Fahrtwind schützte, kehrten sie nach Fara zurück. Pietros Zärtlichkeiten waren beglückend.

Beharrlich überwachte Pietro die Arbeiten in Agrigent und nahm Maria häufig mit, um ihre Meinung zu hören. Wenn er den Vater um Geld bitten musste, stellte dieser sich zunächst quer und gab schließlich nach. Pietro hatte Maria erklärt, dass die Familie zwar vermögend sei, die Schwestern jedoch einen derartigen Neid auf ihn hätten, dass der Vater vorgab, die Ausgaben begrenzen zu müssen, um Eifersuchtsszenen, vor allem von Sistina, zu vermeiden. Tante Giacomina hingegen war auf der Seite ihrer Enkel, doch hatte sie nahezu ihr gesamtes Vermögen in den Wiederaufbau der Kuppel der Kathedrale gesteckt.

Ostern stand vor der Tür, und die Arbeiten gingen dem Ende zu. Maria fuhr fast täglich nach Agrigent. Sie wollte sich mit dem Anwesen vertraut machen, in dem sie fortan leben würde, von den Ställen bis zu den Gesinderäumen der Kutscher, Stallburschen, Pförtner und Hausangestellten. Pietro ließ sie vom Vorarbeiter durch die drei Mezzanine des Dienstbotengeschosses führen, in dem bei Bedarf auch die Tapezierer, Matratzenmacher, Maler, Tischler sowie die Chauffeure ihrer Gäste untergebracht werden konnten. Es war kalt in den großen, schummrigen Zimmern, deren winzige Fenster auf Lichtschächte hinausgingen. Hier gab es weder Kamine noch Öfen, weder Badezimmer noch Klosetts, und nur einen einzigen Hahn mit kaltem Wasser.

Als Maria den Vorarbeiter darauf hinwies, entgegnete der, man müsse nur Krüge hinaufbringen lassen.

»Und wo sollen sich die Leute waschen?«

Der Vorarbeiter sah sie verständnislos an. »Wo sie wollen, wie wir alle. Sie müssen sich nur einen Wassereimer und eine Schüssel mitbringen.«

Maria war wütend auf sich selbst und schämte sich, dass sie sich nicht von Anfang an um die Gesindewohnungen gekümmert hatte. Jetzt würden noch mehr Kosten anfallen und der Umzug musste abermals verschoben werden. Sie war empört, dass die Salas, einschließlich Pietro, ihre Dienstboten so unmenschlich behandelten. Jedes Mezzanin musste einen Wasseranschluss bekommen und mit Leitungen ausgestattet werden, die die Zisternen, Waschbecken, Sitzwannen und Klosetts mit Wasser versorgten.

Pietro, der sich in einer schwermütigen Phase befand, war sofort einverstanden und machte sich Vorwürfe, nicht selbst darauf gekommen zu sein. Maria wollte allein mit ihrem Schwiegervater darüber sprechen. In ihrer wöchentlichen Korrespondenz mit Giosuè hatte sie ihm ebenfalls davon berichtet, und er hatte sie wissen lassen, dass der Ministerpräsident Giolitti Arbeitsgesetze zum Schutz von Kindern und Frauen erlassen habe. Jeder Mensch, egal welcher Arbeit er nachgehe, habe das Recht auf einen Ruhetag und auf menschliche Behandlung.

Bestärkt durch diese Neuigkeiten hatte Maria die Rede, die sie ihrem Schwiegervater halten wollte, sorgfältig vorbereitet: Sie würde ihm erklären, dass sie für den Dienst in ihrem Haus tugendhafte junge Mädchen ausgewählt habe, die für andere arbeiteten, um sich ihre Aussteuer zu verdienen. Sie, die Hausherrin, sei für sie verantwortlich und würde alles daransetzen, sie zu guten Ehefrauen zu erziehen. Sie wünsche, dass sie sich nicht minderwertig, sondern lediglich untergeben fühlten. Sie wünsche, dass sie wohnliche Zimmer bekämen, die über alles verfügten, was sie, die Hausherrin, als unabdingbar für ein zivilisiertes Leben erachtete: ein bequemes Bett, sanitäre Einrichtungen sowie fließendes warmes und kaltes Wasser.

Als sie am Nachmittag nach Hause kam, begegnete sie dem Schwiegervater auf der Treppe. Er war ebenfalls gerade heimgekehrt, und auf ihren Wunsch, mit ihm zu sprechen, bat er sie in sein Arbeitszimmer. Ohne sich hinzusetzen, ließ Maria alle zurechtgelegten Sätze beiseite und sprach frei heraus. »Ich war in Agrigent. In den Zimmern der Hausangestellten gibt es weder fließend Wasser noch Toiletten. Ich kann mich in meinem Haus nicht wohlfühlen, wenn ich weiß, dass diejenigen, die es sauber machen und mich bei Tisch bedienen, kein Klosett haben wie ich und sich nicht waschen können. Das ist nicht recht!« Ihre Kühnheit trieb ihr das Blut in die Wangen.

»Du hast recht, meine Liebe«, seufzte der Schwiegervater. »Ich werde veranlassen, was du für richtig hältst.«

22

Annas Geburt in Agrigent

Genau ein Jahr nach der Hochzeit wurde das Haus in Agrigent eingeweiht. Maria und Pietro hatten viel und gut zusammengearbeitet. Sie hatten die Schaukästen in den Empfangszimmern bestückt, in denen die Sammlung griechischer Krüge, Krater, Ampullen, Amphoren, Statuetten sowie die herrliche Gold- und Edelsteinsammlung der Magna Graecia ausgestellt werden sollten, die Onkel Giovannino ihnen zur Hochzeit geschenkt hatte. Vorsichtig öffnete Pietro die fragilen Päckchen aus Watte und Papier, in die jedes Stück vor der Hochzeit eingewickelt worden war, zeigte sie Maria und erklärte ihr Herkunft, Gebrauch und Besonderheiten. Dann entschieden sie gemeinsam, welchen Platz es bekommen sollte. Doch Pietros Wissen und seine ansteckende Liebe für alles Schöne reichten Maria nicht: Ihr fehlte die Gewissheit, Mutter zu werden.

Mit einem Mittagessen, zu dem sie ihre Familien eingeladen hatten, weihten Pietro und Maria ihr modernisiertes Heim ein. Der Tisch war auf maximale Länge ausgezogen worden, und das von den Glühlampen in der Kassettendecke erhellte Speisezimmer erstrahlte in voller Pracht. Maria trug eines der Kleider, die sie in Neapel gekauft hatte, und kümmerte sich unter den stolzen Blicken ihres Mannes ungezwungen und aufmerksam um ihre Gäste. Die Schwägerinnen konnten ihren Neid kaum im Zaum halten und verspritzten am nächsten Tag ihr Gift in Agrigent, Camagni und Naro.

Pietro habe mit dem Geld nur so um sich geworfen, und diese raffgierige kleine Schwägerin habe den Vater um den Finger gewickelt und ihn dazu verführt, noch mehr Geld auszugeben, damit ihre Dienstmädchen ein Bad mit fließend Kalt- und Warmwasser hätten! Dabei wüssten doch alle, dass bei ihrem Vater und ihrer Mutter in Camagni die Zinkbadewanne im Schlafzimmer stand!

Woher hatte Maria nur diese Allüren?

War sie etwa zum Sozialismus übergetreten und wollte ihre Angestellten besser behandeln als die eigene Mutter? Jedenfalls habe sie nicht nur ein Schlafzimmer mit Himmelbett, Dormeuse und Louis-seize-Schränken, sondern auch ein gekacheltes Badezimmer, ein Boudoir und einen privaten Salon samt eigenem Klavier! Pietro hingegen müsse sich mit einer Liege im Ankleidezimmer und einer Dusche begnügen!

Nachdem sich die Salas in Agrigent einen Namen gemacht hatten und Pietro die örtlichen Klubs frequentierte und dort Karten spielte, war es ein Leichtes gewesen, Maria in die Gesellschaft der Hauptstadt einzuführen. Doch schüchtern und zurückhaltend, wie sie war, blieb sie am liebsten zu Hause und lernte. In einer Mischung aus Hausaufgaben, Beschreibungen ihrer neuen Lebensumstände und Gedanken zur Welt im Allgemeinen setzte sich der rege Briefwechsel mit Giosuè fort. Jetzt, da sie nach Herzenslust Klavier spielen konnte, nahm Maria sich Schubert und Tschaikowsky vor – eine Offenbarung. Wie in Camagni hatte sie auch hier ihr Publikum: Es waren die Altwarenhändler, die unter den Fenstern des Musikzimmers auf dem Kirchplatz ihre Stände aufgebaut hatten. Wie die Dörfler von Camagni lauschten sie verzückt, baten um Zugaben und riefen ihr die Namen der Stücke und Lieder zu, die sie hören wollten.

Pietro lud Freunde und Bekannte zu ihnen ein, und obwohl die sonstigen Meinungen auseinandergingen, waren sich alle darin einig, dass Pietros und Marias Haus die »schönste moderne Wohnung von ganz Agrigent« sei. Sie empfingen auch Gäste von außerhalb, Pietros alte Freunde und die neuen Bekanntschaften, die sie auf der Hochzeitsreise gemacht hatten. Einige hatten von der Sammlung gehört und wollten sie sehen, und Maria führte sie kundig herum.

Das nächste Projekt war bereits in Arbeit: Pietro wollte Fuma Vecchia restaurieren und hatte mit den Außenarbeiten begonnen. Außerdem plante er eine kurze Reise aufs Festland, um an einer Auktion antiker Kunst teilzunehmen.

Die ausbleibende Schwangerschaft bedrückte Maria. Jeden Morgen und jeden Abend betrachtete sie sehnsüchtig die stattliche Wiege mit dem bodenlangen Tüllhimmel, die in ihrem Schlafzimmer bereitstand. Sie hatte nicht den Mut, mit Pietro darüber zu sprechen, denn sie befürchtete, unfruchtbar zu sein. Eines Abends überwand sie sich dennoch und fragte verlegen, ob sie ihn aufs Festland begleiten dürfe, um einen guten Arzt zu konsultieren.

»Ich möchte ein Kind. Du etwa nicht?«

»Ich wollte abwarten, bis du so weit bist und mich nimmst, wie ich bin: als einen Mann, der das Leben und die Schönheit liebt, der keine mütterliche Liebe kennt und ein Spieler ist. Und der dich mehr liebt als jede andere Frau auf der Welt.«

Maria wurde sofort schwanger. Beglückt schrieb sie Giosuè die Neuigkeit in ihrem wöchentlichen Brief. Zum ersten

Mal antwortete er nicht, doch Maria machte sich keine Gedanken – Giosuè war mit seinem Studium an der Militärakademie beschäftigt und hatte anderes im Kopf.

Nach zwei Wochen des Schweigens begann Maria sich Sorgen zu machen und schrieb ihm erneut. *Herzlichen Glückwunsch*, lautete die knappe Antwort. Erfüllt von der bevorstehenden Mutterschaft ging sie über seine ungewohnte Frostigkeit hinweg.

Pietro sorgte dafür, dass seine Frau nicht einsam war. Titina schickte ihr Egle und Maricchia, und Maria besuchte ihre Familie oft in Camagni. Pietro begleitete sie dann, um nach der Renovierung von Fuma Vecchia zu sehen. Er war schwermütig. »Ich hoffe, ich werde diesem kleinen Wesen ein guter Vater sein«, sagte er. »Wenn ich sehe, wie glücklich du hier bei deiner Familie bist, wird mir klar, dass ich dich im Tausch für eine sehr viel schlechtere von ihr fortgerissen habe«, meinte er mitunter. »Wenn es ein Junge wird, kommt er hoffentlich nicht nach mir«, sagte er immer wieder. Doch sobald er seine Gedanken auf etwas anderes brachte, hellte sich seine Stimmung auf.

Pietro war zu seiner Reise aufs Festland aufgebrochen und hatte die im fünften Monat schwangere, strahlend schöne und rundum wohle Maria mit der Aufgabe betraut, die Arbeiten in Fuma Vecchia zu beaufsichtigen. In ein paar Wochen wäre er zurück. Maria verzieh ihm die kindliche Schwäche für das Glücksspiel, die sie auf seine Mutterlosigkeit zurückführte. Er hatte schließlich bewiesen, dass er gut darauf verzichten konnte und nicht danach süchtig war.

Sie war zu ihren Eltern nach Camagni gereist, doch kaum war Fuma Vecchia fertig eingerichtet, wollte sie nach Agrigent zurück. Egle und Maricchia begleiteten sie. Es waren glückliche Wochen. Maria wiederholte ihre Lektionen und bestickte mit Egle Kinderdeckchen, obgleich Tante Giacomina es sich zur Aufgabe gemacht hatte, die gesamte Säuglingsausstattung von den Klosternonnen besticken zu lassen. Von Pietro erhielt sie unregelmäßig Post, mal tröpfelte es vereinzelte Briefe, mal kam ein ganzer Schwall von Telegrammen. Inzwischen war sie im siebten Monat und erwartete Giosuès Besuch, der Urlaub genommen hatte, um während ihrer Lehramtsprüfung bei ihr sein zu können. Maria war gedankenschwer und brach häufig und ohne ersichtlichen Grund in Tränen aus. Auch fürchtete sie, mit ihrem dicken Bauch und den dunklen Augenringen könnte Giosuè sie hässlich finden.

Giosuè war mit dem Zug angereist und direkt nach Camagni zu den Marras gefahren. Tags darauf war er mit Filippo zu einem Tagesausflug nach Agrigent aufgebrochen. Er war größer und kräftiger geworden und machte in seiner Uniform eine gute Figur. Der Anblick der schwangeren Maria rührte ihn zutiefst. »Willst du fühlen? Es regt sich schon«, sagte Maria, legte seine Hand an ihren Bauch und hielt sie dort fest.

»Ich könnte nicht bewegter sein, wenn es meins wäre«, murmelte er.

»Ich werde Pietro bitten, dich zum Paten zu machen.«

»Bitte nicht, Maria«, erwiderte er knapp ohne weitere Erklärungen.

Maria schwieg enttäuscht. Später fragte sie ihn, ob er wenigstens über das Kind wachen würde, sobald es größer war.

Die Prüfungen rückten näher, und Giosuè war für ein paar Tage nach Agrigent gefahren, um Maria zu besuchen und ihr beim Repetieren zu helfen. Sie gingen die Bücher noch einmal durch, diskutierten darüber, schweiften ab und plauderten schließlich wie in alten Zeiten im Garten von Camagni. Später saßen sie gemeinsam am Klavier oder Giosuè, der der bessere Klavierspieler war, musizierte, derweil sich Maria und Egle ihrer Stickerei widmeten und eine Pikeedecke mit Hohlsaum »vierhändig« einfassten: Dabei begannen sie an den entgegengesetzten Ecken und ließen das Deckchen zu den synchronisierten Bewegungen ihrer Nadeln von links nach rechts kreisen.

Inzwischen war Pietro in Frankreich, um Onkel Giovannino beim Schwefelverkauf zu helfen. Es machte Maria nichts aus, dass sie nur über den Schwiegervater von ihm hörte. Die Schwangerschaft erfüllte sie mit heiterer Gelassenheit. Zu ihrer Überraschung übertrug ihr der Schwiegervater die Verwaltung des Agrigenter Palazzos. Die Räume im Erdgeschoss an der Hauptstraße waren an Händler vermietet, und im dritten und obersten Stock wohnten zwei Bankangestellte. Die beiden Stockwerke dazwischen waren ganz der Familie vorbehalten: Die erste Etage wurde gelegentlich von den anderen Salas oder von Pietros Schwestern und deren Familien genutzt, die zweite bewohnten Pietro und Maria. Die Verwaltung des Palazzos war keine Kunst, doch Maria wollte mehr darüber wissen. Sie interessierte sich für die Aufgaben der Hausverwaltung, die Beziehungen zur Gemeinde, die Versteuerung. Sie fragte Giosuè, der bald wieder in den Norden aufbrechen würde, ob sie sich mit dem Bürgermeister und dem Gemeindesekretär in Verbindung setzen sollte. »Nimm dich vor Politikern in Acht«, warnte er. »Schau dir Giolitti an. Er ist ein Opportunist. Er billigt Wahlbetrug nicht nur; er unterstützt ihn sogar. Er kauft Stimmen mit barem Geld. Er führt über jeden Abgeordneten Buch, um ihn erpressen zu können. Er hat sich ein Beispiel an Crispi genommen und lässt den Mafiahonoratioren freie Hand, die dank ihrer Immunität skrupelloser und aggressiver denn je agieren und ungestört Schutz- und Schmiergelder einstreichen. Das Volk leidet, vor allem im Süden, und die Menschen wandern aus. Wir müssen auf den Sozialismus setzen, genau wie es mein und dein Vater immer gesagt haben. Doch die heutigen Sozialisten sind sich uneins, ihnen fehlt der Wille zu regieren; lieber zerfleischen sie sich gegenseitig.«

Im vorletzten Schwangerschaftsmonat machte Maria als externe Kandidatin in Camagni ihr Lehrerinnendiplom. Giosuè kehrte in den Norden zurück, und Pietro verschob seine Rückkehr aus Monte Carlo. Der Schwiegervater war darüber nicht erfreut, doch Maria nahm es gelassen und war überzeugt, dass Pietro ihr treu war.

Anfang Juli kehrte er mit einem hinreißenden Diadem mit kunstvoll ziselierten und mit kleinen Perlen besetzten goldener Weinranken aus der römischen Kaiserzeit zurück. Es war für Maria.

Am 13. Juli 1907 kam Anna Sala in Agrigent zur Welt. Es war eine komplikationslose Hausgeburt, und Mutter und Tochter waren wohlauf. Maria war überglücklich. Pietro wartete mit den Schwägern und seinem Vater im ersten Stock, um den Frauen bei der Geburt nicht im Weg zu sein und die Schreie der Gebärenden nicht hören zu müssen, dabei hatte Maria nur bei den allerletzten Wehen ein kurzes Stöhnen von sich gegeben. Die Schwägerinnen hatten sich in den Salon zurückgezogen, und Titina und Giuseppina hatten im Schlafzimmer, dessen Schränke, Sessel, Bilder, Vorhänge und Lampen mit Laken verhüllt waren, bei der Geburt mitgeholfen.

Die Hebamme Celestina zeigte Maria das in Tücher gewickelte Neugeborene. Gerührt betrachtete Maria es und überließ es dann der Obhut ihrer Mutter. Titina reichte das Bündel an die anderen beiden Hebammen weiter, die das Boudoir in eine Kinder- und Krankenstube umgewandelt hatten. Giuseppina folgte ihnen. »Wo ist die Amme?«, fragte sie. »Die Amme soll kommen, um die Kleine zu waschen und zurechtzumachen, ehe wir sie der Familie vorführen.«

»Es gibt keine Amme«, entgegnete Titina. »Maria möchte sie stillen, so wie ich es gemacht habe.«

»Es gibt keine Amme? Seid ihr verrückt geworden? Und deine Tochter? Soll sie der Kleinen etwa zwei Jahre lang die Brust geben, sie bei sich im Schlafzimmer haben, nachts aufstehen und ihre Pflichten als Ehefrau und Hausherrin vernachlässigen? Wir sind doch kein Pöbel!«

»Pass auf, was du sagst! Wir sind auch kein Pöbel, ganz im Gegenteil! Die Tummias sind adelig, und so reich ihr Salas auch sein mögt, ihr habt trotzdem plebejisches Blut!«

»Keine Amme für das erste Enkelkind der Salas! Unerhört!«, rief die Schwägerin empört und rauschte in den Salon.

Von nebenan konnte die erschöpfte Maria das Gezeter hören, aus dem immer wieder das Wort »Amme« herausklang. Die beiden Schwägerinnen redeten im Chor auf Pietro und den Vater ein und schimpften Maria und Titina leichtfertig und schamlos.

»Sie will ihr Erstgeborenes stillen!«

»Was ist, wenn die Milch schlecht ist?«

»Und was, wenn das Kind nicht trinken will? Lässt sie es dann verhungern?«

»Seit Menschengedenken werden die Erstgeborenen einer kräftigen, reinlichen Amme mit guter Milch überlassen, die schon ein gesundes Kind genährt hat!«

»Maria hat keine Erfahrung mit Säuglingen, ihre Mutter hat mit einundzwanzig mit dem Kinderkriegen aufgehört!«

In schwärzesten Farben malten die Schwestern Pietro sein zukünftiges Leben aus: Sie würden keine Gäste mehr empfangen, geschweige denn auf Reisen gehen können, es sei denn, Maria wollte sich wie die armen Leute mit der Tochter an der Brust in der Öffentlichkeit zeigen. Sie gingen noch weiter: »Eine stillende Mutter muss kräftig essen, die schlanke Taille und den flachen Bauch bekommt sie so schnell nicht wieder!«

»Einer Stillenden kann man kein Steinkissen auf den Bauch legen, das könnte den Milchfluss stören.«

Sistina wurde noch drastischer: »Wegen dieser Torheit ruiniert deine Frau noch ihren Körper. All das Geld, das du für ihre Garderobe ausgegeben hast, hättest du ebenso gut aus dem Fenster werfen können!«

Pietro horchte auf. »Was meinst du mit ›sie ruiniert ihren Körper‹?«

»Nach dem Stillen trocknen die Brüste aus und werden lang und faltig wie ein Greisengesicht... bis zur Taille werden sie ihr hängen! Während sie stillt, kann sie kein Korsett tragen und muss essen wie ein Mastschwein. Und wenn sie abgestillt hat, wird sie Diät machen, um abzunehmen, aber dann hängen ihr die Bauchfalten bis über die intimen Stellen... Mit kaum achtzehn Jahren wird sie vollkommen aus der Form geraten sein!«

Niemand dachte an Titina, deren Körper nach vier Schwangerschaften und vier gestillten Kindern noch immer schön und straff war.

»Nun denn, wo ist meine Tochter eigentlich?«, fragte Pietro irritiert und wollte zu Maria gehen. Doch die Zimmertür war abgeschlossen. Giuseppina, die ihm gefolgt war, klopfte.

»Wer hat abgeschlossen?«

»Vielleicht hat sie den Verstand verloren und will die Kleine umbringen!«, meinte Sistina.

»Für uns wäre die Angst vor einem Kindsmord ja nichts Neues«, sagte Tante Giacomina und äugte zum Bruder hinüber, der jetzt zum ersten Mal den Mund aufmachte. »Lasst uns Titina fragen, bestimmt weiß sie besser Bescheid als wir.«

»Was soll die schon wissen?«, kreischte Sistina. »Die hat sich diesen alten, mittellosen Sozialisten geschnappt und mit ihm Sachen gemacht, die ich mir nicht einmal im Traum ausmalen will!«

»Maria gehört jetzt zu uns, und die Kleine wird wie eine Sala erzogen, nicht wie eine Marra!«, konstatierte Giuseppina mit Nachdruck.

Derweil saß Titina betrübt an Marias Bett und hielt die Hand ihrer weinenden Tochter. Das Neugeborene war gewaschen und angezogen worden. »Soll ich sie Ihnen bringen?«, fragte die zweite Hebamme, die auf Titinas Zeichen näher getreten war. Maria hatte sich in den Kissen aufgerichtet. Sie nahm ihre Tochter und hielt sie gegen ihre Brust, das Gesichtchen ihr zugewandt. Das Kind hatte feine, klare Züge, helles, leicht gewelltes Haar und dunkle Augen. Maria öffnete ihr Nachthemd und legte sie an ihren Busen. »Pietro hat entschieden, dass sie Anna heißen wird, nach meiner Schwiegermutter.« Sie schob die Brustwarze in das winzige Mündchen. Anna nahm sie zwischen die Lippen und versuchte, zaghaft daran zu saugen, doch ihr fehlte die Kraft. Die Brust drückte ihr aufs Gesicht. Mit dem freien Auge schien sie ihre Mutter zu fixieren.

So fanden Pietro und Giuseppina sie vor, die als Erste der Salas in Marias Zimmer vorgelassen wurden.

Titina war zur Seite getreten, aber im Zimmer geblieben.

»Hier ist deine Tochter«, sagte Maria und gab ihr weiterhin die Brust. Gerührt sah Pietro ihr zu.

»Nun, Pietro, was wolltest du deiner Frau sagen?«, bohrte Giuseppina.

»Wie glücklich hast du mich gemacht, Maria, und was für eine wunderbare Tochter hast du mir geschenkt...« Pietro streichelte ihr die Stirn.

»Verschwinde, Giuseppina«, sagte Titina zur Schwägerin und schob sie zur Tür.

In der Sala-Familie war Giacomina eine mächtige Frau. Sie hatte abseitige Vorstellungen von Sex, ob ehelich oder nicht. Durch ihre Fenster, die denen Pietros gegenüberlagen, hatte sie die Zärtlichkeiten der Eheleute so manches Mal gebannt beobachtet und sie dafür verflucht, sich der Sünde ausgeliefert zu haben. Sie war überzeugt, dass Maria eine Wölfin im Schafspelz war, und zur Strafe wollte sie ihr das Kind wegnehmen und es selbst aufziehen.

Am Arm des Bruders betrat sie Marias Zimmer. Pietro machte ihr Zeichen, leise zu sein, denn Mutter und Tochter waren eingeschlafen.

Er betrachtete seine Frau, die in ihrer Blässe schöner war denn je, und das Neugeborene, das an ihrer Brust eingeschlummert war. Er wollte, dass Maria nicht nur die Mutter seiner Kinder, sondern auch seine Gefährtin war. Er wollte sie auf seine Reisen mitnehmen und sich mit seiner eleganten, schlanken, verführerischen Frau schmücken. Ihn schreckte der Gedanke, dass dieser Körper, der ihn so beglückte, abstoßend werden könnte, mit Dehnungsstreifen auf Bauch und Busen und runzeligem Dekolleté, oder dick und unförmig wie die korallenbehängten Ammen.

Doch er beschloss, sie fürs Erste nicht zu behelligen.

23

Jeder Tag hat etwas Schönes

Statt Pietro hatte Titina neben Maria im Ehebett geschlafen. Eine der Hebammen war vorsichtshalber im Haus geblieben und schlummerte auf einem Sessel im Flur. Anna wimmerte so zart und leise, dass es wie das Winseln eines Welpen klang. Maria war aufgestanden, hatte sie aus der Wiege genommen, zu sich ins Bett geholt und ihr die Brust gegeben. Zwei Stunden später weinte sie erneut. Ehe Titina aufstehen konnte, hatte Maria sich das Kind geholt. Trostsuchend nuckelte Anna an ihrer Brust. Während Maria einnickte, wechselte Titina dem Kind die Windeln: Großmutter und Enkelin lernten sich kennen. Pietro, der auf der Liege im Ankleidezimmer geschlafen hatte, spähte durch den Türspalt und sah ihr zu. Titina brachte ihm das Kind.

»Und was machen wir jetzt?«, fragte er.

»Sie möchte sie stillen, und deshalb wird sie bestimmt nicht gleich aus dem Leim gehen. Doch reisen könnt ihr vorerst nicht und auch keine großen Gesellschaften geben ... Es wird anders sein. Die Entscheidung liegt bei ihr. Hast du Angst vor deinen Schwestern?«

»Sie sind gnadenlos.«

Früh am nächsten Morgen wollte Anna abermals trinken. Maria hatte bemerkt, dass Pietro sie von der Liege aus beobachtete. Mit dem Kind im Arm stand sie auf und ging zu ihm hinüber. Leicht widerstrebend sah er ihr beim Stillen zu.

»Willst du auch, dass ich sie einer Amme gebe?«, fragte sie.

»Ich denke nur an dich, an deine Zeit, an dein Aussehen, an das Kind...«

»Ich werde aussehen wie meine Mutter, schau.« Unter den Laken sah Titinas schlafender Körper wie der eines jungen Mädchens aus, wohlproportioniert und fest.

»Du müsstest viel zu Hause bleiben... wärst an die Stillzeiten gebunden...«

»Lass es mich versuchen, man kann sich auch unabhängiger machen: Ich könnte meine Milch abpumpen.«

»Ich kann dir nicht verbieten, sie zu stillen, Maria. Du bist die Mutter.« Er gab ihr einen Kuss auf die Nase.

Seit einiger Zeit schon war Titina wach und hatte nachgedacht. »Maria, lass uns einen Pakt schließen: Du lässt dir Ammen kommen, suchst ein paar aus und entscheidest nach einer Woche, welche du nimmst. Damit halten wir uns deine Schwägerinnen vom Hals.«

Maria willigte ein. Sie sprach mit drei Müttern, allesamt mit zahlreichen Kindern und arbeitslosen Männern. Giuggia gefiel ihr besten: Sie war die Frau eines invaliden Grubenarbeiters und hatte kohlschwarze Augen. Sie hatte ihren vier Monate alten Sohn mitgebracht, einen hübschen, ruhigen Jungen, den sie in die Obhut einer Verwandten geben würde, um bei den Salas zu arbeiten.

»Wo werden Sie ihn lassen?«, hatte Maria gefragt.

»Bei jemandem aus der Familie. Ich weiß es noch nicht.« Giuggia blickte traurig zu Boden. »Sie haben mich gestern gerufen, und ich wusste nicht, dass es so dringend ist, aber zu Hause gibt es hungrige Mäuler zu stopfen...«

»Ich will meine Tochter selbst stillen, aber die Familie meines Mannes ist dagegen.«

»Und wozu brauchen Sie mich dann?«

»Sie könnten mit Ihrem Sohn hierherkommen und ihn stillen wie bisher und meine Tochter immer dann, wenn es vonnöten ist. Oder wir könnten uns abwechseln. Sie bleiben hier, bis die zwei Jahre um sind, und erhalten die gleiche Bezahlung wie ein Grubenarbeiter. Doch es muss ein Geheimnis bleiben: Offiziell sind Sie Annas Amme.«

Der Mai war gekommen und damit der Empfang bei den Tummias in Fuma Nuova. Pietro und Maria würden aus Agrigent mit dem Auto hinfahren. Weil der Schwager versprochen hatte, ihm einen Affen zu schenken, wollte Pietro nicht fehlen. Alle Verwandten und Freunde aus Camagni würden dort sein; es versprach ein vergnüglicher Tag zu werden.

Maria, die ihre Tochter heimlich stillte, beschloss zum ersten Mal, zwei Stillmahlzeiten auszulassen, und hoffte, es durchzuhalten. Doch dem war nicht so. Auf der Rückfahrt begann ihre Brust zu schmerzen. Kaum war sie wieder zu Hause, machte sie sich fiebernd und mit von roten Flecken übersätem Körper auf die Suche nach Anna. Doch das von Giuggias Milch satte Kind drehte den Kopf weg. Marias Brust brannte, sie bekam hohes Fieber und weinte vor Schmerzen. Der Arzt wurde gerufen und diagnostizierte wunde Brustwarzen und Mastitis. Pietro informierte Sistina und Graziella, die ebenfalls aus Fuma Nuova zurück waren.

Die zehn Monate alte Anna trank vier Mal am Tag, und Marias ans Stillen gewöhnter Körper durfte keine Mahlzeit auslassen. Eigentlich hätte sie Giuggia entlassen und ihre Tochter selbst stillen müssen, und im Grunde ihres Herzens war es genau das, was sie als Frau und Mutter wünschte.

Doch Pietro wollte sie im Gesellschaftsleben und auf Reisen an seiner Seite haben. Ihm war ihre körperliche Nähe wichtig, wenn es ihn danach verlangte. Er war ein schwacher, aber guter Mann, und sie litt unter ihrer Zerrissenheit. Sie sagte sich, dass sie zuallererst an seine Bedürfnisse denken musste. Giuggia behandelte Anna so liebevoll und behutsam, als wäre sie ihre eigene Tochter. Wenn sie weiterhin stillte, würde Giuggia zu ihrer Familie zurückkehren müssen und Hunger leiden. Auch das lag in ihrer Verantwortung. Maria war allein und musste allein entscheiden. Es gab niemanden, mit dem sie diese Drangsal hätte teilen können. Giosuè war als Adjutant mit einem General auf Auslandsreise und schickte ihr nur Postkarten. Je mehr sie über ihr Dilemma nachdachte, desto unglücklicher, elender und fiebriger wurde sie.

Sie schämte sich ihrer selbst. Suchend sah sie sich nach etwas Schönem um, das sie aufheiterte. Das hatte sie jetzt nötig.

Ein Flügelrauschen. Eine weißbraune, wunderschöne Taube landete auf dem Balkongeländer und blickte neugierig mit ihren gelben Augen umher. Dann breitete sie die Flügel aus und stürzte sich in die Tiefe, bereit zum Flug über die Ebene.

Plötzlich ging die Tür auf, und Sistina und Graziella platzten ins Zimmer. Sie hatten es nicht für nötig befunden, ihr Erscheinen durch Anklopfen anzukündigen.

Sistina musterte Maria pikiert. »Willst du deine Tochter umbringen?«

»Wir haben Binden mitgebracht«, schaltete sich Graziella ein, »sobald du eingeschnürt bist, vergeht der Schmerz, und dann schießt auch keine Milch mehr ein. Nie mehr.«

Maria ließ sich von ihnen die Bluse ausziehen und sich fest in die Binden wickeln.

24

Sommerfrische in Fuma Vecchia

»Es geht ihr besser«, flüsterte Maria Leonora zu und ließ Anna nicht aus den Augen, die sich gerade von Mumps erholte. Das Mädchen stand ans Gitter geklammert in ihrem Bettchen, schaute zum Fenster und schwatzte mit den Vögeln, die in den Zweigen der Eiche saßen. »Ko-ko-ko«, ahmte sie ihr Gurren nach.

»Das Fieber ist zurückgegangen, aber der Hals ist noch dick«, fuhr Maria fort. »Tagsüber habe ich sie bei mir, nachts schläft sie in ihrem Zimmer, allein ...« Sie brach ab, als hätte sie den Faden verloren. »Pietro will es so.«

»Er hat recht, du könntest Wehen bekommen.«

»Die bekomme ich nicht. Es werden zwar viele Siebenmonatskinder geboren, aber von Achtmonatskindern hat man noch nie gehört!« Sie lachten. »Pietro möchte in unserem Zimmer keine Kinder haben. Mein Vater war genauso.«

Je länger Leonora Marias sanftem, resigniertem Tonfall zuhörte, in dem die Fügsamkeit einer Ehefrau aus früheren Zeiten mitschwang, desto gereizter wurde sie. Es war ihre Art, mit der Entscheidung ihrer Mutter fertigzuwerden, die sich in einen Cousin verliebt und die Kinder ihrem Mann überlassen hatte, statt als reuige Büßerin in der Familie zu blieben. Leonora wollte einen reichen, gefügigen Mann finden; dafür würde sie ihn mit ihren Zärtlichkeiten glücklich machen.

Doch nichts dergleichen geschah. Ihre Gefühle rangen miteinander, und sie hatte ein schlechtes Gewissen, weil sie eifersüchtig und neidisch auf die wunderbare Ehe und das luxuriöse Leben ihrer Cousine war. Und all das nur wegen eines Blickes aus dem Bürofenster ihres Onkels! Sie musste sich nur ansehen, was sie aus Fuma Vecchia gemacht hatten, um von Galle zerfressen zu werden. Der verlassene Turm hatte sich in einen wunderschönen, behaglichen, prächtig möblierten Wohnsitz mit elektrischem Strom, Badezimmern mit fließend Kalt- und Warmwasser, einem neu angelegten Garten und sogar Rehen verwandelt, die im alten Wald umherstreiften. Sie betrachtete das Bett mit dem hochmodernen schwebenden Baldachin, den Wiener Stühlen und den brandneuen Sesseln, die unter dem alten, restaurierten Spiegel eine Sitzecke bildeten, die Jugendstilvasen und den schottischen Schreibtisch aus nahezu roh anmutendem Holz. Pietro und Maria verbrachten kaum zwei Monate im Jahr in Fuma Vecchia. »Wie gern hätte ich so ein Haus wie du«, sagte Leonora unumwunden. »Das ganze Jahr würde ich hier leben! Einen reichen Mann wie deinen werde ich wohl nie haben, aber vielleicht einen wohlhabenden, vielleicht mit einem Häuschen und ein wenig Land drum herum und einer bequemen Wohnung im Ort... einen Mann, der mit mir hin und wieder eine Reise aufs Festland unternimmt... so einen hätte ich gern!«

»Mir hingegen tut es immer leid, wenn ich Agrigent verlassen muss, um hierherzukommen.«

»Ich verstehe dich nicht.«

»Ich habe ihn nicht darum gebeten. Noch bevor er mich kannte, hatte Pietro beschlossen, Fuma Vecchia zu kaufen.«

Maria erinnerte ihre Cousine daran, dass sie ihr ganzes Leben im Haus in Camagni verbracht hatte, sommers wie winters – ausgenommen die kurzen Ferien bei Tante Elena in Palermo –, und es nicht gewohnt war, mehr als ein Haus, ein zweites Schlafzimmer und ein weiteres Bad zu haben. »Es ist, als hätte man zwei Ehemänner!«, schloss sie mit einem kleinen Lachen.

»Wieso nicht, wenn dir beide gefallen?« Leicht verlegen trieb Leonora ihren Scherz weiter. »Es wäre doch schön, wenn es hier auch die Polygamie gäbe... allerdings nur, wenn sie auch den Frauen erlaubt wäre!«

»Mama, Mama«, rief Anna. Maria hob sie hoch und setzte sie neben sich auf das Ehebett. »Achtung mit deinem Brüderchen, tritt mich nicht!«, mahnte sie sanft, und folgsam streichelte Anna den Bauch der Mutter. »Ei, ei...«

»Ich hätte so gern ein Kind, ich bin schon über zwanzig«, sagte Leonora.

»Dann solltest du dir wohl zuerst einen Mann suchen.«

»Aber das tue ich ja, nur dass er nicht nach mir sucht... noch nicht. Aber das wird sich noch ändern.«

Sie lachten wie früher.

Es klopfte sacht an die Tür. »Darf ich?«

»Komm herein, Pietro, Leonora ist hier...«

Pietro teilte Maria mit, ihr Vater sei mit Filippo und Giosuè gekommen. Ob sie heraufkommen dürften, um sie zu begrüßen?

»Wie es euch lieber ist«, entgegnete Maria.

»Dann kommen wir alle, ich lasse den Kaffee heraufbringen.« Er vergewisserte sich, dass sie keine weiteren Wünsche hatte, und zog sich zurück.

»Ist dein Mann immer so aufmerksam?«

»Ja, er ist sehr feinfühlend, ich kann mich glücklich schätzen.« Maria strich sich das Kleid zurecht, ordnete ihre Frisur und schob sich eine Locke aus der Stirn. Dann betrachtete sie sich in dem Spiegel, der leicht geneigt an der Wand gegenüber dem Bett hing.

»So ist es«, bemerkte Leonora knapp. Sie hatten keinerlei Gemeinsamkeiten; es gab nichts, worin sie sich ähnlich waren. Mit achtzehn Jahren sah Maria trotz der Schwangerschaft wie ein kleines Mädchen aus – unschuldiger Blick, glatte Wangen ohne einen Hauch von Puder oder Schminke, das Haar im Nacken zu einem schlichten Knoten gebunden – und war zugleich bescheiden, klug und still. Die äußerst gepflegte, auffallend gekleidete, sinnliche Leonora hingegen konnte es kaum abwarten, ihr Zuhause als verheiratete Frau zu verlassen. Als die Männer eintrafen, begann sie mit Filippo zu plaudern, mit dem sie kurz darauf verschwand.

Neben Anna stand Giosuè im Zentrum der Aufmerksamkeit. Inzwischen war er zum Hauptmann ernannt worden und als Adjutant von General Lavati als Professor für Ingenieurwissenschaften an der Militärakademie Turin sowie als Berater des Verteidigungsministers ständig auf Reisen. Maria freute sich, ihn zusammen mit Pietro und ihrem Vater bei sich zu haben: Sie waren die Männer ihres Lebens.

25

Enterbt

Anfang August war Pietro nach Neapel gefahren und kaum zwei Tage dort geblieben. Dem Vater hatte er gesagt, er wolle Maria eine Überraschung für das kommende Weihnachtsfest besorgen, eine wertvolle neapolitanische Krippe aus dem achtzehnten Jahrhundert mit Wasserläufen und elektrischen Lichtern, die ein Freund von ihm verkaufte. Bei seiner Rückkehr war er bedrückt. Maria schrieb seine Stimmung der bevorstehenden Niederkunft zu und dachte nicht weiter darüber nach. Sie versuchte ihn auf andere Gedanken zu bringen und las ihm Giosuès Briefe vor, der seiner Gewohnheit treu blieb und ihr lebhafte und lehrreiche Reiseberichte mit Eindrücken aus der Kyrenaika schrieb. Ihre Eltern hatten seinen Briefen begierig gelauscht, und jedes Mal wurde ihre Lektüre im Hause Marra vom beifälligen »Toninos Junge ist ein echter Tausendsassa!« ihres Vaters begleitet.

Giosuès Besuch in Sizilien galt nicht allein dem Vergnügen. Er sollte sich mit den Präfekten der Provinzen treffen und ein Dossier verfassen über die mögliche Umsiedlung von Bauern in die – noch zu erobernde – Kyrenaika, den aktuellen Stand der zivilen Flotte, die mögliche Ausweitung der privaten Handelsschifffahrt auf den Verkehr der Emigranten und den Stand der Beziehungen zwischen Sizilianern und Libyern. Die Blitzinvasion ging gut voran. Die türkischen Milizen hatten sich kampflos zurückgezogen und waren von den Einheimischen mit Verachtung gestraft worden. Doch hatte niemand die erheblichen logistischen und kulturellen Schwierigkeiten in Betracht gezogen. Die sogenannten libyschen Städte, die in Wirklichkeit nicht mehr als große Dörfer waren, konnten die Truppen nicht versorgen. Man hatte keinerlei Mittel vorgesehen, um Kontakt mit den Einheimischen aufzunehmen, sie auf das Vorrücken der italienischen Truppen vorzubereiten und ihre Sympathie zu gewinnen. Giosuè war mit einer weiteren Aufgabe betraut worden: Er sollte sich ein Bild von der Lage in Kyrenaika machen und seinen Vorgesetzten Bericht erstatten, um die Beziehungen zwischen den Italienern und der neuen Kolonie, wie ganz Libyen bereits siegessicher genannt wurde, zu fördern. Er hatte Kontakte zu den jüdischen Geschäftsleuten in Tripolis geknüpft und zum ersten Mal sein Judentum ins Spiel gebracht.

Vito, der vom Schwiegervater heiß ersehnte männliche Enkel, wurde am 21. August 1911 im Haus seiner Großeltern mütterlicherseits in Camagni geboren. Keine der Sala-Tanten, nicht einmal Giuseppina, war bei der Geburt anwesend. Auf Marias Weisung wurde Vito sofort einer Amme übergeben.

Neben der Verwaltung des Palazzos hatte der Schwiegervater sie auch mit anderen kleineren Aufgaben betraut. Häufig schickte er ihr seinen Fahrer, weil er sie bei sich in Fara zu haben wünschte, um mit ihr über Geschäftliches zu reden, und danach brachte der Chauffeur sie wieder nach Hause. Andere Male bat er sie um spezielle Dienste: zum Notar gehen, um Unterlagen abzuholen oder abzugeben, die sie lesen und verstehen sollte, die Korrespondenz mit dem Familienanwalt führen, Briefe schreiben oder Listen von chronologisch geordneten Unterlagen erstellen. Manchmal bat Maria ihren Vater um Rat und Hilfe oder wandte sich brieflich an Giosuè. Um Pietros Ansehen als Familienoberhaupt nicht zu schaden, redete sie mit keinem anderen über ihre »Arbeit«, die ihr großen Spaß machte. Pietro war kein bisschen eifersüchtig. »Sei bloß vorsichtig!«, neckte er sie. »Sonst halst mein Vater dir noch einen Haufen Schereien auf!«

Nach Vitos Taufe in Camagni, bei der die drei eigens aus Fara angereisten Sala-Geschwister zugegen waren, war die Familie in Begleitung von Marias Eltern nach Fuma Vecchia zurückgekehrt. Eines Tages Ende September war der Chauffeur der Salas gekommen, um Pietro nach Fara zu holen. Ohne Fragen zu stellen, war er der Bitte nachgekommen und hatte Maria gesagt, er sei in spätestens zwei Tagen zurück.

Doch er kam nicht. Am dritten Tag schickte Maria ihm ein Telegramm, das unbeantwortet blieb. Sie machte sich keine Sorgen: Pietro würde überraschend zurückkehren, das tat er gern. Manchmal, wenn sie beim Sticken den Faden spitzte, ließ sie den Blick hinaus in Richtung Wald schweifen. Dann bat sie der Vater, ihm etwas vorzulesen oder ihn in den Garten zu begleiten.

Am fünften Tag tauchte das Automobil der Salas vor dem Haus auf. Der einzige Insasse war Peppino Tummia. Er war als Marias Schwager und nicht als ihr Onkel gekommen, um sie nach Fara zu bringen: Der Schwiegervater wünsche, sie ohne die Kinder zu sehen, sie würde am Abend zurück sein. Es war nicht ungewöhnlich, dass Pietros Vater sie unangekündigt zu sich rief, um mit ihr die Verwaltung des Palazzos zu besprechen oder ihr kundige Fachleute vorzustellen, die gerade zu Besuch waren. Auch damit wollte er ihr helfen, Pietro bei der Verwaltung des Familienbesitzes zu unterstützen. Maria wusste, dass der Onkel ihrer Mutter vor der vom

Vater missbilligten Heirat den Rücken gestärkt hatte. Zudem war sie ihm dankbar, weil er ihnen jedes Jahr alles schickte, was seine Landwirtschaft hervorbrachte. Ohne das Mehl, die eingelegten Oliven, die Mandeln, Kaninchen, Hühner, Zicklein, den Schafsricotta, das Gemüse und Obst seiner Ländereien wäre der Tisch der Marras sehr viel weniger reichlich und schmackhaft gedeckt gewesen. Das machte ihre neue Rolle als Schwägerin des Onkels schwierig, und so legten sie die Reise schweigend zurück. Maria dachte an das schöne Leben, das Giosuè führte, und träumte davon, mit Pietro und den Kindern nach Libyen zu reisen. Als sie in den Hof einbogen, nahm der Onkel ihr Gesicht in beide Hände und küsste sie auf die Wangen. »Meine liebe Maria... meine liebe Maria...« Da begriff sie, dass etwas geschehen sein musste.

Der Schwiegervater hatte dunkle Augenringe, Onkel Giovannino zeigte keinerlei Gemütsregung. Tante Giacomina ließ sich nicht blicken. Nach den Höflichkeiten kam der Schwiegervater gleich zum Punkt. »Wir wollen wissen, was du davon hältst.« Ein neapolitanischer Freund der Familie hatte ihn davon unterrichtet, dass am Zivilgericht seiner Stadt mehrere Verfahren wegen ausstehender Beträge gegen die Mine von Ciatta liefen. Pietro hatte bei einem Wucherer Schulden auf die Mine aufgenommen, die Vorladungen des Gerichts ignoriert und die Mine damit in Gefahr gebracht. Außerdem hatte er *ultra vires* gehandelt, da er nicht die juristische Befugnis besaß, Hypotheken auf die Mine der Familie aufzunehmen, und sich damit strafbar gemacht. Vom Vater und seinem Onkel zur Rede gestellt hatte er geantwortet, er habe sie um die Begleichung der Schulden bitten wollen und es dann vergessen. Doch das war noch nicht alles. In der vorangegangenen Woche war ein Brief von Pellier eingetroffen, einem ihrer ältesten und angesehensten Schwefelkäufer mit Sitz in Marseille.

Onkel Giovannino ergriff das Wort. »Während einer meiner letzten Besuche in Frankreich hatte Pietro den Wunsch geäußert, mich zu Pellier zu begleiten. Er hinterließ bei ihm einen hervorragenden Eindruck, wie dieser mir in einem Brief zum Ausdruck brachte. Jetzt haben wir erfahren, dass sich Pietro bei Pellier eine beträchtliche Summe Geld geliehen und versprochen hat, es innerhalb eines Monats zurückzuzahlen. Er behauptet, es habe sich um eine Anzahlung auf zukünftige Schwefelkäufe gehandelt und die Schuld liege bei Pellier.«

»Das sind feige Ausreden! Lügen!«, polterte der Vater. »Pietro hat uns und seine Gläubiger betrogen: Er setzt unseren Ruf und den unserer Minen aufs Spiel. Und das gerade jetzt, wo die amerikanische Konkurrenz den Schwefelpreis drückt.« Insgesamt beliefen sich die Schulden auf das Jahreseinkommen der Ciatta-Mine: eine riesige Summe.

»Er hat mir wunderschönen Schmuck gekauft und zwei Fabergé-Eier«, unterbrach ihn Maria.

Der Schwiegervater hob Einhalt gebietend die Hand. »Du, meine Liebe, kostest sehr viel weniger als seine früheren Geliebten. Es ist das Glücksspiel, das Roulette, das ihn ruiniert und uns alle mitzureißen droht. So ist es vielen Familien ergangen, vor allem den adeligen. Wir haben bürgerliche Wurzeln, und darauf bin ich stolz. Niemals hätte ich geglaubt, dass uns auch so etwas blühen könnte.«

Maria war fassungslos. »Was kann ich tun? Soll ich mit Pietro sprechen?«

»Du hast bereits genug getan! Du hast uns Vito geschenkt, den Erben der Salas. Sein Vater ist offenbar unfähig, den Familienbesitz zu verwalten. Wir haben mit dem Notar und den

Anwälten gesprochen. Wir wollen das Vermögen für deine Kinder bewahren, indem wir ihn enterben. Er wird eine ansehnliche monatliche Rente von der Bank erhalten. Sollte er auf seinem Pflichtteil bestehen, werden wir ihn entmündigen.« Der Schwiegervater war gefasst. »Unsere Güter werden direkt an Pietros Kinder gehen, die du, und nur du, zur Welt gebracht hast oder zur Welt bringen wirst, und du wirst sie verwalten.«

Mit den Ohren einer Mutter hörte Maria zu. Er nahm ihre Hand. »Wir vertrauen dir, Maria. Und wir fühlen uns dir moralisch verpflichtet. Mein Sohn ist vom Glücksspiel besessen, es ist sein Verderben. Aber da ist noch etwas.«

Maria blickte ihn alarmiert an. Onkel Giovannino erklärte ihr, Pietro nehme Drogen, die gerade in Mode seien: Absinth, in Frankreich zurzeit der letzte Schrei, und Kokain, das vor dreißig Jahren noch als Heilmittel galt und in allen wirkungsvollen Arzneien gegen Angstzustände, Schnupfen und Sinusitis enthalten sei. Bis heute könne man es in der Apotheke kaufen. »Einmal haben wir drei Schachteln Coca-Tonikum gekauft, das man deiner Schwiegermutter verschrieben hatte. Sie mochte es nicht und weigerte sich, es zu nehmen, doch unglücklicherweise wurde Pietro als Junge davon abhängig. Ich habe Vin Mariani getrunken«, gestand er betreten, »einen französischen Coca-Wein, der sehr teuer und sehr en vogue war und von einem korsischen Freund von mir hergestellt wurde. Er war in ganz Europa und selbst in Amerika beliebt, sogar Pius X. trank ihn. Ich habe Pietro davon kosten lassen, und er ist auf den Geschmack gekommen. Heute schnupft er Kokain als Pulver.«

»Wo ist mein Mann jetzt?«, fragte Maria.

»Im Schlafzimmer. Nach unserer Auseinandersetzung hat er sich dort verschanzt, wie er es schon als Kind getan hat.

Damals kam er erst wieder heraus, wenn er erreichte, was er wollte, und jetzt, mit über vierzig, benimmt er sich genauso. Seit fünf Tagen ist er dort, nur Leonardo darf zu ihm. Ich habe ihn angewiesen zu tun, was Pietro verlangt, und ihn mit so viel Schnaps und Drogen zu versorgen, wie er will. Wir müssen dieser Sache ein für alle Male ein Ende bereiten.«

»Sprecht ihr miteinander?«

»Wir tauschen die üblichen Botschaften aus.« Der Schwiegervater hielt ihr einen windschief beschriebenen Zettel hin.

Werter Herr Vater, werter Onkel: Ich flehe euch an zu zahlen, zum Wohle meiner Kinder. Ich verspreche, mich zu bessern.

Vito erklärte, um den Familienfrieden zu wahren, hätten sie ihm die Ausgaben für das Haus und die Schuldscheine stets durchgehen lassen. »Wir müssen dein Vermögen und das eurer Kinder von Pietros Lastern und Finanzen trennen. Ab heute erhält er eine Leibrente, aber ich weigere mich, ohne deine Einwilligung als Vormund eurer Kinder seine Schulden zu zahlen. Pietro muss akzeptieren, dass du ihren Besitz nach unserem Tod verwaltest. Wenn du zustimmst, werde ich dir das Geld geben, um diese Schulden zu begleichen. Es muss klar sein, dass er sich von nun an weder an mich noch an meinen Bruder wenden kann.«

Maria erklärte sich einverstanden. »Doch nicht dieses Mal, Herr Vater. Das wäre zu demütigend. Ich möchte mich nicht noch mehr mit Pietro überwerfen, ich liebe ihn, und die Kinder werden ihn brauchen. Er ist kein schlechter Vater.« Sie seufzte. »Und sollte er es werden, dann wenigstens so spät wie möglich.«

»Lass uns zusammen zu ihm gehen«, sagte der Schwiegervater. »Pietro weiß nicht, dass ich dich hierhergeholt habe.

Als ich dein Telegramm las, wurde mir klar, dass ich dich nicht im Ungewissen lassen kann und dass wir handeln müssen. Ich werde ihm unsere Bedingungen darlegen und euch dann allein lassen, wenn du es wünschst.«

Die Vorhänge waren geschlossen, das Zimmer stank nach Rauch und Urin. Ein staubiger Lichtstrahl fiel auf den Fußboden. Gegen einen zerwühlten Kissenberg gelehnt lag Pietro im Nachthemd auf dem Bett und rauchte.

»Ah, ihr habt sie geholt ... damit sie mich so sieht ...«, nuschelte er, als er Maria bemerkte. Er versuchte aufzustehen und stolperte über die zu Boden gerutschten Laken. Aus der dunklen Seitentür tauchte Leonardo auf, ergriff seinen Arm und half ihm, sich auf die Bettkante zu setzen. Die Zigarettenasche fiel auf das Bettlaken.

»Hör zu, Pietro. Ich habe deine Frau gerufen, um euch beide darüber in Kenntnis zu setzen, was dein Onkel und ich mit unseren Anwälten besprochen und beschlossen haben.« Er begann, an den Fingern abzuzählen. »Erstens: Von heute an bist du zu Vitos Gunsten enterbt. Zweitens: Du wirst eine jährliche Rente erhalten, die dir nach unserem Tod von deiner Frau ausgezahlt wird. Drittens: Die Verwaltung des für Vito und alle anderen geborenen und ungeborenen Kinder bestimmten Vermögens wird bis zu deren Volljährigkeit von ihrer Mutter Maria verwaltet.« Er machte eine Pause, und Pietro nuschelte etwas Unverständliches. »Hast du verstanden?«

Pietro sabberte, die heruntergebrannte Zigarette versengte ihm die nikotingelben Finger. Leonardo zog sie ihm aus den Fingern und drückte sie im Aschenbecher aus.

»Wir werden deine Schulden nicht zahlen, weder jetzt noch in Zukunft. Hast du verstanden? Wir – zahlen – sie –

nicht!«, deklamierte der Vater überdeutlich. »Der Betrag für die Schulden bei Pellier und dem neapolitanischen Wucherer wird von deiner Rente abgezogen. Hast du verstanden?«

Wie der Vater und der Onkel mit dem Licht im Rücken aufrecht vor dem Vorhang standen, sahen sie aus wie Inquisitoren. Maria schauderte.

»Solltest du in Zukunft über deine Rente hinaus Geld benötigen«, fuhr der Vater fort, »wird deine Frau entscheiden, ob sie es dir gibt. Maria entscheidet das.«

Als er Marias Namen hörte, versuchte Pietro aufzustehen.

»Nicht Maria... was hat Maria damit zu tun?«

»Ich habe sehr wohl damit zu tun, Pietro. Ich bin deine Frau und wünsche es zu bleiben. Denn ich liebe dich. Ich habe zwei Pflichten. Die erste habe ich meinen Kindern gegenüber: Ich muss sie aufziehen, zu anständigen Menschen erziehen, sie schützen und ihr Vermögen verwalten. Die zweite ist, mich um dich zu kümmern.«

Er ließ den Kopf hängen. »Ihr habt meine Frau kommen lassen... Das werdet ihr teuer bezahlen«, knurrte er.

»Pietro, antworte. Akzeptierst du das, was dein Vater sagt? Ich tue es, weil es dich und unsere Kinder schützt.« Maria machte einen Schritt auf ihn zu.

Mit geweiteten Pupillen blickte er auf. »Einverstanden. Was sollte ich auch sonst sagen, Herr Vater und Frau Gemahlin.« Er warf ihnen einen finsteren Blick zu. Dann tröpfelte es auf den Fußboden. Pietro hockte auf der Bettkante und machte sich in die Hosen.

Niedergeschmettert verließ Maria das Haus der Salas. Sie fragte sich, wie sie Pietro begreiflich machen sollte, dass sie zu seinem Guten gehandelt hatte. Sie fürchtete, er würde weiter trinken und Drogen nehmen und auf unbestimmte Zeit in Fara bleiben. Oder nie mehr nach Hause kommen. Leonardo begleitete sie zum Auto. »Signora«, sagte er beim Abschied, »machen Sie sich keine Sorgen. Morgen kommt der Herr gut gelaunt und mit einer großen Schachtel Anisplätzchen nach Hause.«

26

Lesen und Schreiben

Anmutig stieg Maria aus dem Isotta Fraschini. »Danke!«, sagte sie und schenkte dem Chauffeur des Schwiegervaters, der ihr den Wagenschlag aufhielt, ein strahlendes Lächeln. Peppino Tummia überlegte, dass diese aufgesetzte Heiterkeit sie einiges kosten musste. »Fahren wir, sonst kommen wir zu spät zum Mittagessen!«, sagte er zum Fahrer, um eine Begegnung mit Titina zu vermeiden.

»Pietro lag mit Darmbeschwerden im Bett«, sagte Maria zu ihrer Mutter. Doch er sei auf dem Wege der Besserung und würde im Laufe der Woche heimkehren. Sie schnupperte an den Rosen in der Vase, dann gingen sie gemeinsam zu den Kindern.

Maria spielte mit Anna und alberte mit ihr herum. Ratlos sah Titina ihnen zu. Kurz nach Marias morgendlichem Aufbruch mit Peppino war Giuseppina in der Kutsche aufgetaucht. Ihre Version klang ganz anders und sehr viel glaubhafter als Marias: Pietro hatte sich in eine Art Hungerstreik begeben, um den Vater zum Begleichen seiner Schulden zu zwingen. Es sei nicht das erste Mal und normalerweise habe er damit Erfolg. Giuseppina hatte es von Sistina erfahren, die den Vater besucht hatte. Die Schwestern machten sich Sorgen, weil Pietro außer Leonardo niemanden zu sich ließ, nicht einmal die Dienstmädchen. Dass sich der Vater und der Onkel tags zuvor mit dem Notar und dem Anwalt getroffen hatten, ließ sie unerwähnt.

Am Nachmittag war ein Brief von Giosuè gekommen. Er hatte ihn vor Vitos Geburt geschrieben und erst kürzlich aufgegeben. Maria wollte ihn erst am Abend lesen und unternahm davor noch einen Spaziergang mit dem Kinderwagen. Mit einem riesigen Strauß violetter Herbstastern kehrte sie zurück. Dann setzte sie sich ans Klavier und spielte hingebungsvoll Brahms.

Da Titina mehr wissen wollte, fragte sie Maria beim Abendessen, worüber sie mit dem Schwiegervater noch gesprochen habe. »Über die Kinder und die Zukunft. Er mag und schätzt mich. Pietro ist ein Träumer, ein Kunstfanatiker, der fürs Geschäftliche nichts übrighat. Ich werde die Aufgaben erfüllen, die sie mir anvertrauen.«

Abends im Schlafzimmer las Maria Giosuès Brief.

Danke, Maria, dass Du mich zum Schreiben gedrängt hast, und entschuldige die Verspätung. Ich will Dir vom Krieg erzählen. Mit niemandem sonst könnte ich so offen darüber sprechen: Er ist Teil der menschlichen Natur. Unter manchen Umständen ist er unumgänglich und gilt als »geringeres Übel«.

Der Krieg ist die Mutter des Erfindertums: Der bewaffnete Konflikt hat die Menschen zu großartigen wissenschaftlichen Erfindungen genötigt – angefangen bei der Haltbarmachung von Nahrung, die wir den Franzosen verdanken, bis zur Erfindung des Radios durch Guglielmo Marconi. Ich hatte die Ehre, mit ihm zusammenzuarbeiten. Er ist ein friedfertiger Mann, der jedoch – genau wie ich – die Bedeutung des Krieges nicht unterschätzt, auch wenn er nunmehr auf Distanz geführt wird mit Instrumenten, die die Ziele und die Stellung der feindlichen Truppen erkennen helfen. Wir haben Kriegsmaschinen mit großer Reichweite und Bomben, die von Flugzeugen abgeworfen werden und betäuben oder gar töten. Ich finde sie abstoßend, weil sie wahllos Soldaten und Zivilisten treffen. Die internationale Gemeinschaft von Wissenschaftlern, die sich mit dem Krieg beschäftigt, ist ein weiteres außergewöhnliches Phänomen, das man auf andere Bereiche übertragen sollte. Vor sieben Jahren haben Forscher einer britischen Universität eine Elektronenröhre in Marconis Sender eingebaut, die dann von einer amerikanischen Universität perfektioniert wurde. Das Signal ist nun weniger störanfällig, verfügt über große Modulation und kann auf mehreren Wellenlängen übertragen werden. Es ist noch immer ein schwerer, unhandlicher Apparat. In drei Nationen wird an seiner Verkleinerung gearbeitet, und gewiss mit Erfolg, unser Marconi wird es schaffen. Aber das verlangt Investitionen. Im Gegensatz zu anderen Nationen gibt die italienische Regierung relativ wenig für Wissenschaft und Forschung aus. Die Vereinigten Staaten sind da sehr viel weitblickender und spendabler.

    Darin besteht eine meiner Aufgaben: solche Möglichkeiten publik zu machen und die internationale Wissenschaft mit der militärischen Gemeinschaft an einen Tisch zu bringen.

Was den Libyenkonflikt betrifft, so hege ich große Zweifel. Das Zeitalter des Kolonialismus ist zu Ende, und sowieso ist er bei Völkern undenkbar, mit denen wir ein religiöses Erbe teilen. Juden, Christen und Muslime haben gemeinsame Wurzeln und einen gemeinsamen Gott. Das ergibt keinen Sinn. Auf wissenschaftlicher Ebene ist die Überlegenheit der weißen Rasse unbestritten, doch nicht auf menschlicher Ebene. Keine Rasse ist einer anderen überlegen und kein Mensch einem anderen. Die äthiopischen Juden fühlen sich als meine gleichwertigen Brüder und sind es auch. Der heutige Kolonialismus stützt sich auf die Überlegenheit der weißen Rasse und der griechisch-römischen Kultur. Unsere Regierung glaubt, sie hätte ihn nötig, um sich Glaubwürdigkeit in der Welt zu verschaffen, doch der Kolonialismus ist tot. Die Muslime kolonialisieren zu wollen ist reiner Wahnsinn. Er wird Hass und Kriege hervorrufen.

Stattdessen könnten wir unseren überlegenen Kapitalismus und die industrielle und wissenschaftliche Revolution, die in Europa und seinen ehemaligen Kolonien entstanden und gewachsen sind, nach Amerika exportieren. Doch wir Europäer begreifen das nicht, ganz im Gegensatz zu den Vereinigten Staaten, die es längst in die Tat umgesetzt haben und sich deshalb gegen die anderen Nationen behaupten werden: An den amerikanischen Universitäten wird hart gearbeitet.

Unsere Regierung möchte uns die Blessuren, die wir bei den Niederlagen von Dogali und Adua in Äthiopien davongetragen haben, mit einem siegreichen Krieg vergessen lassen. Zusammen mit Deutschland haben wir uns als Letzte an den Tisch der großen europäischen Kolonialmächte gesetzt. Wir sind zu spät gekommen. Die katholische Kirche hat über die Banca di Roma *Unsummen in das Osmanische Reich investiert und riesigen Profit daraus geschlagen, den sie nun bewahren möchte. Das Osmanische Reich zerfällt und wird unter den Angriffen Atatürks und seiner Jungtürken bald zusammenbrechen. Ich habe gute Kontakte zur römischen Kurie.*

Der einzige Vorteil, den die Kolonisierung der Kyrenaika, Tripolitaniens und des bis heute völlig unbekannten Binnenlandes (manche sagen, es sei Wüste, andere, es sei voller fruchtbarer Oasen) uns bieten könnte, wäre die Emigration italienischer Bauern. Doch auch in dem Punkt können wir nur Vermutungen nachgehen: Gut möglich, dass das gesamte Binnenland aus Sand besteht. Ich bin überzeugt, dass Giolitti den Krieg aus persön-

lichen Gründen will. Er will sich beim Volk und im Parlament wieder beliebt machen und auf seinem Ministerpräsidentensessel Wurzeln schlagen. Die Macht ist seine Droge. Und wie alle Drogen ist sie am Ende zerstörerisch.

Es lag mir auf dem Herzen, Dir das zu sagen.

Dein Brief wird anders sein, voll reinerer Gefühle. Ich stelle mir Dich als zweifache Mutter vor, glücklich in Deinem schönen, blühenden Garten am Saum des Eichenwaldes.

Maria schob das Blatt in den Umschlag zurück. Giosuès Briefe erforderten eine mehrmalige Lektüre. Sie waren von großer Weitsicht durchdrungen, von der Fähigkeit, die Welt in ihren Zusammenhängen zu sehen und diese auf den Punkt zu bringen. Bei ihrer Rückkehr aus Fara war sie von tiefer Zuversicht erfüllt gewesen. Im Auto hatte sie die Fakten analysiert. Sie wusste, dass Pietro das Glücksspiel liebte, rauchte und zuweilen zu viel trank. Sie wusste auch, dass er Schulden machte. Er hatte es ihr nicht verhehlt, aber den Vater liebevoll des Geizes bezichtigt; er meinte, dieser sei durchaus in der Lage, seine Schulden zu begleichen. Sie hatte ihn häufig bedrückt gesehen, wenn auch nie in einem Zustand wie an diesem Morgen. Leonardo glaubte, er würde sich alsbald davon erholen, und hatte ihr die Rückkehr seines Herrn am kommenden Tag in Aussicht gestellt. Die Vorschläge des Schwiegervaters waren ihr nicht gänzlich neu. Schon in ihrer Brautzeit hatte er sie darauf vorbereitet, die Zügel der Familie einschließlich des Vermögens in die Hand zu nehmen, und sie hatte sich eingeredet, dass es ihrem Familienleben zugutekäme, wenn es Sicherheiten, Grenzen und eine klare Rollenverteilung gäbe. Doch Giosuès Brief hatte sie verunsichert. *Die Macht ist seine Droge. Und wie alle Drogen ist sie am Ende zerstörerisch,* hatte er geschrieben. Zerstörerisch für die Karriere eines alten Politikers, hatte Giosuè gemeint. Würde das Laster auch Pietro zerstören? Oder ihre Ehe? Oder sie? Oder – Gott bewahre – ihre Kinder? Und wenn Pietro sich nicht erholte? Er war völlig ausgezehrt und hatte sie voller Groll angesehen. Was, wenn er sie nicht mehr zur Frau haben wollte? Maria wurde flau, und sie rief nach einer Tasse Lorbeerwasser.

Maddalena brachte sie ihr. Doch statt in die Küche zurückzukehren, blieb sie linkisch im Zimmer stehen. »Was ist, Maddalena?« Das Mädchen errötete und zupfte sich den Dutt zurecht. Dann gestand sie stockend und seufzend, dass sie weder lesen noch schreiben könne und sich dafür schäme: Bei ihrer Einstellung habe sie Marias Mutter versichert, getreu der gesetzlichen Pflicht zwei Jahre lang die Schule besucht zu haben. Es war eine Lüge gewesen. In Wirklichkeit hatte sie sich die Etiketten auf den Metalldosen in der Vorratskammer eingeprägt und wusste, wo das Mehl, der Zucker und die Gewürze standen. Außerdem hatte sie einen feinen Geruchssinn und konnte den Inhalt der Dosen sofort erkennen. Jetzt, mit achtzehn Jahren, kam sie sich wie eine Betrügerin vor. Sie brach in Tränen aus. Maria entließ sie mit dem Versprechen, eine Lösung zu finden.

Abends im Bett dachte Maria nach. Sie hatte darauf bestanden, ihr Studium zu beenden, um Lehrerin zu werden, aus Starrsinn oder weil sie Pietro und Giosuè etwas beweisen wollte. Aber es gab auch einen ernsteren Grund, den sie sich nie wirklich eingestanden hatte: Sie wollte den Analphabetismus bekämpfen. Sie würde eine Schule für Bedienstete gründen, angefangen bei ihren eigenen. Ja, das war ihre Mission:

Erwachsenen das Lesen und Schreiben beibringen. Endlich fiel sie in den Schlaf des Gerechten.

Das Knattern eines Automobils weckte Maria früh am Morgen, doch sie blieb liegen. Sie ahnte, dass das Geräusch die Rückkehr ihres Mannes bedeutete. Es klopfte, und ein blasser, nach Eau de Cologne duftender Pietro trat mit Anna auf dem Arm ins Zimmer. Obwohl sie gerade erst aufgewacht und noch im Nachthemd war, war die Kleine putzmunter und hielt einen Rosenstrauß für ihre Mutter in den Händen.

»Ich habe gehört, es gehe dir nicht gut, was hast du?«, fragte er besorgt.

»Gestern war ein anstrengender Tag, auch für dich«, entgegnete sie und rückte sich das Nachthemd zurecht. Bei der stürmischen Umarmung mit Anna waren ihr die Träger von den Schultern gerutscht.

Pietro musterte sie begehrlich. Und sie ließ ihn gewähren.

27
1914. Silvester in Tripolis

Zur Überraschung der ganzen Familie hatte der stille, zurückhaltende Filippo sein Ingenieurstudium mit Bestnote abgeschlossen. Sein Onkel, der angesehene Professor Tommaso Savoca, hatte ihn unter seine Fittiche genommen und ihm eine Anstellung bei einem Bauunternehmer in Palermo verschafft. Wenige Wochen später überraschte Filippo seine Familie abermals mit der Bekanntgabe, er habe sich mit der drei Jahre älteren Leonora verlobt und sie würden bald heiraten. Sofort wurde vermutet, ein Kind sei unterwegs, doch Filippo erklärte, die Hochzeit sei einer kleinen Erbschaft zu verdanken, die Leonoras kürzlich verstorbene Mutter ihr hinterlassen habe und die es ihnen erlaubte, ihren Liebestraum wahr zu machen. Die Marras versuchten, gute Miene zum bösen Spiel zu machen, was ihnen zu Marias Bedauern aber nicht recht gelingen wollte. Wie gern hätte sie Filippo und Leonora gezeigt, dass sie sich über ihr Glück freute; Pietro schlug ihr vor, die Brautleute nach Tripolis in das frisch eroberte Libyen einzuladen, wo er zusammen mit seinem alten Freund, Oberst Michele, das Neujahr 1914 begehen wollte.

Maria freute sich auf die Ferien ohne die Kinder. Sie hatte den Schock über die Unsummen, die Pietro am Roulettetisch verloren hatte, überwunden. Die beiden liebten ihre

Kinder und hatten sich mit den Entscheidungen des Schwiegervaters und Marias neuer Rolle abgefunden. Ihre Ehe war gestärkt daraus hervorgegangen. Pietro akzeptierte, dass Maria nach dem Tod des Vaters für den Familienbesitz verantwortlich wäre und ihn bis dahin verwalten würde. Den Familienunterhalt und seine persönlichen Ausgaben bestritt er aus seiner Rente. Bei höheren Aufwendungen oder unvorhergesehenen Kosten würde er sich an den Vater wenden, und im Falle seiner Zustimmung würde Maria ihm das Geld geben. Pietro empfand diese auf den ersten Blick demütigende Vormundschaft als Erlösung von seiner inneren Zerrissenheit zwischen dem Glücksspiel und der finanziellen Vernunft zum Wohle der Familie. Er war froh, in Agrigent zu sein, wo er angefangen hatte, den Adeligenklub zu frequentieren. Er widmete sich seiner Antikensammlung, genoss ein befriedigendes Sexualleben mit Maria und war seinen Kindern innigst verbunden. Sie hätten eine glückliche, zufriedene Familie sein können.

Dennoch war Maria jedes Mal krank vor Sorge, wenn Pietro allein nach Palermo fuhr. Hatte er wieder zu spielen angefangen? Pumpte er Freunde um Geld an? Die Furcht war unerträglich und vergiftete ihr die Tage. Am Ende beschloss sie, Pietro als feinsinnigen Sammler und Liebhaber der schönen Künste zu sehen, dem das Geld durch die Finger rann. Sie leugnete die Wirklichkeit und schämte sich dafür.

Einmal, als sie wie in alten Zeiten mit ihrem Vater durch den Innengarten in Camagni schlenderte, hatte sie sich ein Herz gefasst und sich ihm anvertraut. Er war stehen geblieben, hatte sie nachdenklich angesehen und ihr über die Wange gestreichelt. »Ich bin Sozialist, seit ich vierzehn bin.« Maria hatte ihn fragend angesehen. Der Vater hatte beschwichtigend die

Hand gehoben und sich wieder in Bewegung gesetzt. »Dieses Jahr, in einem äußerst heiklen Moment für die Nation und die Linke, hat Turati, der ›Vater‹ des italienischen Sozialismus, den ich geliebt und verehrt habe, Giolittis Angebot abgelehnt, in die Regierung einzutreten. Ich weiß nicht, ob aus Stolz oder persönlichem Groll oder weil er ihn verachtet. Doch als Abgeordneter und Volksvertreter hätte er annehmen müssen. Ebenso hat er das Gesuch seiner sozialistischen Genossen abgelehnt, in den Parteivorstand einzutreten, mit dem Ergebnis, dass Mussolini – ein Neuling, der nicht an die Sozialdemokratie glaubt – den Vertreter der moderaten Reformer beim Parteikongress in Reggio Emilia geschlagen hat. Turati hat unverantwortlich gehandelt.« Er legte Maria die Hand auf die Schulter. »Ich rede mir ein, Turati sei immer noch der prinzipientreue, vom Sozialismus durchdrungene Mensch, den ich kannte. Das Gleiche habe ich bei Crispi getan. Es ist die Überlebensstrategie derjenigen, die versuchen, das Richtige zu tun. Maria, mein Liebling, du tust gut daran zu glauben, dein Mann sei nur ein Verschwender. Es macht dir und deinen Kindern das Leben leichter. Doch sei auf der Hut!«

Michele Vigentini hatte seinen Adjutanten, den Oberleutnant Maniscalco, geschickt, um sie am Hafen von Tripolis zu empfangen. Unterwegs übermittelte der Offizier ihnen die Entschuldigungen von Oberstleutnant Sacerdoti. Er würde zum Diner im Offiziersklub zu ihnen stoßen, der direkt neben ihrem Hotel lag. Sollten sie nicht allzu erschöpft sein, würden der Oberst und seine Frau Elisa sich freuen, sie vor dem Abendessen zu einem Cocktail bitten zu dürfen.

Obwohl der Küstenstrich zwischen Zuara und Tobruk lediglich der Verwaltung des Königreiches Italien »unterstellt«

worden war, galt das unweit Siziliens gelegene Tripolitanien inzwischen als »italienisch«. Maria kannte es aus Büchern und Zeitungen, von Fotos und seit Jüngstem aus dem Kinematografen. Doch die Wirklichkeit war vollkommen anders. Die erste Überraschung war ihre Unterkunft, ein zu einem Hotel umgebautes, palastartiges Wohnhaus einer jüdischen Familie. Die Zimmer gingen auf einen der Innenhöfe hinaus und waren mit orientalisch gemusterten Diwans und bequemen Korbsesseln eingerichtet. Die Geometrie des Gartens wurde von hohen Topfpalmen unterstrichen.

Während sie ihren Minztee unter den Arkaden einnahmen, forderte Pietro Maria zu einem kleinen Spaziergang auf und reichte ihr die Hand, um ihr aufzuhelfen. Der Garten bestand aus niedrigen, rechteckigen Beeten, die wie in ihrem Garten in Agrigent mit buschigem, schillernd grünem spitzblättrigem Spargel eingefasst waren. »Schau«, sagte Pietro, »der Jasmin wächst ohne Rankhilfe, die Gärtner wickeln die Triebe später umeinander und lassen duftende Hügel entstehen.« Es gab auch kleine, mit Röschen bepflanzte Rondelle. In der Mitte des Gartens trafen sich die Wege an einem schlichten, wunderschönen Wasserspiel, das nur von bestimmten Blickachsen aus zu sehen war. Es bestand aus zwei auf unterschiedlicher Höhe in den Boden eingelassenen Muscheln aus weißem Marmor, die durch einen kleinen Wasserlauf miteinander verbunden waren. Maria bückte sich, um sie in Augenschein zu nehmen, und noch ehe sie selbst dazu kam, hatte Pietro ihr eine Strähne hinters Ohr gestrichen, die ihr in die Stirn gefallen war. »Ich würde dich am liebsten von oben bis unten mit Küssen bedecken«, raunte er, »aber hier muss man die örtlichen Gepflogenheiten respektieren, also werde ich wohl bis heute Nacht warten müssen.« Langsam ließ er seine Hand von ihrer Wange über ihren Hals und ihre

Brust wandern. Arm in Arm setzten sie ihren Spaziergang fort.

Giosuè war durch eine Seitentür in den Garten geschlüpft, um sie zu überraschen. Als er die beiden sah, machte er auf dem Absatz kehrt.

Der Klub war noch prächtiger und exotischer als das Hotel. Filippo und Leonora schlenderten Arm in Arm durch die Räume und bestaunten die maurische Architektur – imposante Gewölbe, originelle Durchbrüche, um die Luft zirkulieren zu lassen, Bogen und Säulen aus weißem und schwarzem Marmor, gefliese Fußböden und Wände – und die Einrichtung: bunte Glaslaternen, Teppiche, riesige Diwans, kunstvoll geschnitzte Möbel. Pietro und Maria unterhielten sich getrennt voneinander mit ihren Freunden. Elisa Vigentini stellte Maria den anderen Damen vor, von denen manche ebenfalls zum Weihnachtsfest in Tripolitanien weilten. Eine von ihnen, Paola Cazzaniga, die Tochter eines lombardischen Unternehmers, eine schöne Frau mit blonden Locken, fragte sie rundheraus: »Sind Sie die Kindheitsfreundin von Giosuè Sacerdoti?« Schon stand Giosuè im Mittelpunkt der Konversation. Die Frauen priesen seinen einfühlsamen Umgang mit den Einheimischen, seine Kultiviertheit und Geselligkeit. Offenbar war er die Seele des Klubs. Maria erzählte von ihren gemeinsamen Jahren in Camagni, und Paola, die ein wenig abseits an einer Balustrade zum Eingangshof lehnte, hörte zu. »Da ist er«, murmelte sie, holte einen kleinen Spiegel aus ihrem Täschchen, strich sich die Locken zurecht, steuerte mit geschmeidigem Hüftschwung auf die Treppe zu, wo sie, lasziv gegen eine Säule gelehnt, auf Giosuè wartete. Maria blickte ihr neugierig nach.

In seiner eleganten weißen Uniform, mit pomadisierten

dunklen Locken und einem strahlenden Lächeln auf dem gebräunten Gesicht sprang Giosuè die letzten Stufen hinauf. Nach einem vielsagenden Blickwechsel mit Paola und einem langen Handkuss schlenderten die beiden plaudernd auf das Grüppchen zu. Als er Maria erblickte, beschleunigte Giosuè seinen Schritt. Er begrüßte sie mit einem förmlichen Handkuss. »Ich wusste nicht, dass ihr so früh in den Klub kommen würdet«, sagte er und versuchte, seine Verlegenheit zu überspielen. Dann begann er, die Damen mit Anekdoten von seiner Kindheit in Sizilien zu unterhalten. Sein Blick wanderte immer wieder von Maria zu Paola, die ihm nicht von der Seite wich.

Gemeinsam mit Michele und anderen Freunden vom Militär hatte Pietro einen Ausflug gemacht, von dem er erst am darauffolgenden Tag zurückkehren würde. Maria, Leonora und Filippo mussten ohne ihn zum Ball des Klubs gehen.

An jenem Morgen unternahm Giosuè mit Maria und dem Brautpaar einen Ausflug in die Wüste unweit von Tripolis. In einer Kutsche mit Juteverdeck und Musselingardinen, beschützt von einer berittenen, bewaffneten Militäreskorte, verließen sie die Stadt. Zwei Lastwagen, ein Fiat 15 und ein brandneuer Fiat 18BL, groß wie ein Autobus, begleiteten sie ein Stück. »Die sorgen für Respekt«, sagte Giosuè. Die Situation im Land sei nicht vollkommen sicher. »Wir haben noch mehr davon bestellt, und ich habe mein bescheidenes Vermögen in Aktien der Turiner Fiat-Fabrik investiert.«

Tripolis lag hinter ihnen. Sie waren von einem Meer aus welligem Sand umgeben, in dem kleine, dornige Pflanzen mit winzigen leuchtenden Blüten wuchsen. Sonst gab es nichts. Kein Laut, kein Echo, kein Vogel.

»Wie die Weizenhügel bei uns im Landesinneren«, sagte Maria.

Die erste Etappe waren die erst kürzlich freigelegten Ruinen einer römischen Siedlung. Der weiße Marmor leuchtete aus dem Sand hervor, der eine ganze Stadt unter sich begraben hatte. »Wir werden nur einen Teil des Kaiserforums zu sehen bekommen: Steinquader, Bruchstücke kannelierter Säulen, Kapitelle, Gebälk«, erklärte Giosuè. Säulenstümpfe ragten aus dem Sand hervor. Er zeigte ihnen ein korinthisches Kapitell mit kunstvoll gemeißelten Akanthusblättern, die feine Kannelierung einer im Sand liegenden Säule, Marmortrümmer. Sie bückten sich nach Votivstatuetten, Öllampen und frisch ausgegrabenen Amphoren, reihten sie am Wegesrand auf und diskutierten darüber.

Weil Filippo und Leonora sich langweilten, setzten sie sich von den anderen beiden ab und schlenderten unter Leonoras schützendem Sonnenschirm und gefolgt vom Wärter der Grabungsstätte Arm in Arm zwischen den Ruinen umher. Ein immer größer werdender Schwarm kleiner Jungen in weißen, bodenlangen Tuniken war wie aus dem Nichts aufgetaucht und lief ihnen nach, die staunenden, frühreifen Blicke auf Leonora geheftet, die mit provokantem Hüftschwung am Arm ihres Mannes dahinstolzierte. Maria schämte sich für ihre Dreistigkeit in einem Land, in dem öffentliche Vertraulichkeiten zwischen Männern und Frauen tabu waren. Giosuè bemerkte ihre Verstimmung und beschränkte sich für den Rest des Ausflugs darauf, ihr nur bei Stufen und unebenen Wegstrecken den Arm zu reichen.

Er war ein hervorragender Reiseführer. Mit der Spitze seines Stockes brachte er verborgene Steine zum Vorschein. »Die Ausgrabung liegt erst eine Woche zurück, aber der

Sand hat sie sofort wieder zugedeckt, als wollte er sie zurückhaben.« Maria lernte viel und war froh, ihr archäologisches Wissen zum Einsatz zu bringen. Der Scheitel eines Triumphbogens ragte aus dem Sand. Die lateinische Inschrift war kaum noch zu lesen. Giosuè hatte sie anhand historischer Texte und der Korrespondenz mit einem befreundeten Epigrafiker entziffert: Es war ein Dank an Ceres für die reiche Getreideernte. Er sah Maria in die Augen: »Hier wurde früher Getreide angebaut. Jetzt ist hier Wüste.«

»Woher weißt du das alles?«

»Ich habe mich an die Schönheit geklammert, um geistig und seelisch keinen Schaden zu nehmen.« Er machte eine Pause und fügte knapp hinzu: »Ich habe viel gelesen, um das, was sich um mich herum abspielte, zu vergessen.«

Filippo und Leonora waren weit entfernt, die kleinen Jungen folgten ihnen wie ein Schwarm weißer Tauben. Hier und da kauerten weiß gewandete Figuren reglos im gelben Sand, neben sich ruhende Kamele. Männer und Tiere folgten den Eindringlingen mit ihren Blicken.

Die Eskorte war nicht mehr zu sehen, nur ein paar berittene, wie Giosuè weiß uniformierte Militärs waren bei ihnen geblieben und hielten sich auf Abstand.

»Du hast hier viele Verehrerinnen«, bemerkte Maria.

»Das würde ich so nicht sagen. Zu dieser Jahreszeit kommt viel Besuch von Verwandten und Freunden, darunter sind auch junge Mädchen, die unter den Offizieren nach einem Mann suchen.«

»So wie Paola?« Die Worte waren ihr einfach so herausgerutscht.

Wieder sah er ihr direkt in die Augen. »Ich mag Frauen, das weißt du, und wenn sie mir Gesellschaft leisten wollen, habe ich nichts dagegen.«

Maria ließ nicht locker. »Hast du schon einmal daran gedacht, dir eine Braut zu suchen? Schau dir Filippo an, er ist jünger als wir und schon verheiratet.«

»Ich bin zu ehrgeizig. Eine Frau wäre mir im Weg.« Giosuè wirkte verstimmt. Dann zwang er sich zu einem Lächeln. »Zumindest war ich es mal.« Er hielt ihr die Hand hin. »Lass uns auf die Dünen wandern, es ist wunderschön, du wirst sehen!«

Wie Wogen auf bewegter See, die anschwellen, brechen, miteinander verschmelzen und sich rastlos und mit nimmermüder Kraft heben und senken, erstreckten sich die Dünen bis zum Horizont. Gefolgt von den Wärtern wanderten Maria und Giosuè durch den Sand. Einen Weg gab es nicht. Mühsam stapften sie bergan und bergab. Schließlich erreichten sie den höchsten Grat. Überwältigt von der Unendlichkeit des reglosen Ozeans, der sich zu Füßen des grenzenlosen Himmels erstreckte, blieben sie stehen.

»Ich muss mir das Herz erleichtern«, sagte Giosuè gequält und begann ihr vom Grauen des Krieges zu erzählen. »Ich bin müde. Müde und verbittert. Es ist alles entsetzlich schiefgegangen. Bei der Eroberung haben wir versagt, die Türken haben uns den Sieg geschenkt und sich ohne eine bewaffnete Auseinandersetzung zurückgezogen, regelrecht getürmt sind sie. Wir haben ein schlecht ausgerüstetes Heer entsendet, mit veralteten Waffen, ohne Munition und mit mangelnder Ortskenntnis. Die chaotischen Bombardierungen sind in der Wüste verlaufen. Doch das ist kaum von Belang. Viel schlimmer ist, dass wir völlig unvorbereitet waren, ohne die leiseste Ahnung über die Einheimischen und ihre Bedürfnisse.«

Giosuè hatte sich in Rage geredet. »Man muss die Einheimischen auf unsere Seite bringen, sie überzeugen, dass wir besser sind als die Türken, und ihre Religion respektieren. Das haben wir nicht getan. Anfangs sah es so aus, als hätten die Araber unsere Eroberung geradezu begrüßt. Und wir haben sie wie Tiere behandelt, sie zusammengetrieben und eingesperrt wie Vieh. Statt mit offenen Karten zu spielen, haben wir nur leere Versprechungen gemacht. Schließlich haben die Araber, angestachelt von den Jungtürken und ihren Milizen, ihren Stolz wiedergefunden und mit grenzenloser Grausamkeit zurückgeschlagen, gemordet und gefoltert.«

Er schwieg und ging schneller, als wollte er einen Abstand zwischen sich und Maria bringen, der ihn am Weiterreden hinderte. Doch Maria holte ihn ein, und zum ersten Mal redete sich Giosuè all das von der Seele, was er für sich behalten hatte. »Ausgerechnet wir Italiener haben den Menschen hier noch weitaus Entsetzlicheres angetan, und das in großem Stil. Selbst wenn diese Grausamkeiten vom Kommando nicht geplant waren, wurden sie zweifellos toleriert und unterstützt, es wurden Giftgasbomben und Blendgranaten gegen unschuldige Zivilisten eingesetzt, Männer und Frauen jeden Alters vergewaltigt. Verstehst du, Maria? Wir haben Sterbende und Tote geschändet, ihre nackten Leichen zur Schau gestellt. Wir haben Schwangeren die Bäuche aufgeschlitzt, ihnen die Föten aus den toten Leibern gerissen und sie auf Pfähle gespießt. Wir haben Leichen von Männern und Frauen mit Stöcken und Kerzen sodomisiert und sie auf den Plätzen und Basaren liegenlassen, damit alle sie sehen können. Ein beschämender Krieg, von dem man nichts weiß und nichts erfahren wird.« Giosuè sah Maria an. Sein Blick war hart. »Ich hätte dir diese schmutzige Last nicht aufbürden dürfen... verzeih mir.«

Die Sonne stand in seinem Rücken, und er schwitzte. Er hatte sich die Krawatte gelockert und das Hemd über der gebräunten Brust aufgeknöpft. Sein Gesicht erschien gealtert, als hätte die Sonne Falten hineingeschnitten, die nicht zu seinem vor Kraft und Energie strotzenden Körper passten: die vom Reiten muskulösen Schenkel, die schmale Taille, der sehnige Oberkörper, die lockig beharrte Brust. Gequält und unglücklich, wie er war, war Giosuè schön wie ein Gott. Maria musste an den nackten Apoll in den Kapitolinischen Museen denken. Er hatte sie die Sinnlichkeit der Kunst begreifen lassen, die nicht nach fleischlicher Befriedigung verlangte.

»Lass uns zurückgehen«, sagte Giosuè. Ihr Blick war ihm unangenehm. Unwirsch riss er sich Jacke und Krawatte vom Leib und stürmte, ohne auf sie zu warten, in der sengenden Sonne davon. Sie waren zwei winzige Figuren im Nichts, verloren in der ockerfarbenen Unendlichkeit.

Maria folgte ihm schweigend. Sie versuchte, seine grausamen Kriegsschilderungen zu verdrängen und den Giosuè zu sehen, den sie kannte, den schmächtigen Jungen, der stundenlang mit Lernen zugebracht hatte und der nun vor Kraft und Männlichkeit strotzte. Im gleißenden Wüstenlicht sah sie nur ihn. Sie begehrte ihn und wollte, dass er sie ebenso begehrte. Sie wurde schneller, wollte ihn einholen, ihm sagen, dass sie ihn liebte, ihn berühren und von ihm berührt werden. Sich ihm hingeben, dort im Sand, schweißgebadet. Sie hastete ihm nach, rutschte aus und bemerkte erst jetzt die weiß gekleideten Kamelreiter, die reglos auf dem nahen Dünengrat aufgetaucht waren und zu ihnen hinuntersahen. Es wurden immer mehr. Im nächsten Moment waren sie und Giosuè von ihnen umringt, als wollten sie sie einkesseln und gefangen nehmen. Maria bekam Angst.

»Keine Sorge. Das ist die Eingeboreneneskorte«, sagte Giosuè und hielt ihr die Hand hin, um ihr aufzuhelfen.

Seine Hand glühte wie die ihre.
Sie sahen einander an und begriffen.

Schweigend saßen sie im Zelt, tranken Minztee und warteten auf Filippo und Leonora. Sie hatten verdrängt, was passiert war. Es blieb ihnen nichts anderes übrig.

»Wenn meine Mutter nicht wäre, würde ich den Dienst quittieren und meine Militärkarriere an den Nagel hängen. Aber das geht nicht, sie ist noch am Leben, und ich muss sie unterstützen«, sagte Giosuè.

»Kümmert sich deine Schwester nicht um sie?«

»Sie macht nur das Allernötigste. Die beiden können einander nicht ausstehen. Und wir beide verstehen uns auch nicht besonders. Wir haben nichts gemein. Sie würde mich gern in die jüdische Gesellschaft in Livorno einführen und mir eine Jüdin zur Frau geben. Aber ich fühle mich als Sizilianer. Als einer von euch.«

»Versuch ihr das zu erklären und ihr zu sagen, wer du bist. Das schaffst du, ich weiß es.«

Giosuè sah sie an. »Sie ist eifersüchtig auf euch.«

»Weil du in Camagni geblieben bist? Hast du ihr gesagt, dass mein Vater es nur deshalb getan hat, weil dein Vater es so wollte?«

»Es ist nicht nur das. Sie weiß, dass ihr meine Familie seid.«

»Dann solltest du vielleicht nicht von uns sprechen.«

»Das tue ich nie. Aber sie spüren es. Ich gehöre zu euch. Ich habe ein Foto von dir.«

»Das Verlobungsfoto für Pietros Familie? Darauf können sie nicht eifersüchtig sein. Wissen sie denn nicht, dass wir zusammen aufgewachsen sind?«

»Sie wissen mehr als du.«

»Manchmal sprichst du in Rätseln!«

Er schwieg einen Moment. »Du willst es nicht begreifen, Maria. Aber das solltest du, gerade heute.«

Zum ersten Mal in ihrem Leben fühlte sich Maria Giosuè ganz nah und unendlich fern zugleich. Der alte Einklang war dahin.

Der Tag wurde noch schlimmer. Am liebsten hätte Maria Unwohlsein vorgeschützt und sich todtraurig ins Bett verkrochen, statt zu dem Ball zu gehen. Sie hatte den quälenden Verdacht, dass Pietro mit Michele aufgebrochen war, um zu spielen, und musste Filippos und Leonoras gute Laune ertragen, die dem Ball entgegenfieberten, und Leonora bei ihrer Toilette beraten. Auf Pietros Drängen hatte Maria das hellblaue Abendkleid der Stassi-Schwestern eingepackt, das ihr völlig übertrieben vorkam.

Michele hatte dafür gesorgt, dass seine und Pietros Ehefrau von zwei Offizieren begleitet wurden. Obwohl ihr Begleiter Davide Lucasi, ein mit den Vigentinis verwandter piemontesischer Graf, sich überaus galant zeigte, war Maria mit den Gedanken ganz woanders. »Wir beide teilen die Liebe zur Musik. Das weiß ich von Giosuè Sacerdoti, wir sind sehr gut befreundet«, hatte Lucasi gesagt und sie nach ihrem Lieblingswalzer gefragt. »Der aus Tschaikowskys *Dornröschen*«, hatte sie abwesend erwidert.

»Großartig! Er ist Teil des Programms! Gestatten Sie ihn mir?«

Sie konnte Giosuè nicht entdecken und machte sich Sorgen. Vergeblich hatte sie unter den Gästen nach ihm Ausschau gehalten und fragte Elisa, ob er schon da sei. »Hast du ihn denn nicht gesehen?« Tatsächlich saß er ein wenig abseits mit dem

Rücken zu ihnen, doch war sein Gesicht in der Spiegelwand dahinter zu sehen. Paola saß bei ihm.

Nach dem Essen kam Giosuè an Marias Tisch: Er sei verspätet eingetroffen und entschuldige sich, sie nicht eher begrüßt zu haben.

Hinten im Saal fing ein kleines Orchester zu spielen an. Es gab Bearbeitungen bekannter Stücke, Mazurkas und Polonaisen und natürlich Walzer. Die Hitze zwang die Musiker zu kleinen Pausen, in denen der Saal vor bunten Fächern flatterte.

Maria konnte sich über einen Mangel an Verehrern nicht beklagen. Sie tanzte den ganzen Abend. Wenn sie Giosuè streifte, tauschten sie ein Lächeln oder hoben grüßend die Hand. In einer Erfrischungspause kam er zu ihr. »Wie oft haben wir den Walzer aus *Dornröschen* gespielt, aber getanzt haben wir ihn nie.«

Maria wollte antworten, dass sie bereits vergeben sei, und blickte sich suchend nach ihrem Verehrer um. In Erwartung des Walzers, der den Abend beschließen sollte, hatten die Paare im Saal Aufstellung genommen, unter ihnen auch Davide Lucasi mit einer Brünetten. Offenbar hatten sie sich missverstanden.

»Kommst du?«

Giosuè führte sie auf die Tanzfläche und umfasste ihre Taille. »Ich habe Davide gebeten, mir seinen Platz zu überlassen. Bestimmt ist es dir lieber so.« Sie tanzten schweigend, die Hände wie Magnete miteinander verbunden. Das Gefühl, dass eine höhere Macht sie zueinander hinzog, die sich in jedem Blick, in jedem Wimpernschlag manifestierte, ließ sie den ganzen Abend nicht mehr los.

Am nächsten Tag blieb Maria im Hotel. Sie hatte schlecht geschlafen und konnte sich nicht erklären, weshalb. Sonst schlief sie immer gut. Weshalb diesmal nicht? Weil sie allein geschlafen hatte? Weil sie zu viel gegessen hatte? Weil sie zu erschöpft gewesen war? Oder weil die aufwühlenden Gefühle des Vortags sie nicht losgelassen hatten?

Filippo und Leonora waren ausgegangen, um Besorgungen zu machen. Maria blieb allein im Hotel. Sie vermisste die gewohnte Einsamkeit, die ihr Raum bot, das Gesehene und Erlebte zu verarbeiten. Auch die Musik fehlte ihr. Der Refrain des Walzers ließ sie nicht los. Elisa und ein paar andere Freundinnen setzten der Ruhe ein Ende. Sie waren gekommen, um mit ihr auszugehen, und blieben auf einen Tee. Maria nutzte die Gelegenheit, um sich nach Giosuè zu erkundigen.

»Ein wahrer Frauenheld mit einer ungewöhnlichen Gabe: Seine Verflossenen bleiben ihm gewogen, obwohl er sie verlassen hat!«

»Du irrst dich«, warf eine der Freundinnen ein. »Eine verheiratete Frau, deren Name ungenannt bleiben soll, ist darüber krank geworden!«

»Mit eitlen, schamlosen Ehebrecherinnen habe ich kein Mitleid«, bemerkte Elisa spitz.

»Wenn Sacerdoti einem den Hof macht, ist es schwer, ihm zu widerstehen«, sagte eine andere. »Es heißt, er benehme sich wie ein Gentleman und bleibe einem auch danach noch aufrichtig zugetan.«

»Ich kenne keine, die ihm den Laufpass gegeben hat... vielleicht, weil es keine gibt!«, meinte eine dritte.

»Jedenfalls ist er äußerst diskret und schützt seine Geliebten. Sie sind es, die sich mit ihm brüsten, aber wenn es nach ihm ginge, würden wir nichts über sein Liebesleben wissen!«, sagte Elisa. Sie wandte sich an Maria. »Wie war er als Junge in Camagni?«

»Er ging mit seinen Freunden aus, zu Hause lernte er viel«, stammelte Maria. »Dass er so beliebt sein würde, hätte ich nicht gedacht.«

Elisa erzählte ihr ausführlich von Giosuè.
Er war einer der besten Offiziere im libyschen Heer. Michele hielt große Stücke auf ihn, und es war davon auszugehen, dass er in das neue Kolonialministerium versetzt würde. Im vergangenen Oktober hatte er emsig hinter den Kulissen gearbeitet, um den Vertrag von Lausanne zu einem Erfolg zu machen. Er war tatkräftig, gebildet, hochintelligent und besaß tadellose Manieren. Ein Sohn, wie ihn sich jede Mutter wünschen würde. »Ich finde, er ist ein großartiger Mann, ein Don Giovanni mit Gewissen, und er weiß seine Freundschaften zu pflegen, die männlichen wie die weiblichen. Auch Davide schätzt ihn sehr.« Es habe Giosuè leidgetan, in die Planung ihres Aufenthaltes in Tripolis nicht eingebunden gewesen zu sein, fügte Elisa hinzu, und deshalb habe er Davide am Abend zuvor gebeten, ihm den letzten Walzer zu überlassen. Er selbst habe ihn zum Programm hinzufügen lassen, es dann aber versäumt, es Maria zu sagen.

»Er ist eben doch nicht perfekt!«, konstatierte Maria.

»Er hat dich wirklich gern. Für ihn bist du das Inbild der modernen Frau – eine hingebungsvolle Mutter und Ehefrau und eine großartige Hausherrin, die ihr Personal mit Strenge und Nachsicht zu führen weiß. Er hat mir gesagt, du organisierst eine Schule für analphabetische Bedienstete. Er ist stolz auf dich wie auf eine kleine Schwester. Als er gestern mit dir getanzt hat, war das offensichtlich: Er ist stolz darauf, was aus dir geworden ist!«

Für Maria war all das eine Bestätigung dafür, dass sie eine überaus innige, freundschaftliche Beziehung hatten, offen und frei von Heimlichkeiten. Liebe konnte es nicht sein, denn sonst hätte er niemals darüber geredet. Voller Zuversicht, dass ihre Freundschaft ewig halten würde, verbat sie sich die heimliche Enttäuschung, als »kleine Schwester« bezeichnet worden zu sein, und schob die Erinnerung an den Walzer beiseite. Das Leben lächelte ihr wieder zu.

Es war der letzte Abend in Tripolis.

Sie hatten bei den Vigentinis im kleinen Kreis, zu dem auch Giosuè und Paola Cazzaniga gehörten, zu Abend gegessen.

Pietro und Michele waren begeistert von ihrer Reise zurückgekommen: Mit einem Kutter waren sie die Küste entlanggefahren und hatten die Abende mit Glücksspiel und anderen »männlichen« Vergnügungen verbracht. Strahlend unterhielt Pietro die Runde. Er hatte antike Fundstücke und phönizische Glasketten aus blauen und grünen, mit weißen Emaillebändern verzierten Perlen erstanden, die Maria sogleich angelegt hatte. Sie sah wunderschön aus, und alle hatten nur Augen für ihr Dekolleté.

Voll aufrichtiger Neugier, sie besser kennenzulernen, hatte sie sich mit Paola unterhalten. Paola war Schriftstellerin und leitete die Kunstgalerie der Familie in Mailand. Giosuè war von dieser Vertraulichkeit alles andere als begeistert, und als Maria Paola um ihre Adresse bat, ging er dazwischen und versicherte, er würde sie Maria zukommen lassen.

Pietro und Maria machten sich bettfertig.

Gewaschen und parfümiert saß Pietro im Morgenrock auf dem Bett und sah ihr verlegen beim Ausziehen zu.

»Ich will ehrlich mit dir sein«, sagte er schließlich. »In den Tagen, die ich nicht in Tripolis war, habe ich gespielt. Und gewonnen. Nach meinem Sieg bin ich nicht an den Spieltisch zurückgekehrt aus Angst, alles wieder zu verlieren. Tags darauf habe ich wieder gewonnen, so viel wie seit Jahren nicht mehr! Du sollst wissen, dass ich mich beherrscht habe und dass ich jetzt, da ich eine Glückssträhne habe und keine Schulden mehr mache, wieder Roulette spielen kann. Es war nicht leicht, den Roulettetisch zu verlassen, nachdem ich gewonnen hatte, und völlig unnötig dazu. Aber ich habe es getan. Unter größter Mühe. Ich habe meinen Einsatz nicht verdoppelt.«

Wie betäubt stand Maria im Unterkleid da.

Pietro drückte ihr einen Kuss auf die Lippen. »Ich habe es geschafft, Maria! Weil ich an dich gedacht habe! An dich!« Er schälte sich aus dem Morgenrock und warf ihn zu Boden. Dann zog er ihr das Unterkleid aus, kniete sich vor sie hin, schob ihre Unterhose hinunter und drang mit geschmeidigen Fingern in sie ein. Maria wehrte sich nicht, sie konnte es nicht, doch sie blieb teilnahmslos.

Es war der erste Schritt, der ihn wieder zur ewigen Illusion des Glücksspiels und zum Ruin der Familie trieb. Maria konnte nicht auf ihn zählen. Es war allein ihr überlassen, für die Kinder zu sorgen und sich um den Familienbesitz zu kümmern, genau so, wie es ihr der Schwiegervater, der seinen Sohn besser als jeder andere kannte, prophezeit hatte. Sie war allein. Ihr Vater war fast siebzig und ein alter Mann. Filippo würde ihr keine Hilfe sein: Er war naiv und wenig praktisch veranlagt. Wirkliche Unterstützung konnte sie nur von Giosuè erwarten.

Pietro hatte sie in die Arme genommen und aufs Bett gelegt. Immer tiefer drangen seine Finger in sie ein. Er küsste ihren Busen, ihren Bauch. Maria war bereit, sie war heiß und feucht, doch sie wollte nicht Pietro. Sie wollte Giosuè. Endlich begriff sie: Sie begehrte Giosuè. Zwei Stimmen hallten durch ihren Kopf. *Das ist die Überlebensstrategie derjenigen, die versuchen, das Richtige zu tun,* hörte sie ihren Vater sagen, und dazu Giosuè auf den Dünen: *Du willst es nicht begreifen, Maria...* Pietro schob sie sanft auf die Kissen und drückte ihre Beine auseinander. Er streichelte die zarte Innenseite ihrer Schenkel und tastete sich wieder empor. Maria schloss die Augen.

Der Himmel war strahlend blau, der Sand golden. Giosuè ging vor ihr her, verschwitzt, begehrenswert, greifbar. Maria führte Pietros Hände und Lippen über ihren Körper, doch es waren nicht mehr Pietros Lippen und Hände, sondern die von Giosuè, dem Einzigen, den sie je geliebt hatte. Lustvoll gab sich Maria dem Liebesspiel hin, es war Giosuè, der in sie eindrang, Giosuè, den sie biss, streichelte, küsste, Giosuè, mit dem sie sich auf dem Bett wälzte, und es waren Giosuè und Maria, Maria und Giosuè, die erschöpft in den Schlaf fielen, sein Oberkörper über ihrem Rücken, seine Hände auf ihren Brüsten, die von Samen und Schweiß verklebten Beine ineinander verschlungen.

28
Totengebäck

Der fremde Brauch, Geschenke unter den Weihnachtsbaum zu legen, der aus den nordischen Ländern nach Sizilien gekommen war, hatte das Allerseelen zu überkommener Folklore degradiert. Begeistert hatte Pietro das Weihnachtsfest um die neuartige Gepflogenheit bereichert, ohne jedoch die uralte Sitte, die Kinder am Morgen des zweiten November mit Geschenken der verstorbenen Familienangehörigen zu bescheren, infrage zu stellen. So machte man die Kleinsten mit nie gekannten Vorfahren vertraut und hielt die Erinnerung an geliebte Angehörige lebendig. Im Hause Marra hielt Titina eisern daran fest. Mit einer dicken Nadel fädelte sie bunt eingewickelte Bonbons zu wunderhübschen Ketten auf. Die eigentlichen Geschenke – Spielzeug, Kleidung, Stifte – wurden eingepackt und unter Stühlen und Möbeln versteckt.

Maria hatte die Geschenkejagd auf die Museumsräume ausgedehnt. Anna und Vito wuselten aufgeregt herum und suchten nach den Gaben der Toten, und Pietro und Maria halfen ihnen. Dann knabberten sie gemeinsam die Festtagssüßigkeiten und erzählten alte Familienanekdoten.

In den letzten zwei Oktoberwochen verwandelte sich die Küche im Hause Sala zu einer Manufaktur für Totensüßigkeiten. Maria hatte den Brauch eingeführt, jedem Hausangestellten und auch denen, die aus irgendeinem Grund nicht mehr im Dienste der Salas waren, eine in Goldpapier eingeschlagene Schachtel davon zu schenken. Es machte ihr Freude, die Kinder mit in die Küche zu nehmen, damit sie den Frauen bei der Arbeit zusehen konnten, und zu lernen, wie man Gebäck formte, Marzipanfrüchte anmalte und Kakao- und Zuckerplätzchen glasierte.

Mit den Farben vor sich saß die Köchin mit zwei weiteren Frauen am Tisch. In alten, angeschlagenen Kaffeetassen rührte sie das Farbpulver an, griff zu unterschiedlich dicken Pinseln und bemalte das täuschend echt modellierte Obst und Gemüse aus Marzipan. Die Kinder standen mit kleinen Schürzen daneben und durften die Orangen bepinseln. Maria beobachtete sie zufrieden und stibitzte heimlich Marzipankugeln vom Bord, die darauf warteten, in gehackten Pistazien gewälzt zu werden.

An einem weiteren Tisch saßen zwei Frauen und überzogen die noch warmen, kieselförmigen Nuss- und Mandelkekse mit Zucker- und Kakaoglasur und stapelten sie abwechselnd auf ein silbernes Tablett. Maria schlenderte zwischen den Tischen hin und her, schnupperte, lächelte und ließ Vito mit geschlossenen Augen den Geruch von Vanille, Zimt, Nelken und Muskatnuss erraten und belohnte ihn mit einem Keks.

Maddalena nahm die hart gewordenen Totenbeinchen von den Blechen, die auf der marmornen Arbeitsplatte neben dem Herd standen. Das Gebäck sah aus, als würde es aus zwei Teigsorten bestehen, doch der Schein trog. Das Gemisch aus Zucker, Wasser und Mehl wurde zu Keksen geformt und drei Tage auf dem Blech ruhen gelassen, damit sich der Zucker unten absetzte und beim Backen einen harten Ring aus Karamell um die knochenweiße Mitte bildete. »Für die Süßigkeiten der Herrschaften braucht man nichts weiter als Mehl, Wasser, Zucker und eine Prise Gewürz«, sagte Maddalena zufrieden und löste das Gebäck behutsam vom Blech. Ehrfürchtig sahen Maria und die Kinder ihr dabei zu. Dann suchte sich Maria das am wenigsten gelungene Totenbeinchen heraus, biss davon ab, reichte es den Kindern, um sie davon probieren zu lassen, und erzählte ihnen, ihre Großmutter, die sie nie kennengelernt hatte, habe bei ihrer Mutter genau das Gleiche getan. »Wenn ihr groß seid, werdet ihr eure Kinder die misslungenen Totenbeinchen probieren lassen – diese kleine Sünde ist erlaubt.«

Auf hausgemachte Zuckerpuppen verzichtete Maria. Die Herstellung war zu kompliziert, und außerdem entstammten sie der palermitanischen Tradition, die sie zwar schätzte, aber nie wirklich verinnerlicht hatte. Ihre Kinder sollten ruhig wissen, dass ihre Mutter ein Landei war, und stolz darauf sein.

Maria brachte die Kinder in ihre Zimmer zurück und ging ihren niemals endenden Pflichten nach. »Mein Leben ist schön«, sagte sie sich, »auch wenn wir uns in einem Krieg befinden, dessen Ende nicht abzusehen ist.«

Zweieinhalb elende, schmerzvolle Jahre hatte Filippo im Norden gekämpft, ehe er verletzt aus dem Militärdienst entlassen wurde. Nicola blieb an der Front.

Durch die Zeitungen und anhand von Pietros Schilderungen, Giosuès spärlicher Briefe und der widersprüchlichen Kommentare ihres Vaters und des Schwiegervaters hielt sich Maria über die Kriegsgeschehnisse auf dem Laufenden.

Das von den Kampfhandlungen weit entfernte Sizilien litt entsetzlich unter dem Krieg, für den sich niemand begeistern konnte. Die Menschen empfanden ihn als eine fremde Macht, die das Leben der jungen Sizilianer verschlang. Auf der Insel tobte indes ein anderer Konflikt, der Kampf der Regierung gegen das Volk. Bei ihren Antikriegsdemonstrationen wurden die Sozialisten von der Polizei regelmäßig niedergeknüppelt, als wären sie Afrikaner, die gegen die Kolonialmacht aufbegehrten. Von ihrem Vater wusste Maria, dass die Truppen den Befehl hatten, auf die Demonstranten zu schießen. Männer, die er gekannt und geschätzt hatte – Bernardino Verro aus Corleone, ein Veteran der sizilianischen Arbeiterbünde, und die sozialistischen Anführer von Prizzi, Petralia und Noto –, waren vom italienischen Militär ermordet worden.

Tausende Deserteure hatten sich den Briganten angeschlossen. Wer vermögend war, entging der Einberufung durch Bestechung, derweil die Mafia ihren Einflussbereich ausdehnte. Ihre Macht auskostend und in Erwartung besserer Zeiten stellte sie sich in den Dienst der Polizei und präsentierte sich als Garant der ländlichen Ordnung, wo die Pächter dagegen aufbegehrten, dass die Regierung die landwirtschaftlichen Erträge beschlagnahmte, um sie auf die hungernde Nation zu verteilen. Die Veteranenorganisation *Opera Nazionale dei Combattenti* hatte mit ihrem Motto *Das Land den Bauern!* große Töne gespuckt. In den Ohren der Sizilianer klang es wie Hohn.

Trotz des Krieges verlief das alltägliche Leben ruhig: An den Familiengewohnheiten – der Winter in Agrigent, der Sommer in Fuma Vecchia, Ostern in Palermo – änderte sich nichts, und Maria und Pietro genossen ihr friedliches Glück. Er war seltener fort und wenn, dann kam Maria mit. Sie unternahmen Kurzreisen innerhalb Siziliens oder aufs Festland, manchmal sogar bis nach Rom. Doch sein unstetes Wesen blieb, und obwohl er fast doppelt so alt war wie sie, kam sich Maria mit ihren sechsundzwanzig Jahren manchmal wie sein mütterlicher Vormund vor. Der Schwiegervater unterstützte sie in dieser Funktion, damit das Familienvermögen erhalten blieb. Es war selten, dass eine junge Frau eine solche Gelegenheit bekam, und Maria wollte sie nutzen. Die Salas besaßen Ländereien, Häuser und Schwefelminen und hatten in Wertpapiere und Geld investiert. Der Schwiegervater stellte ihr den Gutsverwalter Dottor Puma vor, der ihr anbot, sich regelmäßig zu treffen. Er erklärte ihr, wie die Landwirtschaft, das Pacht- und das Steuersystem funktionierten, und brachte ihr bei, den in Sizilien so heiß ersehnten wie gefürchteten Regen zu »lesen«. Blieb der ergiebige Herbstregen nach sechs Monaten Trockenheit aus, ließ sich der ausgedörrte Boden nicht beackern. Es gab gute Regen, die für viel Getreide und dicke Oliven sorgten, und schlechte Regen wie die Sommergewitter, die die Trauben an den Reben zerstörten. Der Schwiegervater begleitete Maria auf den Besichtigungen der Ländereien. Die Lebensbedingungen der Bauern waren beklagenswert primitiv. Der Mangel an Wasser, vor allem an Trinkwasser, förderte Krankheiten. Doch sobald Maria einen Verbesserungsvorschlag machte, lautete die Antwort: »Nicht jetzt. Erst wenn der Krieg vorbei ist.«

Der Schwiegervater hielt sie über sämtliche Investitionen auf dem Laufenden und hatte sie – aus Diskretion in Pietros Abwesenheit – den Bankdirektoren vorgestellt, bei denen er Kunde war.

Über die Minen wusste Maria wenig. Vom leitenden Ingenieur Licalzi hatte sie erfahren, dass der Schwefelabbau in Sizilien, das bis vor rund zwanzig Jahren der größte Schwefelproduzent der Welt gewesen war, bei der industriellen Revolution eine entscheidende Rolle gespielt hatte. 1889 hatte es siebenhundertdreiunddreißig Schwefelgruben gegeben, die vier Fünftel der weltweiten Produktion ausgemacht hatten. Als in den Vereinigten Staaten Vorkommen nahezu reinen Schwefels entdeckt worden waren, den man über Tage abbauen konnte, war der Schwefelpreis eingebrochen. »Es sind harte Zeiten für die Minen. Aber ich bleibe zuversichtlich: Die Schwefelnachfrage wird auch dann noch bestehen, wenn die ausländischen Vorkommen erschöpft sind, und dann kommen wir zum Zug.« Die Sala-Minen hatten außerordentlich treue französische Abnehmer mit langfristigen Verträgen, die weiterhin gültig waren und von Onkel Giovannino betreut wurden.

Marias ganzer Stolz war der Palazzo in Agrigent, den sie wie ein kleines Unternehmen führte. Sie hatte Arbeitsabläufe eingeführt, die Zeit und Materialien sparten und tägliche Ruhepausen ermöglichten. Das Eisentor war frisch gestrichen worden, der Pförtner hatte eine neue Livree, die hölzerne Loggia und die bunten Fensterscheiben der Pförtnerloge waren restauriert, der Marmor und das Messing der Treppe glänzten, die Treppenabsätze, die mit ihren Schattenpflanzen und Stühlen zum Verschnaufen einluden, sahen aus wie kleine Salons. Der verwaiste Pferdestall diente als Lagerfläche, die Maria vermietet hatte. Mit dem Erlös hatte sie einige Räume direkt an der Treppe renovieren lassen, in denen einst die Reisetruhen aufbewahrt wurden. Jetzt dienten sie als Klassenräume für die Analphabeten.

Bedienstete und Angestellte, Männer wie Frauen, wurden angehalten, den Arithmetikunterricht des Waldenser Lehrers Andrea Prosio aus Grotte zu besuchen, der wie die Malons aus Torre Pellice stammte, und nach dreißig Jahren hatte Maricchia mit Egles Unterstützung wieder angefangen zu unterrichten. Hin und wieder gesellte sich auch Maria dazu. Wohlwollend nahm Pietro den Schaffensdrang seiner Frau zur Kenntnis und ermutigte sie, noch mehr zu tun.

Er hatte ihr eine amerikanische Nähmaschine gekauft, eine Singer mit Fußpedal, die sie häufig benutzte. Das Nähen hatte ihr schon immer Spaß gemacht. »Wieso bringst du es nicht den Mädchen bei? Sie könnten dann Schneiderinnen werden«, schlug er vor. Maria zögerte. Schon jetzt waren ihre Schwägerinnen schlecht auf sie zu sprechen, weil sie ihre Dienstmädchen unterrichten ließ; unter den Damen aus ihrem Bekanntenkreis war sie damit die Einzige. Pietro nahm ihr die Entscheidung ab, indem er ihr zwei weitere Nähmaschinen schenkte. So entstand die Nähschule, die auch Schülerinnen von außerhalb offenstand.

Die Schwägerinnen stiegen in den Wohnungen im ersten Stock ab, wo auch der Schwiegervater, Onkel Giovannino und Tante Giacomina logierten, wenn sie nach Agrigent kamen. Mit den Jahren hielten sich die Familienmitglieder immer länger dort auf, vor allem in den Wintermonaten, wenn das Leben in der Stadt angenehmer war als auf dem Land, und betrachteten sie als ihr Eigentum. Maria kümmerte sich auch um die Pflanzen auf den Treppenabsätzen und zeigte ihren Schülerinnen die herrlichen Blumenarrangements. Doch das ging Giuseppina gehörig gegen den Strich. Man munkelte, sie hätte die Gießkannen mit Wasser und Bleichlauge gefüllt und Caterina damit zum Blumengießen geschickt. Die Pflanzen waren allesamt eingegangen. Aus lauter Entrüstung über das »Pack«, dem sie auf der Treppe begegneten, schimpften die drei Schwägerinnen Maria »die Sozialistin«.

Maria ließ sich von der Bosheit und Engherzigkeit der Schwägerinnen nicht unterkriegen. Sie genoss ihr schönes, lichtdurchflutetes, blumengeschmücktes Heim, las die archäologischen Bücher ihres Mannes und widmete sich den kunstinteressierten Gästen, die sie durch die Sammlung führte. Inzwischen hatte sich Pietros Beitrag erschöpft, und Maria lechzte danach, Neues zu erfahren und ihre historischen

Kenntnisse zu vertiefen. Manchmal, wenn sie ihre Musik spielte, die sie auswendig kannte, schweiften ihre Gedanken ab, und es schien, als lauschte sie dem heimlichen Einklang von Natur und Geist.

29
»Trinakrien, das schöne ... weil Schwefel dort entsteht!«[*]

Am 24. Oktober 1917 war das italienische Heer in Caporetto vernichtend geschlagen worden. Nicola war unter den Kämpfenden, und niemand wusste, ob er noch am Leben war. In Agrigent und Camagni verzehrten sich die Verwandten vor Sorge und hofften dennoch beharrlich auf gute Nachrichten.

In Sizilien herrschten Hunger und Elend. Die wenigen Fabriken, die zur Rüstungsproduktion beitrugen, konnten mit dem Produktionstempo der norditalienischen Militärindustrie nicht mithalten und trugen deshalb nicht zum Wohlstand bei. Die landwirtschaftliche Produktion musste den Anbau der einträglichsten Feldfrüchte, die Kaffeeröstereien und die Konservenfabriken aufgeben, um Getreidevorräte zu produzieren.

Die auf der Insel hergestellten Rohstoffe gingen direkt nach Norditalien. Seit sich die Industrie im Norden ganz auf die lukrative Heeresversorgung konzentrierte, fehlte es nicht nur an Brot, sondern auch an Stoff, Nähnadeln, Garnrollen, Arzneien und Schuhen.

Giosuè, der sich im Libyenkrieg und in den erfolgreichen Verhandlungen um den Vertrag von Lausanne hervorgetan hatte und des Krieges müde war, hatte einen verantwortungs-

---

[*] Dante, *Göttliche Komödie*, Paradies, 8. Gesang, 67

vollen Posten als Berater des Kolonialministers angenommen und war danach ins Verteidigungsministerium gewechselt. Er konnte sich vor Arbeit nicht retten und hielt brieflichen Kontakt zu Marias Vater und der Familie.

Auf der Insel herrschten Depression und Verunsicherung. Der Gesundheitszustand von Pietros Vater bereitete der Familie Sala zusätzliche Sorgen. Er war wegen Magenbeschwerden nach Agrigent gekommen, um sich untersuchen zu lassen. Doch statt sich in seiner Wohnung im ersten Stock einzuquartieren, logierte er jetzt bei Pietro und hatte damit nicht zum ersten Mal die Eifersucht seiner Töchter befeuert. Diesmal fielen die Vorhaltungen besonders heftig aus, und sie bedachten die Schwägerin mit Gift und Galle. Als Sistina sich zu der Behauptung verstieg, Maria wolle ihren Schwiegervater verführen, hatte Vito genug. Er berief eine Versammlung in Anwesenheit des Bruders und des Notars ein, zu der die Kinder nebst Gatten zu erscheinen hatten, und setzte sie über seine testamentarischen Verfügungen in Kenntnis: Da die Töchter ihre Mitgift bereits erhalten hatten, würden sie nichts mehr bekommen. Pietro erhielte seinen Pflichtteil, das übrige Vermögen würde an seine bereits geborenen und zukünftigen Kinder gehen und von Maria bis zu deren Volljährigkeit verwaltet werden. Pietros Pflichtteil bestand aus Geld und Wertpapieren, über die Maria wachen würde. Pietro hatte seine Rente; der Zugriff auf die Immobilien blieb ihm verwehrt.

Töchter und Schwiegersöhne waren sprachlos und brachten es kaum fertig, Maria beim Abschied zuzunicken. Doch Pietro, der bereits im Bilde gewesen war, schien erleichtert, denn so würde er mehr Zeit für die Kunst und seine Antikensammlung haben. Maria wusste nicht, wie sie der Feindseligkeit der Schwägerinnen begegnen sollte. Zu gern hätte sie ihren Vater um Rat gefragt, doch das war unmöglich.

Ignazios Zustand hatte sich verschlechtert, er litt an Gicht und konnte nicht nach Agrigent reisen.

In jenen Tagen wurde bekannt, dass in einer Grube von Lercara ein Stollen eingestürzt war und zwei Hauer und vier *Carusi* genannte minderjährige Arbeiter unter sich begraben hatte. Der Grubenpächter selbst hatte den übrigen Carusi Anweisung gegeben, die Stollenzugänge zu verschließen, ohne die Toten und Sterbenden zu bergen. Die lokale Presse machte den Minenbesitzern schwere Vorwürfe. Obwohl es laut Giolittis Gesetz von 1906 verboten war, Kinder unter zwölf Jahren zu beschäftigen, wurden sie bereits mit acht Jahren zur Arbeit herangezogen und stellten dreißig Prozent der Arbeitskraft. Wie kleine Packesel schleppten sie die sechzig Kilo schweren Tragekörbe mit Steinbrocken. Viele starben früh an Erschöpfung und Mangelernährung, an den giftigen Dämpfen und Ausdünstungen. Um sie zur Eile anzutreiben, drückten ihnen die Hauer glühende Karbidlampen an die Waden, schlugen, traten und verprügelten sie.

Mit Entsetzen nahm Maria diese Nachrichten zur Kenntnis und hatte den Verdacht, dass die Salas ihr etwas verheimlichten. Jetzt begriff sie, wieso jede Bitte, die Minen zu besuchen, ins Leere gegangen war. Womöglich waren die Salas ebenso gewissenlos wie die Grubenbesitzer, von denen die Zeitungen berichteten. Der Schwiegervater ahnte, was in ihr vorging, und beauftragte Ingenieur Licalzi, Maria die Ciatta-Grube in der Nähe von Agrigent zu zeigen.

Leonardo steuerte das Auto des Schwiegervaters. Maria hatte sich dem Anlass entsprechend gekleidet: schwarzes Kleid, regenfester Mantel, schmalkrempiger Hut und Halbstiefel. Das Auto bog in die private Zufahrt der Mine ein, die mit dem schwarzen, ascheartigen Splitt bestreut war, der beim Ausseigern des Schwefels zurückblieb.

CIATTA-MINE: ZUTRITT VERBOTEN stand auf einem Schild. Ein Schlagbaum versperrte die Straße. Der Wächter öffnete sie bedächtig und musterte stumm die Frau im Wagen. Die Mine lag am Rand einer rund einen Kilometer langen Hochebene. Der Ingenieur zeigte Maria den Tunneleingang der privaten Bahnstrecke, die Ciatta mit dem Hafen von Licata verband. Von dort lieferten die Frachtschiffe den Schwefel ins Ausland. »Der gesamte sizilianische Schwefel geht auf den ausländischen Markt. Ende des vergangenen Jahrhunderts konnten wir fast den kompletten weltweiten Bedarf decken.« Dann deklamierte er: »*Trinakrien, das schöne ... weil Schwefel dort entsteht!*«

Maria sah ihn ratlos an.

»Ich will damit sagen«, beeilte er sich zu erklären, »dass diese Journalisten, die Lügen über die Arbeitsbedingungen der Bergleute verbreiten, wissen sollten, dass Dante den sizilianischen Schwefel im *Paradies* und nicht in der *Hölle* besungen hat.«

Maria ging nicht darauf ein. Schließlich war sie dort, um sich selbst ein Bild zu machen.

Nicht ein Grashalm war zu sehen, nicht einmal am Straßenrand. Nirgends ein Baum. Alles war gelb und grau, und es stank. In Begleitung von Licalzi betrat Maria die Büros der Grubenleitung, die Ordnung und Effizienz ausstrahlten.

Die technische Ausstattung war modern, alle Sala-Minen waren per Telegraf miteinander verbunden, und die Grubenleitung stand mit sämtlichen Abnehmern in Kontakt. Es gab sogar eine Telefonverbindung zur staatlichen Eisenbahn. Maria bekam einen gezuckerten Kaffee gereicht, bei dem es ihr den Mund zusammenzog. Licalzi, der Minendirektor und sein Stellvertreter redeten gleichzeitig auf Maria ein, ihre Stimmen hallten in dem riesigen, von fauligem Schwefelgestank erfüllten Raum, und Maria hatte Mühe, ihnen zu folgen. »Die Mine schließt nie«, »Vierhundert Grubenarbeiter in drei Schichten«, »Sie kommen zu Fuß aus dem Dorf«, »Sie bringen ihre eigenen Spitzhacken mit und Holzkämme, um den Schweiß abzustreifen«, »Samstagnachmittag kehren sie ins Dorf zurück und kommen am Montagmorgen wieder. Die Kinder gehen nur alle zwei Wochen zurück«. Als die Sicherheit zur Sprache kam, wurde Maria hellhörig. Es gebe nur wenige Unfälle, meinte der Direktor, und die vornehmlich am Montag, weil sich die Grubenarbeiter sonntags gern betranken. Zwei Schächte dienten als sichere Fluchtwege. Um Maria die Grube zu zeigen, würden sie mit der von einem Maultier gezogenen Lore einfahren, das Mineral werde allerdings auf den Schultern der Carusi zutage befördert.

»Erzählen Sie mir mehr von den Carusi«, sagte Maria.

»Seit 1904 beschäftigen wir nur Jungen«, sagte der Direktor. »Die Mädchen werden zum Aufspüren und Freispülen neuer Schwefeladern eingesetzt, doch früher haben sie die gleiche Arbeit gemacht wie die Carusi. Die Schachttreppen wären für einen normalen Erwachsenen unpassierbar, und neue zu bauen ist so gut wie unmöglich. Die Carusi sind auch für das Schließen der Türstöcke zwischen den einzelnen Minenabschnitten zuständig.«

»Sind sie angestellt, oder werden sie vom Hauer beschäftigt?«

»Ihre Familien verlangen eine beträchtliche Vorauszahlung, den sogenannten Soccorso morto, und dann vermieten sie die Kinder an den Hauer. Der Betrag beläuft sich auf rund hundertundfünfzig Lire, die die Carusi dann abarbeiten müssen.«

»Sie leben unter Tage, in den Minen«, sagte Licalzi. »Der Hauer lernt sie an, sonst würden sie ewig Carusi bleiben. Wir sind für die Carusi nicht verantwortlich, also obliegt es nicht uns, sie auszubilden.«

»Gibt es denn überhaupt Carusi, die Bergleute geworden sind?«

Der Direktor schüttelte den Kopf. »Dazu wären sie gar nicht in der Lage, ihr Körper ist darauf ausgerichtet, Lasten zu tragen. Sie sind rachitisch und krankheitsanfällig, atmen zu viel Schwefeldioxid ein, und die Arbeit ist gefährlich. Die werden keine dreißig Jahre alt.«

Maria wurde flau, sie tastete nach einem Halt. Licalzi und der Direktor machten besorgte Gesichter: Ob es ihr nicht gut gehe und sie nach Agrigent zurückwolle? Doch Maria hatte sich bereits wieder gefangen und stellte die nächste Frage.

»Sie schuften für uns und werden von uns bezahlt, aber wer kümmert sich um sie, wenn sie krank werden? Wir oder ihr Hauer?«

Abermals war Licalzi um eine Antwort nicht verlegen. »Wir sind Mitglied der 1905 gegründeten italienischen Pflichtgewerkschaft der Minenbesitzer. Im vergangenen Jahr hatten wir zweihundertzwanzig Notfälle, auch Carusi waren davon betroffen.«

»Das Problem ist, dass wir häufig nicht einmal wissen, wie sie heißen«, warf der Direktor ein.

»Sie wissen nicht, wie sie heißen?«, wiederholte Maria ungläubig.

»Manchmal wissen sie es selbst nicht. Es sind Tiere, sie tragen allenfalls Spottnamen.«

»Das muss wohl an der halluzinogenen Wirkung des Schwefeldioxids liegen. Aber wie auch immer, blöd sind sie alle«, konstatierte Licalzi.

»Es sind brave Christenmenschen, und wir kennen sie seit Jahren«, meinte der Direktor. »Brave Leute. Manchmal geben wir ihnen unsere Essensreste.«

Maria wollte ihren Ohren nicht trauen.

»Kommt der Amtsarzt regelmäßig?«

»Natürlich, regelmäßig!«, entgegnete der Direktor eilfertig. »Er ist ein guter Freund.«

»Hören Sie.« Der Direktor beugte sich zerknirscht zu Maria. Jetzt, da es nichts mehr schönzureden gab, sollte sie ruhig alles erfahren. »Die häufigste Unfallursache sind herabstürzende Felsbrocken. Am zweithäufigsten ist die Explosion von Schlagwetter, ein leichtes Gas, das sich in den Grubenbauten sammelt. Wenn es sich entzündet, erleiden die Arbeiter Verbrennungen, weil sie wegen der Hitze nackt arbeiten. Immer wieder sage ich ihnen, sie sollen sich etwas anziehen. Am dritthäufigsten ist das Einatmen von Schwefelwasserstoff, der nach faulen Eiern stinkt und hochgiftig ist. Ein äußerst schweres Gas.« Der Direktor verstummte.

»Was bedeutet ›schwer‹?«

»Schwefelwasserstoff sinkt nach unten. Wenn einer ausrutscht und hinfällt, reichen zwei Atemzüge, und er ist weg. Wenn er nicht gleich wieder auf die Beine kommt, ist er tot. Die Kumpel sind sofort zur Stelle, um ihm aufzuhelfen, aber wenn einer dabei zu Boden geht und den nächsten mitzieht und der wieder den nächsten… In einer Mine in Calascibetta sind fünfzehn Hauer gestorben, weil sie einander helfen wollten. So tüchtig und selbstlos sind die Bergleute, die für die Familie Sala arbeiten!«

»Gibt es eine Krankenstation?«

»Verzeihung, aber das ist kein Anblick für eine Dame!«

»Das würde Ihnen nicht gefallen, dort sind nur nackte Männer«, pflichtete Licalzi ihm bei.

»Ich will sie sehen«, sagte Maria entschieden.

Sie begleiteten sie zu einer ebenfalls gelblichen Steinhütte. Die Fenster waren blind vor Staub. Die verriegelte Tür sah aus, als wäre sie seit Ewigkeiten nicht mehr geöffnet worden. Wortlos umrundete Maria das Gebäude: Es war ganz eindeutig verwaist, Spinnenweben hingen vor den Fenstern und an den Balken. Als sie an den brennenden Schmelzöfen vorbeikamen, war die Hitze unerträglich, und Maria musste husten. Steine schleppende Carusi waren nirgends zu sehen. Offensichtlich hatte man sie fortgeschickt. Maria fragte dennoch nach.

»Es ist gerade Pause!«, erklärte der Vorarbeiter, der zu ihnen gestoßen war.

Zwei Angestellte halfen Maria in die Lore, die man extra für sie mit einer Decke ausgelegt hatte. Auf ratternden Schienen ging es langsam in die Unterwelt. Sie hatte nicht geahnt, dass es dort so feucht sein würde. Die Dunkelheit und der penetrante Gestank machten ihr Angst. Die Luft wurde immer unerträglicher. An der Kreuzung zweier Stollen war das Schlagen der Spitzhacken zu hören. Heiserer, kehliger Singsang gab das Tempo vor, ein schluchzendes Klagelied, dem die Schläge rhythmisch folgten.

Lauter und lauter hallten die Schläge durch die Dunkelheit. Maria sah die Hand vor Augen nicht und hatte Mühe zu atmen. Licalzis Stimme verlor sich in dem dumpfen Lärmen und schien aus düsterer Ferne zu kommen. Plötzlich tauchte ein krähenschwarzer Hüne mit mächtigen Schultern aus dem Stollen auf und humpelte keuchend an ihnen vorbei. An seiner Hand baumelte eine Karbidlampe.

Maria kniff die Augen zusammen, um besser zu sehen: Er war völlig verwachsen, hatte krumme Vogelbeine und riesige, prankenartige Füße mit langen Zehen. Der Oberkörper war ein verformter, in Sackleinen gehüllter Muskelklumpen mit einer Kiepe. »Verschwinde!«, brüllte der Direktor, und unter erstickten Grunzlauten stolperte die verschreckte Gestalt den immer enger werdenden Gang hinunter. Die wild schaukelnde Karbidlampe verlosch, und der Hüne wurde von der Finsternis verschluckt. Maria war zu verstört, um etwas zu fragen.

Als sie wieder ans Tageslicht kamen, konnte Maria sich kaum auf den Beinen halten. Neben den Schwefel- und Mergelbrocken, die hell in der Sonne leuchteten, war ein niedriger Unterstand mit einer großen, wannenartigen Tränke, um die sich rund zwei Dutzend Kinder wie Ziegen drängten. Maria trat näher. Der Anblick der Kinder war schauderhaft: Sie hatten riesige Füße und dürre Waden, ihre Schenkel waren eine knotige Muskelmasse, die Taillen dürr, die Brustkörbe eingefallen. Hals, Schultern und Oberarme waren von Schwielen übersät. Sie hielten die Köpfe gesenkt, als wollten sie nichts anderes sehen als den Boden. Das bisschen, was von ihren Gesichtern zu erkennen war, wirkte leblos. Sie hielten die Augen geschlossen, das verklebte Haar fiel ihnen in die Stirn. Sie waren schwarz, nackt und stumm. Laut schlürfend soffen sie das Wasser aus den hohlen Händen, schöpften nach und sogen es wieder gierig ein. Manche pinkelten dabei im Stehen und füllten sich erneut die Hände.

Niemand achtete auf sie, und es hätte keinen Unterschied gemacht, wenn sie nicht da gewesen wäre. »Hier ist Besuch! Verschwindet!«, brüllte Licalzi, der sich gerade mit dem Vorarbeiter unterhielt. Wie aufgescheuchte Ziegen wussten die Carusi nicht, wie sie auf den Befehl der fremden Stimme reagieren sollten. Manche blieben wie versteinert stehen, andere drehten sich verwirrt im Kreis oder wollten davonrennen.

»An die Arbeit!«, schrie der Direktor. Auf den vertrauten Befehl hin scharten sich die Jungen wieder zusammen, stellten sich in einer Reihe auf und trabten zu dem schwarzen Stollenschacht, der sie einen nach dem anderen verschluckte. Maria stiegen die Tränen in die Augen, die sie hinter ihrem bestickten Taschentuch zu verbergen versuchte.

»Wo wohnen sie?«

»Hier.«

»Haben sie Zimmer?«

»Sie schlafen in stillgelegten Gruben und Höhlen und leisten einander Gesellschaft.«

»Reden sie?«

»Wenig.«

»Haben sie Kleidung?«

»Nur für den Weg ins Dorf und zurück. Sonst sind sie sommers wie winters nackt.«

»Schlafen sie bei ihren Hauern?«

»Manchmal, aber sie bleiben lieber unter sich.«

»Wieso?«

Der Direktor zögerte. »Es ist wohl besser für sie. Dann können sie sich gegenseitig schützen.«

»Vor wem?«

Der Direktor wusste nicht, wie er antworten sollte. Beklommen blickte er sie an. Maria verstand und sagte nichts mehr.

Im Auto wartete ein wunderschöner Strauß in Schwefelgold getauchter Dornenzweige auf sie. »Wenn Ihr Mann hierherkommt, fragt er immer danach und möchte zuschauen, wie sie gemacht werden. Unter Tage geht er nie«, sagte der Vorarbeiter.

30

Kalbsleber auf venezianische Art mit Frittella für Giosuè

Trotz des Krieges lebten die Salas im alten Luxus: Man aß gut und traf sich zu den Festen mit Freunden und Verwandten. Alles schien wie immer zu sein. Doch Maria konnte ihren Besuch in der Ciatta-Mine nicht vergessen. Nicola, der von der Front zurück war, hatte ihr erzählt, unter welch entsetzlichen Umständen die von den Kriegswirren getroffenen Menschen in Venetien und Friaul lebten. Emilia Formiggini hatte ihr von dem Leid der zahllosen evakuierten jungen Frauen geschrieben, die nun, da ihre Männer im Krieg oder tot waren, schutzlos auf sich selbst gestellt waren. Es kam zu Vergewaltigungen und zu Prostitution aus Hunger. Emilia und ihre Freundinnen hatten einige dieser Mädchen bei sich angestellt, und da Maria seit geraumer Zeit daran dachte, eine Köchin einzustellen, beschloss sie, eine von den Flüchtlingen zu nehmen. Es ging Pietro gegen den Strich, dass Maria sich an den Herd stellte: Es sei ihrem Stand nicht angemessen, und außerdem wolle er nicht, dass sie sich verausgabte. Eine venezianische Köchin käme dem Wunsch des Gatten entgegen und wäre eine patriotische Geste obendrein.

Marisa Arrivabene kam Ende November, früher als erwartet. Sie war Mitte zwanzig, blond, kräftig und arbeitsam. Als ehemalige Hotelköchin war sie stolz auf ihre Kunst, die sie von einem berühmten österreichischen Meisterkoch gelernt hatte. Wenn Maddalena und die anderen Mädchen sich unterhielten, verstand sie kein Wort, doch zum Glück waren noch Maricchia und Egle da, um sie mit der Familie Sala und der sizilianischen Sprache und Kultur vertraut zu machen.

In jenen Tagen erhielt Maria einen Brief von Giosuè, in dem er verkündete, der Verteidigungsminister schicke ihn nach Sizilien, um sich ein Bild von den gravierenden Zuständen machen. *Ich werde in Palermo und in Agrigent Station machen, um Euch zu sehen, und in der Präfektur wohnen*, schloss er.

Pietro fieberte Giosuès Besuch entgegen, der inzwischen eine bedeutende Persönlichkeit war, und wollte ihm zu Ehren ein Mittagessen *en famille* geben, zu dem er die Schwestern und Schwäger, die Schwiegereltern und den Präfekten Paolini nebst Familie bitten würde. Ilaria, die Tochter des Präfekten, war in Marias Alter und seit einiger Zeit mit ihr befreundet. Zum ersten Mal würde Maria ein bedeutendes Mittagessen ausrichten.

Am Morgen des festgesetzten Tages ging Maria mit Marisa, die sich freudig mit der sizilianischen Küche vertraut machte, ein letztes Mal das Menü durch. Als ersten Gang würde es auf Pietros Wunsch palermitanischen Nudelauflauf geben, den Marisa zum ersten Mal zubereiten würde. Als zweiten Gang hatte sich Maria für Kalbsleber auf venezianische Art entschieden, mit Frittella als Beilage. Für dieses typisch sizilianische Gericht aus jungem Gemüse wurden Erbsen, Artischocken und dicke Bohnen getrennt gegart und mit Essig und Zucker in der Pfanne gedünstet. Als Dessert hatte Marisa einen ungarischen Kuchen vorgeschlagen, der sich in Österreich größter Beliebtheit erfreute: Dobostorte aus geschichtetem Biskuit mit Schokoladencreme und Karamellglasur – im Hause Sala eine absolute Neuigkeit.

Lautlos kam Maricchia in die Küche geschlichen und flüsterte Maria zu, im Salon gebe es Streit zwischen ihrem Mann und dem Schwiegervater. Es wäre wohl besser, wenn sie sich dazugesellte. Vater und Sohn saßen tief in ihren Sesseln, doch ihren angespannten Mienen war anzusehen, dass die Ruhe trog. Der Schwiegervater wirkte niedergeschmettert, als hätte sich die Last seiner Jahre verdoppelt.

»Was ist los?«, fragte Maria.

»Pietro verlangt Geld. Mehr, als für dieses Jahr vereinbart war«, entgegnete der Schwiegervater. »Na los, erklär es deiner Frau.«

Maria setzte sich, und Pietro blickte sie verlegen an. »Ich will Geschenke kaufen, Weihnachten steht vor der Tür. Und außerdem habe ich kleinere Spielschulden im Adelsklub – nicht der Rede wert.«

Pietro will seiner jüngst verflossenen Geliebten ein Abschiedsgeschenk machen, schoss es Maria durch den Kopf. Im Laufe der Jahre hatte er Affären mit verheirateten und unverheirateten Frauen gehabt, und obwohl Maria das kränkte, wusste sie von ihren Freundinnen, dass solche kleinen Seitensprünge normal waren und eine kluge Ehefrau darüber hinwegging, solange sie nicht den häuslichen Frieden störten oder das Ansehen und den Wohlstand der Familie bedrohten. Doch kürzlich hatte sie Pietros jüngster Eroberung einen Riegel vorschieben müssen. Es handelte sich um die Frau des Polizeichefs, eine feurige Catanierin, die den Ruf hatte, ein »leichtes Frauenzimmer« mit einer Schwäche für betuchte Liebhaber zu sein. Maria ärgerte es, dass sie Pietro in aller Öffentlichkeit anschmachtete, und außerdem stand zu befürchten, dass er ihr kostspielige Geschenke machte. Wenige Tage zuvor war Maria mit anderen Agrigenter Damen bei ihr zum Tee gewesen und mit Absicht als Letzte gegangen. »Ich hänge an meinem Mann, und du?«, hatte sie zum Abschied gesagt.

Die Antwort ließ nicht auf sich warten. »Pietro hat weder eine Geliebte wie mich noch eine Frau wie dich verdient. Du kannst ihn behalten.«

Pietro starrte Maria an. »Ich will dieses Geld, ich brauche es. Das geht nur mich etwas an.«

»Pietro hat dieses Jahr bereits zweitausend Lire extra bekommen, vielleicht sollten wir es dabei belassen«, sagte Maria zu ihrem Schwiegervater und kehrte in die Küche zurück.

Als sie sich kurz darauf im Flur begegneten, drohte Pietro ihr zum ersten Mal. »Ich bin übrigens der Besitzer von Fuma Vecchia, das Grundbuch ist auf Anraten deines Vaters nur auf mich ausgestellt! Wenn du so weitermachst, werde ich es verkaufen, und dann ist es vorbei mit den Ferien in Camagni bei deiner Familie!« Maria antwortete nicht. »Was würde dein Vater sagen, wenn er wüsste, dass du dich mit meiner Familie in meine Angelegenheiten mischst? Und was würde dein Freund Giosuè sagen, der heute kommt?« In dem Moment kam Maricchia vorbei. »Entschuldige, aber ich habe zu tun«, versetzte Maria und schob sich an ihrem wutschnaubenden Ehemann vorbei.

Sobald die Hausarbeit organisiert war, ging Maria allein aus, um Besorgungen zu machen. Sie schlenderte durch die Stadt, beobachtete die Menschen, blieb vor den Schaufenstern stehen und sog den Duft der Straße ein: der Geruch nach frischem Brot, das die Bäckerjungen in Körben auf ihren Köpfen balancierten, der Kaffeeduft aus der Rösterei, der Jasminstrauch vor der Bar. Vor dem Haus grüßte sie die Männer an den Marktbuden, die ihr zuhörten, wenn sie Klavier spielte. An diesem Morgen hatte sie ein Arrangement des Liedes *Tripoli, bel suol d'amore* gespielt und dafür viele Komplimente bekommen. »Es ist schön, wenn Sie uns ab und zu etwas vorspielen, heutzutage braucht man ein bisschen fröhliche Musik, und Liebeslieder sind gut fürs Herz!«, sagte ein Trödler, der ihr treuester Bewunderer war. Marias Stimmung hellte sich auf, und sie beschloss, sich Pietros Zorn weniger zu Herzen zu nehmen. Er würde auch weiterhin kein Geld mehr von ihr bekommen, zu seinem eigenen Besten und dem seiner Kinder.

Als sie zurückkam, warteten bereits ihre Eltern auf sie. Sie waren aus Camagni gekommen, um Giosuè zu sehen, und würden ein paar Tage bleiben.

Pietro war wieder besserer Laune und plauderte angeregt mit dem Vater und den Schwiegereltern. Während die Männer sich unterhielten, zog sich Maria mit der Mutter in ihr Zimmer zurück und erzählte ihr von den Seitensprüngen ihres Mannes und seiner Affäre mit der Frau des Polizeichefs. Noch nie hatte sie mit ihrer Mutter darüber gesprochen, aus Furcht, sie damit zu schockieren. Sie war felsenfest überzeugt, dass weder Vater noch Mutter einander je untreu gewesen waren. Doch Titina überraschte sie.

»Mein liebes Kind, ich verstehe dich gut, doch ich weiß nicht, ob es klug war, die Frau des Polizeichefs zur Rede zu stellen. Jedenfalls ist es gut, dass du Pietro nicht damit konfrontiert hast. Dein Vater hatte auch heimliche Geliebte, aber er war wenigstens diskret. Ich hingegen habe ihn niemals betrogen. Ich war seine Frau und ging ihm über alles. Also habe ich ihn gewähren lassen. Doch sobald dein Mann seine Geliebten genauso behandelt wie dich, hast du jedes Recht, ihn aus deinem Schlafzimmer zu werfen und dir einen anderen zu suchen. Er wäre deiner nicht mehr würdig.«

Maria war wie vor den Kopf geschlagen. Damit hatte sie nicht gerechnet. »Noch etwas, Maria«, fügte Titina hinzu. »Hätte ich Ignazio je betrogen, hätte ich ihm das niemals gesagt, ich hätte ihn genauso angelogen wie er mich.«

Das Silber glänzte, der Tisch war gedeckt, und in der Küche war alles bereit. Endlich konnte sich Maria entspannen, ehe die Gäste eintrafen, und sie beschloss, ein Bad zu nehmen, wie Pietro es ihr beigebracht hatte:

»Du lässt lauwarmes Wasser ein, löst das Badesalz darin auf und fügst ein Säckchen Lavendelblüten hinzu. Dann steigst du ins Wasser, streckst dich aus und lässt heißes Wasser nachlaufen. Wenn das Wasser die Haut weich gemacht hat, reibst du dir den ganzen Körper mit dem Luffaschwamm ab.«

Luffa war eine Kürbisart, deren reife Frucht getrocknet wurde, bis nur noch das schwammige Skelett übrigblieb. Tauchte man den Schwamm in Wasser, sonderte er eine seifige Substanz ab, die die Haut geschmeidig machte.

»Du reibst dir den ganzen Körper ab, von oben bis unten: die Ohren, die Brüste, selbst die intimsten Stellen, die Beine, die Füße und Hände, bis deine Sinne erwacht sind. Dann lässt du noch einmal heißes Wasser nachlaufen und bleibst noch ein Weilchen liegen. Denk an etwas Schönes, entspann dich und streichele dich, und du wirst spüren, wie lebendig dein Körper ist.«

Nachdem sie sich sorgfältig abgetrocknet hatte, rieb sich Maria mit indischem Duftöl ein. Es klopfte an der Tür, und Pietro kam herein, um ihr zu sagen, er habe Giosuè überreden können, über Nacht zu bleiben. Versonnen betrachtete er ihren nackten Körper im Spiegel. »Würdest du ein Geschenk von mir annehmen?« Als sie nickte, legte er ihr eine Silberkette mit einem ovalen Anhänger aus filigranen, fein gearbeiteten Beeren um. Es war ein Schmuckstück des dänischen Goldschmieds Georg Jensen. Maria zog sich das Herz zusammen. Bestimmt hatte er die Frau des Polizeichefs ebenfalls mit Jensen-Schmuck beschenkt. Er drückte ihr einen flüchtigen Kuss aufs Haar. »Ich hoffe, das nächste Mal bist du großzügiger mir gegenüber.«

Die Gäste waren im Salon und warteten auf die Paolinis und auf Giosuè. Die Schwägerinnen hatten sich groß herausgeputzt: Der Schmuck funkelte mit den Paillettenkleidern um die Wette, und die Frisuren waren frisch zurechtgemacht. Mit Maria wechselten sie kaum ein Wort. Sistina erkundigte sich nach ihrem Besuch in Ciatta, und ihr Blick ließ keinen Zweifel, dass sie genau im Bilde war, was zwischen ihr und Licalzi ablief.

Pietro, der vor guter Laune sprühte, versuchte, die Situation zu entschärfen. »Sistina«, sagte er und legte der Schwester die Hand auf die Schulter. »Du hast mir nie gesagt, wie schön meine Frau ist, und das Schmuckstück an ihrem Hals hast du auch noch nicht bewundert.«

Beschwingt und voller Freude, die Marras wiederzusehen, betrat Giosuè den Salon. Er wechselte mit jedem ein Wort und kehrte dann zu Ignazio zurück, der sich mühsam aus dem Sessel stemmte. Das Abendessen war ein voller Erfolg, und Giosuè stand im Mittelpunkt der Aufmerksamkeit. Marias Schwiegervater unterhielt sich mit ihm über die Schwefelminen und die Unfälle in der Grube von Lercara, ohne Marias Besuch in Ciatta und ihre Rolle innerhalb der Familiengeschäfte zu erwähnen – das war Privatsache. Er wollte von Giosuè wissen, ob es sich lohne, in die Modernisierung der Gruben zu investieren. »Die amerikanische Konkurrenz lässt unsere Schwefelproduktion immer weiter schrumpfen, aber das ist nicht der Grund für das Ende der sizilianischen Minen«, lautete Giosuès Antwort. Obwohl die Frauen über ganz andere Dinge redeten, hörten sie mit halbem Ohr zu. »Die sizilianische Schwefelindustrie wird überleben«, schloss er, »allerdings nur die Minen, die sich an die gesetzlichen Sicherheitsvorgaben zum Schutz der Arbeiter halten. Von den zahllosen Gruben, die es heute gibt, wird höchstens ein Dutzend bleiben, doch die werden auch weiterhin Profit machen.«

»Bravo!«, rief Vito Sala, und die Töchter machten saure Mienen.

Nach dem Mittagessen zogen sich die Herren zum Rauchen auf die Veranda zurück. Vom Salon aus sah Maria ihnen zu. Pietro und Giosuè unterhielten sich angeregt und blickten durch die Glastür zu ihr herüber. Dann setzte sich Pietro neben seinen Vater und redete eindringlich auf ihn ein, und wieder wanderten ihre Blicke zu ihr. Maria schämte sich für das Benehmen ihres Mannes.

Onkel Giovannino war der Erste, der sich zum Aufbruch bereit machte. Er bat darum, seinen Sekretär rufen zu lassen, weil er ihn Giosuè vorstellen wollte. Die Nichten verzogen das Gesicht. »Natürlich, wir können ihn zum Digestif hereinbitten«, sagte Maria, und Matteo Mazzara wurde ins Wohnzimmer geführt. Sistina, Graziella und Giuseppina, die den ganzen Abend unter sich geblieben waren, legten mit einem Mal größtes Interesse für die Vasen der Magna Graecia an den Tag, drängten sich tuschelnd vor den Vitrinen und kehrten dem unerwünschten Gast eisern den Rücken zu. Matteo, der einen Abschluss in Altertumskunde besaß und dem der Erwerb der wertvollsten Stücke der Sammlung zu verdanken war, wechselte mit jedem ein paar liebenswürdige Worte und unterhielt sich dann mit Giosuè über die Ausgrabungen in Libyen. Schließlich hakte er Giovannino unter und begleitete ihn hinaus. Die übrigen Gäste folgten ihrem Beispiel und verabschiedeten sich ebenfalls.

Pietro, Giosuè und Ignazio blieben im Wohnzimmer zurück. Maria begleitete die Mutter auf ihr Zimmer und gesellte sich zu ihnen. Sie fühlte sich lebendig und voller Energie. Sie nahm bei der Lampe Platz, griff nach ihrem Stickzeug und lauschte der Unterhaltung wie eine Fliege an der Wand.

Giosuè wirkte resigniert. Die Armee hatte keine Befehle erhalten, die Artillerie zu Verteidigungszwecken einzusetzen, und die Soldaten wussten nicht, was sie machen sollten. Die Austragung des Konflikts hatte mit der modernen Welt nichts zu tun. General Cadorna war ein Mann der Vergangenheit, der den modernen Kampfmethoden, die der Feind geschickt einsetzte, ablehnend gegenüberstand. Auch an der Landverteilung an die Veteranen, mit der man versuchte, neue Rekruten zu gewinnen, ließ Giosuè kein gutes Haar.

»Man sollte sich keine falschen Hoffnungen machen. Die Aufteilung der Latifundien zugunsten kleiner landwirtschaftlicher Betriebe ist wichtig und richtig, aber sie muss anders gehandhabt werden. Am Ende wird das Land illegal besetzt, und dann muss die Armee eingreifen. Am Großgrundbesitz wird sich nichts ändern, er geht allenfalls gestärkt daraus hervor, und die Hoffnungen der Veteranen werden zusätzlich enttäuscht.«

Zu ihrer eigenen Verwunderung war Maria noch nie aufgefallen, wie besonnen Giosuè seine Ansichten formulierte. Verstohlen blickte sie von ihrer Stickerei zu ihm hinüber. In seiner Art zu sprechen lag souveränes Feingefühl. Wenn Giosuè ihren Vater nach seiner Meinung fragte oder seine

Zustimmung suchte, klang er noch immer wie sein Schüler. Pietro hingegen behandelte er wie einen Bruder. Er schätzte, was er sagte, und hörte, ohne ihn zu unterbrechen, zu, selbst wenn er übertrieb oder den Faden verlor. Das wohlige Kribbeln aus der Badewanne durchströmte wieder ihren Körper.

Der Abend ging zu Ende. Der Vater war müde, und Giosuè reichte ihm den Arm. Pietro ging gähnend zu Bett und überließ es Maria, sich um den Gast zu kümmern.

Sie hatten Giosuè im schönsten Gästezimmer ein wenig abseits der anderen Zimmer untergebracht. »Komm herein«, forderte er Maria auf. »Ich habe etwas für dich.« Er öffnete seinen Koffer und hielt ihr einen Umschlag hin. »Eines meiner üblichen Geschenke.« Es waren Noten, Respighis *Sonate in f-Moll* für Klavier zu vier Händen. »Sie ist sehr schön und gar nicht schwer. Vielleicht können wir sie ja zusammen spielen.« Er nahm ihr Gesicht in die Hände, um ihr wie immer einen Gutenachtkuss zu geben, aber der Kuss landete direkt auf ihrem Mund. Dann ließ er die Hände hinabgleiten und umfasste ihre Taille, ohne sie an sich zu ziehen. Es war ein langer, tastender, sinnlicher Kuss. Reglos ließ Maria ihn gewähren. Er schob ihre Bluse hoch, streichelte ihr über den zarten Rücken, die Schultern, den Brustansatz. Dann hielt er zögernd inne. Jetzt erwiderte Maria seine Geste. Ein hingebungsvoller Kuss folgte dem nächsten, ohne dass sie sich einander näherten. Schließlich legte Giosuè ihr die Hände an die Wangen und begleitete sie nach einem letzten Kuss auf die Lippen und mit einem gehauchten »Gute Nacht« zur Tür.

Giosuè rauchte eine Macedonia Extra aus dem Päckchen, das Maria ihm auf den Schreibtisch gelegt hatte. Er war unsicher. Der Kuss war nicht geplant gewesen, und doch war er ihm richtig und natürlich vorgekommen und Maria ebenfalls. Wieso reichte es ihm nicht, ihr bester Freund zu sein?

Er begehrte Maria, seit sie zur Frau geworden war. Die Beziehungen zu anderen Frauen waren entweder intellektuell oder körperlich, aber niemals emotional. Es lag keine Zärtlichkeit darin. Mit Maria war das anders. Giosuè blickte dem Rauch nach, der in immer größeren Kringeln an die Decke stieg, und musste an die runden Brüste der blutjungen Maria denken, die er durchs Fernglas hinter ihren Gardinen erspäht und deren Anblick er zutiefst genossen hatte.

31

Wahrer Liebe verzeiht man viel

Maria ging zur Pförtnerloge des Hauses Marra hinunter, wo Carolina Tummia bereits im von Leonardo gesteuerten Automobil auf sie wartete. Weil Pietros Vater zu Jahresbeginn gestorben war, trugen beide Trauer und fuhren zur Beerdigung von Onkel Giovannino, den die Spanische Grippe dahingerafft hatte. Die Begräbnisfeier sollte wie die seines Bruders in Agrigent stattfinden. Vito Sala war im Januar 1918 gestorben, nur drei Tage nachdem er die Minen auf Giosuès Empfehlung und gegen den Willen seiner Töchter, die jeweils einen zweiprozentigen Anteil hielten, mit dem geltenden Arbeitsrecht in Einklang gebracht hatte. Maria erinnerte sich noch an das Versprechen, das er ihr kurz vor seinem Tod erneut abgenommen hatte: »Niemals werde ich das Vermögen meiner Kinder angreifen, um die Schulden meines Mannes zu begleichen.« Genau deshalb war sie zu ihren Eltern nach Camagni gefahren, um mit ihnen über Pietros Schulden zu sprechen und über die Notwendigkeit, einige Schmuckstücke zu verkaufen.

Nach dem Tod des Schwiegervaters waren Pietros Gläubiger in Scharen aufgetaucht. Einige waren sogar zur Beerdigung oder zum Kondolenzbesuch ins Haus gekommen, und Maria hatte mit ihnen verhandeln müssen. Sie hatte ihre wertvollsten Schmuckstücke herausgesucht, um die kleinen, aber zahlreichen Schulden zu begleichen. Leonora hatte anderweitige Verpflichtungen gehabt, und nur Filippo war bei dem Treffen mit den Eltern dabei gewesen. Da nur wenig gebaut wurde und er häufig ohne Arbeit war, hatte er sich erboten, sich um den Verkauf des Schmucks über einen befreundeten Juwelier aus Palermo zu kümmern. In dem Moment war das Telegramm mit der Todesnachricht des Onkels eingetroffen, und Maria hatte sein Angebot angenommen, zum einen, weil Filippo ihr leidtat, und zum anderen, weil sie fürchtete, sich nicht selbst darum kümmern zu können. Doch kaum war sie ins Auto gestiegen, bereute sie es. Was verstand Filippo schon von Schmuck? Sie hatte ein ungutes Gefühl.

Es störte sie, mit Carolina zu reisen. Gern wäre sie mit ihren Gedanken an Onkel Giovannino allein gewesen, denn obwohl sie ihn nicht lang gekannt hatte, hatte sie ihn stets gemocht. Erst vor Kurzem hatte der Onkel ihr seine Zuneigung für Matteo gestanden, der seinen Verwaltungsposten in einem Turiner Museum aufgegeben hatte, um als sein Sekretär bei ihm zu sein. Trotz des großen Altersunterschiedes zwischen den beiden hatte sich Maria für sie gefreut. Sie hatte mit Pietro darüber gesprochen, der sie darin bestärkt hatte, die gleichgeschlechtliche Liebe zwischen Frauen und Männern zu akzeptieren. »Alles, was in der Natur vorkommt, hat einen Grund, und das muss man respektieren. Homosexualität bei Hunden ist bekannt, aber es gibt auch andere Lebewesen, die sich zum gleichen Geschlecht hingezogen fühlen.«

Carolina wartete mit sämtlichem Tratsch aus dem Hause des Onkels auf: »Es heißt, er habe sein Geld und die Sammlung moderner französischer Kunst Matteo vermacht. Was für eine Schande, alle werden von ihrer Beziehung erfahren! Was sollen die Leute denken? Und was kriegen wir? Angeblich hat er deinem Mann den Nießbrauch der Beletage in Palermo hinterlassen, die später deine Kinder erben werden. Man sagt auch, dass er zahllose Männer in ganz Italien und Frankreich mit kleineren Summen bedacht habe.« Maria nickte wortlos. Carolina setzte zu einem Tiefschlag an. »Dir hat er wohl Schmuck vererbt, von all seinen Nichten ausgerechnet dir und nur dir! Uns lässt er leer ausgehen! Was hast du mit ihm angestellt, du Unschuldslamm? Na los, Maria, verrate mir, wieso du mit Männern so ein gutes Händchen hast?«

»Dein schlechter Charakter geht mit dir durch, Carolina, reiß dich zusammen.« Trotz ihrer bösen Zunge mochte Maria ihre Cousine gern. Carolina fing an, über die Ciatta-Mine und Licalzi zu reden. »Du gefällst ihm, habe ich recht?« Maria schaute aus dem Fenster. Die Landschaft blühte, auf den Getreidefeldern leuchteten die ersten Mohnblumen. Alles war grün, und Maria beruhigte sich.

Die Beerdigung des Schwiegervaters schien sich exakt zu wiederholen. Der Sarg wurde zum Tor des Hauses Sala hinaus- und zur Kathedrale hinaufgefahren. In Zweierreihen ging der von Mönchen und Nonnen begleitete Zug der Waisenmädchen dem Leichenwagen voran und verkündete den Stadtbewohnern den Tod von Giovannino Sala. Gleich hinter dem Sarg schritten die engsten Verwandten, gefolgt von entfernteren Angehörigen, Freunden und Schaulustigen. Den Schluss bildeten zwei Reihen übertrieben herausgeputzter junger und weniger junger Männer. Es waren die Lustknaben, die mutig genug waren, einem von ihnen die letzte Ehre zu erweisen. Maria und Pietro, die Namensträger, gingen an erster Stelle, gefolgt von Pietros Schwestern und ihren Gatten. Matteo ging in der dritten Reihe, zusammen mit Carolina und den anderen Nachkommen. Zum Abschluss der Zeremonie sammelte sich die Familie unter dem Portikus der Kirche, um die Beileidsbekundungen entgegenzunehmen.

Pietro stand neben Maria. Er wirkte angespannt, als triebe ihn etwas um. »Hast du das Geld?«, murmelte er nervös.

Empört funkelte sie ihn durch den schwarzen Schleier an. »Das ist wohl kaum der passende Moment, und die Antwort ist Nein.«

Pietro riss sich zusammen. Während Freunde und Bekannte an ihnen vorüberdefilierten, legte er die Hand schützend an Marias Taille. »Was für eine Unverschämtheit, die Lalique-Vasen diesem Sekretär zu hinterlassen...«, zischte Sistina. »Das ist unverzeihlich!« Sie blickte Pietro Zustimmung heischend an.

»Wahrer Liebe verzeiht man viel«, entgegnete er laut genug, dass Maria es hörte, griff in ihren Schleier und streichelte ihr mit einem vielsagenden Blick über die Wange.

Pietro wollte ihre bisherige Wohnung in Palermo umgehend verlassen, um in die Beletage zu wechseln. Wie immer wollte er alles sofort. Maricchia war mit Egle, deren Heirat mit dem Lehrer Andrea Prosio bevorstand, gekommen, um Maria beim Umzug zu helfen. Während sie die Wäschekisten leerten, nahm sich Maria die Schränke vor. Als sie Pietros Garderobe aufs Sofa legte, um sie in die neue Wohnung bringen zu lassen, entdeckte sie ganz hinten im Schrank eine mit Sorgfalt und Hingabe gestaltete Collage. Fotografien von Frauen.

Maria hatte sie nie bemerkt. Es waren Sängerinnen und Berühmtheiten darunter, aber auch unbekannte Gesichter, und Damen der Gesellschaft aus Palermo und Agrigent. Alle Bilder hatten die gleiche Größe. Jedes war in der unteren rechten Ecke mit einem Datum versehen, manche auch mit einem zweiten. Maria entdeckte ihr Foto, das während der Hochzeitsreise gemacht worden war. In der Ecke stand nur ein einziges Datum: der Tag nach ihrer Hochzeit.

Es waren die Frauen, die Pietro geliebt hatte. Das erste Datum zeigte an, wann er sie das erste, das zweite, wann er sie das letzte Mal gehabt hatte. Maria war eine von ihnen. Eine von vielen. Plötzlich ging ihr auf, dass sie nie geliebt worden war. Sie fühlte sich plötzlich zerbrechlich, wie aus hauchdünnem Papier. Sie hatte versagt, als Frau und als Ehefrau. Während sie die Fotos betrachtete, ließ sie ihre Ehejahre Revue passieren. Pietro hatte ihr die körperlichen Freuden beigebracht, doch es war, als unterschiede sie sich nicht von allen anderen, Freundinnen wie Feindinnen. Sie war beliebig. Und allein.

In jenen Tagen erhielt Maria von Filippo den Erlös aus dem Schmuckverkauf. Als sie mit Tante Elena und Onkel Tommaso darüber sprach, bemerkte der Onkel leicht verlegen, der erzielte Preis komme ihm sehr niedrig vor und gewiss habe der Juwelier seine Ausgaben bereits mit den ersten Verkäufen wettgemacht. Maria ging darüber hinweg. Sie sagte ihnen nicht, dass Filippo ihr noch weniger gegeben hatte, und fühlte sich von ihrem Bruder hintergangen.

Nach ihrer Rückkehr nach Agrigent widmete sie sich den Kindern, die den Großvater und nun auch den Großonkel vermissten, und verbrachte viel Zeit daheim. Inzwischen wollte Pietro nicht mehr, dass seine Mutter Fara verließ, um bei ihnen zu leben, und war sich sicher, dass Maria froh darüber sein würde. Er ahnte nicht, dass seine Mutter ihr mit den Jahren ans Herz gewachsen war und dass sich seit der schmerzvollen Entdeckung der Trophäensammlung in seinem Schrank etwas in ihr verändert hatte. Er konnte ihr nicht mehr wehtun oder ihr seinen Willen aufzwingen. Anna Sala zog nach Agrigent, und Pietro fing an, mehr Zeit in Palermo zu verbringen.

Am 11. November 1918 gewannen Italien, Frankreich und England den Krieg gegen Österreich und Deutschland. Dank des vom Krieg befeuerten industriellen Aufschwungs ging Norditalien, dessen Industrie mit der Versorgung des Heers riesige Gewinne erzielt hatte, als doppelter Sieger hervor. Der Süden hatte wenig oder nichts erreicht. Die Kluft zwischen Nord und Süd war unüberwindlich geworden. In Marias Leben machte sich der Sieg kaum bemerkbar. Ende des Jahres hatte sie nach Palermo zurückkehren müssen. Ihrem Vater ging es schlecht, und in der Hoffnung auf ärztliche Hilfe war er zu seiner Schwester gezogen. Doch es war nichts zu machen gewesen. Titina hatte ihn mit Hingabe gepflegt. Tüchtig und unermüdlich, stets heiter und hübsch zurechtgemacht, hatte sie sich bis zum Schluss um ihn gekümmert.

Giosuè war aus Rom zur Beerdigung angereist. Er war unter die hundertsechsundfünfzig neuen, unerfahrenen sozialistischen Abgeordneten gewählt worden, die zusammen mit den Abgeordneten von Don Sturzos *Partito Popolare* die Hälfte der Sitze ausmachten. Alle beglückwünschten ihn, und er strahlte vor Stolz. »Giosuè, ich habe dich geliebt wie einen Sohn. Was du auch tust, du hast meinen Segen«, sagte Titina, als er sie nach der Trauerfeier in die Arme schloss. Maria war zutiefst gerührt. Sie umarmte Giosuè und dann alle anderen, die wartend in der Reihe standen.

Gerade wollten sie den Friedhof verlassen. Pietro hatte die Kinder fortgebracht, und Maria war noch einmal zurückgekehrt, um sich ein letztes Mal allein vom Grab des Vaters zu verabschieden. Giosuè war ihr schweigend gefolgt.

»Wir müssen uns öfter sehen«, sagte er. Maria schlug die Augen nieder, und gemeinsam weinten sie bittere Tränen. Sie hatte den Kopf gegen seine Schulter gelehnt, und Giosuè hielt sie fest. Lange standen sie so da, zwei Waisen, die ihren Kummer teilten.

Maria machte sich als Erste los. »Wir sollten nicht ...«

»Es muss etwas geschehen«, murmelte er und ließ sie los.

Bald darauf war Giosuè von Trauernden umringt, die den frisch gekürten Abgeordneten beglückwünschen wollten.

Das entsetzliche Jahr war noch nicht zu Ende. Alle in der Familie glaubten, die kaum zweiundvierzigjährige Titina würde über den Verlust ihres Mannes mit der gleichen unerschütterlichen Stärke hinwegkommen, mit der sie ihn gepflegt hatte, und könnte sich einer langen, unbeschwerten Witwenschaft erfreuen. Doch nach Ignazios Tod hörte Titina auf zu essen. Maria, die in Palermo geblieben war, sah ihren Verfall und begriff. Sie sprachen darüber, doch Titina wollte keinen Arzt sehen. Auf Filippos Drängen hatte Leonora darauf bestanden, den hochgeschätzten Hausarzt zu rufen, der auch den Vater betreut hatte. Maria war es nicht recht, dass die Mutter der Schwiegertochter nachgab. »Ärgere dich nicht, ich tue, was ich will und für richtig halte. Leonora tut mir leid. Sie und ihre Mutter sind von Diego misshandelt worden. Er hat sie geschlagen. Während eines Festes in unserem Haus habe ich heimlich eine dieser Foltern mit ansehen müssen: Leonora war kaum fünf Jahre alt. Sie hatte ihm nicht gehorcht, und er packte ihre Hand, verdrehte ihr die Finger, als würde er Wäsche auswringen, einen nach dem anderen, langsam und brutal, ohne sie aus den Augen zu lassen. Dann öffnete er ihre Hand und schlug ihr auf die Handfläche. Er bog die Finger nach hinten, als wollte er sie durchbrechen, und sah ihr dabei unverwandt in die Augen. Sie war kreidebleich, tat aber keinen Mucks, weil sie wusste, dass ihr dann noch Schlimmeres blühte.« Wie zu sich selbst fügte Titina hinzu: »Ich habe

Nike stets bewundert. Sie hätte diesen Sadisten verlassen sollen, aber sie hat nie ein Wort gegen ihn gesagt...«

Doch Titina war nicht krank. Sie weigerte sich lediglich, zu essen und zu trinken. Zwei Wochen später starb sie im Schlaf. Eine weitere, in aller Hast organisierte Beisetzung folgte. Giosuè kam zu spät und musste noch am selben Tag zurück nach Rom. »Ich hatte zwei Väter, aber nur eine liebevolle Mutter, nämlich eure«, sagte er zu den Geschwistern Marra und ging niedergeschlagen davon. Maria wurde klar, dass sie tatsächlich Geschwister waren, und sie versuchte sich einzureden, dass die Augenblicke, in denen sie geglaubt hatte, Giosuè würde sie begehren, eine Gefühlsverwirrung gewesen waren.

Filippo fand keinen Frieden. Er glaubte, die Mutter habe sich vergiftet, und verlangte eine Autopsie. Das Ergebnis brachte keine eindeutige Klärung: Titina hatte an einem Brusttumor gelitten, der jedoch nicht die Todesursache gewesen war. Doch obschon die Mutter offiziell eines »natürlichen« Todes gestorben war, hörte Filippo nicht auf, sich mit vergeblichen Fragen zu quälen. Maria indes wusste, dass ihre Mutter ohne den Vater nicht weiterleben wollte, und konnte ihr die Entscheidung nicht verübeln.

32

Wir teilen ein Schicksal

Der Tod kommt in Wellen, sagte sich Maria immer wieder. Vier Todesfälle in zwölf Monaten waren nicht ungewöhnlich, sondern der Generation geschuldet. Dennoch war es ein schweres Jahr gewesen.

Von der Elterngeneration blieb nur noch die Schwiegermutter, die bei ihr lebte. Jeden Tag ging Maria sie besuchen. Die Zeit konnte sie sich nehmen: Anna und Vito mussten lernen und hatten eine Schweizer Hauslehrerin, und Pietro verbrachte viel Zeit in Palermo. Er suchte noch immer nach antiken Objekten und hatte angefangen, sich für moderne sizilianische Kunst zu interessieren.

Das allgemeine Wahlrecht (für Männer), die Schulpflicht und das Gesundheitswesen hatten dem Faschismus den Weg geebnet. In den zwei Jahren seit Mussolinis Machtübernahme war Sizilien zur Ruhe gekommen und konnte sich über erste Anzeichen wirtschaftlichen Aufschwungs freuen.

Ihre Brüder unterstützte Maria ebenfalls. Roberto, der Jüngste, sorgte für sich selbst. Er hatte seinen Abschluss in Altphilologie gemacht und in einem Gymnasium in Pinerolo eine Stelle als Lehrer bekommen. Er war nicht verheiratet, führte sein eigenes Leben und kam nur selten nach Sizilien. Sie schrieben einander. Filippo war nach seiner Entlassung aus der Armee nach Camagni zurückgekehrt und lebte mit

Leonora im väterlichen Haus, das er als Erstgeborener geerbt hatte. Er versuchte sich zunächst als Freiberufler, doch da weder vor noch nach dem Krieg in Sizilien eine Nachfrage an Bauingenieuren bestand, fand er keine Auftraggeber und auch keine Festanstellung. Er hatte das ehemalige väterliche Büro an Nicola vermietet, der Jura studiert hatte und Anwalt werden wollte. Nicola musste sich seinen Lebensunterhalt nicht verdienen, denn Tante Matilde hatte ihn adoptiert. Inzwischen hatten Nicola und Filippo ein höchst seltsames Arrangement getroffen: Diskret, aber gerecht teilten sie sich Leonora. Seit ihr Sohn Zino zur Schule ging, schien sich Leonora noch mehr von Filippo und dem Kind entfernt zu haben. Sie verbrachte viel Zeit mit Nicola und fuhr in Begleitung komplizenhafter Freundinnen regelmäßig nach Rom, wo er mehrere Wohnungen in Parioli besaß. Um des lieben Friedens willen sagte Maria nichts.

Als Leonora sie einmal bat, sie nach Rom zu begleiten, ergriff Maria die Gelegenheit und lud sie in ein Restaurant ein, um sich das Verhältnis zwischen ihr und ihren Brüdern erklären zu lassen. »Da unsere Eltern nicht mehr am Leben sind und ich die Älteste bin, lege ich Wert darauf, dass unsere Familie auch weiterhin friedlich zusammenlebt, und deshalb will ich deine Ménage-à-trois mit meinen Brüdern verstehen«, sagte sie, als sie nach dem ersten Hauptgang auf ihr paniertes Schnitzel warteten.

Leonora hatte mit dieser Bitte gerechnet. »Ich bin anders als du. Du bist in einer heilen Familie aufgewachsen, ich hatte eine unglückliche Kindheit und Jugend und habe in finanzieller und moralischer Armut gelebt. Mein Vater hat meine Mutter misshandelt. Albertina, die Frau, die er sich hielt, hat er auch nur ausgenutzt. Die Ärmste musste unzählige Abtreibungen über sich ergehen lassen. Damals beschloss ich, dass ich niemals arm sein und mir einen reichen Mann suchen würde.«

Sie holte Luft und zupfte die Serviette auf ihrem Schoß zurecht. »Ich wäre notfalls auch eine Mätresse geworden. Die Vorstellung, arm zu sein, war mir einfach unerträglich und ist es bis heute. Ihr wart mein Traum, eine heile, liebevolle Familie. Als es hieß, deine reiche Tante Elena und ihr Mann hätten beschlossen, Filippo zu adoptieren, dachte ich, wenn ich ihn heiratete, wäre ich reingewaschen und könnte in eurer Familie ein neues Leben beginnen. Ich brauche Komfort und Sicherheit.«

Maria hörte zu und versuchte sie zu verstehen. Nervös knetete Leonora ihre Serviette. »Da ist noch etwas.« Sie blickte Maria Hilfe suchend in die Augen. »Ich bin eine sinnliche Frau. Die Jungfräulichkeit habe ich gleich nach der Pubertät verloren. Filippo ist gut zu mir, und ich bin ihm herzlich zugetan. Soweit ich weiß, haben Onkel und Tante ihn doch nicht adoptieren wollen, vielleicht weil ich ihnen nicht passe. Aber daran will ich gar nicht denken. Als Liebhaber befriedigt Filippo mich nicht. Nicola hingegen hat mir seit jeher gefallen, er hat die Statur deines Vaters, aber er ist sechs Jahre jünger als ich und mittellos. Dann hat Tante Matilde beschlossen, ihn zu adoptieren. Ich hätte Filippo verlassen, mit Nicola durchbrennen und mir mit ihm ein schönes Leben weit weg von Camagni machen können, aber das brachte ich nicht fertig, es wäre nicht anständig gewesen. Ich hätte auch meinen Sohn verlassen oder ihn seinem Vater wegnehmen müssen, und ich wollte nicht, dass er leidet, wie ich leiden musste.« Der Kellner brachte den zweiten Gang. »Deine Brüder und ich haben darüber gesprochen und sind zu der dir bekannten Vereinbarung gekommen. Ich verkehre mit dem einen und mit dem anderen. Erinnerst du dich, wie wir über Vielmännerei gelacht haben? Nun, ich bin die Erste in der westlichen Welt. Und jetzt lass uns essen, sonst wird das Schnitzel kalt.«

»Wie *Die zweifache Frau Morli*«, sagte Maria leise.

Den Blick beflissen auf den Teller geheftet schnitt Leonora das Fleisch in gleich große Stücke und drückte mit Gabel und Messer aus, was sie nicht zu sagen imstande war: Sie wollte gerecht sein wie Maria, damit jeder bekam, was ihm zustand, nicht mehr und nicht weniger. Sie tat Maria leid.

»Lass uns versuchen, Freundinnen zu sein. Immerhin sind wir doppelt verschwägert.« Maria streckte die Hand aus und streichelte ihr über die Fingerknöchel, doch sie brachte es nicht über sich, ihre Hand zu drücken.

Im April 1924 fuhr Maria nach Rom. Sie musste weiteren Schmuck verkaufen, um Pietros Schulden zu bezahlen. Er hatte vorgeschlagen, Giosuè um Hilfe zu bitten, der von der Partei gerade zum *Gerarca* ernannt worden und auf einen einflussreichen Funktionärsposten gerückt war. Nach dem Tod der Eltern hatten Maria und Giosuè ihre alte Gewohnheit, sich regelmäßig zu schreiben, nicht wieder aufgenommen, wiewohl Giosuè es niemals versäumte, jedem Familienmitglied zum Geburts- und Namenstag zu gratulieren, und sich an die Todestage ihrer Eltern erinnerte. Die seltenen Male, die er nach Sizilien kam, rief er an oder machte einen kurzen Besuch.

Maria hatte den alten Schmuck, den sie von Onkel Giovannino geerbt hatte, von Juwelier zu Juwelier getragen, doch keiner wollte ihn kaufen. Den Leuten stand der Sinn nach Modernem. Pietro bestürmte sie mit Telegrammen und Telefonaten. »Bist du ihn losgeworden?« Bis sie ihm nicht mehr antwortete, und so wandte er sich direkt an Giosuè.

Als sie gerade bei Nicola war, rief Giosuè an. Er habe von Pietro erfahren, dass sie in Rom sei und Schmuck verkaufen wolle. Er kenne einen potentiellen Käufer und würde sich der Sache persönlich annehmen. Er lud sie ins Alfredo ein, ein neues und äußerst beliebtes Restaurant, das von zahlreichen Politikern frequentiert wurde.

Giosuès Anruf und seine Einladung hatten Maria verstimmt, und die Unterhaltung mit Leonora hing ihr nach. Obwohl sie erst vierunddreißig war, fühlte sie sich alt. Die doppelte Familienbuchhaltung, auf die sie sich, ohne nachzudenken, eingelassen hatte, belastete sie. Während das familiäre Vermögen gedieh und es genug Geld für die Kinder gab, die sie ins Internat zu schicken gedachte, verprasste Pietro seine jährliche Leibrente in wenigen Monaten und machte dann Schulden, die Maria durch den Verkauf dessen beglich, was er für sie und das Haus erworben hatte. Es machte ihr nichts aus, Schmuck zu verkaufen, aber sie ärgerte sich, von ihrem Mann regelmäßig um Geld angebettelt zu werden, und fragte sich, was passieren würde, wenn es nichts mehr zu veräußern gäbe. Sie fühlte sich müde.

Als sie ausgehfertig war, warf sie einen letzten Blick in den Spiegel. Sie hatte sich die Schmetterlingsbrosche an den Jackenaufschlag geheftet, Pietros erstes Geschenk, das ebenfalls auf einen Käufer wartete. Sie zögerte kurz, dann nahm sie sie wieder ab.

Widerwillig verließ sie das Haus, um Giosuè im Restaurant zu treffen. Er hatte erreicht, was er immer gewollt hatte: Er war ein gefragter Abgeordneter, dessen Name in allen Zeitungen stand. Mit siebenunddreißig Jahren stand er im Zenit seines Lebens und liebte sie wie ein großer Bruder. Sie wollte nicht, dass er in ihr eine Gescheiterte sah, auch wenn es der

Wahrheit entsprach: Sie war gescheitert, daran gab es nichts zu rütteln.

Als sie ihn erblickte, vergaß Maria alles.

»Du hast dich kein bisschen verändert!« Er führte sie zum Tisch. Noch ehe sie danach fragen konnte, kam er auf Pietros Bitte zu sprechen. Maria müsse sich keine Sorgen wegen des Schmucks machen, er habe einen Käufer gefunden und würde sich um alles kümmern. Dann fing er an, über Politik zu reden. Er sei mit dem Faschismus zufrieden, vor allem weil er eine neue Stabilität gewähre: »Zwar missfällt es mir, dass es keine wirkliche Opposition gibt und dass sie, wenn es sie gäbe, sofort zum Schweigen gebracht würde, doch jetzt entsteht ein neues, ein geeintes Italien.« Was die Schulen und die Alphabetisierung des Landes betreffe, habe die Regierung überaus fortschrittliche Pläne. Giosuè holte weit aus.

Maria hörte ihm zu, ohne ihm wirklich zu folgen. Sie betrachtete ihn und dachte daran, wie er vor dem Krieg in Tripolis gewesen war. Die alten Gefühle regten sich wieder. Sie blickten einander an und begannen, über sich zu reden: wie es ihnen ging, was sie gemacht hatten, was sie dachten, wer sie waren. Sie aßen, tauschten Blicke, und die Bekenntnisse setzten sich schweigend fort, zwischen einem Bissen und dem nächsten, einem Schluck Wein und dem nächsten. Während sie auf den Nachtisch und den Dessertwein warteten, erhob sich Giosuè plötzlich mit einem knappen »Entschuldige« und ging davon. Schließlich kehrte er zurück und schenkte ihr scheinbar gelassen Dessertwein nach.

Als das Mittagessen vorüber war, legte Giosuè die Fäuste auf den Tisch. »Maria, ich bin siebenunddreißig Jahre alt und habe keine Frau. Ich halte das nicht mehr aus.«

Sie verharrte mit dem Eislöffel halb in der Luft. »Willst du heiraten?«

»Ich kann nicht.«

»Weshalb?«

»Die Geschichten mit anderen Frauen verschaffen mir keinerlei Befriedigung.« Er hielt kurz inne. »Das Restaurant verfügt über ein diskretes, komfortables Zimmer. Kommst du mit?«

Maria antwortete nicht, und Giosuè fürchtete schon, sie beleidigt zu haben. Doch dem war nicht so. Es war, als hätte sie mit dieser Frage gerechnet und als wäre der Widerwille, ihn zu treffen, der Furcht vor ihrer Antwort geschuldet.

»Was würde das bringen? Ich habe Familie, und du hast deine Frauen: Du bist Abgeordneter, eine öffentliche Person. Auch ich habe in Agrigent eine gesellschaftliche Position und zwei Kinder, die irgendwann heiraten wollen.«

Giosuè füllte ihr halb leeres Glas. »Verzeih mir, aber ich musste dich das fragen. Du weißt, dass du die Einzige bist, die ich jemals zur Frau haben wollte.«

Maria wirkte ehrlich überrascht. »Lass uns noch ein Eis bestellen«, sagte er. »Das mit Mandelmakronen. Es ist wirklich köstlich.«

Sie nickte und starrte in den kristallklaren Dessertwein, den Giosuè ihr nachgeschenkt hatte.

Sie stiegen ins Taxi. »Erlaube mir wenigstens, dir mein Zuhause zu zeigen«, sagte Giosuè. »Es ist nicht so schön wie deines, aber ich habe eine Sammlung futuristischer Kunst und moderne Möbel, die dir hoffentlich gefallen.«

Der Pförtner zuckte nicht mit der Wimper, als er den Abgeordneten Sacerdoti mit einer neuen Freundin in seiner

Wohnung verschwinden sah. Nachdem die Haushälterin den Kaffee im Wohnzimmer serviert hatte, bat sie diskret um Erlaubnis, sich zurückzuziehen. Maria hatte das Gefühl, in einem Theaterstück zu sein. Sie schritt die grellbunten Gemälde ab, deren Darstellungen an Körper und architektonische Formen, jedoch nie an die Natur erinnerten. Die Möbel waren aus Aluminium oder Eisen und hatten kantige, geometrische Konturen. Das Holz war zu aerodynamischen Kurven gebogen. Allmählich sah sie Giosuè in neuem Licht: Er war ein Sammler, der das Moderne, Schöne, Genussvolle liebte. Vom Wein entspannt ließ sie ihrer unterdrückten Leidenschaft freien Lauf.

Giosuè begleitete sie bis zu Nicolas Wohnung. »Wir sehen uns bald wieder«, sagte er, »und vergiss nicht, was ich dir vor fast zwanzig Jahren im Garten von Camagni gesagt habe. Wir beide können einander nicht vergessen, das ist unmöglich: Wir teilen ein Schicksal, mag es grausam oder glücklich sein.«

Am folgenden Tag erhielt Maria ein Billett von Giosuè:

> *Leider muss ich morgen fort. Der Scheck des Juwelenkäufers ist unterwegs zu Dir. Möchtest Du heute Nachmittag einen Tee in der Casa Valadier trinken, nur auf einen Spaziergang? À deux.*

Die Casa Valadier auf dem Pincio war ein neoklassizistisches Juwel, das am Rande des Parks der Villa Borghese lag. Von dort aus hatte man einen herrlichen Blick über ganz Rom. Giosuè wartete bereits auf sie. »Lass uns ein bisschen gehen, ich mag keine Leute sehen.« Eine Stunde lang wanderten sie auf den baumbestandenen Alleen des Parks auf und ab, eng beieinander und sorgsam darauf bedacht, sich nicht zu berühren, und Giosuè teilte seine Gedanken, seine Befürchtungen, seine Wünsche und Erinnerungen. Maria hörte zu und erzählte von sich und der Familie. Sie versuchten, die vergangenen zwanzig Jahre mit ihrer gemeinsamen Geschichte zu füllen. Als das Kopfsteinpflaster unebener wurde, bot Giosuè ihr den Arm, und es war, als wären sie schon immer Arm in Arm gegangen, als kenne er den Takt ihrer Schritte und als hätte sich Marias Ellenbogen schon immer an seine Seite geschmiegt. Er verabschiedete sich mit einem Handkuss.

33

Erpressung

Voller Schuldgefühle war Maria nach Sizilien zurückgekehrt. Pietro war besonders liebevoll, er hatte das Geld bereits erhalten und anlässlich ihrer Rückkehr einen Abend mit den Kindern organisiert, wie sie es am liebsten hatte. Sie würden zusammen ins Kino gehen und danach ins Grand Hotel des Palmes. Maria war froh, sie wiederzusehen, doch sie wusste, dass sie sich verändert hatte. Es war, als gehöre sie nicht mehr allein ihrem Mann und den Kindern.

Eine Woche lang wollte sie Giosuè nicht schreiben und las auch den Brief nicht, den er ihr geschickt hatte. Morgens am Klavier spielte sie wehmütige Melodien. Weder wollte sie eine Liebe auf Distanz leben noch ihren Mann und die Kinder verlassen. Außerdem konnte sie dem Faschismus nichts abgewinnen. Schließlich schrieb sie Giosuè, dass sie ihn nicht mehr wiedersehen wolle.

Vier Tage später überquerte ein Fremder mit einem eleganten ledernen Reisekoffer den kleinen Platz vor dem Palazzo Sala. Von oben waren die Klänge von Chopins *Nocturne opus 9* zu hören. Lauschend blieb der Fremde neben den Ständen der Verkäufer stehen, die lautlos ihre Waren arrangierten und zu dem geöffneten Balkonfenster im zweiten Stock hinaufblickten. Die letzten Töne zerrannen wie Tränen.

Kaum hatte er Marias Brief erhalten, war Giosuè in den Zug gestiegen und zwei Tage später unangekündigt in Agrigent eingetroffen. Er meldete sich an der Pförtnerloge, stieg die Treppe hinauf und wurde von der kreidebleichen Maria im Salon empfangen. Die Kinder waren in der Schule und Pietro in Palermo. Sie waren allein. Maria machte sich auf eine Szene gefasst.

»Du weißt, dass das unmöglich ist.« Giosuè ging auf sie zu, um sie in die Arme zu schließen.

»Ja, es ist unmöglich«, wiederholte sie, als würde es eine andere sagen, und ließ sich in seine Arme sinken.

Fortan trafen Giosuè und Maria sich in Sizilien, wo er sich eine Reihe geschäftlicher Verpflichtungen arrangierte. Pietro, der stolz auf seine Freundschaft mit einem faschistischen Parteifunktionär war, war glücklich, ihn bei sich zu beherbergen. Wenn Pietro nicht da war, zog Giosuè es vor, bei den Paolinis in der Präfektur zu wohnen. Jede Nacht schlich er sich zu den Salas ins Haus. Sobald das Tor geschlossen wurde, sorgte Maddalena auf Anweisung ihrer Herrin dafür, dass die kleine Eingangstür geöffnet blieb. So ging es sechs Monate lang.

Giosuè galt als enger Freund von Maria und Pietro. Maria führte ein zurückgezogenes Leben, und das Haus und ihre Familie erfüllten sie. Sie engagierte sich für wohltätige Zwecke und schloss sich den faschistischen Organisationen für Frauen, Mütter und Kinder an. Abgesehen von der steten Angst vor der Zukunft und der Furcht, dass, sollte Giosuè etwas zustoßen, sie ihm niemals würde beistehen können, war sie glücklich. Ihrem Mann gegenüber hatte sie keinerlei Schuldgefühle. Er hatte seinen Anspruch auf ihre Treue verwirkt, und wie ihre Mutter richtig gesagt hatte, war es nicht klug, ihn wissen zu lassen, dass ihre Liebe einem anderen galt.

In der Nacht hatte Maria Magenschmerzen. Da sie Maddalena nicht wecken wollte, ging sie in die Küche hinunter, um sich ein Lorbeerwasser mit Zitronenschale zu machen, das ihre Mutter stets als Allheilmittel gepriesen hatte. Es war seltsam, nachts allein in der großen Küche zu sein, die sonst voller Licht und arbeitender Menschen war. Maria fühlte sich einsam. Sie stand am Tisch, nippte ihren Aufguss und betrachtete den Mondschein, der durch die Lamellen der Fensterläden sickerte.

Da bemerkte sie einen Lichtschein unter der Tür zum Treppenhaus. Sie stellte die Tasse ab und ging lautlos hin, um sie zu öffnen. Die Treppe war erleuchtet, als würde jemand erwartet. Gebannt tappte Maria die Stufen hinunter. In der Pförtnerloge war alles still. Die kleine Eingangstür war angelehnt. Was sollte sie tun? Sie beschloss, Lia, die Frau des Pförtners, zu wecken, die ihr, seit sie Lesen und Schreiben gelernt hatte, treu ergeben war. Lia runzelte die Stirn. »Es ist eine Frau, passen wir sie ab.« Lia würde in der Portiersloge und Maria am Hauseingang warten.

Während Maria stocksteif auf dem Savonarola-Stuhl am Eingang saß, hatte sie der Kummer, dass eine ihrer Dienerinnen sich nachts hinausschlich, um einen Mann zu treffen, ihre Magenschmerzen vergessen lassen. Wer mochte es sein? Die Glocke der Pförtnerloge ertönte: Es war Marisa.

Die aufrichtige, mutige, verlässliche Marisa war mehr als eine Angestellte, sie war eine Freundin. Sie hatte die Kraft gefunden, ihre Heimat in einem entsetzlichen Moment zu verlassen. Nun kehrte sie jedes Jahr nach Venetien zurück, um ihre Familie zu besuchen. Tief in Marias Herzen hatte Marisa den Platz der inzwischen glücklich verheirateten Egle und Maricchias eingenommen, die im Jahr zuvor im Haus ihrer Enkelin in Palermo gestorben war.

Gewiss hatte Marisa das Haus wegen eines Rendezvous verlassen. Was soll ich tun?, fragte sich Maria. Habe ich das Recht zu wissen, wohin sie geht und mit wem sie sich trifft? Und was würde das bei den anderen Hausangestellten für einen Eindruck machen? Marisas Verhalten war ein schlechtes Beispiel für die unbescholtenen Mädchen, die im Haus arbeiteten, um sich ihre Aussteuer zu verdienen. Niemand würde sie heiraten, wenn bekannt würde, dass man im Hause Sala nachts ein und aus gehen konnte, wie man lustig war. Maria musste sie zur Rede stellen.

Ohne zu merken, dass Lia sie beobachtete, betrat Marisa in aller Ruhe das Haus und stand plötzlich Maria gegenüber, deren vorwurfsvoller Blick Bände sprach. Sie stand auf. »Warum?«, fragte sie nur.

»Sie haben mir doch beigebracht, dass wir alle gleich sind«, entgegnete Marisa mutig. »Wenn wir krank sind, schicken Sie uns zu Ihren Ärzten. Letztes Jahr, als ich Zahnschmerzen hatte, haben Sie mich zu Dottor Cucurullo gebracht. Wir haben uns verliebt, und nachts gehe ich zu ihm, leiste ihm Gesellschaft und komme danach wieder heim.« Sie brach in Tränen aus. »Vielleicht können Sie mich verstehen.«

Maria musste daran denken, wie oft sie sich nach Pietros Gesellschaft gesehnt hatte, wenn er sie wieder einmal allein gelassen hatte, um seinen Vergnügungen nachzugehen, und wie sehr sie sich in letzter Zeit nach dem Mann sehnte, den sie liebte. Wie oft war sie nachts wach geworden, hatte vergeblich nach der leeren Bettseite getastet und sich nach ihm verzehrt. Sie wusste, das Marisa Giosuès Kommen und Gehen nicht entgangen war, doch sie hatte kein Wort darüber verloren. Nun stand sie vor ihr, womöglich noch erhitzt von den Umarmungen des Zahnarztes, und Maria brachte es nicht fertig, sie zu tadeln. Doch sie musste an die anderen Dienstmädchen denken, die keinen Ehemann mehr finden würden, wenn Marisas Affäre an die Öffentlichkeit geriet. »Du musst gehen«, sagte sie zu Marisa, nachdem sie ihre Befürchtungen gestanden hatte. »Aber ohne dass es deinem Ansehen schadet, und du bleibst in meinen Diensten, bis du woanders unterkommst. Solltest du eine Stelle auf dem Festland finden, bekommst du hervorragende Referenzen, solltest du jedoch in Sizilien bleiben, werde ich gezwungen sein, die Wahrheit zu sagen.« Sie ergriff Marisas Hände, und sie umarmten einander wie Schwestern.

Marisa blieb noch einige Monate. Obwohl Lia beteuerte, sie verlasse auch weiterhin nachts das Haus, wurde sie nicht mehr zur Rede gestellt. Maria wollte ihr die letzten glücklichen Momente nicht zerstören. Als sie es Lia zu erklären versuchte, konnte es sich die Pförtnerfrau nicht verkneifen zu sagen, dass Marisa in puncto nächtlicher Besuche nicht die Einzige sei. In Agrigent mache das Gerücht die Runde, Maria habe einen namhaften, aber bislang namenlosen Liebhaber. Maddalena sei für das Gerede verantwortlich. »Sie weiß zu viel und redet zu viel, vor allem mit Caterina, der Kammerzofe der Baronin Tummia.«

Maria wusste, dass Maddalena dumm und somit alles andere als verlässlich war, aber sie war das einzige Dienstmädchen, das ihr noch aus Camagni geblieben war, und deshalb hatte sie geglaubt, auf ihre Diskretion zählen zu können. Die restliche Dienerschaft gehörte dem Hause Sala an, dem sie, mit Ausnahme von Lia, loyal verbunden war. Das Gleiche galt für das Verwaltungspersonal, von dem nur Licalzi ihr treu ergeben schien. Gemeinsam war es ihnen trotz des Widerstandes der Schwägerinnen gelungen, dem letzten Wunsch des Schwiegervaters nachzukommen und die Arbeitsbedingungen in den Schwefelminen zu verbessern. Erst kürzlich hatte Carolina, die zu einer verbitterten, klatschhaften alten Jungfer geworden war, Maria nach Licalzi gefragt: Wie oft sie sich trafen, wie er so sei und ob er Frau und Kinder habe. Maria besuchte die Mine regelmäßig, und statt sich von Leonardo chauffieren zu lassen, fuhr sie häufig bei Licalzi mit. Das war etwas ganz Neues und sehr Fortschrittliches. Eines Tages, als sie mit ihm das Haus verließ, bemerkte sie einen Mann vor dem Tor. Er sah aus wie ein Fremder oder ein Tourist und machte Fotos mit einem Apparat ohne Dreifuß. Sie hatte nicht weiter auf ihn geachtet, doch nun fiel er ihr wieder ein.

Der Zufall wollte es, dass ausgerechnet Marisa darauf zu sprechen kam. Sie hatte eine Stelle im Norden gefunden und brach beim Abschied in Tränen aus.

»Na komm schon, vielleicht kann Dottor Cucurullo dich ja besuchen. Und wer weiß, vielleicht sehen wir uns irgendwann hier in Agrigent wieder, als Nachbarinnen!«, versuchte Maria, sie zu trösten.

Doch Marisas Tränen galten Maria. Sie erzählte ihr, Giuseppina Tummia habe gleich, als sie erfuhr, dass sie den Dienst verließe, nach ihr rufen lassen. Marisa hatte geglaubt, sie wolle sich nach ein paar Rezepten erkundigen, doch die Baronin wollte sie erpressen. Sie wusste, dass Maria Männerbesuch bekam, der durch die gleiche Tür ein und aus ging wie Marisa. Sie wusste auch, dass zwischen ihr und ihrer Herrin so etwas wie Freundschaft bestand – dabei hatte sie die Nase gerümpft – und sie einander womöglich ihr Herz ausschütteten, immerhin hatten sie sehr viel gemein. »Du bist nicht von hier, du hast deine Gepflogenheiten, und wir haben unsere. Ich frage mich, ob die Frau meines Bruders noch würdig ist, ihre Kinder in Agrigent allein großzuziehen.« Der bis über beide

Ohren verliebte und überaus treue Pietro sei gezwungen gewesen, nach Palermo zu ziehen, wo er seine Zeit ganz allein fristete, mit seiner Menagerie von Käfigtieren auf dem Balkon, weil hier zu Hause Krieg herrsche. »Wegen dieses Mannes, der sich nachts in die Wohnung meines Bruders schleicht und zu seiner Frau ins Ehebett kriecht!«, hatte sie gezetert und dabei eine Träne verdrückt. »Derweil mein armer Bruder in Palermo hockt und sich um seine Affen kümmert!«

Giuseppina fragte, ob Marisa vielleicht wisse, wer Marias Liebhaber sei. Sie habe von alldem keine Ahnung, hatte Marisa geantwortet, ihre Herrin sei eine ehrliche, aufrichtige Frau.

»Dann muss ich mich wohl bei den anderen Dienstboten umhören, auf die Gefahr hin, dass ganz Agrigent davon erfährt. Die armen Kinder!« Giuseppina ließ alle Zurückhaltung fahren. Sie und die Schwestern machten sich schreckliche Sorgen um Pietros Kinder, vor allem um Anna, die im heiratsfähigen Alter und verliebt war. Wenn es stimmte, dass Maria einen Liebhaber hatte und ihn nachts ins Haus ließ, war das einer Mutter nicht würdig. Damit setze sie den Ruf ihrer Kinder und Annas Tugend aufs Spiel. Die Kinder müssten umgehend zum Vater ziehen. Außerdem liege die Verwaltung ihres Vermögens in Marias Händen, ihr Liebhaber könne sich also alles unter den Nagel reißen und die Ärmsten in Armut und Verzweiflung stürzen! Sie und die anderen Schwestern seien bereit, dem Bruder zum Wohl der Kinder mit allen Mitteln zur Seite zu stehen und sich ihrer und ihres Vermögens anzunehmen.

Maria war wie vor den Kopf geschlagen. Giuseppina wusste zwar nicht alles, doch es war nur eine Frage von Tagen, bis sie dahinterkäme, wer der nächtliche Besucher war. »Man muss auf Gott vertrauen, Signora«, versuchte Marisa, sie zu ermutigen. »Bestimmt wird nichts passieren, aber Sie müssen diese garstigen Frauen zum Schweigen bringen. Von mir erfahren sie nichts, doch ich habe gehört, Ingenieur Licalzi sei über beide Ohren in Sie verliebt. Sie müssen etwas unternehmen!«

»Mein Glück zerstören«, murmelte Maria.

»Genau wie Sie es mit meinem gemacht haben, für einen höheren Zweck: Bei mir war es der Ruf der Dienerschaft, bei Ihnen ist es der Ruf Ihrer Tochter.«

Maria starrte verzweifelt auf das Parkett.

»Ich habe Ihnen das hier mitgebracht.« Marisa zog ein dunkelgrün marmoriertes Notizbüchlein aus der Tasche. »Ich hoffe, ich habe keines vergessen, es sind meine Dessertrezepte, die Sie so gern mögen. Wenn Sie sie zubereiten, denken Sie daran, dass ich Ihnen dankbar bin und Ihnen das gleiche Glück wünsche, wie ich es eine Zeit lang in Agrigent gefunden habe.«

Maria fürchtete, Giuseppina könnte auch Filippo, Nicola und Leonora in die Sache hineinziehen und nicht nur ihre Familie, sondern auch die ihres Bruders zerstören.

Ein paar Tage später machte sie sich auf den Weg nach Rom. Die Zugreise kam ihr endlos vor. Immer wieder umkreisten ihre Gedanken die verfahrene Situation oder verloren sich in der Landschaft, die vor dem Zugfenster vorbeiglitt: das Meer, die Küste, die Meerenge. Obwohl sie im Schlafwagen reiste, bekam sie nachts kein Auge zu und lauschte dem Rattern des Zuges, das ihren inneren Aufruhr begleitete. Am nächsten Morgen nickte sie hinter ihrem schützenden Schleier ein. Der Tag würde anstrengend werden. Nach ein paar kurzen Plaudereien im Speisewagen brachte sie die letzte Stunde der Fahrt damit zu, sich zurechtzumachen.

Giosuè erwartete sie. Es war eine lange, unerquickliche Begegnung, während der Maria ihm alles erzählte. Schweigend hörte er zu. »Was schlägst du vor? Ich würde dich ja heiraten, aber Scheidungen sind bei uns nicht vorgesehen.« Maria erklärte ihm, dass ihre Kinder ihr das Allerwichtigste seien, wichtiger noch als er. Sie musste dafür sorgen, dass deren Ruf und ihre Jugendjahre unversehrt blieben. Sie würde Anna unverzüglich auf ein Internat nach Rom geben. Dann könnten sie sich dort sehen und müssten sich nicht mehr heimlich in Agrigent treffen. Doch damit nicht genug. Maria war sich bewusst, dass Giosuè Gewissheiten brauchte, er wollte eine verlässliche Beziehung, die sie ihm nicht bieten konnte. Sie schlug vor, einander die Freiheit für andere Liebschaften zu lassen, doch Giosuè ging nicht darauf ein. »Du bist meine Frau und hast mich benutzt. Denkst du denn gar nicht an mich? Ich habe weder Kinder noch ein Zuhause, nicht einmal eine Identität.«

Sie könnten zusammen fortgehen, schlug er vor. Er habe Kontakte in ganz Europa, er würde eine Anstellung im Ausland finden und die Kinder würden dort erzogen werden, wie es mittlerweile in vielen Familien üblich sei. Er könnte Maria die Staatsbürgerschaft eines Landes verschaffen, in dem die Scheidung erlaubt sei, schließlich müssten sie über neue Möglichkeiten des Zusammenlebens nachdenken. Maria hörte zu und begriff, das Giosuè aus dem Bauch heraus sprach und nicht an die Konsequenzen dachte. Er wollte nur sie, doch sie gehörte nicht ihm allein. Am Ende dieses quälenden Nachmittags gingen sie ohne einen Kuss auseinander.

Fortan vermieden sie jeden Kontakt und gingen sich aus dem Weg.

Im Herbst 1924 verlobte sich Anna mit Sistina Salas Neffen Marco Altomonte. Sie war siebzehn, er zweiundzwanzig. Obwohl er einen frischen Juraabschluss in der Tasche hatte, würde er auf den Anwaltsberuf verzichten und die großen Ländereien seiner Familie verwalten. Es war eine standesgemäße Verbindung, und Maria konnte es kaum erwarten, Großmutter zu werden und Enkel zu bekommen.

Seit sie mit Giosuè gebrochen hatte, war dies der erste Sonnenstrahl in ihrem Leben. Mit der Musik, die er ihr geschenkt hatte, versuchte sie sich vergeblich, über ihre Einsamkeit hinwegzutrösten. Pietro war stets für eine Enttäuschung gut. Neben dem Kokain, den Frauen, Affen und Schmetterlingen hatte er sich ein neues Steckenpferd zugelegt: moderne sizilianische Malerei. Er kaufte stapelweise Bilder und verbrachte Stunden damit, sie alle vier Wochen mit Leonardos Hilfe in der Wohnung in Palermo auf- und wieder abzuhängen. Die zahllosen Ausgaben summierten sich und zwangen Maria zum Eingreifen.

Nachdem der Großteil des Schmucks verkauft war, war sie zu den anderen Wertgegenständen übergegangen: das vergoldete Abendtäschchen, Vasen, Glasmalereien, Kruzifixe, emaillierte französische Weihwasserbecken aus dem sechzehnten Jahrhundert. Es fiel gar nicht auf, dass all diese Dinge fehlten. Maria fand immer etwas Geschmackvolles, mit dem sie das Haus und sich selbst schmücken konnte, und den Zimmern kam es zugute, weniger vollgestopft zu sein. Um ein paar ihrer Lieblingsschmuckstücke tat es ihr leid, doch sie konnte sich auch für unechten Schmuck erwärmen, und die Familienjuwelen, auf die Pietro keinen Anspruch hatte, wie die blütenförmige Diamantbrosche, die sie von ihren Eltern zur Hochzeit bekommen hatte, behielt sie.

34

»Ich bin der Geist, der stets verneint.«

Anfang Dezember des Jahres 1926 fuhr Maria zu den Formigginis nach Modena. Die Freundschaft mit Emilia hatte ihr in schwierigen Zeiten stets Halt gegeben. Maria zeigte Emilia und ihrem Mann die Antiquitäten, die sie mitgebracht hatte, und bat sie, ihr beim Verkauf zu helfen. Sie hatte auch das hellblaue, mit Perlen und Dukatengold bestickte Abendkleid der Stassi-Schwestern eingepackt. In Agrigent hatte sie es mit Anna anprobiert, die zu groß dafür war. »Wie schön du bist, Mama! Du bist noch genauso schlank wie als junges Mädchen!«, hatte Anna gerufen. Doch statt sich darüber zu freuen, hatte es Maria traurig gemacht. Sie war nicht mehr schön, sondern eine durch und durch verdorrte Frucht. Ihre Traurigkeit wuchs, als ihr klar wurde, dass sie mit ebenso schweren Koffern nach Sizilien zurückkehren würde. Niemand wollte alten Plunder kaufen.

»Bleib doch noch einen Tag und komm mit uns in die Scala: Boitos *Mefistofele* eröffnet die Saison«, schlugen die Formigginis vor, und Maria willigte ein. Sie entschied sich für die antiken Saphirohrringe mit den vergoldeten Perlen, die zu dem Kleid passten und die sie zusammen hatte verkaufen wollen.

Verstohlen wie ein Dieb betrat sie die Scala. Es war ihr peinlich, ein gänzlich aus der Mode gekommenes Kleid zu tragen, so schön es auch einmal gewesen sein mochte. Sie war ebenfalls nicht mehr die schöne, elegante und anmutige Frau, die Pietro so viele Male in die Oper geführt hatte, und obendrein ohne Begleiter.

Die Formigginis, denen ihre Befangenheit nicht entgangen war, versuchten, sie mit kleinen Plaudereien abzulenken. Die Scala erlebte gerade eine neue Blüte. Mussolini legte auf musikalische Traditionen großen Wert, nicht umsonst war Arturo Toscanini seit 1919 Mitglied der faschistischen Partei.

Sie hatten die Proszeniumsloge in der ersten Reihe links. Sie durchquerten mehrere cremefarben lackierte Türen, die sich hinter ihnen schlossen. Die letzte Tür führte in ein kleines Vorzimmer, von dort ging es durch einen schmalen Durchgang in die Loge, die größte in der Reihe. Dazu gehörte ein kleiner, vor Blicken geschützter Salon mit einem Sofa, Stühlen und einem Tisch für die Erfrischungen in der Pause. Die linke Wand war bis zur marmornen Einfassung mit einem rechteckigen Spiegel bedeckt. Möbel, Wandverkleidungen und Vorhänge waren ganz in Rot und Gold gehalten. Goldene Sphinxen mit Löwenköpfen und neoklassizistische Arabesken schmückten die Balustraden der fünf Ränge und der zwei oberen Galerien. Der samtene Bühnenvorhang schimmerte dunkelrot. Ein elegantes weißes Rautenmuster zierte die Decke.

Maria saß in dem Sessel, der der Bühne am nächsten war. In den Logen drängten sich das Mailänder Bürgertum und der Adel. Die obersten Ränge waren voll besetzt. Auf den besten Parkettplätzen saßen die faschistischen Parteifunktionäre mit ihren Gattinnen. Angelo und Emilia hatten unter den Zuschauern viele Bekannte, die sie Maria vorstellen wollten, doch Maria fühlte sich wie ein gealtertes Aschenputtel und wollte niemanden kennenlernen. Die Luft knisterte vor freudiger Erregung. Die Menschen freuten sich, zur Saisoneröffnung endlich wieder in der Oper zu sein, sich zeigen zu können, ihrer Liebe zu Musik und Gesang zu frönen und etwas Altvertrautes zu genießen, das in seiner unendlichen Darstellungsvielfalt dennoch immer wieder zu überraschen vermochte. Allmählich wich Marias Anspannung der Vorfreude auf eine neue Inszenierung des *Mefistofele*, die sie gewiss nicht enttäuschen würde.

Plötzlich wurde es still. Das Tuscheln im Parkett erstarb, die Logen verstummten. Das Orchester verharrte reglos. In der imposanten königlichen Loge tauchten die Herren und Damen des Hofes auf und nahmen feierlich ihre Plätze ein. Die Nationalhymne erklang, und das Publikum erhob sich. Die Formigginis blickten zur königlichen Loge empor. Maria hingegen starrte befangen zur Loge gegenüber. Sie kam sich lächerlich vor in diesem Kleid, das sie mit fünfzehn bekommen hatte, genau wie damals im Offiziersklub in Tripolis, wo sie es zuletzt getragen hatte.

Das Publikum setzte sich, und das Murmeln schwoll an. Maria fühlte sich beobachtet. Suchend wanderte ihr Blick über die gegenüberliegenden Logen zum zweiten und dritten Rang hinauf. Gegen eine hohe korinthische Säule der königlichen Loge gelehnt stand, in der dunklen Galauniform der Faschisten, Giosuè. Er hatte sie ebenfalls entdeckt. Kurz erwiderte Maria seinen Blick und wandte sich der Bühne zu.

Es klopfte. »Der Abgeordnete Sacerdoti lässt dem Verleger seine Grüße überbringen und lädt Sie in die königliche Loge ein«, sagte der Platzanweiser.

»Wollen wir?«, sagte Angelo geschmeichelt.

»Wenn ihr nichts dagegen habt, würde ich lieber hierbleiben«, erwiderte Maria.

Keiner machte Anstalten zu gehen.

Kurz darauf betrat Giosuè die Loge. Die Formigginis wussten nicht, dass er und Maria sich kannten. Giosuè sprach ihnen abermals seine Einladung aus, und Maria lehnte abermals ab und versprach, sich in der ersten Pause auf eine Erfrischung zu treffen.

Nervös starrte sie auf den sich hebenden Vorhang und spähte mit dem Opernglas verstohlen zu Giosuè hinüber. Noch immer an die Säule gelehnt blickte er zu ihr herüber.

Der Beifall am Ende des ersten Aktes war ohrenbetäubend, und Maria bemerkte nicht, wie der Platzanweiser Giosuè einließ. »Ich wollte dich abholen. Komm, du hast es versprochen.« Er nahm ihren Arm.

Die Erfrischungen wurden im Salon der königlichen Loge serviert. Die wie eine achtblättrige Blume gestaltete Decke war mit anmutigen Frauenfiguren bemalt. Der Damast an den Wänden leuchtete in goldenem Beige. Allmählich begann Maria sich zu entspannen. Sie trank Champagner und fühlte sich beobachtet, jedoch nicht von Giosuè, der neben ihr stand und sich angeregt mit den Formigginis unterhielt, sondern von den anderen Gästen in der Loge, die sie musterten und ihr wieder das Gefühl gaben, schön und begehrenswert zu sein.

Als die Formigginis und Giosuè fragten, ob sie am nächsten Tag wieder mit in die Oper wolle, lehnte Maria dankend ab. »Ich reise ab.«

»Ich begleite dich«, sagte Giosuè. Er öffnete eine Doppeltür gegenüber der, durch die sie eingetreten waren, ließ Maria den Vortritt und zog die Tür zu. Ohne einander zu berühren standen sie in der schwarzen Finsternis. Dann umfasste er ihre Taille und zog sie an sich. Ihre Lippen verschmolzen zu einem langen, leidenschaftlichen Kuss. Er nahm ihr Gesicht in beide Hände und bedeckte es mit sanften Küssen. Dann öffnete er rasch die Tür und gab dem wartenden Platzanweiser ein Zeichen.

Als die Lichter verloschen und die Musiker ihre Instrumente stimmten, kehrte Maria in die verlassene Proszeniumsloge zurück. Der Dirigent erschien, und das Schauspiel ging weiter.

Der junge Faust traf seinen neuen »Gefährten« und fragte ihn, wer er sei. Die romantische Tenorstimme wich dem verlockenden, sinnlichen Bass. Obwohl Maria die Arie des Mefistofele gut kannte, schlug das Bild, das der Teufel von sich zeichnete, sie gänzlich in seinen Bann: *»Und mein eignes Element ist das, was man Sünde nennt: Sünd und Tod. Bin ein Sohn der Schreckensnacht, die wieder kommt.«* Das »Nein« des »Geistes, der verneint« am Ende der Strophen klang wie ein tödlicher Peitschenknall. Wie hätte der junge Faust dieser Hellsicht widerstehen sollen? Der Geist, der verneint, so war es, und Maria fühlte sich ständig beobachtet. *»Doch in Thränen, doch in Schmerzen strahlte immer lieb und hell euer Bild in meinem Herzen«*, sang Margherita. Mit einem Kribbeln im Nacken streckte die noch erhitzte, aufgewühlte Maria die Hand aus, und Giosuè, der hinter ihr kauerte, griff danach. Geduckt und auf Zehenspitzen war er hereingeschlichen, um von den gegenüberliegenden Logen nicht gesehen zu werden. In kleinen, kreisenden Bewegungen streichelte er ihre nackten Schultern, löste die Schleife an ihrem Rücken, und sie ließ ihn gewähren.

Die ganze Gartenszene über verharrten sie so: Maria schirmte Giosuè ab, der zärtlich und fordernd ihre Schultern streichelte.

Bei der »Sabbatnacht« verließ Maria ihren Platz und wich vorsichtig ins Dunkel zurück. Giosuè erwartete sie nackt in der Hinterloge. Er hatte Marias Cape über die hölzerne Balustrade drapiert, damit sie sich weniger beobachtet fühlten, doch das war unwichtig. Er öffnete die Schleifen, half ihr aus dem Kleid und legte es sorgfältig neben seine Sachen. Mit gesenktem Kopf stand Maria da. Es war dunkel, und sie waren unsichtbar, selbst durch die Operngläser. Giosuè stand hinter ihr und flüsterte ihr die Worte ins Ohr, die er ihr einst geschrieben hatte: »Ich will deine nackte Taille umfassen, mein Leben, deine weichen Trauben, deinen weißen, warmen Hals berühren, ich will einen Kuss von dir, nur einen einzigen, der dich in den Wahnsinn treiben soll«, und liebkoste sie überall, von den Leisten bis zum Hals.

Sie liebten sich streichelnd, leckend, küssend und beißend und konnten in den verhaltenen Passagen nur mühsam an sich halten. Kaum schwollen Orchester und Gesang wieder an, fielen sie übereinander her.

»Frohlocket! Frohlocket! Die Welt ist zersprungen! Frohlocket! Frohlocket! Die Welt ist verlorn!«, sang der Chor beim Hexentanz.

Schweißverklebt, mit erschöpften, triumphierenden Gesichtern kleideten sie sich an. Zum Applaus des zweiten Aktes nahmen sie in der Loge Platz, so gefasst, konzentriert und abwesend wie sonst niemand unter den Zuschauern.

Wie ein Klagelied begleitete *Dort im Wald, in trüben Lachen* die herzzerreißendste Romanze der Oper ihre ausgelebte, unvermindert lodernde Leidenschaft. *»Ach, erbarmt euch mein!«*, sang Margherita. Der Sopran streckte die leeren Arme aus.

Wie kommt sie dazu?, dachte Maria. Sie hat ihr Kind und

ihre Mutter umgebracht und sich verführen lassen. Statt die gebotene Rührung zu empfinden, unterdrückte Maria ein Lachen. Sie musterte Giosuè in seiner schneidigen Uniform mit dem verräterisch zerknitterten weißen Kragen.

Ein lautloses, ungewohntes Kichern stieg in ihr auf, und zum tiefen Raunen der Cellos ließ sie den Blick nach Rührung suchend in den Orchestergraben und über die Gesichter des Publikums wandern. Giosuè, Pietro. Zwei Männer, wie bei Leonora. Nein, es war nicht das Gleiche. Und Marisa? *»Ja, wir fliehn, schon steht vor meinem Geist ein Ort des Friedens, wo nichts uns trennt, nichts stört der Liebe Glück.«*

Margherita war gerettet. Die Liebe hatte sie gerettet.

Womöglich bin ich schwanger, dachte Maria. Wieder musterte sie Giosuès Kragen, wie gern hätte sie ihn glatt gestrichen.

»Einen Herrn von Eurem Stande kann ja doch erfreuen nicht ich, das arme Kind vom Lande, das in Einfalt zu euch spricht.«

Die weiß gekleidete Margherita widerstand Fausts Werben, das sanft und zärtlich, tückisch und bedrohlich zugleich war.

Wie gefangen in dieser neuen, eigentümlichen Einsamkeit gelang es Maria nicht, sich zu konzentrieren.

Nur Angelo Formiggini hatte die Unruhe und die Leidenschaft in ihr bemerkt. Mit seinem durchdringenden Blick, der es gewohnt war, die harte Fassade seiner Verhandlungspartner zu knacken, musterte er sie und versuchte, ihren Sinn für Humor zu wecken. Wie gern hätte er der schönen Maria eines seiner lateinischen Motti gewidmet, doch ihm war keines eingefallen. Schließlich war ihm eine Anekdote in den Sinn gekommen, die seine Frau ihm einmal erzählt hatte, und er hatte sie gefragt: »Wie wäre es mit einer Tasse Kaffee?«

35
»*Ora veni lu patri tò*«

Rita Sala wurde am 14. November 1927 geboren, zwanzig Jahre, vier Monate und einen Tag nach ihrer großen Schwester Anna, der Erstgeborenen der Eheleute Sala. Pietro war außer sich vor Freude.

Das Kind war kaum drei Tage alt und bereits eine Schönheit. Es hatte das dunkle Haar der Salas, die samtenen, mandelförmigen Augen der Mutter und – so behauptete Pietro – die schweren Lider des Vaters. Pietro, der bereits über sechzig war, platzte vor Stolz über das Neugeborene, das, wie er zu betonen nicht müde wurde, alles andere als geplant gewesen und ihnen wortwörtlich in den Schoß gefallen war.

Die Geburt wurde mit engen Verwandten und guten Freunden in Agrigent gefeiert. Nicola aus Rom war gekommen, Roberto mit seiner Gefährtin Barbara aus Pinerolo, Filippo und Leonora mit ihrem zehnjährigen Sohn Zino aus Camagni und die Sala-Schwestern mit ihren Männern und Kindern. Auch der Regierungsabgeordnete und Präsident der Dante-Alighieri-Gesellschaft Giosuè Sacerdoti, Egle und Andrea Prosio waren da.

»Die Kleine hat Gelbsucht, Mutter und Tochter schlafen. Ihr könnt sie morgen sehen«, verkündete Anna und kehrte in Marias Zimmer zurück.

Nach dem Abendessen waren nur die Erwachsenen geblieben. Der Servierwagen mit dem Wein und den Schnäpsen stand auf Marias Anweisung noch auf der Terrasse.

Mit den Jahren war Giuseppina noch dicker geworden. Sie hatte Mühe, sich zu setzen, und ihre drallen roten Wangen wollten nicht zu den schmalen Lippen und dem leichten Bartflaum passen. Mühselig beugte sie sich zu ihrem Bruder vor. »Was fällt dir ein, in deinem Alter! Findest du das nicht unverantwortlich?«

»Du bist und bleibst unausstehlich, meine liebe Giuseppina«, erwiderte Pietro, »aber ich mag dich trotzdem. Da wir ja alle aufgeklärt und erwachsen sind, will ich euch erzählen, wie es zu diesem Kindchen gekommen ist. Wir sind doch alle aufgeklärt und erwachsen?« Nachdem alle zugestimmt hatten, fuhr er fort. »Wir haben nicht damit gerechnet, noch ein Kind zu bekommen. Rita ist ein Zufall, ein wunderbarer Zufall!« Er griff nach seinem Glas. »Fangen wir beim Datum an. Unsere Kinder wurden alle in den kalten Monaten gezeugt. Irgendetwas scheint zu dieser Jahreszeit sowohl bei mir als auch bei Maria besser zu funktionieren. Vielleicht liegt es am Klima. Nach einem Besuch bei ihrem Bruder Nicola in Rom und bei meinen alten Freunden, den Formigginis, in Modena, die sie ausgerechnet auf unserer Hochzeitsreise kennengelernt hat, kam Maria mit dem Postzug nach Palermo zurück, und das Erste, was sie zu mir sagte, war: ›Wie herrlich warm es hier ist, ich werde mich ein wenig in die Sonne legen.‹ Statt sich nach dem Mittagessen auszuruhen, hat sie die warme Wintersonne auf dem Balkon genossen. Wir beide waren allein, und ich habe mich mit den Schmetterlingen beschäftigt. Die Schmetterlinge sind wichtig, schließlich ist es einem Schmetterling im Garten meines Schwagers in Fuma Nuova zu verdanken, dass Maria eingewilligt hat, mich zu heiraten, besser gesagt, dass sie mich erhört hat, denn ich war bis über beide Ohren verliebt. Maria mag Schmetterlinge ebenso sehr wie ich. An dem Tag wollte sie den Schmetterlingskäfig sehen, den ich auf der Terrasse gebaut habe. Die Schmetterlinge ließen sich auf ihr nieder, und sie mochte das und bat mich, ihr ein wenig Nektarbalsam auf den Arm zu streichen, den ich mir extra aus Ägypten kommen lasse – die Schmetterlinge sind ganz verrückt danach. Man reibt ihn auf die Haut, und die Schmetterlinge lassen sich darauf nieder. So kann man sie betrachten und ihr Verhalten erforschen. Ich bin ihrem Wunsch nachgekommen, und sie sagt: ›Noch mehr... hier noch und da noch...‹, und ich cremte. Es war schön, sie mit den Armen voller Schmetterlinge zu sehen – ihr wisst ja, wie hinreißend schön meine Frau ist. Nach einem Weilchen hatte Maria genug vom Balsam und den Schmetterlingen und bat mich, ihr ein Bad mit Badesalz und duftenden Kräutern einzulassen, eine Spezialität von mir. Also bereitete ich ihr ein Bad. Sie stieg in die Wanne, blieb dort eine ganze Weile und tat all das, was ich ihr beigebracht hatte, um sich zu entspannen.« Pietro zwinkerte. »Unter einem Vorwand bat ich, hereinkommen zu dürfen, und sah, wie sie sich mit einer Straußenfeder duftendes Öl auf die Haut strich – das habe ich ihr auch beigebracht. Dann sagte sie: ›Nimm doch auch ein Bad und ich streichele dich mit der Straußenfeder‹... Es passierte, was passieren musste... und dabei kam diese süße Kleine heraus.«

»Was redest du da für dummes Zeug?«, entrüstete sich Giuseppina.

Giosuè hatte Pietros Geschichte über Maria und *seine* Tochter derart kränkend für die beiden gefunden, dass er sich beherrschen musste, um nicht dazwischenzugehen. Während Pietros Selbstdarstellung, die von den anderen mit wohlwollendem Lachen aufgenommen worden war, hatte er das Zimmer verlassen und sich immer wieder sagen müssen, dass Marias Schauspiel für Ritas Wohl unerlässlich war. Am nächsten Tag würde er seine Tochter kennenlernen. Er konnte es kaum abwarten, und zugleich fürchtete er sich davor. Er würde sie immer wie Pietros Tochter behandeln müssen.

Am nächsten Morgen gegen acht Uhr hatte Anna an seine Tür geklopft. »Mama sagt, wenn du sie sehen willst, ist jetzt ein guter Moment. Rita ist gerade gestillt und schläft gleich, und danach kannst du zu deinem Termin gehen.«

Maria hatte ihm sogar eine Ausrede verschafft, damit sie einander allein sahen und er danach sofort das Haus verlassen konnte.

Noch nie war Giosuè tagsüber in Marias Schlafzimmer gewesen. Er war aufgeregt. Von Weitem hörte er ein Schlaflied:

> *O figghia mia, lu Santu passò*
> *E di la bedda mi spiò*
> *E iu ci dissi ca la bedda durmia,*
> *Dormi figghia di l'anima mia,*
> *dormi figghia di l'anima mia*
> *Vo vo vo vo*
> *Vo vo vo vo*
>
> *Figghia mia fa la v ovo*
> *Vo vo vo vo*
> *Vo vo vo vo.**

---

* Sizilianisches Wiegenlied: *Mein Töchterchen, der Heilige ist vorbeigekommen und hat mich nach dem schönen Kind gefragt, und ich habe ihm gesagt, die Schöne schläft, also schlaf, mein Herzenskind, heia heia. Mach heia, mein Töchterchen, heia heia.*

Maria sang. »Darf ich Giosuè hereinlassen?«, hörte er Anna fragen.

»Natürlich«, antwortete sie. »Und würdest du in der Küche sagen, sie sollen ihm einen Kaffee und mir eine gezuckerte Limonade bringen?«

Dann hatte sie wieder mit der ersten Strophe angefangen:

> *Ora veni lu patri tò,*
> *E ti porta la siminzina,*
> *La rosa marina e*
> *Lu basilicò,*
> *Vo vo vo vo.**

Und sie wiederholte das »*ora veni lu patri tò, jetzt kommt dein Vater*« so lange, bis Giosuè die kleine Faust seines Töchterchens in den Händen hielt.

Ehe er aufbrach, wollte Giosuè noch allein mit Maria sprechen.

»Nicola und Leonora haben mich gebeten, dir einen ungewöhnlichen und unkonventionellen Plan vorzuschlagen. Nicola wünscht sich ein Kind von Leonora, und sie ist bereit dazu. Wie wir wissen, ist Filippos und Leonoras Ehe nicht glücklich, noch wird sie es je sein. Er verdient zu wenig, um ihren Erwartungen gerecht zu werden. Nicola möchte Filippo keinen zusätzlichen Kummer machen. Er liebt Leonora seit vielen Jahren und wünscht sich, was mir verwehrt bleiben wird, nämlich seinem Kind von Anfang an nahe zu sein, in seinen ersten Lebensjahren Zeit mit ihm zu verbrin-

---

* *Jetzt kommt dein Vater und bringt dir Kürbissamen, Rosmarin und Basilikum, heia heia.*

gen, es aufwachsen zu sehen. Die Idee ist nun, dass du Nicolas Kind, seine Amme und später das Kindermädchen für drei oder vier Monate im Jahr bei dir wohnen lässt, damit Nicola dich besuchen und mit seinem Kind zusammen sein kann. Hin und wieder käme auch Leonora dazu, und die Familie wäre vereint. Das würde Filippo vor weiteren Demütigungen bewahren. In Camagni wird schon zu viel über dieses ›Terzett‹ getuschelt. Im Gegenzug bietet Nicola an, wann immer, mit wem immer und so lange du willst bei ihm in Rom zu wohnen und Rita mitzunehmen, damit ich sie kennenlernen kann. Wir zwei könnten uns in seiner Wohnung treffen. Er besitzt noch andere Wohnungen im selben Haus.«

Maria versprach, darüber nachzudenken und mit Filippo zu sprechen, der in die Pläne eingeweiht werden und sie gutheißen musste.
 Und so geschah es.

36
1935. Gold für das Vaterland

Maria war früh erwacht und hatte sich selbst einen Kaffee gekocht. Es tat ihr leid, Bedienstete dafür aus dem Bett zu holen. Das erste Sonnenlicht sickerte durch die Fensterläden und ließ die im Tal verstreuten Tempelsäulen golden erstrahlen. In der Ferne glitzerte das türkisfarbene Meer wie ein Bühnenvorhang, der nur darauf wartete, sich zu heben.

Angesichts der endlosen Weite des Meeres meinte man die Zeit zu sehen. Sie ging vorbei, ohne das Wesen der Dinge zu berühren. Die Landschaft blieb unverändert. Die Summe der Tage mischte sich mit der trägen Wasserströmung. Wie oft hatte sie sich mit dieser scheinbar reglosen Unrast eins gefühlt. Und doch hatten die Ereignisse eines nach dem anderen das Wesen der Dinge berührt, und die Zeit hatte auf Agrigent und Italien ihre Spuren hinterlassen.

Ein Blick zurück genügte, um zu sehen, wie die Ereignisse sich in einer fortlaufenden Perspektive darstellten, wie Gesichter in einer Spiegelflucht. War das damit gemeint, wenn es hieß, man sei Teil der Geschichte?

Seit Ritas Geburt fuhr Maria jedes Jahr Ende November mit ihren Töchtern nach Rom. Bei diesen unbeschwerten Herbstausflügen wohnte sie im Hotel d'Inghilterra, man machte Weihnachtsbesorgungen und traf sich mit Freunden und Verwandten. Und sie sah Giosuè wieder. In jenem Jahr

1935 war sie allein nach Rom gefahren und wohnte bei Angelo und Emilia Formiggini. Wegen einer heiklen diplomatischen Mission war Giosuè seit einigen Monaten an der italienischen Botschaft in Washington; er schrieb ihr nicht.

Die Reise hatte noch einen weiteren Anlass: Maria wollte der Aufforderung des Duces nachkommen und ihren Ehering dem Vaterland spenden, um den schweren wirtschaftlichen Sanktionen, die der Völkerbund Italien nach der Invasion in Abessinien auferlegt hatte, entgegenzuwirken.

Giosuè fehlte ihr schrecklich, viel mehr, als sie geglaubt hatte. Es waren einsame Monate voll heilsamer innerer Einkehr und der Suche nach einem neuen Gleichgewicht, in dem für ihn noch kein Platz war.

Dennoch hatte es das Schicksal gut mit ihr gemeint. Sie hatte eine stabile Familie, einen reichen Ehemann, der sie sehr geliebt hatte, drei wohlgeratene Kinder, finanzielle Unabhängigkeit und ein wunderschönes Heim. Sie lebte in einer technikgläubigen Zeit, die die Entfernungen verkürzte und die Perspektiven erweiterte. Das Gefühl, vor einer großen Zukunft zu stehen, weckte Lust, die Dinge zu verändern, Neues zu entdecken und auszuprobieren.

Trotzdem fühlte sich Maria wie eine Gefangene. Sie hatte nicht bekommen, was sie sich gewünscht hatte – Musik studieren, arbeiten, den eigenen Lebensunterhalt verdienen; eine wahre Liebe, die man offen und vor aller Welt ausleben und nicht verstecken und verleugnen musste. Zuweilen erschien ihr die Liebe zu Giosuè falsch und beinahe inzestuös.

Maria hatte beschlossen, nach Rom zu fahren, um den vom Duce geforderten Obolus zu zahlen. Sie tat es für Giosuè, der an diesen lächerlichen Schrat glaubte, der sich in den Messias verwandelte, sobald er im Radio oder vom Balkon an der Piazza Venezia zur Nation sprach. Er war ein Heuchler, als Tochter ihres Vaters spürte sie das, und doch erschienen Mussolinis Errungenschaften greifbar, echt, begeisternd – und beängstigend. Das Volk war verrückt nach ihm, die Männer versuchten ihn nachzuahmen, die Frauen träumten von seinem Bett.

Der Film hatte die Welt zusammenschrumpfen lassen. Die Menschen, die in die Kinosäle strömten, orientierten sich an den Schauspielern und verschmolzen mit ihren Figuren. Maria liebte die Garbo: wie sie als Mata Hari den jungen Ramón Navarro unter der Marienikone verführte, und vor allem die Szene aus *Königin Christine*, in der die Hauptfigur nach einer Liebesnacht mit dem spanischen Botschafter jeden Gegenstand des Zimmers berührte, um dieses einsame Gasthaus im Schnee niemals zu vergessen.

Die Sanktionen holten sie in die stets harte, mühselige und böse Wirklichkeit zurück. Maria dachte an die Grausamkeit des Krieges und die brutale Eroberung Afrikas, die von imperialer Größe hatte zeugen sollen und sich nun als schweres Erbe erwies. Sie dachte an den Rassismus gegen Schwarze, gegen die Juden in Deutschland. An Giosuès Worte über die Misshandlungen, die mit der Eroberung Libyens einhergegangen waren.

Den Ehering zu spenden war eine symbolische Geste, die auch das letzte Band mit Pietro zerriss. Welche Zukunft erwartete ihre Kinder? Zu welchem Gleichgewicht würden sie gelangen? Sie konnte ihnen nicht den Weg weisen, wie ihre Eltern es bei ihr getan hatten. Wie würde ihr Leben aussehen? Und das von Giosuè? Und ihres? Und wenn es unglücklich wäre, wozu weiterleben?

Der Tod ihrer Eltern hatte ihre früh geprägte Lebenseinstellung bekräftigt. Ihr Vater war bis zum letzten Moment von einer liebenden und geliebten Frau umsorgt worden. Titina hatte sich für ihn zurechtgemacht wie für einen Opernbesuch: Reispuder, Schminke, sorgfältig frisiertes Haar, jeden Tag ein neues Kleid und ein Spritzer seines Lieblingsparfums, um ihm einen glorreichen, sinnlichen Abschied zu bereiten.

Die störrische Titina war ihm auf schnellstem Wege nachgefolgt, indem sie jegliches Essen verweigerte – ein durch und durch egoistischer Liebesbeweis. Aber war das recht, an sich selbst zu denken, nicht genau das, was man den Frauen verweigerte und was sie nicht im Entferntesten in Erwägung zu ziehen wagten? Ihre Aufgabe bestand darin, Kinder zu bekommen, die Familie zu versorgen und zu dienen. Maria lehnte das ab. Sie wollte glücklich sein, und dazu brauchte sie Liebe. Immer.

Zu welchem Zweck also am Leben bleiben? Man verbitterte und verdorrte. Die Sinne verkümmerten und ertaubten. Der Tod war eine befriedigende, greifbare Alternative. Dann würde sie glücklich sein können. Ebenso wie ihr Vater war Maria nicht gläubig und überzeugt, dass ihr Geist mit allen anderen in leichten oder stürmischen Winden über die Erde schweben und sich zuweilen niedersenken würde, um Samen und Staub zu sammeln und in für den Schmerz unerreichbare Gefilde zu tragen. Sie würde die Schönheit der Welt genießen und helfen, sie zu bewahren.

Maria hatte sich allein auf den Weg gemacht, um Pietros Ehering zu spenden. Es war ein erhebender, trauriger Moment. In einem Strom wartender Menschen hatte sie angestanden, sich schließlich den Ring vom Finger gestreift und ihn dem Mann übergeben, der hinter einem Tisch mit einer Juwelierwaage und einer Kladde saß.

Nachdem sie ihre Pflicht erfüllt hatte, wollte sie allein sein. Im Grünen. Sie ging auf den Pincio. Der Garten der Casina Valadier war verwaist. Die ebenfalls grausame, grenzenlos egoistische Natur hatte sie stets beruhigt. Während sie dahinspazierte, erwachten ihre Sinne zum Leben. Sie roch an einem Blatt, berührte die Rinde eines Baumes, blickte in die dichten Wipfel empor und lauschte dem Flattern der Vogelschwärme, die von den höchsten Ästen aufstoben.

Sie wollte sterben wie ihre Eltern. »Man stirbt, wenn man sterben will«, hatte ihre Mutter zu sagen gepflegt. Noch nie hatte Maria so sehr sterben wollen wie in diesem Moment auf dem friedlichen Pincio.

Hinter ihr war ein Geräusch zu hören. Ein verwahrlost aussehender Mann schwankte die Hauptallee entlang und schimpfte in einem Dialekt, den Maria nicht verstand, erst leise, dann immer lauter. Ein paar Männer in schwarzen Hemden kamen zum Verdauungsspaziergang die Treppe der Casina Richtung Park herunter. Der Idiot war stehengeblieben und grüßte sie mit einem spöttisch gereckten rechten Arm. Maria hatte sich hinter den Büschen verborgen und beobachtete ihn. Zwei der Schwarzhemden lösten sich aus der Gruppe, gingen auf ihn zu und bellten einen Befehl. Als der Idiot weiterlallte, griffen sie zu ihren Schlagstöcken und droschen gnadenlos auf ihn ein, bis er blutend am Boden lag.

Es war ungerecht, in jeder Hinsicht. Maria konnte nicht sterben, sie hatte zwei erwachsene Kinder und die kleine Rita. Sie musste weiter heimlich und stumm ihren eigenen Überzeugungen nachgehen, genau wie ihre Freunde Angelo und Emilia und die vielen anderen, deren Existenz sie gewahr war.

37
Ein Brief aus Buenos Aires

Seit Maricchias Tod suchte Maria bei Marisa Trost, die bereits seit mehreren Jahren in Buenos Aires lebte. Sie schrieben sich selten, aber regelmäßig, und erzählten einander ihr Leben, das beide als Verwalterinnen der Familiengeschäfte führten. Marisas Mann leitete erfolgreich vier Restaurants, und sie kümmerte sich um die Buchführung und das Personal. Die beiden Frauen stellten Vergleiche zwischen Italien und Argentinien an, und immer wieder lud Marisa sie nach Buenos Aires ein.

Voller Vorfreude, der Freundin durch deren Schilderungen nahe zu sein, hatte Maria den letzten Brief geöffnet. Er enthielt beunruhigende Neuigkeiten: Marisa schrieb, es kämen mehr und mehr deutsche Juden ins Land, die vor den Nürnberger Gesetzen flohen, weil sie überzeugt davon waren, dass sich ihr Leben dramatisch verschlechtern würde. Nachdem sie im Krieg gekämpft und bedeutende politische und militärische Ämter bekleidet hatten, hatten sie den sich verschärfenden Antisemitismus zunächst nicht ernst genommen und nach politischen Entschuldigungen gesucht: er sei notwendig, um den russischen Kommunisten und den Revolutionären in ganz Europa entgegenzutreten. Sie teilten diese Überzeugung und glaubten an eine Demokratie, die sich sowohl vom Kommunismus als auch von den Auswüchsen des Kapitalismus abheben würde. Erst spät erkannten sie den blanken, tief verwurzelten Judenhass, der sich mit rasender Geschwindigkeit auf Homosexuelle und Zigeuner ausweitete und auf jedwede Person, die nicht der sogenannten arischen Rasse angehörte.

Marisa meinte, den Keim dieser Entwicklungen auch in Mussolini und seinem Faschismus zu erkennen, und wies Maria darauf hin. Sie glaubte, der Widerstand gegen das sogenannte Madamato und das gesetzliche Verbot von Mischehen zwischen Italienern und Äthiopiern seien der sichere Beweis dafür, dass sich Mussolini Hitlers Antisemitismus anschließen würde.

Wir Italiener haben »Kinder der Liebe« stets anerkannt. Mein Mann kennt Soldaten, die ihre Frauen und Kinder mit nach Italien nehmen wollten. Sie waren glücklich, für sie waren ihre Kinder Italiener, wenn auch gemischter Abstammung. Doch der Faschismus ist gegen »Mischlinge« und erachtet die Kinder von Italienern und Äthiopierinnen als minderwertig und rechtlos. Jetzt erklärt er sexuelle Handlungen mit Schwarzen für strafbar: Auch das ist ein Rassengesetz.

In Argentinien sehe es hingegen ganz anders aus. Für Giosuè gebe es Arbeit, und Maria würde ihre Kinder mitbringen können. Es gebe reichlich Land, und wer in Freiheit und Wohlstand leben wolle, könne dies tun. Voller Sorge, die Maria übertrieben erschien, flehte Marisa sie an, mit Giosuè darüber zu sprechen.

Mademoiselle, Ritas Gouvernante, hatte Maria von Leuten erzählt, die weder jüdisch noch arisch waren. Eine mit ihr befreundete rumänische Familie, die in München gelebt hatte, hatte sich dort angefeindet und unerwünscht gefühlt. Überzeugt, dass die Situation sich verschlimmern würde, waren sie in die Schweiz gezogen.

Mademoiselle berichtete schon seit geraumer Zeit von jüdischen Geschäftsleuten, die heldenhaft im Großen Krieg gekämpft hatten und nun aufs Niederträchtigste gedemütigt wurden. Ein befreundeter Berliner Anwalt der Familie, bei der sie gearbeitet hatte, war von der SS gezwungen worden, in Unterhose und mit einem Schild um den Hals, das ihn als Staatsfeind und Lügenanwalt verunglimpfte, durch die Straßen zu laufen.

Außer mit Emilia Formiggini wusste Maria nicht, mit wem sie darüber reden sollte, doch die schien nichts davon hören zu wollen. Das beunruhigte Maria noch mehr, denn Emilia war stets interessiert und neugierig gewesen. Sie versuchte, Giosuè vor seiner Abreise in die Vereinigten Staaten darauf anzusprechen.

Wieder einmal waren sie zum Mittagessen bei Alfredo in Rom. Giosuè erzählte, er würde seinen Sitz im Parlament aufgeben, um die Präsidentschaft zweier Organisationen zu übernehmen. »Du wirst erfreut sein zu hören, dass es sich um den Nationalen Verband der Kriegswitwen und -waisen und um das Italienische Kinderhilfswerk handelt. Zugleich bleibe ich Berater für das Verteidigungsministerium. Ich würde gern im Bildungsbereich tätig werden, aber ich werde wohl warten müssen, bis dort ein Posten frei wird.«

»Wieso hast du die Politik verlassen?«, wollte Maria alarmiert wissen.

»Nicht aus den Gründen, die du befürchtest. Manchmal redet der Duce drauflos ohne nachzudenken. Unter seinen Vertrauensmännern gibt es einige, die Juden nicht ausstehen können, aber mit mir können sie leben. Ich praktiziere den jüdischen Glauben nicht und gehe nicht in die Synagoge. Viele wissen nicht einmal, dass ich Jude bin, und der Zufall will es, dass meine Freunde fast ausnahmslos Nichtjuden sind.

Ich habe viel für den Staat getan, und soweit ich weiß, hat Mussolini bislang jeden respektiert, der ihm geholfen hat.«

»Aber sicher bist du dir nicht.«

»Ich bin unbesorgt.«

Doch weder bei Alfredo noch später, als sie beieinanderlagen, wirkte Giosuè tatsächlich unbeschwert.

Unterdessen wurde der Briefwechsel mit Argentinien immer unerfreulicher. In jedem Brief schilderte Marisa bestürzende Neuigkeiten aus Deutschland. Maria beschloss, mit Giosuè nicht mehr darüber zu sprechen.

In jener Zeit war sie sich ihres Alters mehr denn je bewusst. Sie war sechsundvierzig Jahre alt und spürte, dass der drei Jahre ältere Giosuè noch immer ein neues Leben anfangen und Kinder haben könnte. Mit ihr, Rita und vielleicht auch mit Vito und Anna ins Ausland zu gehen würde ihm womöglich größere Schwierigkeiten bereiten als ein Regime, das dem deutschen nacheiferte, es jedoch nicht wagte, die jüdischen Freunde des Faschismus anzutasten.

38
Der »Almanach der italienischen Frau«

Maria liebte den Wandel der Jahreszeiten. In jeder ersten Januarwoche dachte sie an die vergangenen Jahre zurück und schmiedete Pläne für das kommende. Nach dem Weihnachtsfest war meist eine glückliche Zeit. Dieses Jahr hatte Pietro mit allen Kindern die prächtige neapolitanische Krippe und mit seinem Liebling Rita den Weihnachtsbaum aufgebaut. Rita hielt die Familie zusammen und hatte Glück ins Haus gebracht. Giosuè war aus dem Ausland zurück und hatte zahlreiche Verpflichtungen in Sizilien, und Maria sah ihn häufig. Sie schrieb ihm regelmäßig und schickte ihm Fotos von Rita. Giosuè revanchierte sich mit Büchern und Zeitschriften. Jedes Jahr ließ er ihr per Post den »Almanach der italienischen Frau« zukommen, der auch einen Terminkalender enthielt.

Wie jedes Jahr saß Maria in ihrem Zimmer am Schreibtisch, löste die Kordel, öffnete das Packpapier und wickelte das Buch aus, das sie die nächsten zwölf Monate begleiten sollte.

Ehe sie das des vergangenen Jahres beiseitelegte, blätterte sie es noch einmal durch und las Silvia Bemporads Vorwort:

Liebe Mitarbeiterinnen, liebe alte und neue Leserinnen, ich wende mich an euch, um eure Mitwirkung bei einem Werk zu erbitten, das den zahlreichen Frauen gewidmet ist, die aus Notwendigkeit, innerem Antrieb oder – noch besser – dem Wunsch heraus arbeiten, einen gesellschaftlichen Beitrag zu leisten. Wir wissen, dass immer mehr Frauen auf die Freuden einer Familie verzichten und mit ihrer Arbeit sich und andere durchbringen müssen. Wir wissen, dass viele es nicht gutheißen, dass Frauen Arbeiten verrichten, die außerhalb ihres häuslichen Tätigkeitsfeldes liegen. Als könnten wir heute in den Fabriken, Schulen und Krankenhäusern noch ohne sie auskommen! Als wären diese Menschen bereit, mittellosen, arbeitslosen und alleinstehenden Frauen Essen und ein Dach über dem Kopf zu gewähren. Was wir brauchen, ist weibliche Solidarität, damit die gewaltigen Mühen und Opfer jener unzähligen Arbeitsbienen, die allemal das Zeug zur Bienenkönigin hätten, gewürdigt und gelindert werden.

Der »Almanach« steckte voller interessanter Informationen. 1935 brachte er Statistiken über die Frauenquote an den Universitäten. Im Studienfach ihres Vaters, den Rechtswissenschaften, gab es 10 118 Männer und 391 Frauen. In Medizin und Chirurgie waren es 9960 zu 341. In Pharmazie war der Unterschied geringer (1594 zu 1137). Zugleich kritisierte der Almanach die Überzahl weiblicher Lehrer und sprach sich für eine gerechte, fünfzigprozentige Aufteilung aus.

In den zweiundzwanzig Korporationen, die die Berufsgruppen der italienischen Arbeiter vertraten, gab es nur fünf Frauen. Es war unerlässlich, dass Frauen in die Gewerkschaften und Korporationen vorrückten und dass eine Berufsausbildung nicht nur Studentinnen vorbehalten blieb, sondern sämtlichen italienischen Frauen offenstand.

Den Modeteil mochte Maria besonders. Sie fühlte sich durch und durch als Italienerin, wenn sie ein Kleid aus einer Turiner Schneiderei, Schuhe und eine Tasche aus Florenz, einen Mailänder Hut, einen venezianischen Seidenschal, römischen Schmuck und süditalienische Spitze trug. Doch nach dem Abschnitt über die Aktivitäten der nationalen Vereinigungen und Gewerkschaftsverbände folgten ihre Lieblingsseiten, die *Rubrik des praktischen Lebens*. Sie enthielt Ratschläge zur klugen Haushaltung, wie man Buch führte, sparsam wirtschaftete und dennoch gut lebte. Maria führte das Leben einer Mutter mit einem Ehemann, auf den sie sich nicht verlassen konnte.

Vor wenigen Monaten war Rita acht Jahre alt geworden. »Ein Mädchen ohne Großeltern!«, sagten alle, sogar die Schwägerinnen, die vergessen zu haben schienen, dass ihre Mutter unter Pietros Dach lebte.

Maria hatte die bequeme Diagnose der »Geisteskrankheit« nicht länger hinnehmen wollen und ihre Schwiegermutter mit der frisch geborenen Rita auf die Probe gestellt. Sie nahm die Kleine einfach mit zu ihr und stillte sie in ihrer Gegenwart. Ihre Schamlosigkeit ließ die Nonnen schaudern, und sie fürchteten um die Sicherheit des Kindes. Was, wenn die Irre sie Maria von der Brust riss und zu Boden schleuderte?

Während des Stillens summte Maria Arien, Lieder und Kinderreime, redete mit dem Kind und ließ die Schwiegermutter Anteil nehmen, wie sie es bei Anna und Vito nie getan hatte.

»Siehst du, meine Kleine? Das ist deine Großmutter. Sie ist die Mutter deines Vaters, deine Schwester Anna ist nach ihr benannt.«

Als die Schwiegermutter ihren Namen hörte, hielt sie in ihrer Arbeit inne, das Wollknäuel in der linken Hand, den Faden zwischen Daumen und Zeigefinger der Rechten, den leeren Blick wie gebannt auf Mutter und Tochter gerichtet, und hörte zu.

»Wer ist das?«, fragte sie ratlos.
»Das ist deine Enkelin, meine Tochter.«
Ein winziges Lächeln zuckte im Gesicht der Alten auf.
»Sie ist Pietros Tochter«, fuhr Maria fort.
Der Blick der Schwiegermutter verfinsterte sich. »Pietro? Pietro...«
»Dein Sohn!«
»Nein, nein, nein... nicht Pietro...« Sie wirkte verstört.
Maria begriff nicht, weshalb.

Sie hatte versucht, sie mit Fragen aus der Reserve zu locken. »Du willst nicht, dass man dir Pietro wegnimmt, nicht wahr?«, oder: »Du liebst ihn... Er ist dein Sohn.«
Rita hatte in ihrem Körbchen zu wimmern angefangen, und Maria musste sie trösten. Als sie sich wieder der Schwiegermutter zuwandte, hatte diese ihre Arbeit nicht wieder aufgenommen. Sie weinte.

Maria spielte mit Rita und rief dabei: »Mein Schatz, mein Schatz.« Die Schwiegermutter horchte auf, blickte sich verstohlen um, um sicherzugehen, dass die Nonnen außer Hörweite waren, und fragte: »Ein Kind der Liebe? Ist deine Tochter ein Kind der Liebe?«
Maria sah sie verblüfft an. »Mein Mann will Kinder...«, zeterte die Schwiegermutter, »und dann schnappt er sie mir weg, er schnappt sie weg...« Wie besessen fing sie an, die Wolle zu zerwühlen.

Da ihr die Umstände von Pietros Geburt nicht bekannt waren, hatte Maria beschlossen, Leonardos Frau danach zu fragen, deren Eltern im Dienste der Salas gestanden hatten. Nach anfänglichem Zögern hatte Rosalia erklärt, dass der alte Cavaliere Sala, Pietros Großvater, sich sehnlichst einen männlichen Enkel gewünscht hatte. Nach der Geburt des ersten Mädchens war Anna in eine Art Prostration gefallen und hatte sich ihrem Mann verweigert. Also hatte sich Cavaliere Sala an Giovannino gewandt. Er hoffte, er würde heiraten und ihm den heiß ersehnten Enkel schenken. »Doch dem war nicht so. Da sagte der Cavaliere zu seinem Sohn Vito: ›Du bist ein Mann, sie ist eine Frau. Ihr müsst mir einen männlichen Enkel geben!‹ Die Frauen im Haus erzählten, die Schreie der armen Anna, wenn ihr Mann seine Pflicht tat, hätte man bis zum Mond gehört, und nach der Geburt wurden die Kinder ihr sofort weggenommen aus Angst, sie könnte sie umbringen. Sie fürchtete sich vor ihrem Mann und ihren Kindern.«

Seitdem hatte Maria sich angewöhnt, Rita jeden Tag zu ihrer Großmutter zu bringen. Zwischen den beiden hatte sich ein besonderes Verhältnis entwickelt, und mit der Zeit, als Rita größer wurde, war sie es, die auf die Großmutter aufpasste, nicht umgekehrt. Auf ihre Art liebten sich die beiden, bis Anna schließlich friedlich im Schlaf verstarb.

Rita hatte auch einen Spielkameraden: Stefano, Leonoras Sohn und Nicolas Patenkind. Da Stefano viel Zeit in Agrigent verbrachte, wuchsen sie wie Geschwister auf. Das Verhältnis zwischen den Schwägerinnen war herzlich, aber oberflächlich. Leonora setzte Giosuè über Marias Ankunft in Kenntnis, und hin und wieder gab er ihr Briefe und Geschenke für sie mit. Über ihr Privatleben sprachen die beiden Frauen nicht miteinander.

Vito war ein vorbildlicher Sohn, folgsam, ruhig und aufmerksam. Im Internat in Rom hatte er Musik studiert und nach dem Abitur seinen Abschluss am Konservatorium gemacht.

Für die Verwaltung des Familienvermögens hatte er nichts übrig; er hätte eine Musikerkarriere vorgezogen, doch war ihm bewusst, dass er früher oder später den Platz seiner Mutter würde einnehmen müssen. Seine Hauptbeschäftigung bestand darin, mit einer Gruppe von Freunden Hausmusik zu machen. Er liebte Jazz, was nicht durchweg auf Wohlwollen stieß. Obwohl bereits ein junger Mann, schien er sich fürs Heiraten nicht zu interessieren, doch man wusste, dass er in eine Klavierlehrerin aus Agrigent verliebt war, die älter war als er.

Maria hoffte, dass Anna ein anderes Leben führen würde als sie, doch mit neunundzwanzig Jahren verspürte Anna offenbar nicht den geringsten Wunsch zu arbeiten oder zu heiraten. Maria drängte sie nicht, denn sie wusste, dass sie eine schwere Enttäuschung erlitten hatte. Zwar hatte sie sich davon erholt, aber über ihre Zukunft wollte sie sich keine Gedanken mehr machen. Sie schien zufrieden damit, zu Hause zu wohnen und Rita eine zweite Mutter zu sein. Außerdem vergnügte sie sich mit der jungen Agrigenter Gesellschaft und reiste gern.

Nach ihrer Internatszeit in Rom war Anna voller Lebenslust nach Agrigent zurückgekehrt. Sie war siebzehn Jahre alt, fröhlich und extrovertiert. Im Internat hatte sie enge Freundschaften geschlossen und war mit ihrer Mutter und Rita viel unterwegs, auch in Norditalien, um Freunde der Familie zu besuchen.

Der Verlobung mit Marco Altomonte im Herbst 1924 war hartnäckiges Werben vorausgegangen. Anfangs hatte Anna kein Interesse gezeigt, doch brillant und unbefangen, wie Marco war, hatte er sie schließlich erobert. Er wusste sie mit kleinen Geschenken und Aufmerksamkeiten zu überraschen, die zeigten, wie genau er sich jedes ihrer Worte merkte.

In jener Zeit gastierten am Agrigenter Theater fahrende Opernensembles. Da es für Marco unbequem gewesen wäre, spätabends nach den Aufführungen nach Naro zurückzukehren, hatte Maria ihm angeboten, bei ihnen zu wohnen. Zwei Verlobte unter einem Dach schlafen zu lassen war äußerst gewagt, doch Maria hatte diesbezüglich keinerlei Bedenken, und Pietro, der aus Palermo regelmäßig nach Agrigent kam, pflichtete ihr bei.

Lia mochte Marco nicht. Das konnte Maria ihren Andeutungen entnehmen. Sie führte sie auf Lias Abneigung gegen Sistina zurück, die sie wie eine Sklavin behandelte. »Der gefällt mir nicht, der ist zu oft bei uns«, sagte Lia. Maria entgegnete, dass es niemanden störe und Anna zu gefallen scheine. »Pff!« Lia blickte sie zweifelnd an. Doch Maria schwieg. Ein anderes Mal erzählte Lia, in seinem Eifer, der Verlobten die passenden Geschenke zu machen, suche Marco häufig Rat bei ihrer Kammerzofe Tildina. Auch dazu sagte Maria nichts.

Maria war in ihrem Zimmer und bestrich ihre Beine gerade mit dem ägyptischen Wachs, das Pietro ihr geschenkt hatte, als es an der Tür klopfte. Es war Lia.

»Schnell, ziehen Sie sich an! Die beiden machen ganz schmutzige Sachen im Zimmer von Annas Verlobtem!«

Sie eilten in Richtung Gästezimmer. Die Bediensteten, die ihnen auf den Fluren tatsächlich oder scheinbar geschäftig begegneten, sahen ihnen mit vielsagenden Blicken nach.

»Bist du dir ganz sicher, Lia?«, flüsterte Maria vor Lias Tür.

»Hören Sie doch selbst.«

Maria legte das Ohr an die Tür. Als Lia fragte, ob sie öffnen solle, nickte sie.

Auf Zehenspitzen schlichen sie hinein und stellten sich ans Fußende des Bettes. Die Vorhänge waren zugezogen, doch die Geräusche ließen keinen Zweifel darüber, was gerade im Gange war. Dann hatten sich ihre Augen ans Halbdunkel gewöhnt: Marco hatte den Hintern keuchend in die Luft gestreckt. Unter ihm lag die stöhnende Tildina. Maria betrachtete Tildinas zuckende Füße und hörte ihren erstickten Schrei, als Marco über ihr zusammenbrach.

Auf ihr Zeichen schaltete Lia das Deckenlicht ein. »Zieht euch an!«, befahl Maria und löste damit Panik im Bett aus.

Gnadenlos und schweigend schauten sie den beiden beim Ankleiden zu. Mit gekrümmten Schultern und vor die Scham gepresster Hand suchte Tildina hektisch nach Strümpfen, Unterrock und Unterhose, die sie im Eifer des Gefechts auf dem Boden verteilt hatte. Die Unterhose lag neben Lia, die verächtlich zusah, wie sie sich danach bückte.

Nachdem er sich die Hose hochgezogen hatte, setzte Marco zu einer Erklärung an: »Es ist nicht so, wie ihr denkt...«

»Halt den Mund!« Doch mehr als der gezischte Befehl war es Marias Blick, der den jungen Mann zum Schweigen brachte.

Als die beiden fertig waren – Marco musste warten, bis Tildina sich angezogen hatte –, wies Lia sie an, ihr Haar in Ordnung zu bringen. »Raus«, befahl sie dem Dienstmädchen mit einer Handbewegung und folgte ihr.

Das Gleiche tat Maria mit Marco. »Nach rechts«, dirigierte sie ihn von hinten, als sie das Ende des Flurs erreicht hatten, »nach links«, am Ende des nächsten. In der Eingangshalle kam Maria ihm zuvor und öffnete die Tür. »Verschwinde. Und lass dich nie wieder blicken.«

Für die enttäuschte, gedemütigte Anna bestand kein Zweifel: sie würde die Verlobung lösen. Marco war ihrer nicht würdig. Maria war erleichtert. »Sie werden versuchen, dich umzustimmen, und nicht lockerlassen«, sagte sie zu ihrer Tochter. »Wenn du ihn zurücknehmen willst, werde ich deine Entscheidung respektieren.«

Die von Marias Überreaktion entsetzten Schwägerinnen – so etwas kam schließlich in den besten Familien vor – wärmten ihre Mutmaßungen und Vorwürfe auf, sie selbst habe außereheliche Affären oder habe sie zumindest gehabt. Mal war die Rede von Ingenieur Licalzi, mal von einer einflussreichen Person aus Rom, selbst vor Professor Paci, dem Archäologen, der die an Pietros Sammlung interessierten Forscher nach Agrigent begleitete, wurde nicht haltgemacht.

Maria fiel es schwer, den Schmerz ihrer Tochter und den Druck, den die Salas auf sie ausübten, zu ertragen. Doch Anna blieb hart. Schließlich spielten die Altomontes ihre letzte Karte aus, und der Bischof höchstpersönlich erschien im Hause Sala. Die Familie, vor allem Marco, habe ihn angefleht – er betonte, *angefleht* –, diesem von ihm hochgeschätzten frommen Haus einen Besuch abzustatten. »Mitleid und Vergebung sind unerlässlich«, sagte er und bat Anna, Gnade mit der fleischlichen Schwäche des jungen Mannes zu haben. »Marco ist von dieser Magd begehrt und verführt worden… er konnte nicht widerstehen«, lautete das Fazit des Prälaten. Er bat Anna, ihren Herrgott um die Kraft und Güte zu bitten, Marco zu verzeihen, der seinen Fehltritt niemals wiederholen würde.

Anna versprach, darüber nachzudenken und Hochwürden umgehend in Kenntnis zu setzen, sollte sie ihre Meinung ändern.

Auch wenn die anderen Schwestern davon Abstand nahmen, war Giuseppina wild entschlossen, Maria zu überführen. Sie hatte sich mit Leonora angefreundet, um mit ihrer Hilfe weiterzuschnüffeln. Sie war sich sicher, dass es einen Mann gab, und zwar keinen aus Agrigent. Es musste einer von auswärts sein. Sie versuchte sogar, Pietro aufzuhetzen: Er solle Klage einreichen, damit ihm die Verwaltung des Vermögens seiner Kinder übertragen würde, und zu seiner Rechtfertigung anführen, dass er altersweise geworden sei und den verschwenderischen Lebensstil seiner Jugend aufgegeben habe. Zuvor hatte sie sich mit einem Anwalt beraten, der die Sache beim Präfekten hatte durchblicken lassen. Umgehend setzte Paolini Giosuè davon in Kenntnis.

Tags darauf bestellte der Gerichtspräsident von Agrigent den Anwalt ein und rügte ihn scharf, Verleumdungen in die Welt gesetzt zu haben: Man habe Pietro Sala als gehörnten Ehemann und seine Gattin als Ehebrecherin hingestellt. Der Präsident machte unmissverständlich klar, dass er es in Erwägung ziehe, seine Vorgesetzten über den Fall zu informieren. Die Sache könne bis vor den Großen Faschistischen Rat gehen.

Zutiefst eingeschüchtert gelang es dem Anwalt mit einer Reihe von Ausflüchten und windigen Erklärungen schließlich, sich Giuseppina vom Hals zu schaffen, und schweren Herzens gab sie Ruhe.

39
Glauben, gehorchen, kämpfen

Im August 1937 sahen sich Maria und Giosuè in Palermo wieder. Mussolini und der König wohnten dem großen Truppenmanöver im Valle del Belice bei. Maria fuhr mit Rita zum Baden nach Mondello, ein kleiner Fischerhafen, der sich in einen modernen Badeort mit Seebrücke verwandelt hatte.

Zusammen mit anderen Funktionären, die zum Manöver gekommen waren, wohnte Giosuè im Grand Hotel des Palmes. Maria hatte ihn seit zwei Monaten nicht gesehen und traf ihn in bester Verfassung an. Seine neuen Ämter machten ihm Spaß, und endlich fand er die Zeit, Klavierstunden bei der berühmten deutschen Pianistin Madame Stutz zu nehmen, die im Vatikan wohnte. Sie waren glücklich, einander wiederzusehen, und Maria wollte mit ihm im Hotel übernachten, während Rita und Anna bei den Cartas wohnten, Verwandte der Savocas, deren ältester Sohn Pippo Anna den Hof machte.

Etwas an Giosuès Verhalten ließ Maria spüren, dass er nicht ganz aufrichtig war. Er wirkte unruhig und bedrückt, und Maria fragte sich, ob es eine andere Frau gab. Obwohl Giosuè ihr nach Ritas Geburt beteuert hatte, er würde es zu vermeiden versuchen, schloss ihre Beziehung dies nicht aus.

Die Nachrichten aus Deutschland wurden immer schlimmer, und seit einem Jahr waren in Italien die Rassengesetze in Kraft getreten. Es war von Juden die Rede, die nach Paris und anderswohin auswanderten. Dennoch wurde Italien in ganz Europa respektiert, das Königreich war zu einem Imperium geworden und die vom Völkerbund verhängten Sanktionen hatten das Land zusammengeschweißt und einen unverhofften Patriotismus aufflammen lassen. Bildung stand noch immer an oberster Stelle, »und das allein reicht aus, dass ich ein stolzer Faschist bin«, sagte Giosuè.

»Aber du bist doch zurückgetreten und hast der Politik den Rücken gekehrt.«

Er streichelte sie. »Zeig mir die Fotos von Rita.«

Tatsächlich bestand für die faschistische Jugend allgemeine Schulpflicht, und auch auf Gesundheitspflege und körperliche Ertüchtigung wurde großer Wert gelegt. Der Wehrdienst, die flächendeckende Verbreitung des Radios, des Kinos und der nationalen Presse bewirkten, dass sich die Bewohner des Königreiches langsam zu Italienern wandelten. Die Lebensbedingungen für all jene, die in Armut lebten und mühsam ihr Brot verdienten, verbesserten sich stetig. Angesichts all dessen zählte es wenig, dass der Faschismus eine Diktatur war. Die begeisterte Reaktion der Frauen auf die Aufforderung, ihren Ehering zu spenden, um den Duce angesichts der vom Völkerbund auferlegten wirtschaftlichen Sanktionen zu unterstützen, bezeugte eine noch nie da gewesene Bereitschaft der weiblichen Bevölkerung, zu Italien zu gehören.

Doch wurde all das von der Vergötterung des Duces und seiner erfolgreichen Expansionspolitik in Albanien und Äthiopien getragen, die von ganz Italien unterstützt wurde. In

Großbuchstaben prangten seine Worte auf den Fassaden von öffentlichen Gebäuden, Fabriken und Wohnhäusern: GLAUBEN, GEHORCHEN, KÄMPFEN. Für Maria waren die Manöver im Valle del Belice beredter Ausdruck des Zuspruchs der Sizilianer für den Faschismus. Doch gab es auch Ausnahmen, und zu denen gehörte Maria Marra, die sich redlich, aber vergeblich bemüht hatte, sich faschistisch zu fühlen.

Wer Zweifel oder Misstrauen hegte, wagte es nicht zu zeigen. Sie musste noch einmal mit Giosuè reden, um ihrem Gewissen Klarheit zu verschaffen und ihn zu ermutigen, sich abermals einer Regierung anzunähern, für die sie jegliche Achtung verloren hatte.

Als sie Giosuè bat, sich um einen Regierungsposten zu bemühen, der ihn schützen und ihre Angst lindern würde, wurde er ungehalten. »Schluss mit dem Gejammer! Du bist wirklich eine sizilianische Mama geworden! Wieso willst du eigentlich, dass ich wieder in eine Regierung eintrete, die dir nicht passt? Mussolini ist zu einem bedeutenden Mann in Europa geworden und hat nicht die Absicht, Hitler nachzustehen. Er hat ihn sich zum Freund gemacht, weil er weiß, dass er über die mächtigste Streitmacht Europas verfügt, England mit eingeschlossen. Das deutsche Heer ist gut geführt und hat modernste Waffen. Wir wissen alle, dass es Krieg geben wird. Wenn er sich mit Hitler verbündet, garantiert ihm das einen rascheren Sieg. Danach wird er wieder ganz der italienische Duce sein, dem das Wohl seines Volkes am Herzen liegt.«

Zum Truppenmanöver am nächsten Morgen verschaffte Giosuè ihr, Anna, Rita und Pippo Plätze auf der Tribüne und versprach, dass sie alle zusammen im Restaurant des Kurhauses von Mondello zu Abend essen würden.

Der allgemeine Jubel für den Duce war für Maria eine schmerzliche Erkenntnis. Vielleicht hatte Giosuè ja recht und sie übertrieb. Beim Abendessen bemühte sie sich, unbeschwert zu wirken, doch es gelang ihr nicht. Als Anna und Pippo den Tisch verließen, um den Mond über dem Meer zu betrachten, blieben Giosuè, Rita und Maria zurück. Es geschah selten, dass sie unter sich waren. Bedrückt blickte Maria ins Leere. Giosuè griff über den Tisch und streichelte ihre Hand. »Maria...« Sein Blick und seine Berührung sprachen Bände.

Rita ergriff die andere Hand ihrer Mutter. Sie wollte sie ebenfalls trösten, auch wenn sie nicht wusste, was sie quälte.

»Schon gut«, murmelte Maria. »Möchtest du Grissini? Die sind ausgezeichnet.«

Giosuè hielt Rita den Brotkorb hin. Sie griff sich einen Grissino und knabberte daran, ohne die Hand der Mutter loszulassen.

»Willst du noch einen?«, fragte Giosuè zärtlich.

»Nein danke«, antwortete Rita. Sie streckte die andere Hand aus und umfasste die seine.

Rita wusste nichts, so viel war sicher, doch dass sie etwas ahnte, war nicht weniger gewiss.

40
Via San Callisto

Unter dem Vorwand, die Hochzeit der Tochter eines befreundeten Ehepaares zu besuchen, kam Maria im Juni 1938 zu Nicola nach Rom.

Mit Giosuè aß sie bei Alfredo zu Mittag. Zugewandt, aufmerksam und liebevoll erkundigte er sich nach der Familie und besonders nach Rita. Die Begrüßung durch den Wirt war ungewohnt verhalten ausgefallen, und die anderen Gäste hatten Giosuè verstohlene Blicke zugeworfen oder so getan, als hätten sie ihn nicht gesehen. Er schien das nicht zu bemerken oder hatte sich bereits daran gewöhnt.

Als Maria mit Ilaria Paolini darüber sprach, die über ihre Beziehung im Bilde war, hatte sie ihr bestätigt, dass sich die Juden seit den Rassegesetzen in einer seltsamen Lage befanden, denn nicht alle wurden gleich behandelt. Sie schlug vor, ein Abendessen zu organisieren, zu dem sie ihren Cousin, einen Kardinal, einladen würde, der den Wunsch geäußert hatte, Giosuè wiederzusehen. Sie schätzten einander, und die Begegnung könnte beiden von Nutzen sein.

So kam es. Nach dem Essen zog sich der Kardinal mit Giosuè auf die Terrasse zurück, die einen herrlichen Blick über das funkelnde Rom bot. Maria beobachtete die beiden. Der Kardinal reichte Giosuè eine Visitenkarte; dieser warf einen Blick darauf und schob sie in die Hosentasche.

In seinem Augusta fuhr Giosuè sie zu Nicola zurück.

»Wie ist es mit dem Kardinal gelaufen?«, fragte Maria.

»Er hat mir seine Hilfe angeboten, sollte ich sie brauchen. Während der Lateranverträge habe ich viel für die Kurie getan. Aber so weit, wie du befürchtest, wird es nicht kommen. Der Duce ist nicht dumm. Er wird es nicht wagen, dem Land zu schaden und es um den enormen Beitrag zu bringen, den die Juden in der Industrie, der Wirtschaft und der Wissenschaft leisten. Und er wird die, die ehrenhaft im Großen Krieg und in den Afrikafeldzügen gekämpft haben und für den Faschismus sind, nicht aus dem öffentlichen und gesellschaftlichen Leben verbannen.«

»Angelo sieht das anders.«

»Angelo ist ein Träumer. Und er ist depressiv wie alle geistreichen Menschen«, entgegnete Giosuè knapp.

»Dann sprich mit dem Duce, damit ich beruhigt sein kann!«, flehte Maria.

Hierauf schrieb Giosuè ihr nur ein einziges Mal, Anfang Oktober. Bezugnehmend auf ihre Unterhaltung in Rom legte er ihr knapp seine Ansicht zu den Rassegesetzen dar, die nur erlassen worden seien, um Hitler zufriedenzustellen. Er und die anderen faschistischen Juden der ersten Stunde seien davon nicht betroffen. Doch um sie zu beruhigen, habe er um eine Unterredung mit dem Duce gebeten, über die er sie auf dem Laufenden halten würde.

Danach herrschte vollkommenes Schweigen.

Maria war von Giosuès Briefen abhängig. Krank vor Sorge hatte sie Mitte November beschlossen, ihren üblichen vorweihnachtlichen Rombesuch vorzuziehen. Leonora und Emilia Formiggini waren die Einzigen, die sie darüber in

Kenntnis setzte. Die Töchter würden Mitte Dezember zu ihr stoßen. Anna, die mit dem Chirurgen Pippo Carta aus Palermo verlobt war, würde dort die Kleider für ihre Ausstattung kaufen. Maria stieg im Hotel d'Inghilterra ab, wo sie und ihre Familie stets dieselben Zimmer bewohnten. Gleich bei ihrer Ankunft erhielt sie ein Telegramm von Emilia Formiggini: Angelo habe sich umgebracht, ob sie zu ihr nach Modena kommen könne? Die Nachricht dieses Selbstmords, den die Presse komplett ignoriert hatte, war ein heftiger Schlag. Marias erster Gedanke galt Giosuè.

Angelo Fortunato Formiggini war ein reicher, umfassend gebildeter Mann gewesen, stets wissbegierig und aufgeschlossen. Er hatte einen Verlag gegründet, äußerst erfolgreiche Buchreihen und Zeitschriften herausgegeben und mit dem Regime zusammengearbeitet, und er war der Erste gewesen, der sich für eine nationale Enzyklopädie starkgemacht hatte. Doch über Giovanni Gentile und seine Staatsphilosophie war er nie hinweggekommen. Seine abgrundtiefe Enttäuschung hatte ihm jeden Rückweg versperrt. Er hatte seinen Freitod heimlich und minutiös geplant. Nachdem er seine Frau in Rom gelassen hatte, war er nach Modena zurückgekehrt und hatte sich mit dem Schrei »Italia! Italia!« von der Ghirlandina gestürzt, als Kampfansage an ein Regime, an das er fest geglaubt und das er glühend unterstützt hatte. Obwohl er mit einigen Parteifunktionären nicht einverstanden gewesen war und die Behandlung der Äthiopier ihn verstört hatte, war er Mussolini lange Zeit treu geblieben. Doch als Jude gebrandmarkt und als Feind und Untermensch seiner italienischen Staatsbürgerschaft beraubt zu werden, diese Schmach hatte er nicht verkraftet.

Anfang Dezember war Maria verzweifelt und voller Sorge nach Rom zurückgekehrt. Giosuè hatte sich nicht bei Emilia gemeldet; nicht ein Anruf, um sein Beileid auszudrücken. Sie selbst hatte ebenfalls nichts von ihm gehört, obwohl Leonora ihm eine Nachricht geschickt hatte, um ihn wie verabredet wissen zu lassen, dass sie in der Stadt sei.

Nach Ritas Geburt hatten sich Maria und Giosuè darüber geeinigt, wie sie in Kontakt bleiben würden, ohne Verdacht zu erregen. Mindestens einmal pro Woche würde er ihr postlagernd schreiben, Anrufe jedoch möglichst vermeiden. Maria würde ihm nicht schreiben – die Post sämtlicher Abgeordneter und einflussreicher Personen wurde von der Geheimpolizei und den Geheimdiensten kontrolliert in der Hoffnung, ihre Empfänger mit brisanten Informationen erpressen zu können. Mit einer Geheimsprache setzte Leonora Giosuè über Marias Aufenthalte in Rom in Kenntnis. Wenn Maria dringend mit ihm sprechen musste, ließ sie es ihn durch Leonora oder Nicola wissen. Im Notfall würde sie selbst anrufen und einen verabredeten Satz sagen. Doch bis auf das eine Mal, als Rita an einer Lungenentzündung erkrankt war, hatte es keine Dringlichkeiten oder Notfälle gegeben. Es war stets Giosuè, der ihre Treffen in Rom oder Sizilien plante und ihr Daten, Zeiten und Orte vorschlug.

Obwohl Leonora Maria versichert hatte, Giosuè benachrichtigt zu haben, wartete in der Pförtnerloge nicht der übliche Willkommensbrief. Jeden Tag fragte Maria nach Post. Vergeblich. Sie malte sich die aberwitzigsten Szenarien aus: Giosuè war nach Argentinien oder sonst wohin geflohen. Er war tot. Aber dann hätten die Zeitungen bestimmt davon berichtet. Andererseits war es möglich, dass der Polizeichef die Verbreitung der Nachricht wie in Angelo Formigginis Fall ausdrücklich untersagt hatte. Dass Giosuè aufgehört hätte sie zu lieben, schloss sie aus. Das war völlig unmöglich.

Sie hatten häufiger darüber gesprochen, wie sie die Erinnerung an den anderen lebendig halten würden, wenn einer von ihnen stürbe.

Maria wollte ihr Gedächtnis durchforsten nach allen möglichen Informationen, Erinnerungen und Erlebnissen, die Giosuè betrafen, und sie für Rita aufschreiben. Anna und Vito, ihre Brüder und Egle würden Maria für Rita stets lebendig halten. Doch sie allein konnte Ritas Erinnerungen an Giosuè bewahren. Das Mädchen fragte nie nach ihm.

Maria musste Giosuè fragen, was seine Tochter von ihm erfahren sollte. Sie würde Briefe, Unterlagen und Fotografien brauchen, um daraus zu schöpfen. Einen gemeinsamen Schatz aus Erinnerungen, den sie zusammentragen würden wie damals in ihren Jugendtagen, als sie endlose Stunden im Garten der Marras in Camagni verbracht und einander ihre Hoffnungen und Gedanken anvertraut hatten! Als Maria in Modena bei Emilia gesessen hatte, war ihr klar geworden, dass sie keine Ahnung hatte, wie Giosuè seine Nächte verbrachte, was er träumte, wie er erwachte: Ihre Vorstellung von seinem täglichen Leben war voller blinder Flecken. Maria beschloss, das Risiko einzugehen und ihm selbst zu schreiben. Sie würde ihren in Gedichtform verfassten Brief demjenigen aushändigen lassen, der einen Brief für sie überbrachte. Sie spürte, dass Giosuè ihn annehmen würde.

Nachdem sie den Brief in der Pförtnerloge abgegeben hatte, schützte Maria Unwohlsein vor, setzte sich mit ihrer Stickerei ans Balkonfenster und hielt nach Giosuè Ausschau.

Er kam am nächsten Tag. Sie erkannte ihn an seinem Gang. Er war als Priester verkleidet, mit schwarzem, breitkrempigem Hut, der sein Gesicht verdeckte. Er hielt den Umschlag, den sie für ihn hinterlassen hatte, fest umklammert.

Noch nie habe ich eine ganze Nacht mit dir verbracht.
Ich weiß nicht,
Wie du einschläfst, wie du erwachst, ob du durchschläfst oder nicht.
Ob du nachts sorgenvoll wach liegst,
Ob du vor dem Einschlafen liest oder mitten in der Nacht erwachst, um zu lesen.
Ich weiß nicht,
Ob du dich an deine Träume erinnerst,
Ob du je Albträume oder nur schlechte Träume hattest.
Ich weiß nicht,
Ob du zufrieden und ausgeruht erwachst,
Ob Ängste und düstere Vorahnungen dich plagen.
Ich weiß nicht,
Ob es dich morgens dürstet und wenn, wonach.

Ich wüsste es so gern.

Die Antwort, die kurz darauf beim Pförtner hinterlegt wurde, war kurz und bündig: *Sechs Uhr abends, Bar Luci, Via San Callisto. Die ganze Woche.*

Hoffnungsfroh und frisch duftend wie eine Fünfzehnjährige beim ersten Rendezvous verließ Maria das Hotel. Außer dem gepfefferten Pecorino, den Mandeln und den geschälten Pistazien, die sie ihm stets aus Sizilien mitbrachte, hatte sie eine Flasche Marsala und getrocknete Feigen bei sich. Statt eines aufreizenden Negligés hatte sie nur ein gewöhnliches Baumwollhemd eingesteckt für den Fall, dass Giosuè nicht der Sinn »danach« stand.

In dem Gewirr aus Sträßchen und Gassen im päpstlichen Teil von Rom kannte sie sich nicht gut aus, und die brachial hindurchgeschlagene Schneise der Via della Conciliazione hatte das verarmte und heruntergekommene Viertel vollkommen verändert. Doch nachdem sie einen Gemüsehändler nach dem Weg gefragt hatte, erreichte sie schließlich noch vor der verabredeten Zeit die Via San Callisto und nahm nervös in der Bar Luci Platz. Am Nebentisch saß ein verliebtes Pärchen und blickte sich tief in die Augen. Sonst war niemand da. Die verabredete Stunde war vorüber, es war Viertel nach sechs. Der Kellner kam an ihren Tisch, und sie bestellte eine Limonade. Doch sie konnte nichts trinken, ihre Kehle war wie zugeschnürt, sie konnte ihre Sehnsucht nach ihm nicht zügeln, sie wollte ihn sehen, berühren, küssen – auf den Mund, den Hals, die Hände, gleich hier in der Bar, im Hauseingang, auf der Treppe. Doch Giosuè ließ sich nicht blicken.

Jemand tippte ihr auf die Schulter. Schweigend erhob sie sich und folgte dem Priester mit dem breitkrempigen Hut. Das Pärchen am Tresen sah ihnen fragend nach. Geschmeidig glitt der große Eisenschlüssel in das Schloss eines zwischen zwei Häusern eingezwängten Türchens, das knarrend aufschwang. Es gehörte zu einem schmalen, dreistöckigen Gebäude mit schrägem Dach. Die Treppe war steil, die Stufen abgeschlagen. Giosuè ließ sie vorausgehen. Noch immer hatte er kein Wort gesagt. Maria drehte sich um. »Was soll ich tun?« Er legte den Zeigefinger an die Lippen. »Hier darf man nicht sprechen«, flüsterte er. »Wir müssen bis unters Dach, ich gehe voraus.« Er nahm ihr die Tasche ab – die flüchtige Berührung ließ Maria erschaudern – und schob sich an ihr vorbei.

Der oberste Treppenabsatz war sehr eng. Trübes Licht fiel auf zwei Wasserbehälter und einen klapprigen Schrank. Giosuè öffnete ihn. Er war leer. Er schob die Rückwand zur Seite, duckte sich durch eine Öffnung, zog Maria hinter sich her und schob die Rückwand wieder zu. Dann zog er den Talar aus und hängte ihn sorgfältig an einen Haken. Er war dünner geworden. Die winzige Dachkammer war mit einer Pritsche, einem Tisch und zwei Stühlen möbliert. An der Rückwand stapelten sich Pappkartons, unter den fast bodentiefen Dachschrägen entlang der Seiten reihten sich Bücher. In der Mitte des Raumes stand eine deckenhoch gemauerte Säule, die an einen Fahrstuhlschacht erinnerte. Auf einer Seite stand ein Klavier vor einer Fenstertür mit verklebten Scheiben, die Giosuè mühsam aufstemmte. Sie ging auf eine winzige Terrasse hinaus, die in die Dachschräge eingelassen und von außen nicht zu sehen war. Eine eiserne Waschschüssel stand auf einem dreibeinigen Gestell, daneben zwei Krüge mit hölzernen Deckeln und ein winziger Wassertank mit Hahn. An einem zwischen zwei Nägeln gespannten Draht hingen Strümpfe zum Trocknen. Ein Besen und ein Kehrblech hingen an einem weiteren Nagel.

»Klein, aber ausreichend. Ich esse in der Mensa der Gregoriana und teile mir das Bad mit anderen...« Giosuè blickte sie hart an, »...Juden.«

Er umfasste ihre Taille. »Willst du?«

Er zog sie zur Pritsche und nahm sie mit solcher Leidenschaft, dass ihr keine Zeit blieb, sich auszuziehen. Sie liebten sich wieder und wieder, wie ein blutjunges, hungriges Liebespaar.

»Ich hätte nicht geglaubt, dass es dir so wichtig ist, das Bett mit mir zu teilen«, sagte Giosuè. Mit ineinander verschränkten Beinen lagen sie nebeneinander auf der Liege.

Er nahm ihren Fuß, bedeckte ihn mit kleinen Küssen, dann den anderen. Dann fing er an, sie mit der flachen Hand sanft zu massieren, zuerst die Füße, dann die Waden und Schenkel. Er ging auf die Knie, und sie blickten einander an. Entschlossen umfasste er ihre Fußgelenke, schob sie zurück, bis sie flach auf dem Rücken lag, und drang abermals in sie ein.

Sie aßen Brot, Käse und getrocknete Feigen und tranken Wein dazu. Giosuè erzählte, er würde sich weiterhin in der Gregoriana verstecken, die Katholiken beschützten ihn. »Ich werde dir postlagernd nach Palermo schreiben. Wir werden es schaffen. Du wirst mir fehlen, so wie ich dir fehlen werde.«

»Aber wenn es Krieg gibt und einer von uns sterben sollte, kann es sein, dass der andere es nie erfährt...« Maria war verzweifelt. »Es gibt keinen größeren Schmerz als die Ungewissheit.«

»Wenn ich zu einem Geist werden sollte, fliege ich sofort zu dir. Du weißt, wir können einander nicht vergessen. Niemals. Ich wäre immer bei dir, würde deine Wangen streicheln, unter deine Decke schlüpfen, von deinem Teller kosten.«

Maria fröstelte, und Giosuè legte ihr ein Cape um die Schultern. Sie küsste ihm die Fingerspitzen. »Wie lebst du jetzt als Priester?«

Er machte ein verständnisloses Gesicht. »Genau wie bisher. Die Priester hier sind nett. Und was die Liturgie betrifft, könnte ich, deiner Mutter und Maricchia sei Dank, ohne Weiteres eine Messe oder die Rituale der Waldensertafel abhalten.«

»Wie lange wirst du in Rom bleiben?«

»Das wird sich zeigen. Sollten wir bald in den Krieg eintreten, könnte ich der Diplomatie von hier aus nützlich sein. Wenn der Konflikt sich ausweitet, werde ich womöglich woanders hingehen, in ein Kloster im Süden vielleicht, vorzugsweise in Sizilien, um nahe bei dir zu sein und Rita besser kennenzulernen.« Er hielt inne. »Sie hat das Zeug für das humanistische Gymnasium. Ich möchte, dass sie eine staatliche Schule besucht, Maria. Die Nähe zu jungen Menschen, die weniger Glück haben als sie, wird sie für den Krieg besser wappnen.«

»Bist du sicher, dass es Krieg gibt?«

»Zweifellos. Er könnte schnell vorbeigehen und mit dem Stahlpakt besiegelt werden. Dann würden wir von den Nazis einverleibt werden. Oder es kommt zu einem langen, weltweiten Konflikt mit ungewissem Ausgang.«

Abermals kam er auf Ritas Schulbildung zu sprechen. »Palermo hat erstklassige Schulen. Hättest du etwas dagegen, während Ritas Schulzeit in Palermo zu wohnen? Für uns beide wäre das auch einfacher: Wir könnten postlagernd in Kontakt bleiben, ohne dass du wüsstest, wo ich bin. Ich hoffe, dass ich an der tyrrhenischen Küste von Kloster zu Kloster pilgern kann. Die Trappisten und die Jesuiten haben mir ihre Hilfe angeboten.« Die Dachkammer würde er bald verlassen müssen, fügte er leise hinzu. In Rom wimmele es immer mehr von Deutschen.

Die Rede vom Krieg hatte Maria traurig gemacht.

»Wollen wir unsere *Nocturne* von Chopin vierhändig spielen?«, schlug Giosuè vor. Sie setzten sich ans Klavier.

»Ist das nicht zu gefährlich? Bestimmt wird man uns hören!«

»Schon möglich, aber gefährlich ist es nicht, im Gegenteil. Sie werden denken, es ist Madame Stutz. Dieser Trost bleibt mir immerhin.«

Wie immer wusste die Musik ihre Gefühle sehr viel besser auszudrücken als Worte, und das Bewusstsein, dass ein junger Pole hundert Jahre zuvor ebenso empfunden und seine Gefühle in Noten gefasst hatte, verstärkte die Emotionen noch.

Es war spät. »Gehen wir schlafen«, sagte Giosuè. »Deshalb bist du doch gekommen, oder?«

Erschöpft legten sie sich zu Bett, und Maria zeigte ihm, wie man auf engem Raum schlief: dicht an dicht, die Beine ineinander verschränkt, Giosuès Arme um ihrer Taille.

Im morgendlichen Halbschlaf streifte Giosuè ihren Busen. »Du hast geschrieben: ›*Ich weiß nicht, ob es dich morgens dürstet und wenn, wonach.*‹ Hier ist meine Antwort: nach deinen Brüsten. Ich liebe es, sie anzufassen, zu kneten und zu drücken, an ihnen zu lecken und zu saugen.« Er küsste sie von oben bis unten. Dann rückte er von ihr ab und sah sie an.

»Schon immer«, sagte er und streichelte sie.

»Was meinst du damit?«

»Seit unserer Kindheit wache ich auf und sehne mich nach dir, nach deinen Brüsten. Ich habe sie gesehen. Eigentlich sollte ich mich dafür schämen. Beim Ankleiden hast du dich gern ans Fenster gestellt. Die Gardine war straff gespannt, und durch die Lochstickerei habe ich dich von meinem Zimmer aus mit dem Fernglas beobachtet. Es erregte mich. Genau wie heute.«

41
Pietros Tod

Im September 1939 ging Rita auf das Garibaldi-Gymnasium in Palermo. Es war in einem säkularisierten Franziskanerkloster im Stadtzentrum untergebracht, das früher als Internat gedient hatte. Sie wohnten im Palazzo Sala unweit des Teatro Massimo.

Rita war von ihrer Mutter großgezogen worden, und obwohl sie der Liebling ihres Vaters war, war Pietro froh, mit lästigen Erziehungsfragen nichts mehr zu tun zu haben. Begeistert war Maria Giosuès Vorschlag nachgekommen, Rita auf eine Palermitaner Schule zu schicken. Nach ihrer Hochzeit hatten Vito und Beatrice – »die Pianistin«, wie die Familie sie nannte – die Wohnung in Agrigent übernommen. Die Beletage in Palermo war in zwei unabhängige Wohnungen für Maria und Pietro unterteilt worden. Beim Mittagessen und in der Gesellschaft wahrte man das Bild familiärer Eintracht, denn die Ehe war unauflösbar und es gehörte sich so. Doch es war nicht die Nähe zu Pietro, die Maria im Palazzo Sala unglücklich machte. Jetzt, da jeder der beiden sein eigenes Leben führte, genossen sie die Gesellschaft des anderen. Jeden Nachmittag nach den Hausaufgaben ging Rita zu ihrem Vater hinüber und beschäftigte sich mit seinen Affen, und Maria konnte die seit Jahren verwitwete Tante Elena besuchen, die immer seltener das Bett verließ.

Das Problem waren die Schwägerinnen, die die übrigen

Etagen des Palazzos bewohnten und alles daransetzten, Maria das Leben schwer zu machen – insbesondere Giuseppina, die von ihrer Missgunst geradezu besessen war. Die giftigen Blicke, die sie Maria bei jeder Begegnung zuwarf, ließen daran keine Zweifel. Nach wie vor verwaltete Maria das Vermögen ihrer Kinder, Dottor Puma hielt sie über die Landwirtschaft auf dem Laufenden und stand mit dem Buchhalter in Kontakt, und Ingenieur Licalzi betreute die immer weniger profitablen Minen. Wenn es nötig war, fuhr Maria nach Agrigent und verbrachte viel Zeit an ihrem Schreibtisch, um Buch zu führen und die Investitionen im Auge zu behalten. Obwohl die Schwägerinnen nur winzige Anteile besaßen, gab es über den gemeinsamen Besitz dauernd Streit. Maria hasste es, ihnen auf der Treppe zu begegnen und ihre gehässigen Unterredungen mit Pietro auf der Terrasse mit anzuhören. Dann flüchtete sie sich zu Tante Elena, die ihre Gesellschaft genoss und ihr angeboten hatte, im zweiten Stock ihrer Villa zu wohnen.

Rita war glücklich. Sie liebte die Schule, mochte ihre Lehrer, verstand sich mit allen gut und hatte viele Freunde. Anna, die mit ihrem Mann Pippo ganz in der Nähe wohnte, kümmerte sich wie eine Mutter um sie, nahm sie zu Konzerten ins Politeama mit und ging mit ihr ins Kino.

Überzeugt von einem unmittelbar bevorstehenden Sieg erklärte Italien Frankreich und Großbritannien am 10. Juni 1940 den Krieg. Vom Hafen von Palermo wurden Männer, Waffen und Ausrüstung an die kämpfenden Truppen in Afrika entsandt. Neben neuen Werften hatte man große, hochmoderne unterirdische Zementtanks für Naphtha gebaut. Die Stadt stand im Fadenkreuz der in Tunesien und Algerien stationierten französischen Luftwaffe, die am 23. Juni, dreizehn

Tage nach Kriegserklärung, ihren ersten Bombenangriff flog. Es waren alte, mit kleinen Bomben bestückte Doppeldecker, die mehr Angst verbreiteten, statt zu töten. Die Franzosen zielten auf den Hafen, trafen jedoch ein Wohngebiet und töteten fünfundzwanzig Menschen. Kein anderer französischer Luftangriff forderte so viele Tote.

Die sporadischen Luftangriffe während des ersten Kriegsjahres konzentrierten sich vor allem auf den Hafen. Die Menschen blieben in ihren Häusern wohnen, und das Leben ging weiter wie bisher. Die Palermitaner hatten sich an das ständige Sirenengeheul des blinden Alarms und die konstante, aber harmlose Bedrohung gewöhnt und suchten nicht mehr die Luftschutzbunker auf. Bisweilen kostete ihre Furchtlosigkeit sie das Leben. Palazzo Sala wurde nie getroffen.

Da er alt war und nicht mehr reisen konnte, hatte Pietro das Glücksspiel durch zwei neue Leidenschaften ersetzt: Tiere und Handarbeit.

Neben den Schmetterlingen züchtete er Berberaffen, mittelgroße, schwanzlose Altweltaffen mit rötlichem Fell, die sehr intelligent und zutraulich waren. Er hielt sie in einem großen, pavillonartigen Käfig auf der Terrasse und holte sie jeden Tag für einige Stunden ins Haus, um sie frei laufen zu lassen und mit ihnen gemeinsam Obst zu essen.

Zudem dekorierte Pietro die Rahmen der Bilder, die er von jungen Künstlern zu meist übeteuerten Preisen kaufte, als wollte er seinem Ruf als Verschwender treu bleiben. Er bemalte sie, beklebte sie mit goldenen Glassteinchen, Messingnieten und Bändern und lackierte sie. Sie waren hübsch und manchmal sogar besser als die Bilder, die sie umrahmten. Leonardo assistierte ihm dabei.

Pietro starb ganz plötzlich Ende März des Jahres 1941. Er war siebzig Jahre alt und bei schwacher Gesundheit. Wegen einer unerklärlichen Kraftlosigkeit in den Beinen ging er nur wenig zu Fuß, und da er nicht mehr gut hörte, war er, der Gesellschaftsmensch und brillante Unterhalter, zu einem Eremitendasein gezwungen. Die Schwestern besuchten ihn nur selten. Pietro gab sein ganzes Geld für seine Affen und die Rahmen aus. Bananen und anderes Obst mussten auf dem Schwarzmarkt aufgetrieben werden, was ebenso wie Klebstoff, Goldlack oder Goldstaub mit jedem Tag schwieriger wurde. Stundenlang war Pietro in seine Arbeit vertieft, klebte Glassteinchen auf und atmete den stechenden, berauschenden Geruch des Klebstoffs ein. Auch seinen Lieblingsaffen Masina ließ er daran schnüffeln.

Leonardo erzählte, er habe Pietro im verschlossenen Affenkäfig gefunden, bäuchlings und voller Blut habe er dagelegen und war bereits tot. Er war unglücklich gestürzt und hatte sich verletzt. Die Affen hatten versucht, ihm auf ihre Art zu helfen und sämtliche Klebstoffrückstände von seinen Handrücken geleckt. Einer von ihnen konnte sich kaum noch auf den Beinen halten, den anderen ging es nicht viel besser. Masina hockte neben ihrem Herrn und lauste ihn.

Der geschmückte Sarg war im Wohnzimmer aufgebahrt worden. Die Trauernden waren zahlreich: Maria, Anna mit ihrem Mann, Vito und seine Frau, Rita, Pietros Schwestern mit ihren Familien und dazu Angehörige und Freunde. Von den Marras aus Camagni hatte niemand kommen können. Wie immer sorgte der Tod für Waffenruhe in der Familie, und wie immer währte sie kaum bis zur Bestattung.

Am Abend hörte Maria Geräusche im Treppenhaus. Leonardo und der Pförtner buckelten schwere Säcke voller Leichen die Treppe hinunter. »Signora«, erklärte Leonardo, »mir blutet das Herz, dass der Herr gestorben ist, aber es blutet mir noch mehr, wenn ich diese Affen füttern muss, während so viele arme Teufel hungers sterben!«

Nach Pietros Tod verließ Maria den Palazzo und zog mit Rita zu Tante Elena.

Nach den Kriegserklärungen an Jugoslawien und Russland im April und Juni 1941 war klar, dass der Konflikt kein schnelles Ende finden würde. Die Deutschen hatten die Kontrolle über die Insel übernommen. Maria ging ihnen aus dem Weg, doch die anderen Verwandten baten sie zu sich nach Hause und luden sie zu Landpartien ein. Unterdessen wurden die Bombardierungen ohne nennenswerte Schäden und große menschliche Verluste fortgesetzt.

Im Herbst 1942 nahmen die Luftangriffe und die Zahl der Toten zu. Die auf Malta stationierten englischen Flieger waren mit äußerst schlagkräftigen Bomben ausgestattet, die die Kriegsschiffe im Hafen und das umliegende Viertel zerstörten. Dennoch setzten sie ihre Angriffe unvermindert fort.

Die Stadt wimmelte von Flüchtlingen. Das rechteckige Schild mit der weißen Faust auf blauem Grund, die mit dem Zeigefinger auf das Wort RIFUGIO, Schutzbunker, zeigte, war überall. Erwachsene und Kinder lernten, den Donner der detonierenden Bomben vom Geräusch der italienischen Flak zu unterscheiden. Letzteres machte Hoffnung, denn es bedeutete, dass das Militär zurückschlug. Danach folgte bleierne Stille.

Während der Luftangriffe wurden die Lichter gelöscht. Die Mauern erzitterten wie bei einem vielfachen Erdbeben, das seine Erschütterungen vom Himmel sandte. Traf eine Bombe ein Haus oder schlug in unmittelbarer Nähe ein, schwankte das ganze Gebäude. Selbst die tragenden Wände wackelten, und Schuttkaskaden stürzten vom zerborstenen Dach auf die Treppen. Wer nicht in den Luftschutzkeller geflohen war, kauerte versteinert vor Angst im Dunkeln.

42

Giosuès Briefe

Nach der Nacht in der Via San Callisto vergingen drei Jahre, ehe Maria Giosuè eines Frühlingsnachmittags 1941 in der Benediktinerabtei San Martino delle Scale wiedersah. Ihr gefiel die Vorstellung, dass er die ganze Zeit über dort auf dem Berg gewesen war, mit Palermo zu seinen Füßen, und sie nie aus den Augen verloren hatte. Und tatsächlich war er ihr nahe geblieben, hatte sie im Blick behalten und sie dank des Schreibens selbst in den Jahren der Trennung bei sich gespürt. Zahllose Briefe hatten sie gesucht und gefunden wie Liebesakte und zärtliche Gesten.

Zwar waren Privatautos noch erlaubt, doch der Treibstoff war knapp. Maria hatte einen Kanister auftreiben können, und Leonardo hatte sie mit dem Fiat gefahren. Die Straße führte bergan durch die dichte Macchia aus Eichen, Steineichen und Johannisbrotbäumen. In jeder Kurve bot sich ein herrlicher Blick auf die Conca d'Oro. Das Meer weitete sich, und der imposante Monte Pellegrino erwachte zum Leben. Maria war nervös. In den Jahren der Trennung waren Giosuès postlagernd geschickte Briefe, die sie nicht beantworten konnte, der einzige Kontakt zu ihm gewesen. Den strengen Regeln der Benediktiner folgend war ihre Begegnung auf eine halbe Stunde begrenzt. Wie verloren stand Maria am Fuß der imposanten Treppe, die die Macht des Ordens veranschaulichte. Ein Mönch öffnete ihr, und sie folgte ihm in die Bibliothek. Der große Tisch war mit Inkunabeln bedeckt. Neben dem Fenster stand Giosuè in eine Mönchskutte gekleidet. »Kann man uns hier hören?«, hatte sie als Erstes gefragt und den Umschlag mit den Fotos von Rita auf den Tisch gelegt.

»Schon möglich.« Seine Stimme klang zärtlich. Sie setzten sich zueinander, und er betrachtete begierig die Fotos. »Eine richtige junge Dame ist sie geworden, ihre Augen erinnern mich an die meiner Mutter.« Er blickte Maria an. »Wie geht es dir?« Es klang wie: *Ich liebe dich, und du?* »Mir geht es gut, ich bin froh, hier zu sein«, erwiderte sie mit der Hingabe eines *Ich liebe dich so sehr wie du mich.* Sie musterten einander, suchten nach den Spuren, die die Jahre der Trennung hinterlassen hatten, ließen den Blick über jede Falte, jede Linie, jeden Leberfleck wandern, um darin jeden Augenblick im Leben des geliebten Menschen abzulesen.

»Erzähl mir deinen Tagesablauf, dann kann ich mir immer vorstellen, was du gerade tust«, brach Giosuè das Schweigen. Wie ein Zauberspruch versetzte dieser Satz sie in die Laube in Camagni zurück, in der sie so oft gesessen hatten, ohne zu ahnen, dass aus ihrer unschuldigen Zweisamkeit eine leidgeprüfte Liebe werden sollte. Sie redeten und redeten, ohne den Blick voneinander zu lassen.

Der Moment des Abschieds war gekommen. »Nur Mut, Maria. Diese Hölle wird enden, und wir werden sie überstehen.« Er drückte ihre Finger, dass es schmerzte. Das war der einzige Kontakt, die einzige Andeutung ihres wohlvertrauten Glücks. Dann riss er die Tür auf und ertappte den Mönch, der lauschend vor dem Schlüsselloch gekauert hatte.

Im Dezember 1942 verfügte der Schulrat von Palermo, sämtliche Lehranstalten der Stadt wegen der Luftangriffe ab dem 1. Januar 1942 zu schließen. Die Schüler würden mit den Noten des im Dezember endenden Quartals automatisch in die nächsthöheren Klassen versetzt. Obwohl Rita am Boden zerstört war, weil sie damit ein Schuljahr verlor, war dies ein weiser Erlass. Die meisten Schulen der Stadt waren in alten Klöstern untergebracht, die kaum dafür geeignet und in baufälligem Zustand waren, und wegen der hohen Einsturzgefahr war die Evakuierung der Schüler unerlässlich.

Wie weise der Beschluss des Provinzialstudienrats gewesen war, sollte sich ausgerechnet zu Weihnachten bei einem Streich der Engländer beweisen. Zweiundvierzig Flieger hatten den Stützpunkt in Malta verlassen und tauchten in Formation hinter den Bergen auf. Der Fliegeralarm jaulte, und die Bürger flüchteten in die Luftschutzräume. Mit dröhnenden Motoren warfen die Flugzeuge statt Bomben Landkarten von Italien ab, auf denen die bereits bombardierten Städte verzeichnet waren – Turin, Mailand, Genua, Cagliari, Neapel, Taranto und Catania –, und dazu Flugblätter mit der Aufschrift: *Der wahre Krieg kommt näher, wir werden euch bombardieren.*

Am 7. Januar folgte ein weiterer friedlicher Angriff: Diesmal regnete es Flugblätter mit der Aufschrift *Frohes neues Jahr.*

Wenige Stunden später tauchten die amerikanischen Boeings B-17 *Flying Fortress* am Himmel über Palermo auf und starteten ihre Flächenbombardements auf Europa. Der mit Munition beladene Zerstörer *Bersagliere* wurde getroffen und binnen neun Minuten im Hafen versenkt. Dann war die Altstadt an der Reihe.

Am 23. Januar kehrten die Boeings zurück und dann wieder und wieder. Die verheerendsten Luftangriffe erfolgten

1943. Die Stadt war einem flächendeckenden Dauerbombardement zweier alliierter Truppen ausgesetzt: Die in Afrika stationierten Amerikaner flogen bei Tag, die aus Malta startenden Engländer bei Nacht. Die Stadt und ihre Bewohner fanden keine Ruhe. Die faschistische Propaganda verhöhnte ihre Feinde und sprach von einem baldigen Sieg. Noch war der Patriotismus ungebrochen, und nur wenige verweigerten den Kriegsdienst. Nur unter den Reichen wuchs die Zahl derer, die Schmiergelder zahlten, um für untauglich erklärt zu werden.

Maria fürchtete sich nicht vor den Luftangriffen. Sie würde unversehrt bleiben, da war sie sich sicher. Sie wollte nicht sterben. Sie fühlte sich unschuldig und wollte leben, und zwar mit Giosuè. Nach dem Krieg. Sie wartete auf ihn, wie er auf sie wartete. Sie war seine Frau, und wenn sie schon sterben sollten, dann wenigstens gemeinsam. Immer öfter sprach Giosuè von Liebe, gerade so, als schürte der Krieg und die Bomben seinen Überlebenswillen. Je heftiger die Luftangriffe wurden, die Giosuè – da war sie sich sicher – von oben beobachtete, desto mehr trafen seine zutiefst erotischen Briefe sie ins Herz. Jeder enthielt einen Satz, einen Gruß, eine Hoffnung, die Marias Fantasie beflügelten, sie erregten und trösteten.

21. Dezember 1938
Du hast ein Recht auf meine Gedanken, mein Blut, mein
Leben. Du bist meine Frau. Maria, ich kann Dir nicht sagen,
was Du für mich bist. Schöne, wunderschöne Maria, meine hin-
reißende Maria, meine einzige, einmalig schöne Maria, Maria,
Maria ... All meine Leidenschaft, meine Zärtlichkeit, meinen
Atem lege ich in meine Worte, wenn ich Deinen Namen aus-
spreche. Hasst Du mich? Siehst Du mich? Mein Kopf brennt,

meine Hand zittert. Doch ich mache mir Mut und schöpfe aus dem Gedanken an Dich die Kraft, das quälende Chaos meiner Nerven zu bändigen.

4. Januar 1939
Du bist nicht in diesem Haus, aber Du bist in mir, bis in den Wahnsinn. Zusammen sterben. Ja, zusammen sterben: damit unser Glück die Welt entsetzt, damit die Welt weiß, wohin es unsere Liebe gebracht hat. Willst Du? Willst Du? Maria, sei gesegnet, jetzt und immerdar.

12. März 1939
Ich, der ich an so vielem zweifle, ich, den das ständige Grübeln unsicher und verzagt hat werden lassen – ich habe eine feste, unerschütterliche, strahlende Gewissheit. Dass nämlich Deine Liebe der Trost meines Lebens ist, dass sie meine ganze Fähigkeit zu fühlen und zu lieben in sich aufnimmt.

Maria, schöne, gute Maria, ich presse Dich an mich, ich hebe Dich hoch, drücke meine Lippen auf Deine, trinke Deine Seele, Dein Leben, Dich.

8. Januar 1940
Maria, für diesen Brief habe ich mir viel Zeit genommen. Ich habe einen Satz geschrieben und dann eine Viertelstunde nachgedacht. So hatte ich das Gefühl, länger bei Dir zu sein, Maria, meine Seele, mein Atem, bei Dir, der ich all meine Küsse schicke.

12. Januar 1940
Jedes Mal, wenn ich Dir schreibe, versuche ich, mir all die großen und kleinen Dinge zu merken, die ich Dir sagen will, aber dann vergesse ich doch immer etwas.

10. März 1940
*Vielleicht ginge es mir besser, wenn ich auf jegliche geistige
Beschäftigung verzichtete, aber das ist mir hier, wo die Arbeit
meine einzige Zerstreuung ist, unmöglich. Aufhören zu lesen
und vor Liebe in Deinen Armen erbeben: Ja, aber das geht nicht.
Also... also mache ich, so gut es geht, weiter, getragen von der
Hoffnung auf Palermo. Palermo bedeutet Maria, Liebe, Glück,
Lust, Trost, Friede, Heiterkeit, Schönheit, Jubel.*

15. Mai 1940
*Gibt es einen Winkel Deines Herzens, eine verborgene Stelle
Deines Körpers, an dem meine Gedanken noch nicht gewesen sind, auf den ich noch nicht meine Lippen gedrückt habe?
Wie könnte ich Deine Schönheit, die ich ermessen und besessen
habe, steigern? Fast ist es, als müsstest Du weniger schön sein,
als müsste ich Dich weniger reizend wissen... Was für ein dummer Gedanke! Maria, Du bist, wer Du bist. Du bist die Maria,
die mich der Kälte und Feindseligkeit entriss, mit der ich allen
Frauen begegnete. Ihr, Signora, so weiß, duftend, zart und süß,
habt meine Seele verführt und mein Fleisch unheilbar verdorben. Bleibt, wie Ihr seid, wie ich Euch kenne, wie ich Euch will!
Ich will Deine nackten Füße auf meinem Gesicht. Ich will Dein
nacktes Fleisch auf meinem, ich will Dich ganz nackt, damit
Du schreist, Dich windest, stirbst, damit ich schreiend auf Dir,
mit Dir sterbe. Mehr... mehr... mehr...*

11. Juli 1940
*Ich will Deinen Mund, verstehst Du? Willst Du nicht mein
Leben aufsaugen? Dein ist das Mark meiner Knochen bis auf den
letzten Tropfen. Gib mir Deine rosigen weißen Hände, ergründe
mich bis zu den Quellen des Lebens. In Deinen Händen, unter
Deinen Lippen, in Deinem Fleisch will ich vergehen bis zum Tod.*

7. Februar 1941
Ich liebe Dich nicht, ich lebe von Dir…
   Maria, weißt Du, wo ich Dich heute küsse? Auf die Lider, auf die Fingerspitzen!

1. April 1941
Er ist aufgetaucht, schüchtern auf den Himmelsbalkon getreten und hat gelächelt und ward plötzlich wieder verschwunden. Von wem ich spreche? Du hast es erraten: vom Frühling. Wir hatten drei Tage schlechtes Wetter voller Regen und Wind, die mir den Blick für unsere liebste Jahreszeit vernebelt haben. Was soll's? Er wird wiederkehren, um zu bleiben, und sein flüchtiges Erscheinen hat Spuren hinterlassen. Akazien säumen die Gehsteige und recken ihre nackten, dürren Äste gen Himmel. Nur ein einziger Ast eines einzigen Baumes ist bereits in grünes Laub gekleidet. Tag für Tag sehe ich mir jeden Baum genau an. Tag für Tag berechne ich, um wie viele Sekunden die Tage länger werden. Zuvor wurde es um zehn vor fünf hell, nun um halb sechs. Und jetzt, da ich Dir schreibe und nachdem ich diesen Brief einen Moment lang unterbrochen habe, um mich in die Hände des Barbiers zu begeben, sind das Blau und die Sonne zurückgekehrt, dabei war vor einer Stunde noch alles grau. Unser Freund der Frühling kommt, Maria.

4. April 1941
Es ist nicht mehr nur eine einzige Akazie, die in Laub gekleidet ist, sondern alle, und alle Robinien dazu. Die Luft riecht bereits nach Frühling. In diesem Moment, da ich Dir schreibe, höre ich lautes Vogelgezwitscher, der Himmel ist blau. Gestern konnte man sich nicht in der Sonne aufhalten, so heiß schien sie.

Es war schwierig geworden, in Palermo etwas zu essen aufzutreiben. Trotz der Lebensmittelkarten florierte der Schwarzmarkt. Die Salas und ihre Freunde litten keinen Hunger. Sie waren wohlhabend und wurden von ihren Ländereien mit Hühnern, Zicklein, Obst, Wild und Getreide versorgt. Dazu hatten sie Freunde unter den Militärs, auch unter den deutschen.

Wer Hunger litt, waren die Armen. Tante Elena war vom Tod des Neffen eines Zimmermädchens erschüttert. Die Mutter hatte den sterbenden Jungen zur Schwester gebracht. Der Kleine hatte einen aufgedunsenen Bauch und Arme und Beine wie Streichhölzer, seine älteren Geschwister waren ausgemergelt. Auf Anregung des Pfarrers beschloss Tante Elena, den Garten der Villa in einen Nutzgarten umzuwandeln, und unterstützte die Familien ihrer Angestellten und andere arme Familien aus dem Viertel.

Maria hatte ihr dabei geholfen, und inzwischen lag die Organisation in ihrer Hand. Die Sache machte ihr Freude, und im Geiste redete sie mit Giosuè darüber. Wie viel Käse kaufe ich? Wo bekomme ich Kupfertöpfe? Soll ich den Direktor der Villa Giulia fragen, ob ich Minze aus den Beeten pflücken darf? Der Gedanke an Giosuè begleitete sie bei jedem Luftangriff. Er versteckte sich auf einem Dachboden, in einem Keller oder in einer Klosterzelle; wo immer er sich befand, er hatte keinen Ausweg.

43
Schirokko

Es war der 3. Mai 1943. Nach einer unruhigen Nacht war Maria früh erwacht. Am Abend hatten die Sirenen verrücktgespielt und unermüdlich geheult. Sie hatten Tante Elena mitsamt ihrem Stuhl in den Luftschutzbunker in der Krypta der ehemaligen Kirche San Francesco getragen und gewartet. Inzwischen kannten sich dort alle und trafen sich so gut wie täglich. Einige Familien, wie die von Pietros Schwestern, blieben unter sich, erwiderten den Gruß der anderen widerwillig, gaben nichts von ihrem Essen ab und nahmen nichts von dem, was ihnen angeboten wurde: geröstete Kichererbsen, Mandeln, ein Stück Pizza oder Schwarzbrot, eine Mispel. Nach anfänglichem Unbehagen legten die meisten Menschen ihre Arroganz und ihr Misstrauen ab und verbrüderten sich mit den anderen. Man half sich gegenseitig, tröstete die Weinenden und kümmerte sich gemeinsam um die Kranken und Kinder. Es war kaum möglich, während der langen Wartezeiten oder blinden Alarme ein richtiges Gespräch zu führen, doch hin und wieder spielten die Alten um einen Hocker geschart Karten.

Für alle galt ein ungeschriebenes Gesetz: Fehlte ein Familienmitglied, wurde nicht nachgefragt und nicht darüber gesprochen. Als Rita einmal nicht mitkam, weil sie mit Anna und der Familie ihres Mannes nach Carini gefahren war, hatte Maria die mitleidigen Blicke und Bemerkungen ertragen müssen. »Ein so schönes Mädchen!«, »Mit diesen orientalischen Augen!«, »Und so jung...« *Hört sofort auf damit! Meine Rita ist glücklich und am Leben!*, hätte sie am liebsten gebrüllt, doch das wäre nicht recht gewesen. Maria ließ die mitfühlenden Kommentare über sich ergehen und sah woandershin. Außerdem hätte sie gar nicht gewusst, wie man schrie; sie hatte noch nie die Stimme erhoben, nicht einmal, als sie klein war. Es war nie nötig gewesen.

Die Abwesenheit der Kinder zehrte an Maria. Nachdem Anna und Vito, dem Wunsch des Schwiegervaters folgend, ihre Ausbildung im römischen Internat beendet hatten, waren sie nach Agrigent zurückgekehrt. Beide hatten 1939 geheiratet und waren noch kinderlos. Anna und Pippo besaßen eine Wohnung in Palermo, und Vito und Beatrice wohnten im Palazzo in Agrigent und betreuten die Antikensammlung.

Mit einer Gruppe junger Leute und einigen Erwachsenen hatten Anna und Rita seit einiger Zeit die Stadt verlassen und waren bei Pippos Eltern in Carini untergekommen. Die fünfzehnjährige Rita hatte einen Verehrer, Paolo Carta, ein Cousin ihres Schwagers. Maria fuhr sie mit dem Zug besuchen. Die Ankunft der Züge war ungewiss. Auf der Küstenstrecke war ein Panzerzug stationiert, der während der Luftangriffe in einen Tunnel gezogen und bei Bedarf wieder herausgefahren wurde. Wenn er auf der Strecke stand, blockierte er den Bahnverkehr.

Bis Ende Juni musste eine Entscheidung zu Ritas Ausbildung getroffen werden. Es gab mehrere Möglichkeiten. Sie konnte nach Agrigent zurückkehren, bei Vito und Beatrice wohnen und dort zur Schule gehen, mit der Mutter in Palermo bleiben und Privatunterricht erhalten oder nach Camagni zu Filippo und Leonora ziehen und die dortige Schule besuchen. Auch die Zuneigung für Paolo Carta musste berücksichtigt werden. In Ritas Alter war sie kurz vor der Heirat mit Pietro gewesen. Was, wenn diese Zuneigung in Liebe umschlug und in eine Ehe mündete? Maria lächelte: Es bereitete ihr Freude, am Gefühlsleben ihrer Töchter Anteil zu haben. Und zu träumen.

Was sie selbst betraf, gab es keine Alternative: Sie würde in Palermo bleiben. Sie wollte es so. Nicht um der herzlich geliebten Tante Elena Gesellschaft zu leisten und sich um sie zu kümmern – immerhin war sie die Letzte, die von der Elterngeneration noch geblieben war –, und nicht wegen der Armenküche, die viele Menschen satt machte und die ihr ebenso sehr am Herzen lag wie der Tante. Maria wollte aus Liebe in Palermo bleiben. Sie wollte den regelmäßigen Gang zur Post in der Via Roma nicht missen, beim geringsten Zeichen von Giosuè zur Stelle sein und ihre Gefühle durch seine Briefe nähren. Das stand ihr zu, zu ihrem eigenen Wohlergehen, und auch um Ritas willen.

In letzter Zeit hatte sie oft um Giosuè Angst gehabt. Was, wenn eine Bombe ihn getötet hatte? Nein, das war nicht möglich. Giosuè wollte nicht sterben. Er würde nicht sterben.

Maria hatte mit ihrer Mutter über den Wunsch zu sterben gesprochen und wie man ihm nachkam. *Man stirbt, wenn man sterben will.* Titinas Platz war an Ignazios Seite. Maria hatte sie angefleht zu trinken und zu essen, das Leben gehe weiter und dank ihrer Kinder und Enkel würde sie es genießen können. »Nein, es ist die richtige, die perfekte Lösung. Früher oder später würde ich euch doch verlassen. Dieser Wunsch ist ein Geschenk, der nur wenigen zuteilwird, nämlich jenen, denen großes Glück und großes Unglück widerfahren ist. Ich bin eine davon.«

Als Titina zum x-ten Mal die Tasse Brühe verweigert hatte, die Maria ihr anbot, hatte sie ihre Tochter gebeten: »Lass mich meinen Willen ausführen. Lass die Menschen sterben, wenn sie es wollen. Der Tod kann auch ein Akt der Liebe sein.«

Auf die Balkonbrüstung gestützt blickte Maria in die Ferne. Vom ersten Stock aus waren weder die Straße noch die Beete des Parks in der Piazza Castelnuovo gegenüber von Tante Elenas Villa zu sehen. Die blühenden Wipfel der Jakarandabäume und die Äste der Birkenfeigen, die die Straße säumten, hatten sich zu einem dichten grünen Gespinst verwoben, das bis zur Mündung des Viale della Libertà reichte. Dahinter konnte man durch die fransigen Blätter der Palmen das Teatro Politeama erkennen, an dessen Bau Onkel Tommaso beteiligt gewesen war. Da es aus der Luft gut zu erkennen war, lief es weniger Gefahr, bombardiert zu werden, anders als die Fabriken, die Mietskasernen, in denen die Arbeiter und Handwerker wohnten, oder die von Armen wimmelnde Altstadt, deren kümmerliche Hinterhofbehausungen sich um die Palazzi der Adeligen drängten.

Giosuè behauptete, in einem bewaffneten Konflikt sei die Bombardierung von Denkmälern nicht vorgesehen. »Um den Feind zur Kapitulation zu zwingen, muss man auf die Wohnviertel zielen: Dort gibt es viele Tote und Verletzte, ganze Familien werden ausgelöscht, und man trifft das Volk ins Herz. Inzwischen weiß ich, dass Militärgewalt nie das richtige Mittel ist; sie trifft immer die Unschuldigen.« Somit war es kein Zufall, dass die von großen Plätzen umgebenen Theater Massimo und Politeama verschont geblieben waren, ebenso wie der Palazzo Reale, die Kathedrale und der Dom von Monreale. Die Luftangriffe auf Palermo, das vom Regime mit dem faschistischen Titel »Versehrte Stadt« ausgezeichnet worden war, waren ein Beweis dafür.

Maria wollte nicht in den Bomben sterben. Der Himmel über dem Politeama strahlte, und darunter glitzerte die kobaltblaue Weite des Meeres. Jeden Morgen wollte sie diesen herrlichen Ausblick genießen und daran denken, dass auch Giosuè, wo er war, ihn aus der Ferne genießen konnte und in der Zukunft irgendwann auch von diesem Balkon aus, gemeinsam mit ihr.

Eine dunkle Gestalt keuchte die Straße entlang. Maria kniff die Lider zusammen: Es war ein Mönch, der auf Tante Elenas Haus zukam. Ob er zu ihr wollte?

Um Punkt neun Uhr hatte Bruder Licata vor der Tür der Villa Savoca gestanden und einen an »Signora Maria Sala« adressierten Umschlag überbracht, der in der linken unteren Ecke mit dem Kürzel SPM versehen war.

»Die Adresse auf dem Umschlag ist der Palazzo Sala in Via Pignatelli Aragona«, hatte er der Pförtnerin der Villa Savoca erklärt, »und dort war ich.« Doch der Pförtner dort hatte ihm mitgeteilt, dass Signora Maria, verwitwete Sala, zu ihrer Tante gezogen sei. Also hatte der Mönch sich auf den Weg zur Villa Savoca gemacht. Er hatte den Auftrag, den Umschlag persönlich zu übergeben und Signora Sala zur Casa Professa zu begleiten – so wollte es der Abt, Pater Giordano.

In aller Eile machte sich Maria fertig, packte den Zuckerhut, die Mandeln und die geschälten Pistazien ein, die immer bereitlagen, falls Giosuè auftauchen sollte, griff sich den Umschlag mit den neuesten Fotografien von Rita, gab der Tante einen hastigen Kuss und lief die Treppe hinunter.

Der Schirokko wehte, und es war heiß. Palermo war verwaist. Schweigend durchquerten sie den Park in der Piazza Castelnuovo. Irgendwo brüllte ein Esel, dann ein weiterer. Nirgends war eine Menschenseele. Wegen des Fahrverbots waren keine Privatautos unterwegs, nicht einmal die italienischen oder deutschen Fahrzeuge der Militärs oder Mietdroschken waren zu sehen. Aus der Via Dante tauchte rund ein Dutzend mit Obst und Gemüse beladener Karren auf, das unterwegs zum Markt in Borgo Vecchio war. Wie Gläubige bei einer Prozession traten Bruder Licata und Maria an den Straßenrand und ließen sie vorbei.

Der Geruch der feuchten Erde, die noch am Gemüse klebte, und der süßliche Duft der späten Orangen vermittelten einen Anschein von Normalität. Unwillkürlich musste Maria an die Worte denken, die Giosuè ihr im Herbst 1941 vor ihrem Wiedersehen in San Martino alle Scale geschrieben hatte:

Wenn Du es meiner wahnsinnigen Begierde gestattest und dem gleichen Wahnsinn gehorchend alles tust, was ich will, dass Deine Lippen mein Fleisch berühren, dass selbst der verborgenste Winkel Deines Körpers meinem Mund nicht entgeht, dass ich Dich ganz besitze, von den Zehenspitzen bis zu den Haarspitzen, dann brenne und bebe ich, als wäre ich bei Dir. Zumindest ab und zu können Briefe ebenso intensiv sein wie sich berührende Hände und verschmelzende Lippen. Und beklage Dich nicht, dass dies schmerzhaft ist – für mich ist es noch schmerzhafter, glaub mir.

Sie dachte an ihre erste Begegnung nach dem Brief.

Giosuè versteckte sich in Mezzojuso im palermitanischen Hinterland in einem griechisch-orthodoxen Kloster. Sie war mit dem Überlandbus aus Palermo gekommen. An der

Straßengabelung war sie ausgestiegen und allein den Hügel hinaufgewandert. Sie begegnete Bauern auf Mauleseln, die unterwegs auf die Felder waren, und einer Schafherde, die ebenfalls Richtung Dorf zog und den Weg in Beschlag nahm. Mit klingelnden Glöckchen nahm die Herde sie in ihre Mitte und geleitete sie blökend ins Dorf. Dort sah sie zwei deutsche Soldaten, die in einer Bar an einem Tischchen saßen. Ansonsten schien es, als sei dieser winzige Flecken vom Krieg unberührt geblieben. Der Wegbeschreibung nach sollte sie das Dorf durchqueren und zum Kastanienwald hinaufwandern, der die Einsiedelei umgab. Auch in diesem Jahr hatte der Prior ganz Mezzojuso zur Kastanienernte eingeladen, und inzwischen war ein richtiges Volksfest daraus geworden, man sang, röstete Kastanien, aß und tanzte. Maria schob sich durch die feiernde Menge aus Mönchen und Dorfbewohnern.

Sie entdeckte ihn sofort. In eine Mönchskutte gekleidet stand Giosuè unter einem großen Kastanienbaum bei den Felsen und wartete auf sie. Ohne ein Wort der Begrüßung setzte er sich in Bewegung und wanderte zu einem Kastanienhain hinauf. Sie folgte ihm. Da sie unter Leuten waren, plauderten sie laut über dies und das. Je höher sie kamen, desto weniger Menschen begegneten sie.

Sie bückten sich nach den herabgefallenen Kastanien und flüsterten einander ihre Geheimnisse zu, doch die Erregung ließ die Worte ersterben. Sie verständigten sich mit Blicken und Atemzügen. Das Verlangen, das sich in all den Jahren und Briefen angestaut hatte, wurde stärker. Verstohlen blickte Maria zu Giosuè hinüber: Er klaubte Kastanien auf, als wären es Küsse, die er ihr geben wollte, und warf sie grimmig in einen Korb. Mit seinen von der Gartenarbeit kräftig gewordenen Händen riss er Unkraut und zarte Wildpflanzen aus, häufte sie an einer kleinen Trockenmauer zu einem weichen Lager auf und blickte sie hungrig an. Ganz langsam fuhr sie fort, Kastanien aufzusammeln, eine nach der anderen, reife und unreife, als würden sie zu Giosuès Körper gehören und ihr zuraunen: *Berühr mich, nimm mich.*

Seine Begierde war unerträglich. Maria vermied es, ihn anzusehen. Instinktiv machte sie ein paar Schritte von ihm weg. Sie wollte, dass er sie sah, dass er ihren Körper sah. Sie trug ein leichtes Wollkleid mit weitem Rock, das ihre Formen zur Geltung brachte. Sie wagte es nicht, ihm in die Augen zu sehen. Sie umrundete die Kastanie, reckte sich nach den Ästen und schüttelte sie. Giosuè bückte sich nach den Kastanien zu ihren Füßen, ohne sie aus den Augen zu lassen. Im Geiste nahm er den geliebten Körper in Besitz.

Es war eine Folter der Sinne.

44
Die jüdischen Bäder in der Casa Professa

Die Via Ruggero Settimo war verwaist. Sie hasteten an den Ladenlokalen in den verlassenen Palazzi mit ihren verrammelten Fensterläden vorbei, überquerten die Piazza Massimo und die Piazza Quattro Canti, bogen in die zweite Querstraße ein und betraten das Viertel, in dem sich die Casa Professa befand. Bruder Licata war schneller geworden. Wie ein Fisch schlängelte er sich durch das Gewirr aus Sträßchen, Gassen und Durchgängen: Hier war er zu Hause.

Sie bogen in die Via del Ponticello ein. »War hier einmal eine Brücke?«, fragte Maria.

Bruder Licata wurde gesprächig. »Früher führte hier ein Fluss entlang. Er hieß Kemonia. Irgendwann wurde er zugeschüttet. Wenn es ordentlich regnet, sucht er sich sein Bett und sorgt für Überschwemmungen. Ich war 31 dabei, als ganz Palermo sich in einen See verwandelt hat. Es heißt, dieser Kemonia habe herrliches Süßwasser gebracht!«

Die Via del Ponticello mündete in einen Platz, an dem sich der barocke Komplex der Casa Professa erhob, zu der auch die große Chiesa del Gesù mit Oratorien, Kapellen, der Bibliothek, dem Seminar und den an zwei Kreuzgängen gelegenen Unterkünften der Jesuiten gehörte. Der Mönch am Eingang entließ Bruder Licata barsch, führte Maria durch ein Labyrinth aus Gängen in den großen Kreuzgang und ließ sie in ein ebenerdiges Zimmer ein. Es war spartanisch eingerichtet: fünf Stühle, ein Tisch und ein Kruzifix an der Wand. »Ich werde dem Abt Bescheid sagen, dass Sie da sind. Warten Sie hier«, wies er sie mit einem vielsagenden Blick an.

Das Licht fiel durch ein im neunzehnten Jahrhundert geschlagenes hohes Fenster, durch das ein Stück des Portikus im zweiten Stock und ein großes Dreieck Himmel zu sehen waren. Maria versuchte sich vorzustellen, wie die Begegnung mit Giosuè verlaufen würde, doch sie war zu nervös. Und jetzt? Was passiert jetzt?, fragte sie sich. Dieser Krieg, diese Toten... Welche Zukunft bleibt uns?

Der Pförtnersmönch riss die Tür auf und ließ Abt Pater Giordano und den ebenfalls in eine Kutte gekleideten Giosuè ein. Die eng anliegende Jesuitentracht stand ihm gut. Er sah jünger aus, Gesicht und Hände waren gebräunt. Der Abt tauschte ein paar Höflichkeiten mit ihnen aus, ließ Malzkaffee bringen und zog sich zurück.

Verlegen nippte Maria an ihrem Getränk. Giosuè redete als Erster. Vom Abt habe er erfahren, dass Palermos Schulen geschlossen worden seien. Wann würde das Garibaldi-Gymnasium wieder öffnen? Was würde Rita nun machen? Sie müsse unbedingt Englisch lernen, es würde ihr in Zukunft nützlich werden. Dann wisperte er die Frage, die ihm am meisten auf dem Herzen lag: »Weiß sie, dass sie jüdisches Blut hat?« »Nein, nein«, antwortete Maria hastig und griff nach Giosuès Hand. Er zuckte zusammen, dann drückte er fest ihre Finger, bevor er sie losließ. »Fass mich nicht an. Hier bin ich Jesuit.«

Das Jaulen der Sirenen ertönte. Die Tür flog auf. Der Pförtnersmönch, der Wache gestanden hatte, ließ wissen, der Abt habe ihm aufgetragen, sie in den Luftschutzkeller zu bringen. Eine Horde von Bewohnern des Albergheria-Viertels, die durch ein Nebengebäude hereingekommen war und zu einer Wendeltreppe in der Mitte des Kreuzganges drängte, riss sie mit sich. Unterhalb der Wendeltreppe lagen zwei große Zisternen aus dem siebzehnten Jahrhundert, die einst die Wasservorräte beherbergt hatten. Das Stimmengewirr war ohrenbetäubend. Inzwischen gehörten die Sirenen zum Alltag. Die Kinder des Viertels versuchten, die Nationalität der Angreifer am Dröhnen der Motoren zu erraten: Amis? Engländer? Franzosen? Seelenruhig schwatzend, als gäbe es die bedrohliche Wirklichkeit nicht, stiegen die Leute die Stufen hinab. Manchmal blieben sie auch einfach zu Hause, aus Bequemlichkeit oder um ihre Habseligkeiten vor den Plünderern zu schützen, die während der Angriffe unterwegs waren und dafür mitunter mit ihrem Leben bezahlten. Mit der Zeit hatten sich die Familien ihre Stammplätze erobert und benahmen sich wie zu Hause. Die Kinder zankten und heulten, die Mütter schimpften. Erst als das Pfeifen und Donnern begann, zerbarst der Zerrspiegel gemeinschaftlicher Alltäglichkeit. Die Familien rückten zusammen, die Erwachsenen drängten sich aneinander, die Kinder zu ihren Füßen. Überall klammerten sich verhüllte Gestalten weinend aneinander, Gebete wurden gewispert und Heilige angerufen. Je heftiger die Luftangriffe wurden, desto mehr Menschen quetschten sich in den engen Raum.

Giosuè hatte Marias Arm gepackt, und sie drängten sich aneinander. Dem Portiersmönch, der sie wie befohlen nicht allein gelassen hatte, war das nicht entgangen, und er versuchte, den Blick des Abtes zu erhaschen, der unweit von ihnen bei den anderen Jesuiten stand, ein schwarzer Fleck in der bunten Menge.

Maria dachte an Rita und betete, dass ihr nichts passiert sein möge. Wie eine Feder strich Giosuè über ihren Nacken, und ein unsagbar wohliges Kribbeln durchströmte sie. Er liebte sie. »Ich hätte nichts dagegen, für immer so sitzen zu bleiben«, flüsterte er ihr ins Ohr. Dann ein neues Donnern. Ganz nah. Und dann Stille.

Die feindlichen Flugzeuge hatten ihre Waffenschächte geleert und flogen zur Basis zurück. Erleichtert verließen die Menschen den Schutzraum. Manche gingen zögernd aus Angst, ihre Häuser in Schutt und Asche vorzufinden. Pater Giordano hatte sich zu ihnen gesellt und unterhielt sich mit Giosuè angeregt über die jüdische Gemeinde Palermos im Laufe der Jahrhunderte.

»Wenn Sie noch einen Augenblick haben, würde ich Ihnen gern den Ort zeigen, von dem ich Ihnen erzählt habe.« Er führte sie in die zweite Zisterne. Die feuchte Hitze und der Gestank nach Schweiß und Urin waren unerträglich. Die wenigen Zurückgebliebenen klaubten ihre Sachen zusammen und sahen zu, dieser Hölle zu entfliehen. Eine blutjunge Mutter versuchte, ihre drei Kinder hinauszuschaffen. Immer wieder entwanden sich die beiden größeren ihrem Griff, flitzten übermütig kreischend an den Zisternenwänden entlang und bückten sich nach allem, was auf dem Boden lag – Steine, Papier, Obstschalen, Kot. Maria blieb stehen und sah ihnen zu. Sie musste lächeln. Das Leben der Kinder ging weiter, als wäre nichts gewesen. »Gehen wir«, drängte Giosuè, legte ihr die Hand auf die Hüfte und schob sie sanft hinter dem Abt her.

Ein schmaler, niedriger Durchgang in der Zisternenmauer führte zu einem Treppenabsatz. Durch ein Eisengitter in der Decke fiel Licht herab. Hinter einer rechteckigen Öffnung gegenüber lag ein weiterer kleiner Raum, von dem eine enge Treppe nach oben führte. Der Jesuit nahm zwei Stufen auf einmal und stemmte eine Falltür auf: Licht fiel herein und ließ erkennen, dass das, was wie eine weitere Zisterne aussah, ein in den Fels gehauenes, noch immer mit Wasser gefülltes Becken war. Pater Giordano hatte Spiegel mitgebracht, die nicht größer als eine Spielkarte waren. Er stellte sie an markierten Punkten auf und drehte sie so, dass Sonnenlicht in die Höhle fiel. »Das ist das Becken.«

Giosuè trat ein. In dem steinernen, offensichtlich uralten Becken schimmerte einladend kristallklares, smaragdgrünes Wasser. Ein flacher Stein säumte den einen Rand. Auf der gegenüberliegenden Seite waren zwei alkovenähnliche Nischen in die Wand gemeißelt. Dort sah das Wasser tiefer aus. Giosuè blieb am Beckenrand stehen, schöpfte Wasser in seine Hände und kostete es. »Es schmeckt süß wie Quellwasser.«

»Der Kemonia-Fluss«, erklärte Pater Giordano. »Er wurde zugeschüttet, als die Casa Professa gebaut wurde.« Er wandte sich an Maria. »Zu Zeiten der muslimischen Invasion wohnten in diesem Viertel die Juden. Das ist zwar durch Fundstücke belegt, lange Zeit gab es jedoch nichts, was auf rituelle Bäder hinwies. Mittlerweile glaubt man, dass sich unter der Kirche San Nicolò da Tolentino die Männerbäder befanden, und dies hier scheinen die Frauenbäder gewesen zu sein. Wir entdeckten sie, als wir die Zisternen trockenlegten, um sie als Luftschutzkeller zu nutzen.«

»Es sind keine richtigen Bäder wie die römischen oder die Hammams«, fügte Giosuè hinzu. »Hier badete man, nachdem man sich woanders gewaschen hatte, es war ein reinigendes Ritual, das man nach der Menstruation, nach einer Geburt und vor dem Vollzug der Ehe durchführte.«

Das Wasser sickerte direkt aus dem Fluss durch die porösen Mauern. Es war kristallklar, als hätte ein Wunder es von Algen, Flechten und Larven befreit. Maria steckte einen Finger hinein und leckte daran. Die Stimme des Küsters, der nach dem Abt rief, wurde von Kindergekreisch und dem heiseren Schrei eines jungen Mädchens überdeckt: »Helft mir, alles ist runtergefallen! Die Bohnen! Die Bohnen!«

Es war die junge Mutter von vorhin. Zu ihren Füßen lag ein leeres Säckchen. Der Boden ringsherum war mit Bohnen übersät. Auf dem linken Arm hielt sie das kleinste Kind und auf dem rechten das mittlere, das zwei Jahre alt sein mochte und sich strampelnd und beißend aus ihrem Griff zu befreien versuchte. Das Größte flitzte durch die nunmehr leere Zisterne, wohl wissend, dass es unartig gewesen war, weil es der Mutter die überaus wertvolle Nahrung aus der Hand geschlagen hatte, die sie aus Angst, sie könnte aus dem unbewachten Haus gestohlen werden, mitgebracht hatte. Maria ging zu ihr und machte sich daran, die Bohnen aufzusammeln.

»Herr Abt! Herr Abt! Sie werden verlangt!«, rief der Portiersmönch.

Der Abt wollte Maria zur Eile antreiben, doch sie hob nur den Kopf und sagte: »Das ist das Mittagessen dieser Familie, ich komme nach.«

Der Abt warf einen Blick auf die beiden Frauen und einen schiefen Seitenblick zu Giosuè hinüber. »Er kommt mit mir mit. Ich bin heute sein Aufpasser«, sagte er bestimmt. Dann wandte er sich an Maria. »Und Sie kommen nach, wenn Sie fertig sind! Lassen Sie sich ruhig Zeit«, fügte er mit leisem Spott hinzu.

Mitsamt ihren drei Kindern und dem Sack voller Bohnen stieg die Mutter die Wendeltreppe hinauf, und Maria kehrte zum Becken zurück. Ihre Hände, Knie und Füße waren schmutzig. Sie zog die Sandalen aus. Sie hatte sie bei einem Schuhmacher gekauft, der die Riemen aus Resten eines bei der Sammelstelle geklauten Autoreifens gefertigt hatte. Sie tauchte sie ins Wasser, spülte sie ab und zog sie nass wieder an. Sie fühlte sich wie ein Schwimmer kurz vor dem Sprung, wiewohl das Wasser kaum einen halben Meter tief war. Von ihren nassen Füßen stieg ein tiefes Wohlgefühl auf, als saugten sie neuen Lebenssaft. Vorsichtig raffte sie ihr Kleid und stieg in das Becken. Der Grund war kein bisschen rutschig, und das Wasser reichte ihr bis zu den Knien. Das Wohlgefühl durchströmte ihren Körper und trug sie in eine andere Welt.

Am Morgen hatte sich Maria das lange Bad gegönnt, das sie für gewöhnlich abends nahm, und nun begriff sie, dass es vorherbestimmt gewesen war: Sie musste vollkommen sauber sein, um in dieses reine, belebende Wasser zu steigen. Es war, als würde eine höhere Macht sie leiten und beschützen. Ohne einen weiteren Gedanken und überzeugt, allein zu sein und es lange genug zu bleiben, zog sie sich das Kleid, das Unterkleid und den Büstenhalter aus, faltete alles sorgfältig zusammen und legte es in eine Mauernische. Dann schritt sie durch das seichte Wasser auf die Alkoven zu, die ihr Giosuè gezeigt hatte. Dort war das Wasser tiefer. Maria ging in die Knie und kauerte sich wie ein Fötus im Mutterleib zusammen – sie wusste nicht, weshalb, doch so musste es sein.

Sie streckte die Beine aus, legte sich ins Wasser und tauchte das Haar unter. Als sie den tropfnassen Kopf wieder hob, fühlte sie sich wie neugeboren. Sauber. Gereinigt für ihren Bräutigam.

Noch nass und ehe sie jemand sah, schlüpfte sie hastig in ihre Kleider. An der Treppe zögerte sie. Die Falltür war für sie offen gelassen worden, doch es kam ihr falsch vor, die Stufen hinaufzusteigen, die den jüdischen Frauen vorbehalten waren. Sie war Maria. Es wäre respektlos gewesen. Sie nahm die Treppe des Luftschutzkellers.

Noch immer in ihre Unterhaltung über das jüdische Bad vertieft saßen Giosuè und Pater Giordano unter einem Zitronenbaum auf einer Bank und warteten auf sie. Verlegen fuhr sich Maria mit den Fingern durch das nasse Haar. Keiner der beiden schien etwas zu bemerken. Schweigend setzten sie sich in Bewegung und schlenderten unter dem Portikus entlang. Pater Giordano öffnete eine Tür und forderte sie zum Eintreten auf. »Dort gibt es etwas zu essen und alles andere, in einer Stunde bin ich zurück«, sagte er und ging hastig davon.

Maria sah Giosuè an. »Und was passiert jetzt?«

Er schloss die Tür. »Was du willst, meine geliebte Maria.«

45
9. Mai 1943. Im Bombenhagel

Es begann mit dem dumpfen Dröhnen der Flugzeuge. Dann tauchten über den Bergen im Süden und Südwesten Geschwader viermotoriger amerikanischer Bomber auf, die *Fliegenden Festungen*, und nahmen Kurs auf Palermo. Binnen weniger Minuten verdunkelten die Schatten Hunderter Maschinen die Stadt. In dichter Formation kamen sie im Sinkflug näher. Fassungslos und ohne Zuflucht zu suchen, beobachteten die Palermitaner von den Fenstern und Straßen aus wie hypnotisiert das apokalyptische Schauspiel. Sie konnten nicht glauben, dass die Amerikaner sie auslöschen wollten.

Bomben hagelten auf Palermo nieder, bis die Bäuche der Fliegenden Festungen leer waren. Während sie zum Stützpunkt zurückkehrten, tauchten weitere Flugzeuge hinter den Bergen auf, bereit, ihre Fracht fallenzulassen, in endloser, Zerstörung und Tod bringender Folge.

Palermo wurde ausgelöscht von Monreale bis zum Hafen, von Boccadifalco bis zum Bahnhof, von der Mündung des Oreto bis zum Fuß des Monte Pellegrino. Doch das war noch nicht alles. Nach erfüllter Mission ging der Altstadtring in Flammen auf, als wäre eine stinkende Feuerwand aus der Unterwelt emporgebrochen, die die in den Luftschutzbunkern und Häusern gefangenen Menschen an der Flucht hinderte: Es war der Effekt der Phosphorbomben.

In Erinnerung an ihr Treffen mit Giosuè in der Casa Professa hatte Maria glückliche Tage verlebt. Sie hatten dem Krieg die Stirn geboten und sich der Lebendigkeit ihrer Liebe versichert. Sie hatte geglaubt, dass es für sie eine Zukunft gab und dass das Schlimmste hinter ihnen lag. Giosuè glaubte, dass die Niederlage der Achsenmächte unmittelbar bevorstand. Er war davon zutiefst überzeugt, als gebe es keine Zweifel, und sie glaubte ihm. Der Luftangriff des 3. Mai hatte Palazzo Riso getroffen, den Sitz des Fascio, und die davorliegende Piazza Bologni, und das ausgerechnet während der Feierlichkeiten zum Tag des Imperiums, an dem Palermo der symbolische Titel »Versehrte Stadt« verliehen werden sollte. Der unweit gelegene Gebäudekomplex der Casa Professa hatte beträchtliche Schäden erlitten. Ein ganzer Kreuzgang, die Oratorien und Kapellen, die Unterkünfte der Jesuiten und das Seminar lagen in Schutt und Asche. Die Chiesa del Gesù war schwer getroffen worden: Die Kuppel, das Dach und die Wand des Mittelschiffes waren eingestürzt.

Maria verfiel erneut in Verzweiflung. Auf der Post gab es keine Briefe für sie. Was, wenn Giosuè unter den Opfern war? Sie ging zur Casa Professa in der Hoffnung, jemand könnte ihr sagen, ob man die Leichen der Geistlichen identifiziert hatte, doch niemand wusste, wie viele Tote es tatsächlich gegeben hatte und wer sie waren. Pechschwarz wie ein Gespenst stand sie im blendenden Mittagslicht vor der kaputten Kirche, als könnten die Ruinen voll weißen Staubs ihr verraten, wo Giosuè geblieben war. Zögernd tappte sie an den Seitenmauern entlang, die stehen geblieben waren und die Trümmer des Kirchenschiffes aufgefangen hatten. Der nach innen gestürzte Schutt hatte die Altäre der Seitenkapellen mitsamt den Serpotta-Skulpturen und den prächtigen Wanddekorationen unter sich begraben. Maria musste daran denken, wie Giosuè am Ende ihres Besuches versucht hatte, den Abschied hinauszuzögern: Er war mit ihr in die Kirche gegangen, um ihr die Intarsien aus buntem Marmor zu zeigen, und der Portiersmönch war gezwungen gewesen, ihnen in die öffentlich zugängliche Kirche zu folgen, in der sie sich besser nicht blicken lassen sollten. Damit hatte Giosuè ihr und sich selbst zeigen wollen, dass die Isolation bald ein Ende haben würde.

Die obdachlos gewordenen Bewohner von Albergheria versuchten alles zusammenzuklauben, was man noch gebrauchen oder verkaufen konnte. Auch Maria war auf die Schuttberge geklettert – auf den Marmor, den Gips der Basreliefs, den leuchtend bunten Putz, aus dem die Dachbalken staken – in der irrigen Hoffnung, etwas zu finden, was Giosuè gehörte. Beide hatten fest daran geglaubt, dass sie sich wiedersehen und die tödlichen Zerstörungen des Krieges überdauern würden. Doch nun ließ alles das genaue Gegenteil befürchten.

Maria verfiel in einen Zustand tiefer Mutlosigkeit, der durch ein verstörendes Erlebnis von Rita noch verstärkt wurde.

Nachdem sie dem Luftangriff auf Palermo entkommen war, war Rita mit Anna nach Carini zurückgekehrt, und Anfang Juni hatten alle einen Ausflug in Paolo Cartas Landhaus unternommen, um die Getreideernte mit einem großen Fest zu feiern. Der Ertrag war besonders gut ausgefallen, und in der zugigen Tenne wurde das Getreide nach alter Methode gedroschen und gereinigt: Die Garben wurden zu einem Ährenteppich ausgebreitet, den drei Maulesel mit verbundenen Augen mit ihren Hufen bearbeiteten, bis sich das Stroh und die Spreu vom Korn trennten. Dann versenkten die Bauern ihre Forken in dem goldgelben Meer und hielten sie in den Wind: das leichtere Stroh wurde fortgetragen und zu einem Haufen zusammengeweht, und Korn und Spreu fielen zu Boden. Mit Holzschaufeln wurde der Vorgang wiederholt, bis nur noch das Korn übrig blieb. Rita gehörte zu den »Städtern«, die die verschiedenen Arbeitsphasen neugierig verfolgten.

Jedes Mal wenn die Engländer in Formation aus Malta starteten, um Palermo zu bombardieren, überflogen sie diesen Landstrich, und so auch an diesem Tag. Einer der Bomber löste sich aus der Gruppe, vollführte eine enge Wende, zog nochmals ganz niedrig über die Tenne hinweg und fing an, die dreschenden Männer unter Maschinengewehrfeuer zu nehmen. Im allgemeinen Durcheinander ließen die Gewehrsalven Erde und Stroh aufspritzen, während sie ihr Ziel unter Beschuss nahmen: den Landpächter. Wie versteinert blieb er in der Mitte der Tenne stehen, bis er getroffen wurde und tot zu Boden sackte. Erst dann stieg der englische Bomber wieder in die Höhe und kehrte zu seinem Geschwader zurück.

Die Hinrichtung dieses wehrlosen Bauern aus reinem Vergnügen verstörte Rita zutiefst. Sie fürchtete, ihre Mutter könnte während der Luftangriffe in Palermo sterben, und flehte sie an, zu ihr und Anna zu kommen. Maria kam der Bitte ihrer Töchter nach und verbrachte eine Woche bei ihnen. Dann wollte sie nach Palermo zurück.

Es war ein drückend heißer Tag. Wer konnte, verließ die Stadt. Tante Elena weigerte sich, ihr Haus und die von ihr versorgten Armen zu verlassen – ein mittlerweile sehr kostspieliges Unterfangen, da alles auf dem Schwarzmarkt gekauft werden musste. Maria harrte auf Neuigkeiten. Der tägliche Gang zur Post war zu einem Leidensweg geworden.

Sie suchte die Opferlisten nach Giosuès Namen ab, doch ihn nicht zu finden, war ihr kein Trost, sondern sie verzweifelte noch mehr, weil er womöglich einen anderen Namen trug. Verzweifelt versuchte sie, zur Identifizierung der unbekannten Opfer zugelassen zu werden, doch da sie Giosuès wahren Namen nicht preisgeben durfte, gelang ihr das nur selten.

Am 13. Juni, einen Tag nach dem Luftangriff, kehrte Maria nach Carini zurück. Es war Pippos Geburtstag, und alle Kinder waren da und bedrängten sie, Palermo zu verlassen. Sie ließ sich nicht erweichen.

»Raus mit der Sprache: Warum nicht?«, fragte Vito rundheraus.

»Sag bloß nicht, Tante Elena und die Armen sind dir wichtiger als wir!«, setzte Anna nach.

»Sag schon, wieso?«, bohrte Rita.

»Dort ist mein Leben, und ich werde nicht sterben«, wiederholte Maria noch einmal, da sie keine Antwort geben konnte.

»Woher willst du das wissen?«, hielt Rita dagegen.

»Manche Dinge spürt man. Deine Großmutter spürte das Leben und den Tod und wollte sterben, als es so weit war. Ich weiß nicht, wie ich es dir erklären soll, es klingt verrückt, aber es ist so.«

Vor dem Zubettgehen kam Rita zu ihrer Mutter ins Zimmer. Kein Lüftchen regte sich, die Hitze war unerträglich. Maria lag im Nachthemd auf dem Bett, den Kopf zum Fenster gewandt.

»Mama, du siehst mitgenommen aus. Geht es dir nicht gut?«

»Ja, es geht mir nicht gut, aber es ist nichts.«

»Was hast du?«

»Schmerzen.«

»Was für Schmerzen? Wo?«

»Es ist ein ganz eigener Schmerz, den ihr nicht lindern könnt.«

»Was redest du da! Ich bringe dich zum Arzt.« Rita legte ihrer Mutter die Hand auf die Schulter, damit sie sich zu ihr umdrehte. Doch Maria starrte weiter zum Fenster.

»Lass mich, es ist keine Krankheit.«

»Sag mir, was dich unglücklich macht.«

»So etwas kommt vor.«

»Du hast mir beigebracht, dass man seine Sorgen und Schmerzen teilen soll, zum Wohle aller.«

»Es ist nicht recht, euch damit zu belasten.«

»Es ist nicht recht, dass du nicht mit deinen Kindern sprichst. Nicht einmal mit mir kannst du reden?«

Maria rührte sich nicht und gab keine Antwort. Rita wartete, dann brach es aus ihr heraus: »Nicht einmal mit mir? Obwohl ich die Augen von Giosuès Mutter habe?«

Maria antwortete mit beharrlichem Schweigen und warf ihrer Tochter einen beredten Blick zu, in dem kein Eingeständnis, sondern bewegte Erschütterung lag.

Rita legte sich neben sie, als wollte sie Trost suchen und zugleich spenden. Nach einer Weile erhob sie sich und umrundete das Bett. Die Mutter war eingeschlafen, die Wangen aufgequollen, das Kissen nass.

Am nächsten Tag verließ Maria ihre Kinder und nahm den Zug zurück nach Palermo. Tags darauf, am 15. Juni, erfolgte ein zweiter Luftangriff und am 27. ein weiterer.

46

Im Marionettentheater

Maria wusste, dass sie ihre Kinder enttäuscht hatte. Sie war selbstsüchtig gewesen, doch sie verspürte keine Reue. In diesem Augenblick hatten Giosuè und die Armenküche nun einmal den Vorrang. Mitunter setzte sie sich ans Klavier und spielte halbherzig die todtraurige *Nocturne opus 27* von Chopin. Wenn die Tante Besuch hatte, saß sie meist stickend daneben und ergriff nur das Wort, wenn die Unterhaltung ins Stocken geriet. Sie war unendlich niedergeschlagen, doch das war nicht weiter verwunderlich. Palermo war entvölkert und die, die geblieben waren, waren wie sie am Rande der Verzweiflung.

Obwohl ihr Asthma schlimmer geworden war und sie sich kaum noch um die Armenküche kümmern konnte, hielt die Tante hartnäckig daran fest. Jeden Tag bestritt Maria die Arbeit mit den Dienstboten und Freiwilligen. Sie putzte Gemüse, kochte mit den Frauen und hörte unermüdlich Radio, um keine Neuigkeit zu verpassen. Abends war sie am Ende ihrer Kräfte. Die Angst, den Bombenhagel allein durchstehen zu müssen, war zu einem Albtraum geworden. Die Klassenunterschiede hatten sich aufgelöst: Nachmittags nahmen die Dienstmädchen ihre Arbeit – Stopfarbeiten, Silber, das zu putzen war, saubere Wäsche, die gefaltet werden musste, zu lesende Linsen – mit in Tante Elenas Vorzimmer oder ins Wohnzimmer, wo sie gemeinsam der feindlichen Flieger, der

Sirenen, des Bombendonners und der Schreie der Verletzten und ihrer Angehörigen harrten.

Maria ging täglich zur Post, als wäre es ein Gelübde.

Es war der 28. Juni. Tags zuvor hatte es einen weiteren Luftangriff gegeben. Als sie die Via Bara entlangging, entdeckte sie einen Anschlag an der Tür eines verrammelten Lagerraumes:

DER BÄNKELSÄNGER DON PAOLO APRILE
PRÄSENTIERT
DIE GESCHICHTE DES PALADIN ORLANDO
IN VILLA GIULIA, HEUTE
FÜNF UHR NACHMITTAGS

Die Stadt lässt sich nicht unterkriegen und steigt wie der Phönix aus der Asche wieder auf, dachte Maria. Aber ich nicht, fügte sie nach einem Moment des Nachdenkens hinzu und ging weiter. Sie passierte die Kirche Sant'Ignazio all'Olivella – eine Bombe hatte die Hauptkuppel und das Querschiff zerstört und nur die barocke Fassade mit den Zwillingstürmen intakt gelassen – und bog in die Straße ein, die hinter dem Postamt vorbeiführte.

Jeden Tag wurde die Liste der Zerstörungen länger. Die Bombardements setzten sich fort, aber manchmal fielen auch Gebäude, die bereits vor einer Weile getroffen worden waren, plötzlich in sich zusammen; in den Straßen türmten sich Schutt, Dachziegel, Holz, Türen und Fenster. Die Ruinen waren zum Allgemeingut der Armen, Herumtreiber, Bettler und streunenden Hunde geworden, die durch die Trümmer strichen. Aus den Spalten krochen pelzige Ratten, und von oben stießen die Möwen auf der Suche nach Abfällen herab.

Seit Ende April hatte Maria keine Post mehr bekommen. Der Juni war fast vorüber, und ihre Gewissheit wuchs, dass Giosuè tot war. Eine Katze kauerte auf den Stufen eines verrammelten Ladens und starrte sie teilnahmslos an.

Das mit grauem Marmor verkleidete und im rationalistischen Stil des Regimes erbaute Postamt ragte in der frisch geschlagenen Schneise der Via Roma empor, der zwei alte Viertel hatten weichen müssen. Eine imposante Freitreppe führte zu dem riesigen, von zehn schlichten Säulen getragenen Eingang empor, hinter dem ein schmuckloser Portikus mit glatten Wänden und Arkaden verlief. Die Türen dahinter führten zu den Schalterräumen. Der Bogengang war zu drei Vierteln mit Marmor verkleidet, die Wände darüber und das Gewölbe pompejianisch rot gestrichen. 1934 hatte Giosuè Pietro und Maria zur Einweihung eingeladen und sie durch das Gebäude geführt. Maria hatte noch seine Stimme im Ohr: »Das Rot bildet einen Kontrast zum Grau. Es verleiht der Fassade Tiefe und macht aus dem wuchtigen Kasten ein hochelegantes Gebäude.« In den Vorstandsbüros hatte er ihnen die Fresken der futuristischen Künstlerin Benedetta Cappa gezeigt. »Das Regime hat unser barockes Palermo mit bester rationalistischer Architektur verschönern wollen, in diesem Fall mit der Malerei einer Künstlerin. Und es ist ihm gelungen«, hatte er voller Stolz gesagt. Damals. Vor neun Jahren.

Alle Angestellten am Schalter für postlagernde Sendungen kannten sie. Maria kam seit vier Jahren hierher und musste sich nicht mehr ausweisen. Die Schalterbeamtin winkte sie heran. Sie hielt einen Brief in der Hand. Zum ersten Mal seit langer Zeit wagte Maria ein Lächeln. Giosuè lebte! Sie suchte sich einen abgeschiedenen Platz und öffnete den Umschlag:

Geliebte Maria, ich weiß, dass wir uns in fünf Tagen in der Casa Professa wiedersehen, ich will Dir nur sagen, dass ich es kaum erwarten kann, Dich in die Arme zu schließen. Sie schaute auf das Datum: 27. April. Halt suchend klammerte sie sich an den eisig kalten Marmor. »Signora, Signora!«, rief eine andere Schalterbeamtin. Maria wollte kein Mitleid und tat so, als hörte sie sie nicht. »Signora! Da ist noch ein Brief für Sie! Er ist jüngeren Datums!«

Die Frau schob den Umschlag durch die Luke. Maria bedankte sich. Ihr Herz hämmerte in ihrer Brust. Das M ihres Namens war übertrieben groß – das vereinbarte Zeichen. Sie würden sich wiedersehen. Zum Lesen ging sie hinaus unter den Portikus. *Im Marionettentheater, 2. Juli, 11 Uhr morgens. Oder morgen zur gleichen Zeit. Gib ihn der Kassierin, sie weiß, was zu tun ist.* Giosuès Briefe hatten zwei Tonlagen: die dringliche, leidenschaftliche, lustvolle, wenn es keine Hoffnung auf ein baldiges Wiedersehen gab, und die lapidare, knappe, nüchterne, wenn es um die Organisation eines Treffens ging.

Den Rücken gegen eine Säule gelehnt und den Blick auf das Papier geheftet weinte Maria hemmungslos vor Glück.

Statt sich auf den Rückweg Richtung Piazza Politeama zu machen, ging sie bis zum Hauptbahnhof und bog in die Via Lincoln ein, die zur Villa Giulia führte. Don Paolo Apriles Beliebtheit war nicht zu übersehen: Zerlumpte, barfüßige Kinder und Greise scharten sich bereits erwartungsvoll um ihn. Als es Zeit war, ließ er sich von seinem Helfer ein Holzschwert reichen und bestieg die Bühne, um vom *Kampf zwischen Orlando und Rinaldo* zu erzählen, Geschichten von Intrigen, Liebe und Verrat, die das Publikum auswendig kannte. Im rhythmischen Singsang, der Gesichter und Figuren lebendig werden ließ, zählte er die Namen der Protagonisten auf –

Paladine, Riesen, Krieger. Auch Maria lauschte gebannt, Don Paolos Worte befeuerten die Fantasie und verliehen ihr Flügel.

Am späten Abend kehrte sie glücklich nach Hause zurück.

Im Marionettentheater, hatte Giosuè geschrieben.

Im Sommer 1937, kurz vor Ritas zehntem Geburtstag, waren sie zum ersten Mal dort gewesen.

Sie hatten auf der Piazza Massimo Eis gegessen, nur sie drei, und zwischen einem Löffel Mokkaeis mit Sahne und dem nächsten hatte Giosuè wie von ungefähr den Vorschlag gemacht, ins Theater zu gehen.

In Wirklichkeit war alles geplant gewesen, und Don Paolo Aprile, Puppenspieler und Künstler, hatte sie zusammen mit seinen Kindern und Schülern erwartet. Sein Großvater, der Stammvater einer alteingesessenen Puppenspielerfamilie, war einer der Ersten gewesen, der »bewaffnete« Marionetten auf die Bühne gebracht hatte, Rittergeschichten über die Taten der Paladine Karls des Großen gegen die Mauren, erzählt in der literarischen Tradition des siebzehnten und achtzehnten Jahrhunderts und im Stil der Oper. Er hatte ein variables, aber fest gefügtes Repertoire entwickelt, damit das Publikum seine Helden wiedererkennen und auf ihren neuesten Abenteuern begleiten konnte. Die knapp einen Meter großen Paladine trugen prächtige Rüstungen, bunte Röcke, Helme mit Busch und Federn und Schwerter in der Scheide. Der Puppenspieler bewegte sie von den Rändern der Bühne aus mittels zweier Eisenstäbe, von denen der eine den Kopf mit dem Körper verband und der andere den rechten Arm bediente. Die Knie der Puppen waren beweglich, der linke Arm wurde von einem Faden gehalten. Die von dem Stab gelenkten zackigen Bewegungen verliehen den Figuren Lebendigkeit und Energie. Es war eine Mischung aus Musik- – ein handbetriebener Leierkasten – und Sprechtheater, da die Puppen mit der Stimme des Spielleiters sprachen; es wurde heftig und lautstark gekämpft. Die Marionetten, einschließlich der Nebenrollen – Frauen und Mauren –, waren Unikate, denn jeder Puppenspieler fertigte seine Figuren selbst, schnitzte das Holz, bemalte es, hämmerte das Metall für die Rüstungen und nähte die Kleider.

Don Paolo hatte Rita mit einfachen Worten alles erklärt und ihr die Details der Kleider und Kopfbedeckungen gezeigt, von den Turbanen bis zu den Helmen, die er und seine Schüler selbst gefertigt hatten. Auch einen kleinen Schauspielkurs hatte er ihr gegeben und ihr gezeigt, wie man die Marionetten bewegte, damit sie ihren Feinden Beine, Arme und Köpfe abhackten.

Rita war fasziniert. Der Drehorgelspieler, der ganz rechts vor der Bühne saß, war kaum älter als sie. Den Blick auf den nur für ihn sichtbaren Marionettenspieler hinter der Kulisse gerichtet drehte er die Kurbel. »Das ist mein Sohn Totò. Er muss höllisch aufpassen und begreift sofort, was ich will – ihm reichen ein Blick, ein Stirnrunzeln oder ein paar hochgehaltene Finger, um ihm die Nummer des Musikstücks anzuzeigen oder ihn langsamer oder schneller spielen zu lassen, während ich die Puppen bewege«, erklärte Don Paolo.

Sobald er es darin zur Meisterschaft gebracht hätte, würde Totò die Aufgaben hinter den Kulissen übernehmen: Bühnenhelfer, Kämpfer in der dritten, zweiten und schließlich in der ersten Reihe. »Danach wird er ein richtiger Puppenspieler wie ich!«, hatte Don Paolo stolz geendet.

»Kann ich auch Ihre Schülerin werden?«, hatte Rita gefragt.

»Nein.« Don Paolo hatte den Kopf geschüttelt. Das Marionettentheater war eine den Männern vorbehaltene Kunst.

»Dann könnte ich doch wenigstens Geschichtenerzähler werden«, hatte die schon damals kompromissfreudige Rita vorgeschlagen.

»Nein! Geschichten erzählen ist Männersache!«

Außer Mutter und Tochter hatten alle gelacht. Giosuè hatte Maria angesehen und sich über die linke Hand gestreichelt: ihr Zeichen für eine tröstliche Umarmung.

Es war elf Uhr morgens am Freitag, den 2. Juli 1943. Duftend und mit einer Tasche voller Limonade, Mandeln und Aprikosen begab sich Maria zum Marionettentheater von Don Totò Aprile, dem Sohn von Don Paolo. Die Vorstellung war für den frühen Nachmittag angesetzt. Auf dem Boden neben dem Kassenhäuschen stand ein Korb mit einem Neugeborenen. Hinter der Kasse saß mit prallen Brüsten die blutjunge Mutter. Sie nahm den Brief, las ihn und rief: »Totò, komm mal her!« Ein junger Mann tauchte hinter dem Vorhang auf, der den Eingang vom Zuschauerraum trennte. Als würde er sie kennen, ließ er Maria eintreten.

Zwei lange Bänke standen quer in dem engen, schummrigen Raum. Der Bühnenvorhang war gesenkt. Totò öffnete eine kleine Tür zur Bühne und führte sie eine schmale Stiege hinauf: Alles war bereit für die Vorstellung. An ihren Eisendrähten warteten die Marionetten an ihrem Platz. Die Puppen für die folgenden Szenen hingen hinter den Kulissen. Sie überquerten die Bühne. Hinter einem zweiten Vorhang verbargen sich weitere Stufen und ein großer Raum, der zugleich als Hinterbühne, Lager, Büro und Wohnzimmer diente. In den großen, tiefen Regalen entlang den Wänden standen Körbe voller geschnitzter Holzköpfe, Hände, Füße und Beine, Helme, Rüstungen und Schwerter. Wieder andere enthielten Stoffe, Borten, Federn, Lederflicken, Gürtel und Schnallen. Drähte spannten sich von Wand zu Wand, an denen Dutzende Marionetten hingen: Könige, Bischöfe, Ritter, Knechte, Briganten, Diener und Burschen, Königinnen, Edelfräulein und Dienerinnen, Mauren, Mönche und Hofnarren. In einer Ecke waren ein Kohleofen, ein paar Töpfe, eine Waschschüssel, Teller und Besteck.

Der als Benediktinermönch gekleidete Giosuè hockte im Schneidersitz auf einer Matratze am Boden. Er stand auf und bedankte sich bei Totò. »Das werde ich dir nie vergessen.«

»Das ist doch selbstverständlich, bei allem, was Sie für meinen Vater getan haben!«, antwortete Totò, stieg wieder auf die Bühne und verschwand.

Giosuè wollte Maria umarmen, doch sie fragte zögernd: »Sind wir allein?« Die Antwort wartete sie allerdings nicht ab.

Giosuè knabberte Mandeln. Er sagte, der Vatikan würde ihm helfen, irgendwo unterzukommen. Bis dahin würde er bei Totò bleiben, um sich wieder an das normale Leben zu gewöhnen und auf die Freiheit zu warten. Er brauchte Unterwäsche, zivile Kleidung und Schuhe.

»Wieso kommst du nicht zu Tante Elena? Wir verstecken dich im Haus, dort findet dich keiner«, schlug Maria hoffnungsvoll vor.

»Niemand kann vorhersagen, wie der Krieg ausgehen wird«, entgegnete er. Man müsse vorsichtig sein. Im unwahrscheinlichen Fall eines Sieges der Achsenmächte wäre ihm als Juden die Deportation in ein Konzentrationslager sicher. In die Vereinigten Staaten oder nach Südamerika auszuwandern sei eine sicherere Wahl. Wenn die Achsenmächte besiegt würden, liefe er Gefahr, von den Alliierten als faschistischer Parteifunktionär verhaftet zu werden. Man kannte ihn, weil er Militärdelegationen in die Vereinigten Staaten und nach England begleitet und an diplomatischen Verhandlungen teilgenommen hatte. Am klügsten wäre es, sich weiterhin versteckt zu halten und abzuwarten, bis der Vatikan bei der AMGOT – der amerikanischen Militärregierung für besetzte Gebiete – vorfühlte, um die Gewissheit zu erhalten, dass er nicht als ehemaliges Mitglied der faschistischen Regierung festgenommen würde. Man müsse sich noch ein paar Wochen gedulden, mehr nicht.

»Und dann?«, fragte Maria und blickte ihn an.

»Dann sehen wir weiter.«

Sie unterhielten sich im Flüsterton, während das Publikum aus Kindern und Alten lärmend und schwatzend seine Plätze einnahm und Totò und sein Assistent die Bühne bestiegen. Das Dudeln des Leierkastens erfüllte den Raum. Der Vorhang hob sich, und mit lauter Stimme kündigte Totò *Die Sage von Orlando* an. Giosuè hatte Maria den Arm um die Schultern gelegt, und so standen sie da und verfolgten das Schauspiel, ohne es zu sehen. Der Kampf hatte begonnen: Die Schwerter auf der Bühne kreuzten sich, und das Johlen unter den Zuschauern schwoll an. »Komm«, sagte Giosuè und zog sie in eine dunkle Ecke. Er schälte sich aus der Kutte und nahm ihr Gesicht in die Hände. »Ich gebe dir einen Kuss, der dich in den Wahnsinn treibt, und dann gibst du mir einen von den deinen, die mich in den Wahnsinn treiben.«

Zwei Wochen lang ging Maria jeden Tag zum Marionettentheater, um Giosuè zu sehen. Sie freundete sich mit Totòs Frau Francesca an, die achtzehn war und im gleichen Alter wie Maria geheiratet hatte. Die Anfänge der Ehe waren dramatisch gewesen: Während eines Luftangriffs war das Theater getroffen worden, und trotz der geringen Schäden hatten sie nicht mehr arbeiten können. Die Tür musste notdürftig repariert werden, sie mussten neue Bänke auftreiben und die Marionetten in Ordnung bringen. Als ihr Mann an die Waffen gerufen wurde, war sie schwanger und weigerte sich, ihn fortzulassen. Also ging sie mit ihm.

Da Francesca nicht in der Kaserne wohnen konnte, fand Totò auf einem unweit gelegenen Berg eine Höhle, die so klein und niedrig war, dass man nicht darin stehen konnte: eine Art Bau voller von Flöhen und Wanzen verpesteten Strohs. Sie brannten sie aus, und Francesca versteckte sich dort zwei Wochen lang und wartete auf ihren Mann, der jeden Tag zu ihr hinaufgestiegen kam und ihr seine Essensration brachte.

Schließlich gelang es ihnen mit Gottes Hilfe, Francesca in das Dorf ihrer Mutter zu schaffen, wo das Kind zur Welt kam, und Totò wurde schließlich verletzt aus der Armee entlassen.

»In meinem Leben habe ich das Paradies, das Fegefeuer und die Hölle erlebt«, sagte Francesca mit einem sanften Lächeln und betrachtete ihren Sohn. »Der hier wird ein Künstler, genau wie sein Vater.«

Im Haus der Tante suchte Maria hervor, was von ihrer Aussteuer noch geblieben war: lange Batistunterhosen, Laken, Spitzendeckchen, Tischdecken. Statt zu sticken, nähte sie Hemdchen und Kleidchen für das Neugeborene und fertigte aus alten Kleidern der Tante Blusen und Röcke für Francesca.

47
Ein gemeinsamer Spaziergang durch Palermo

Maria machte sich daran, passende Kleidung für Giosuè aufzutreiben. Sie hatte der Tante erklärt, dass er im Benediktinergewand beim Marionettenspieler aufgetaucht sei und nichts weiter habe als das, was er am Leibe trug. Er müsse sich verstecken, bis klar sei, ob er von den Faschisten gesucht wurde. Ihren Kindern hatte sie dasselbe gesagt. Kleidung für ihn zu finden war nicht schwer gewesen, weil Vito zwar kleiner, aber ähnlich gebaut war, und ein paar Sachen von Onkel Tommaso passten Giosuè ebenfalls. Das Problem waren die Schuhe. Seit der Autarkie waren Kautschuk und Leder Mangelware. Die Hausmeisterin der Tante kam ihr zu Hilfe. Im Laufe der Jahre hatte sie die von den Herrschaften weggeworfenen Schuhe gesammelt, um sie weiterzuverkaufen. Sie gab Maria eine Auswahl mit. »Suchen Sie sich welche aus, ich schenke sie Ihnen.«

Am 17. Juli machte Giosuè frisch eingekleidet und beschuht seinen ersten Spaziergang durch Palermo. Unter Leuten zu sein verwirrte ihn. Sie hatten beschlossen, zum Hafen zu gehen. Es dunkelte bereits, und die Via Maqueda füllte sich mit amerikanischen Uniformen. Alle schienen dasselbe Ziel zu haben. Vor einem Bordell drängten sich Weiße und Schwarze, manche betrunken, andere mit Bierflaschen in der Hand, und standen grölend in der Warteschlange. Aus einer kleinen Seitentür nebenan stolperten sie wieder auf die Straße. Einige mussten sich an der Mauer festhalten und torkelten davon. Schließlich tauchten zwei Jeeps von der Security auf, und die Männer von der Militärpolizei taten ihre Arbeit. Im allgemeinen Durcheinander wurden ein paar Leute festgenommen und ins Fahrzeug geschoben. Giosuè drückte Marias Arm. Er spürte deutlich den Niedergang, den die »Befreiung« gebracht hatte.

Die von den Bomben verwüstete Küste war fast völlig verlassen. Sie ließen den Blick zum Monte Pellegrino wandern. »Dort habe ich mir dich vorgestellt, in der Höhle der Heiligen«, sagte Maria. Sie hatte sich bei ihm untergehakt, doch ihr war, als wäre sie es, die ihn stützte. Sie versuchte sich vorzustellen, wie sich der freie Giosuè nach fünf Jahren des Untertauchens fühlte. War er verwirrt? Erleichtert? Was empfand er angesichts der Ruinenlandschaft?

Giosuè antwortete nicht. Er blickte aufs Meer, als wollte er fliehen, und bat sie, zum Puppenspieler zurückzukehren. Als sie wieder im sicheren Hinterzimmer des kleinen Theaters saßen, erzählte er ihr, dass er sich unter einem Sack aus dem Kloster schmuggeln ließ, um sie zu treffen. Maria wurde klar, dass sie ihn über alles, was in der Stadt, bei den Freunden und in der Politik passierte, auf dem Laufenden hätte halten müssen. Sie hatte ihm nur erzählt, was die Familie und die Kinder machten, aber nicht einmal, dass Pietro gestorben war. Über ihn redeten sie nie.

Als sie es ihm sagte, wurde Giosuè nachdenklich. »Dann bist du also frei, ein zweites Mal zu heiraten. Wenn du mich noch willst ...« Befangen streichelte er ihre Wange.

Da man weitere Luftangriffe befürchtete, beschloss Giosuè, sein Versteck nicht zu verlassen. Jeden Tag ging Maria zu ihm, um nach ihm zu sehen; sie brachte ihm Essen und ein paar Leckereien wie getrocknete Früchte und dachte auch an Totò und Francesca. Bei ihren Unterhaltungen beschränkten sie sich auf die Vergangenheit. Keiner der beiden wagte an die Zukunft zu denken, auch wenn der Satz *Dann bist du also frei, ein zweites Mal zu heiraten* nicht vergessen war.

Die Nachricht von der Landung der Alliierten an der Küste zwischen Gela und Licata am 10. Juli war wie ein Lauffeuer von Mund zu Mund gegangen. Das Radio schwieg oder erzählte Lügen. Maria wusste nicht, ob es bewaffnete Auseinandersetzungen gegeben hatte, ob es Opfer gab, ob die Stadt und die Dörfer vor dem vorrückenden Feind kapituliert oder Widerstand geleistet hatten. Die flächendeckenden Luftangriffe wurden an der Südküste fortgesetzt, um der amerikanischen Infanterie den Weg nach Westen und der englischen den nach Osten frei zu machen.

Vito war nach Fuma Vecchia evakuiert. Anna und Rita blieben in Carini.

Am 22. Juli 1943 zog der amerikanische General Keyes an der Seite des italienischen Generals und Kommandanten von Palermo, Molinero, der sich freiwillig ergeben hatte, unter dem Jubel der Bevölkerung in die Stadt ein. Drei Tage später wurde Mussolini vom Großen Faschistischen Rat auf Antrag des Parteifunktionärs Dino Grandi aus der Regierung ausgeschlossen. Nur sechs der Anwesenden stimmten für ihn, neunzehn unterstützten Grandi.

Überzeugt, dessen Hilfe zu erlangen, ging Mussolini zu Vittorio Emanuele III., wurde jedoch verhaftet und nach Gran Sasso verbannt. Sizilien fiel unter die Verwaltung der Amerikaner. Die AMGOT gab eine Währung in Lire aus und sollte mehrere Jahre im Amt bleiben. Das deutsche Heer hatte die Insel über die Meerenge von Messina verlassen. Die Mafia, die mithilfe der Emigranten die amerikanische Unterwelt regierte, unterstützte jetzt die AMGOT.

Giosuè, der noch immer bei Totò wohnte, war es gelungen, seine Schwester ausfindig zu machen, die in den Dreißigerjahren mit ihrer Familie nach Philadelphia ausgewandert war. Sie hatte das zusammen mit Giosuè von der Mutter geerbte Geld investiert und ihn eingeladen, zu ihr zu kommen: Es gebe genug, um gut davon zu leben.

Endlich erreichten ihn die voller Anspannung erwarteten Neuigkeiten aus dem Vatikan. Die AMGOT würde ihn nicht behelligen und seine faschistische Vergangenheit würde getilgt. Allerdings fehlte dazu noch eine offizielle Bestätigung von oben. Bis dahin konnte er sich frei bewegen, solange er sich nicht allzu sehr in der Öffentlichkeit blicken ließ.

Tante Elena nahm ihn so herzlich auf, wie es ihr noch möglich war. Ihr Leben ging zu Ende. Maria hatte alle Hände voll zu tun. Die Zustände in Palermo hatten sich weiter verschlimmert, es mangelte an allem, und nur der Schwarzmarkt blühte. Die Armenküche ging unter ihrer Führung weiter.

Die Tante hatte die Kinder von Giosuès Anwesenheit in Kenntnis gesetzt, doch keines der drei hatte den Wunsch geäußert, ihn zu sehen. Für Giosuè war das ein herber Schlag, vor allem wegen Rita. Er redete mit Maria darüber, wie er seine Tochter zurückerobern könnte, um ihr endlich zu sagen, wer sie wirklich war. Binnen weniger Wochen war er wieder derselbe wie 1937: ehrgeizig, entschlossen und bereit, jede Chance zu nutzen. Er dachte an die Zukunft. Das Meer lockte ihn, ebenso wie die Vorstellung, ins Ausland zu gehen, nach Amerika, endlich zusammen mit Maria, für immer. Das Glück lag zum Greifen nah.

Tagsüber sahen sie sich selten, erst am frühen Abend unternahmen sie ihren Spaziergang durch die Dämmerung, immer mit demselben Ziel: der botanische Garten, der so gut wie immer leer war. Dort sprachen sie über ihre Zukunft.

Eines Abends spazierten sie die von Florettseidenbäumen gesäumte Allee entlang, deren Stämme mit dicken Dornen gespickt waren. Gelb-rosa Blüten bedeckten die Äste. »Unser Leben ist wie diese Bäume«, sagte Giosuè. »Beim Hinaufklettern muss man sich vor Dornen, Minenfeldern und allen möglichen Gefahren in Acht nehmen, um die blühenden Wipfel zu erreichen. Und dann ...« Er blickte sie an. »Dann kann man es genießen!«

Maria nickte stumm.

»Willst du gar nichts dazu sagen?«

»Ich bin müde, Giosuè. So müde. Deine Gefangenschaft war schmerzhaft, aber heilsam. Du hast gelesen, studiert, im Garten gearbeitet, nachgedacht. Ich war im Krieg, hatte Tote in der Familie zu beklagen, musste die Kinder großziehen, die Tante pflegen, mich um den Besitz kümmern: Ländereien, Minen, Getreideabgaben ... und dann hier in Palermo drei Jahre Bombenhagel, Verwüstung, die Arbeit in der Küche ... ich bin müde.«

»Verzeih, das hätte ich bedenken müssen.« Giosuè ergriff ihre Hand und küsste sie. »Wir denken später an unsere Zukunft und an Rita.«

»Und an Anna und Vito«, fügte Maria hinzu.

Des Nachts, in der Traulichkeit seines Zimmers, gewann die Lust zu leben und einander zu lieben wieder die Oberhand.

Doch Giosuè konnte es nicht lassen, übers Auswandern zu sprechen. Maria war zögerlich, sie wäre am liebsten in Sizilien bei ihren erwachsenen Kindern geblieben.

»Du warst es, die mir den Floh ins Ohr gesetzt hat, zu Marisa nach Südamerika auszuwandern, erinnerst du dich?«, sagte er.

»Das ist Jahre her. Rita war noch klein, jetzt ist sie eine Frau. In ihrem Alter war ich bereits verheiratet. Sie hat einen Verehrer. Wieso willst du den Ort verlassen, an dem wir geboren und aufgewachsen sind?«

»Ich will weiterkommen. Und um weiterzukommen braucht es Veränderung. Hier sieht die Zukunft alles andere als rosig aus, es kommen schwere Jahre. Italien stehen unsichere Zeiten bevor, und der Partito Popolare Cattolico wird eine starke, antikommunistische Front bilden. Der Sozialismus in Italien ist tot.«

»Ich will hierbleiben und dem Land helfen.« Maria sah ihn müde an. »Ich fühle mich zu alt, um ganz von vorn anzufangen.«

»Hör zu, Maria: Ich habe keine Wahl, ich *muss* von vorn anfangen, hier oder im Ausland. Im Ausland gibt es alle Chancen, vor allem in Amerika, auch für deine Kinder. Magst du nicht mit mir kommen?« Er versiegelte ihr den Mund mit einem Kuss, den sie hingebungsvoll erwiderte.

»Natürlich komme ich mit dir mit, wenn ich keine andere Wahl habe. Ich bin deine Frau. Aber wieso bedrängst du mich? Lass uns zusammen darüber nachdenken, und lass uns an Rita denken und hören, was sie für Pläne hat.«

48
Gewollt und heiß geliebt

Die von Maria langersehnte Zusammenkunft der Kinder erfolgte früher als gedacht und aus zwingendem Grund. Am letzten Augustsonntag war Tante Elena im Schlaf gestorben. In ihrem Testament hatte sie Maria als Universalerbin eingesetzt. Obwohl die Entscheidung angesichts ihrer großen Zuneigung für Maria vorhersehbar gewesen war, wurde sie von Nicola, Filippo und Roberto nicht gutgeheißen.

Während Maria und Giosuè am Abend nach der Beisetzung einen Spaziergang machten, diskutierten die Kinder und deren Ehegatten Giosuès Stellung in der Familie. Da die Genehmigung der AMGOT noch auf sich warten ließ, war er während der Beerdigung zu Hause geblieben. Den Verwandten mütterlicherseits hatte man gesagt, als Marias Gast sei er anstandshalber ferngeblieben. Den anderen wurde nichts gesagt.

»Habt ihr gesehen? Zwischen den beiden läuft was.« Anna war sich ganz sicher. »Ich sehe es in seinem Blick, und es überrascht mich nicht: Mama ist jetzt Witwe. Ich glaube, er ist in sie verliebt, seit er ein Junge war.«

Vito war anderer Meinung. Ihre Mutter und Giosuè hätten sich immer sehr nahegestanden, sie seien zusammen aufgewachsen, und diese neue Herzlichkeit sei Giosuès schwerer Situation geschuldet. Immerhin hatte er in den Klöstern wie ein Gefangener gelebt. Früher hatte er viele Frauen gehabt. »Jedenfalls ist es bestimmt nichts Ernstes!«

Rita hörte neugierig zu. »Wann hast du es bemerkt, Anna?«

»Als ich noch klein war, hat Maricchia gesagt, er sei in Mama verliebt. Und es ist doch offensichtlich, weshalb sie sich um ihn kümmert: Sie haben sich sehr gern.«

»Was hat Maricchia noch gesagt? Hat er Mama damals gut gefallen?«, bohrte Rita.

»Giosuè war ein äußerst attraktiver Mann, hochintelligent und gut aussehend. Alle mochten ihn. Er war ein berüchtigter Herzensbrecher, das haben mir meine römischen Freunde gesagt.«

Vito wurde nervös. »Sag bloß nicht, Mama will ihn heiraten!«

Anna entgegnete, für eine Hochzeit gebe es keinerlei Anzeichen. »Unter uns können wir es ja sagen: Mama führte keine glückliche Ehe, sie will bestimmt keine zweite.«

»Aber Papa hat sie geliebt...«, murmelte Rita.

»Von wegen geliebt!« Anna zuckte die Achseln. »Ihr seine Schulden aufzuhalsen und sie zu zwingen, ihren Schmuck zu verkaufen, um dafür aufzukommen. Das ist alles geschehen, bevor du geboren wurdest. Es war grauenhaft. Mama erzählt dir nur nicht davon, weil sie ein gutes Herz hat.«

»Zu mir war Papa immer schrecklich nett«, hielt Rita dagegen.

»Zu mir auch... wenn er wollte!« Anna wollte offen zu ihrer Schwester sein. »Du bist verwöhnt worden, weil du die Kleinste bist und aus Versehen geboren wurdest.«

»Was soll das heißen?«

»Papa hat von irgendeiner Begebenheit zwischen ihm und Mama auf der Terrasse bei den Schmetterlingen erzählt. Die Liebe sei wiedererwacht.«

»Ich war also nicht gewollt?«

Anna nahm sie in die Arme. »Natürlich warst du gewollt,

und wie! Mama hätte gern viele Kinder gehabt, aber Papa nicht.«

Unterdessen waren Maria und Giosuè nach Hause zurückgekehrt. Er hatte sich in sein Zimmer zurückgezogen, und sie gesellte sich zu den Kindern.

»Mama, bin ich ein gewolltes Kind oder ein Unfall?«, fragte Rita rundheraus.

»Gewollt und heiß geliebt, wie deine Schwester und dein Bruder«, entgegnete Maria ruhig. »Was sind denn das für Fragen?«

»Wir haben übers Heiraten gesprochen und uns gefragt, ob Giosuè dir den Hof macht und dich heiraten will«, sagte Vito angespannt.

»Giosuè ist mein ältester Freund, ich kenne ihn, seit ich denken kann. Nach dem Tod seines Vaters kam er mit sechs Jahren in unser Haus und ist geblieben.«

»Das ist keine Antwort, Mama«, warf Rita ein. »Macht er dir den Hof?«

»So etwas stünde bei uns völlig außer Frage.« Maria klang ernst.

»Und will er dich heiraten?«, bohrte Vito.

»Das ist doch unwichtig. Ich habe ihn sehr gern, und wir werden uns immer nahe sein.«

»Er ist staatenlos. Der Faschismus hat ihm die Staatsangehörigkeit entzogen, weil er Jude ist. Und du bist jetzt reich, vergiss das nicht, Mama«, bemerkte Vito.

Maria stand auf und stemmte die Hände auf die Lehnen der Stühle, auf denen ihre Kinder saßen.

»Schäm dich, Vito! Giosuè hat mir immer geholfen und dabei nur an mein Wohl gedacht. Er hat mich auf das Lehrerinnenexamen vorbereitet und sich den Prüfungsstoff angeeignet, um ihn mir beizubringen. Als ich verzweifelt war und Geld brauchte, um die Schulden eures Vaters zu bezahlen, musste ich zu Onkel Nicola nach Rom fahren, um Schmuck und Gegenstände zu verkaufen, die keiner haben wollte. Euer Vater hat Giosuè angerufen, der damals Abgeordneter war, und ihn gebeten, mir zu helfen, und er hat alles gekauft, ohne es mir je zu sagen. Er hat mehr bezahlt, als die Sachen wert waren, und so konnte ich sämtliche Schulden begleichen, ohne die Antikensammlung zu veräußern. Das hat mir Onkel Nicola erzählt. Giosuè hat nie ein Wort darüber verloren. Er hat mich unterstützt, wenn es bei den Minen schwierige Entscheidungen zu treffen gab, und mir in so manch anderen heiklen Situationen unter die Arme gegriffen. Er war für mich da, als meine Eltern gestorben sind. Er hat nie eine Gegenleistung erwartet. Und als eure Tanten Sala versucht haben, das Testament des Großvaters anzufechten und mich und den Minenverwalter mit schweren Anschuldigungen attackiert haben, hat er uns vor Skandalen und Peinlichkeiten bewahrt. Du solltest ihm dankbar sein!«

Sie starrte ihn empört an.

»Entschuldige, ich wollte nicht...«, stammelte Vito.

Der Beisetzung folgten die Kondolenzbesuche, und danach blieben die verwitwete Giuseppina Tummia und ihre Tochter Carolina in Palermo. Als sich Marias Brüder und Leonora mit Giuseppina unterhielten, machte sie sich über Marias »Einmischungen« in die Familienangelegenheiten der Salas Luft. Die Verwaltung des Vermögens ihrer Kinder habe man ihr übertragen, und jetzt habe sich Maria auch noch zur Alleinerbin der Tante einsetzen lassen! Wieder einmal sei es ihr gelungen, sich Geld unter den Nagel zu reißen, das ihr nicht gehörte.

»Sie war schon immer gut darin, alte Leute um den Finger zu wickeln. Eure Tante ist nur ein weiterer Beweis dafür. Ach, ich könnte euch noch so viel erzählen!« Giuseppina schüttelte den Kopf.

»Gehen wir einen Kaffee bei Caflisch trinken?«, schlug Leonora vor.

Zwischen einer Süßigkeit und der nächsten verspritzte Giuseppina sämtliches Gift, das sie gegen Maria in sich trug. Die anderen saugten es gierig auf. Zu guter Letzt drehte Giuseppina das Messer in der Wunde, denn gewiss waren die drei wegen der entgangenen Erbschaft mehr als verstimmt. »Unter uns gesagt, ich bin mir nicht einmal sicher, dass Rita das Kind meines Bruders ist und ein Anrecht auf das Vermögen der Familie Sala hat. Eure Schwester ist zu allem fähig. Gut möglich, dass dieser Giosuè Sacerdoti wie viele andere faschistische Parteifunktionäre Geld beiseitegeschafft hat und in Wahrheit Millionär ist. Vielleicht will eure Schwester ihn deshalb heiraten.«

Besonders Leonora hatte auf Tante Elenas Erbe spekuliert. Von den wenigen Mietern, die nicht geflohen waren, bekam Nicola seit Jahren so gut wie keine Zahlungen mehr und konnte ihr nur wenig Unterhalt geben. Leonora und die beiden Brüder waren sich einig, dass Maria das Erbe hätte ausschlagen und zu gleichen Teilen unter ihnen aufteilen sollen. Leonora beschloss, der Sache auf den Grund zu gehen und Giosuè bei der erstbesten Gelegenheit zur Rede zu stellen.

Die Gelegenheit bot sich wenige Tage später. Als wieder einmal alle über die AMGOT redeten, äußerte Leonora den Wunsch, Englisch zu lernen. Da Giosuè es bereits gut beherrschte, fragte Leonora ihn um Rat.

»Stimmt es, dass du überlegst, nach Amerika zu gehen?«,

fragte Leonora, kaum hatte er ihre Frage beantwortet. »Und wovon willst du dort leben?«

Er erklärte, seine Schwester habe sein Geld in Amerika investiert und er müsse sich finanziell keine Sorgen machen.

»Und wem hinterlässt du dein ganzes Vermögen?«, bohrte sie.

»Darüber habe ich noch nicht nachgedacht. Vermutlich meinen Angehörigen.«

Sie saßen am Fenster. Rita und Anna durchquerten gerade den Hof, und Giosuè folgte ihnen mit den Augen, in denen eine große Traurigkeit lag. Leonora ahnte den Grund und beschloss, ihre Intuition zu nutzen und Maria zu überreden, das Erbe mit ihren Brüdern zu teilen. Bis dahin würde sie sie Giuseppina weitergeben.

Wie sich bald herausstellte, sollten sich Giosuès Hoffnungen, mit Maria nach Amerika zu gehen, vorerst nicht erfüllen. Maria hatte mit dem Nachlass zu tun, und Rita wollte Palermo nicht verlassen. Also beschloss er, sich mit der Rückübertragung des von den Faschisten beschlagnahmten Familieneigentums zu befassen. Allein die Fiat-Aktien hätten ihm lebenslangen Wohlstand beschert. In Sizilien zu bleiben gab ihm die Möglichkeit, Rita besser kennenzulernen, sie zu lieben und von ihr geliebt zu werden. Wie gern hätte er sie mit nach Amerika genommen, wo ein Jude sich sicher fühlen konnte, doch das war gegen ihren Willen nicht möglich.

Da Giosuè nicht länger in der Villa der Savocas wohnen wollte, beschloss er, ein Haus in Palermo zu kaufen: schön, komfortabel und für sie ganz allein.

Im Herbst 43 hatte ein alter Freund ihm in Altarello unterhalb von Monreale ein Landgut mit einer Villa aus dem fünfzehnten Jahrhundert gezeigt. Wie so viele Güter in der Conca d'Oro war es von Zitrusplantagen umgeben, von Orangen, Zitronen und Mispeln. Eine Straße schlängelte sich bis zur Villa hinauf. Inmitten der Zitrushaine lag ein italienischer Garten mit von Buchsbäumen eingefassten Beeten, üppigen Sträuchern und Ziergewächsen. In seiner Mitte stand ein achteckiger Brunnen mit hoher Fontäne, dessen Becken mit maurischen Fliesen ausgelegt war. Feine Tropfen regneten auf den duftenden Jasmin, der die Beete rings um den Brunnen zierte. Es war ein formaler Garten aus der Frührenaissance, der in einem islamischen Garten aus dem zwölften Jahrhundert angelegt worden war. Der Duft der Orangenblüten mischte sich mit dem von Jasmin, Rosen und Lavendel.

Der Eingang der Villa lag unter einer dreibogigen Loggia. Von einer großen Halle führte ein weiter Durchgang in den Innenhof. Eine zweirampige Treppe zur Beletage mündete in einem zweiten, kleineren Vestibül, das zu vier großen Schlafzimmern führte. Riesige Gemälde aus dem fünfzehnten Jahrhundert, Ahnenporträts und Veduten schmückten die Wände, und der schmiedeeiserne Kronleuchter an der goldschimmernden Kassettendecke wurde noch mit Kerzen bestückt.

Die majolikageflieste Loggia mit den filigranen Säulen bot einen herrlichen Ausblick über ganz Palermo: von den Dächern der Klöster und Zitrusgüter über den Palazzo Reale, die Kathedrale, über Kirchtürme und Kuppeln bis zum Teatro Massimo und dem Politeama. Hier und da ragten Wassertürme empor, und ganz hinten waren das Meer und der Monte Pellegrino zu sehen. Es war, als säße man auf einem grünen Teppich und Palermo wäre eine von Kobaltblau umspülte Insel. Nichts in dieser Villa war fremd; es gab weder spanische noch barocke Einflüsse, nur reine italienische Renaissance. Sie war ein Zeugnis des stolzen, unabhängigen Siziliens, ehe das Reich zum Tauschobjekt der großen europäischen Mächte und zur Kolonie ihres jeweiligen Besitzers wurde.

Maria war hingerissen, sagte jedoch kein Wort.

»Hast du Bedenken oder Zweifel?«, fragte Giosuè.

»Nein. Es ist wunderschön hier. Einfach herrlich.«

»Dann gefällt es dir also?«

»Es ist hinreißend.«

»Würde es dir gefallen, wenn wir dieses Haus kauften? Oder ist es dir zu abgelegen?«

»Nein, es ist wunderschön.«

»Und wieso bist du dann so nachdenklich?«

»Rita sollte es erfahren.«

Giosuè ergriff ihre Hand. »Vielleicht sollten wir damit warten, bis wir beschlossen haben, wo wir leben wollen. Bis dahin sollte sie einfach nur wissen, dass wir beide immer zusammenbleiben werden bis zum Tod, ob verheiratet oder nicht.«

»Ich bin glücklich, vollkommen glücklich«, sagte Maria leise, »so glücklich, dass ich sterben könnte.«

»Was hast du gesagt?«

»Man kann vor Glück sterben. Man kann sich dazu entschließen.«

Giosuè beugte sich zu ihr hinunter und küsste sie. »Noch nicht.«

49
1948. Rubens Besuch

Nach Giuseppinas Beerdigung kehrten Maria und Giosuè mit Egle und ihrem Mann Andrea Prosio nach Altarello zurück. Mit fast neunzig Jahren war Giuseppina vor dem Haus der Salas von einem vorbeirasenden Jeep überfahren worden. Weder die Passanten noch die Pförtner und Bewohner der umliegenden Häuser konnten irgendetwas über das Auto, den Fahrer oder eventuelle Mitfahrer sagen, von dem Kennzeichen ganz zu schweigen. Man munkelte, am Steuer habe der Sohn eines bekannten Politikers gesessen.

Egle und Andrea nahmen an der Beerdigung teil, und Maria lud sie zum Mittagessen ein.

Giosuè, der sehr an Egle hing, hatte alles darangesetzt, sie ausfindig zu machen. Sie war mit ihrem Mann nach Belmonte evakuiert worden. Seit sie wieder in Palermo lebten, trafen sich die vier oft. Maria und Giosuè waren nun ein Paar – offiziell geschwisterliche Freunde, aber für die wenigen engen Freunde ein Liebespaar, das wie Frau und Mann zusammenlebte. Mit den Kindern hatten sie nie über ihr Verhältnis und Ritas wirklichen Vater gesprochen. Es stand außer Frage, dass sie zusammenlebten, auch wenn sie getrennte Schlafzimmer hatten, und dass die Kinder in sämtliche Entscheidungen, die Maria hinsichtlich ihrer Zukunft traf, mit eingebunden wären.

Maria hatte nicht heiraten wollen. Sie befürchtete, dass es

die Harmonie zwischen ihr, den Kindern und Giosuè gefährden könnte, denn sie hätten ihnen die Wahrheit über Ritas Vater sagen müssen. Und sie fürchtete sich vor Giuseppinas Reaktion. Seit Pietros Tod führte die Schwägerin einen verbissenen Feldzug gegen sie und behauptete, Rita sei nicht Pietros Tochter und habe somit kein Anrecht auf das väterliche Erbe. Obwohl sie auf keinen unmittelbaren finanziellen Vorteil hoffen konnte, da Ritas Anteil dem Gesetz nach zwischen Anna und Vito hätte aufgeteilt werden müssen, spekulierte sie darauf, dass sich Maria ihre Verschwiegenheit teuer erkaufen würde. Ihr Sohn Carlo hatte das Familienvermögen durchgebracht und war im Gefängnis gelandet, weil er für die staatliche Abgabe bestimmtes Getreide unterschlagen hatte. Carolina war eine alte Jungfer und fristete ein ärmliches Dasein. Giuseppina brauchte Geld und setzte alles daran, sich Beweise für Ritas wahre Abstammung zu verschaffen. Sie besaß eine eidesstattliche Versicherung ihres Zimmermädchens, die beteuerte, eine Nichte von Marias Zimmermädchen Maddalena habe ihr von Giosuès und Marias Verhältnis erzählt und ihr die Tage genannt, an denen sie sich in Agrigent getroffen hätten. Doch damit nicht genug. Sie hatte ein Hochzeitsfoto von Giosuès Mutter aufgetrieben, die Rita verblüffend ähnlich sah: die gleichen Augen, die gleichen schweren Lider, die gleiche in der Stirnmitte spitz zulaufende Haarlinie, das gleiche Lächeln.

Egle hatte es von Carolina erfahren, die inzwischen den Kontakt zu alten Bekannten wie ihr suchte, mit denen sie sich früher nicht hatte abgeben wollen, weil sie sich für etwas Besseres hielt. Carolina redete über alles, und das mit jedem. Sie hatte Egle auch erzählt, die Mutter habe ein saftiges Sümmchen an den Richter zahlen müssen, damit er das Strafmaß für Carlo minderte. Bei der Beerdigung war Carolina erleichtert auf Maria zugetreten und hatte sich ohne eine weitere Erklärung entschuldigt. »Ich bin auf deiner Seite«, hatte sie beim Abschied erklärt. Jetzt saßen Giosuè, Maria, Egle und Andrea bei Tisch und überlegten, ob Maria sie kontaktieren sollte. Sie kamen zu dem Schluss, dass Maria sie in Tante Elenas Haus treffen sollte, wo Anna mit ihrer Familie lebte. Inzwischen hatte sie eine dreijährige Tochter, Rosa, das erste Enkelkind.

Als Egle und Andrea gegangen waren, standen Giosuè und Maria in der Loggia. Vor ihnen leuchtete die goldene Bucht im Dunst des Abendlichts.

»Ich fände es schön, wenn du meine Frau wärst. Wer soll mein Erbe bekommen, jetzt, da ich reich bin? Wenn ich heute sterben würde, fiele es an meine Schwester. Ich könnte Rita wenigstens adoptieren, dann braucht sie keine Erbschaftsteuer zu zahlen.«

»Lass uns warten. Ich will nicht noch mehr Scherereien mit meinen Verwandten.«

»Wir warten seit fünf Jahren, Maria. Wir sind alt. Ich bin einundsechzig, du achtundfünfzig.«

»Ich werde mit Carolina reden.«

»Versprich es mir. Wir könnten reisen, nach Amerika fahren, das fände ich schön. Aber hierzubleiben wäre genauso wunderbar.«

Eine leichte Brise wehte. Die Fischerboote verließen die Cala für ihren nächtlichen Fang und verloren sich in der glitzernden Weite des Meeres. Die Barken folgten ihnen gemächlich, warfen Anker und warteten auf die Dunkelheit, um ihre Nachtleuchten zu entzünden. Amerika?, fragte sich Maria und stellte sich eine ungewisse Zukunft in der Fremde vor. Sie, ein Mädchen vom Dorf, hatte gelernt, Palermo zu lieben, und nach den harten Kriegsjahren und der schweren Nachkriegszeit in der Stadt eine Heimat gefunden. Es gab Empfänge, Eröffnungen, Versammlungen, und ganz allmählich kehrten das gesellschaftliche Leben und die Normalität zurück. Sie und Giosuè waren glücklich. Sie hatten einen engen Freundeskreis, in dem sie unbeschwert sie selbst sein konnten, nahmen am gesellschaftlichen Leben in Marias Verwandtenkreis teil und genossen das kulturelle Leben der Stadt.

Wenn Maria dann leicht benommen von Musik, Zigarettenrauch und Alkohol im Gedränge der Menschen stand, entging ihr nicht, wie der schöne, charismatische Giosuè braungebrannt und stattlich aus der Menge stach und von jungen und weniger jungen Frauen umringt wurde, die um seine Aufmerksamkeit buhlten. Es waren nur einzelne Worte, Gesten, Schmeicheleien, Wimpernschläge, doch sie zeigten überdeutlich: Je mehr Giosuè zu ihr gehörte, desto stärker fühlte sich die Weiblichkeit von ihm angezogen. Ein blendend aussehender Sechzigjähriger, dachte sie, während sie ein wenig abseits saß und dem Treiben zusah. Ein blendend aussehender Sechzigjähriger auf dem Gipfel seiner Männlichkeit, der nach jahrelanger Zwangsisolation das Leben genießen will.

Maria hingegen fühlte sich erschöpft. Nicht verbraucht, aber erschöpft. Immer wieder hatte Anna ihr geraten, einen Spezialisten aufzusuchen, doch Maria versuchte nicht, ihrer Müdigkeit, dem Schmerz in der Brust oder den Schwächeanfällen zu entgehen, die sie zerschlagen und atemlos zurückließen. Sie hatte das Gefühl, ihr Leben ausgekostet zu haben, und gab nichts darauf, dass dies mit ihrer schwindenden körperlichen Kraft einherging. Sie verscheuchte das Wort Krankheit wie ein lästiges Insekt und wollte nicht, dass man sie wie eine Kranke behandelte, denn sie war nicht krank, sondern überließ sich lieber ihrer tiefen, unergründlichen Hingabe an das Leben. Der Gedanke an eine Krankheit löste ihn ihr Empörung und Widerstand aus, während die wachsende Vertrautheit mit der Müdigkeit sie mit ihrem intensiven Leben versöhnte. Ähnlich den Stickereien auf der Aussteuer eines jungen Mädchens webten die Fäden des Abschieds ein wunderschönes, noch undeutliches Muster in den Stoff der ihr verbleibenden Zeit.

Rita war einundzwanzig und würde im kommenden Jahr ihren Abschluss in Sprachen machen und sich in Englisch spezialisieren. Sie war in einen jungen amerikanischen Konsul verliebt, den sie als Leutnant der AMGOT kennengelernt hatte und der für sie nach Palermo zurückgekehrt war. Von Hochzeit war noch nicht die Rede, doch Maria spürte, dass die Entscheidung näher rückte. Tante Elenas Villa war saniert worden, und die frisch gestrichene Fassade verschönte die vom Krieg noch immer schwer gezeichnete Piazza Politeama. Maria und Giosuè hatten darin eine abgeschlossene Wohnung, und Anna und ihre Familie lebten im zweiten Stock, in dem sich auch eine Wohnung für Rita befand. Im Gegensatz zu Giosuè hatte Maria den jungen Amerikaner bereits kennengelernt. Rita scheute sich davor, ihn Giosuè vorzustellen. Sie musste endlich erfahren, dass er ihr Vater war. Aber wann? Und wie?

Es war Sonntag in Altarello. Der Tag hatte spät begonnen, als hätte eine heimliche Mattigkeit Maria und Giosuè erfasst. Nachdem sie eine Kleinigkeit zu Mittag gegessen hatten, hatte Rita angerufen: Sie würde in einer Stunde mit Ruben bei ihnen sein, sie sollten sich bereit machen, es sei ein offizieller Besuch. Sie hatte aufgelacht, ein helles, heiteres Mädchenlachen, und war wieder ernst geworden. »Ich möchte, dass Giosuè den jungen Konsul kennenlernt, *this love of mine.*«

»Bist du sicher?«, hatte Maria gefragt.
Rita hatte mit einem unbeschwerten Ja geantwortet.

»Die Kinder kommen«, verkündete Maria.
»Welche Kinder?«
»Die einzigen, die man noch als solche bezeichnen kann und die dich etwas angehen. Der Junge heißt Ruben Goldsmith. Mach dich auf ihn gefasst.«

Maria nahm ein langes Bad mit Badesalz, getrockneten Rosenblättern und einem Strauß Rosmarin.

In einem leichten, malvenfarbenen Kleid trat sie in den Garten hinaus. Kaum sah er sie, kam Giosuè ihr auf dem Gartenweg entgegen, und gemeinsam kehrten sie zur Loggia zurück. Er legte eine Schallplatte mit Tanzmusik auf und reichte ihr auffordernd die Hand. Zögernd griff Maria danach, und sie schmiegten sich zu einem anmutigen, fast schwerelosen Slowfox aneinander.

»Was haben wir nicht alles erlebt, mein Geliebter«, flüsterte Maria.

»Und was haben wir nicht alles durchgestanden.«

Im warmen Nachmittagslicht drehten sie sich unter dem Portikus.

Der Kauf dieser Villa war ein Glückstreffer gewesen. Sie lag abseits und bot absoluten Frieden, und doch war die Stadt zum Greifen nah und trotz der noch immer schadhaften Straßen schnell zu erreichen.

»Die Amerikaner haben gewonnen«, sagte Maria schmunzelnd und legte ihren Kopf an seine Schulter.

»Stimmt. Sogar unsere Wahlen. Kein Kommunismus für Italien. Wir sind ein Kind des Marshallplans.«

»Würdest du gern wieder in die Politik?«

Giosuè hielt mit dem Tanzen inne. »Mir graut vor der Politik. Die wiedererstarkte Rechte strotzt nur so vor Omertà und Korruption, genau wie die Mafia. Auch sie schreckt vor Morden nicht zurück. Wir werden zu Staatsgeheimnissen verdammt sein.«

»Du übertreibst.«

»Erinnerst du dich an den Morgen des 19. Oktober 1944? Seit dem Ende der AMGOT-Verwaltung waren zehn Monate vergangen. Wir hatten uns ein Haus an der Ecke Via Maqueda und Via Divisi angesehen, das wir vielleicht kaufen wollten. Ein Demonstrationszug kam vorbei, Männer, Frauen, Kinder, auch ganz kleine. Städtische Angestellte, die gegen die Teuerung protestierten, friedlich und unbewaffnet. Sie zogen an uns vorbei, und gegenüber lag der Palazzo Comitini, der Sitz der Präfektur. Von den Gewerkschaftsforderungen waren sie zum Protest gegen den Brotpreis übergegangen. *Brot und Arbeit* haben sie gerufen, und plötzlich haben vor unseren Augen rund fünfzig Männer auf das Kommando eines jungen Kerls angefangen, von zwei Lastwagen aus gnadenlos auf diese armen Teufel zu schießen. Vierundzwanzig Menschen sind getötet und hundertfünfzig verletzt worden.« Bei der Erinnerung schlug sich Maria entsetzt die Hand vor den Mund. »Das ›Brot-Massaker‹ wurde es genannt«, fuhr Giosuè fort, »und das zu Recht, wir beide haben es gesehen. Doch schon bald war nicht mehr die Rede davon, und das Strafverfahren gegen die Soldaten wurde von der obersten Militärverwaltung und den Politikern vertuscht. Ich hatte geglaubt, sobald es wieder eine Zivilverwaltung gebe, würde die neue politische Klasse Gemeinsinn zeigen und sich an die Gesetze halten. Ich habe mich geirrt. Das Urteil des Militärgerichts von Taranto vom Februar letzten Jahres hat den Tatbestand des mehrfachen Mordes in Tötung aus Notwehr umgewandelt und die Soldaten und ihre Vorgesetzten freigesprochen.« Giosuè seufzte. »Es ist politisches Kalkül, das Volk nicht zu schützen, auf Gesetze zu pfeifen und für die eigenen Interessen zu regieren, statt für das Wohl der Menschen!«

Er machte sich von Maria los, um ihr besser in die Augen sehen zu können. »Erst haben sie Salvatore Giuliano bewaffnet, dann haben sie ihn eingesperrt, und genauso werden sie sich seiner entledigen. Niemand wird den Mund aufmachen, niemand wird es je erfahren.«

Die Platte knisterte auf dem Grammofon.

Maria fuhr Giosuè mit der Hand durchs Haar. »Wir haben uns nie vor der Wirklichkeit gefürchtet. Und auch nicht vor unserem Sizilien.«

»Ich werde dich für immer lieben. Für uns und die Kinder sehe ich eine große Zukunft.«

Das Röhren eines Motorrads war zu hören, dann tauchte Rita auf und öffnete das Tor, und ein stattlicher junger Mann manövrierte seine Guzzi Falcona auf die gepflasterte Einfahrt.

Fröhlich und erhitzt ließen sich die beiden jungen Leute ins Haus geleiten. Rita gab ihrer Mutter und Giosuè einen Kuss und drehte sich um. »Das ist Ruben Goldsmith. Er hat mir erzählt, sein Onkel hätte eine nach New York emigrierte Sizilianerin geheiratet.« Sie blickte ihren Begleiter an. »*Ruben, this is my mother, Maria, and this is Giosuè, my father.*« Ausgelassen nahm sie Rubens Hand und zog ihn hinter sich her, um ihm die Villa zu zeigen.

Maria war in einen Sessel gesunken und schaute wortlos in den Himmel.

»Hast du gehört?«, sagte Giosuè.

»Ja.«

»Rita ist klüger als wir. Ich würde sagen, sie hat die Sache elegant gelöst. Sie weiß es und sagt es auch.«

»Sie weiß es und sagt es auch, und das auf Englisch.«

»Was meinst du damit?«

»Ich meine, dass Rita uns zu verstehen geben will, dass sie auch im Ausland leben würde, als unsere Tochter.«

»Maria, wir haben zwei Möglichkeiten.«

»Du hast zwei. Ich habe drei.«

»Und welche?«

»Nach Amerika gehen, hierbleiben...«

Giosuè drückte ihre Hand. »Und die dritte?«

Das Pärchen kehrte zurück.

Das Kennenlernen verlief gänzlich unkompliziert. Giosuè tat alles, damit sich der junge Konsul wohlfühlte, was Ruben alles andere als schwerfiel. Immer wieder blickte er sich um und konnte sich nicht sattsehen an diesem »lieblichen Ort«. Genauso drückte er sich aus.

Dann sagte er, er habe ein Geschenk mitgebracht, und zog ein halbes Dutzend Schallplatten aus seiner ledernen Umhängetasche. »*I got them two weeks ago.*«

Freudig trug Giosuè sie zum Grammofon.

Neue Musik erklang. Maria ließ Drinks bringen und stellte sie auf dem niedrigen Tischchen ab.

Platte um Platte lief mitreißender Jazz. Schließlich ertönte die tiefe, samtige Stimme einer farbigen Sängerin.

»*I'm feeling mighty lonesome. I haven't slept a wink.*«

»Wer ist das?«, fragte Maria.

»Sarah Vaughan.«

Maria suchte nach der Plattenhülle mit dem Namen der Sängerin und dem Titel: *Black Coffee*.

Die Melodie war wehmütig, doch kein bisschen süßlich. Maria ließ sich von der sanften, kraftvollen Stimme forttragen und lächelte, weil sie an einen anderen Kaffee denken musste, von dem die anderen nichts wussten, nicht einmal Giosuè.

»Jetzt habe ich große Lust auf einen schönen, gezuckerten Kaffee«, verkündete sie.

»Aber du trinkst ihn doch nie mit Zucker«, wunderte sich Giosuè.

»Heute gönne ich mir einen. Weißt du noch vor fünf Jahren? Ich war so glücklich, dass ich hätte sterben können. Und du hast mich nicht gelassen.«

»Ja, ich erinnere mich.«

»Heute bin ich noch glücklicher.«

Ratlos ging Giosuè davon. Er wollte etwas tun, wusste jedoch nicht, was. Dann machte er sich daran, den Kaffee aufzusetzen.

Die beiden jungen Leute gingen hinaus und tanzten im Freien. Der Himmel hatte sich tiefblau gefärbt. Fast ätherisch sahen sie aus, schön und anmutig und voneinander ergriffen. Als das Lied verklungen war, tanzten sie weiter und drehten sich noch im Licht, als Giosuè mit dem Kaffee in der Hand zu Maria zurückkehrte, die mit einem erschöpften Lächeln auf den Lippen dasaß und nicht mehr antwortete. Sie sah und hörte nichts mehr, allenfalls die sanfte Brise, die von den Bergen herabwehte.

Verzeichnis der Hauptfiguren

DIE MARRAS

Ignazio, verheiratet mit Titina Tummia

Kinder
Maria, verheiratet mit Pietro Sala; drei Kinder
Filippo, verheiratet mit Leonora Margiotta; zwei Kinder
Nicola – ledig
Roberto – ledig

Enkel
Anna, Vito und Rita Sala
Ignazio, genannt Zino, und Stefano Marra

Dauergäste
Giosuè Sacerdoti, Sohn von Tonino, Livorneser Jude
Maricchia und Egle Malon, Schwester und Tochter von
    Carlin Malon, Waldenser aus Torre Pellice

Die Verwandtschaft der Marras
Elena, Ignazios Schwester, Adoptivmutter von Maria,
    verheiratet mit Tommaso Savoca
Diego Margiotta, Ignazios Cousin, verheiratet mit Nike
    Zalapì; Kinder: Luigi und Leonora, Frau von Filippo
    Marra
Matilde Sacco, Cousine von Titinas Mutter, Adoptivmutter
    von Nicola – ledig

Peppino Tummia, Titinas Bruder, verheiratet mit Giuseppina Sala; Kinder: Carlo und Carolina

DIE SALAS

Die Sala-Geschwister
Vito, verheiratet mit Anna Alletto
Giacomina, ledig, Hausnonne
Giovannino, ledig, hat ein Verhältnis mit seinem Sekretär Matteo Mazzara, ehemaliger Museumsleiter

Vitos Kinder
Sistina, verheiratet mit Giacomo Altomonte
Graziella, verheiratet mit Riccardo Di Gesù
Giuseppina, verheiratet mit Peppino Tummia
Pietro, verheiratet mit Maria Marra

Pietros Kinder
Anna, verheiratet mit Pippo Carta; Tochter Rosa
Vito, verheiratet mit Beatrice Russo; kinderlos
Rita, verliebt in Ruben Goldsmith, Amerikaner

Anmerkungen der Autorin

Zu guter Letzt noch einige Anmerkungen zu den historischen Ereignissen, die in meinem Roman eine Rolle spielen und meine Neugier geweckt, mich zu Recherchen animiert, zu neuen Erkenntnissen geführt und meine Kreativität beflügelt haben.

»Si dubita sempre delle cose più belle«

Giosuès Briefe an Maria im Kapitel 42 sind die absichtliche Klitterung einiger Briefe aus der wunderbaren Briefesammlung *Si dubita sempre delle cose più belle*, herausgegeben von Sarah Zappulla Muscarà und Enzo Zappulla, die bei Bompiani erschienen ist. Ich habe diese Briefe sehr geliebt und wollte, dass sie als Hommage an einen großen sizilianischen Schriftsteller und als Inspirationsquelle in meinen Roman einfließen.

Sarah Zappulla Muscarà und Enzo Zappulla wissen, wie sehr ich sie für ihre Arbeit, die sie diesem umfassenden und erhellenden Material gewidmet haben, bewundere.

Der Verleger Formiggini und die Siedlung Crespi d'Adda

Einige Charaktere meines Romans inspirieren sich an Personen, die es wirklich gegeben hat. Mir gefiel die Vorstellung, dass meine Figuren mit dem Verleger Angelo Fortunato Formiggini und seiner Frau Emilia befreundet sind und in Rom und Modena mit ihnen verkehren, wo die Formigginis gelebt haben. Die Rolle, die sie in meiner Geschichte spielen, ist natürlich durchweg meiner Fantasie geschuldet.

Ebenso tauchen einige Mitglieder der Familie Crespi auf (Daniele, Silvio und Teresa Crespi). Dank dieser fiktiven Freundschaft können meine Figuren die Siedlung Crespi d'Adda besuchen, die 1995 als einmaliges Beispiel einer Arbeitersiedlung in die Liste des UNESCO-Welterbes aufgenommen wurde und die intakteste und am besten erhaltene Siedlung dieser Art in ganz Südeuropa ist. So konnte ich ein modernes, europäisches Unternehmertum würdigen, das sich in produktiver wie gesellschaftlicher Hinsicht wagemutig und innovativ gezeigt hat.

Die Scala-Saison 1924

Um der Kritik der Opernkenner vorzubeugen, sei gesagt, dass Arrigo Boitos *Mefistofele* die Scala-Saison von 1924 eröffnet hat, doch für meine Figuren musste es das Jahr 1926 sein.

Die Rassengesetze

In der Hoffnung, meine Leser und Leserinnen zu bereichern, möchte ich kurz auf die Rassengesetze eingehen, die die Wendungen meines Romans und vor allem Marias und Giosuès Liebesgeschichte entscheidend beeinflussen. Nachdem ich mich eingehend damit befasst habe, bin ich zu dem Schluss gekommen, dass sich die Thematik nicht auf das letzte Jahrzehnt des faschistischen Regimes beschränkt.

Als Schlusslicht unter den europäischen Kolonialmächten entwickelte Italien vor allem hinsichtlich unterschiedlicher Rassen und Kulturen eine ganz eigene Beziehungsdynamik zwischen Unterdrückern und Unterdrückten, und obwohl die italienischen Rassengesetze der antisemitischen Gesetzgebung der verbündeten Deutschen folgten, liegt ihr Ursprung weit früher. Hier ein kurzer Überblick:

Von Beginn an wurde in den italienischen Kolonien Ostafrikas das sogenannte Madamato gepflegt, ein von den Behörden ausdrücklich gutgeheißenes Konkubinat zwischen italienischen Männern (vor allem, aber nicht ausschließlich Soldaten) und afrikanischen Frauen, den sogenannten Madamas. Der Begriff Madamato leitete sich von dem einheimischen Brauch des *dämòz* ab, der »käuflichen Ehe«, die den Eheleuten gegenseitige Pflichten auferlegte und dem Mann verordnete, auch nach einer Auflösung der Ehe für seinen Nachwuchs zu sorgen. Doch meistens nahmen die Italiener das Madamato als Freibrief, um sich jungfräuliche Mädchen von zwölf Jahren aufwärts als Sex- und Haussklavinnen zu nehmen, ohne sich um die eigenen vertraglichen Pflichten zu scheren.

Obwohl der erste Gouverneur von Eritrea, Ferdinando Martini, diese Verbindungen als schändlichen Missbrauch der einheimischen Frauen und ihrer Bräuche verurteilte, gingen aus dem Madamato zahllose Mischlingskinder hervor, die von ihren Vätern nicht anerkannt und verstoßen wurden und ihre Kindheit in religiösen Findelhäusern fristeten. Doch es gab auch andere Italiener, die Verantwortungssinn zeigten und ihre Kinder offiziell anerkannten. Ein Großteil der Militärs, die ein Madamato eingingen, war ledig.

Nach der Eroberung Libyens etablierte sich das Madamato auch dort. Da in den italienischen Kolonien, vor allem in Äthiopien, immer mehr Mischlinge zur Welt kamen, wurde per Königlichem Dekret Nr. 880 vom 19. April 1937 – die erste zahlreicher Maßnahmen, um die italienische Rasse vor der afrikanischen zu schützen – die Ehe und das Zusammenleben von Italienern mit farbigen »untergebenen Frauen der afrikanischen Kolonien« verboten. Es drohte eine Gefängnisstrafe von bis zu fünf Jahren, Kinder gemischten Blutes wurden nicht mehr anerkannt. Italienerinnen, die Beziehungen mit Farbigen eingingen, wurden noch schlechter behandelt, weil sie »die Reinheit der Rasse« und »die Virilität des weißen Mannes« in den Schmutz zogen. Auf den ersten Blick fußt das Dekret allein auf der Hautfarbe und scheint nichts mit dem deutschen Antisemitismus gemein zu haben – ein autochthones, durch und durch italienisches Gesetz.

Auf Anweisung der Regierung wurde eine große Anzahl italienischer Prostituierter nach Ostafrika geschickt.

In Äthiopien wurden die offiziell als minderwertig geltenden Einheimischen gezwungen, in isolierten Vierteln zu leben. Wenn ein Äthiopier einem Italiener begegnete, musste er vom Gehsteig treten und ihn vorbeilassen.

Denjenigen, die mehr Toleranz forderten, hielt das Regime entgegen, dass das faschistische Kolonialreich ein Reich der Arbeit und des Aufbaus sei, eine würdige Kaderschmiede für die Besten der Rasse und die Ausdehnung des italienischen Territoriums jenseits des Meeres. Der neue faschistische Kolonist musste der typischste und würdigste Vertreter der unsterblichen italienischen Rasse sein.

Diese diskriminierende Theorie wurde durch den Anthropologen Lidio Cipriani gestützt, der behauptete, Italien solle sich davor hüten, die Lebensbedingungen der kolonisierten

Völker zu verbessern oder ihnen ihre Kultur aufzuzwingen, da sie als minderwertige Rasse sowieso unfähig zur Assimilation seien. Eine Vermischung der Rassen würde den Niedergang des europäischen Volkes bedeuten.

Obwohl sie vielen bekannt sein dürfte, erscheint es mir an dieser Stelle angebracht, die vom Großen Faschistischen Rat am 6. Oktober 1938 verabschiedete, der Vereinbarung mit Nazideutschland folgende und eindeutig antisemitische *Erklärung über die Rasse* zu zitieren:

Nach der Eroberung des Kolonialreiches hat der Große Faschistische Rat die Dringlichkeit der Rassenprobleme sowie die Notwendigkeit eines Rassenbewusstseins erkannt. Er erinnert daran, dass der Faschismus seit sechzehn Jahren positiv gewirkt hat und weiterhin wirkt und nach der quantitativen und qualitativen Verbesserung der italienischen Rasse strebt, welche durch Kreuzung und Entartung erheblich gefährdet wäre mit unabsehbaren politischen Folgen. Das jüdische Problem ist nichts anderes als die urbane Ausprägung eines allgemeinen Problems.

Der Große Faschistische Rat beschließt deshalb, dass
a) Italienern und Italienerinnen die Ehe mit hamitischen, semitischen und sonstigen nichtarischen Rassen verboten ist;
b) Staatsbediensteten und Angestellten öffentlicher ziviler und militärischer Einrichtungen die Ehe mit ausländischen Frauen jedweder Rasse verboten ist;
c) die Ehe mit Ausländern auch arischer Rasse der vorherigen Genehmigung des Innenministeriums bedarf;
d) die Maßnahmen gegen all jene, die dem Ansehen der Rasse

in den Gebieten des Kolonialreiches schaden, verschärft werden.

Juden und Judentum

Der Große Faschistische Rat erinnert daran, dass das Weltjudentum insbesondere nach der Abschaffung der Freimaurerei den Antifaschismus in allen Bereichen vorangetrieben hat und dass sich das ausländische oder emigrierte italienische Judentum zu Hochzeiten wie in den Jahren 1924–25 und während des Abessinienkrieges einstimmig gegen den Faschismus verschworen hat. Die Emigration fremder Elemente vor allem ab 1933 hat die verderbte Haltung der italienischen Juden zusätzlich befeuert, da der Faschismus der Psychologie und der Politik des israelischen Internationalismus zuwiderläuft. Sämtliche antifaschistischen Kräfte sind auf jüdische Elemente zurückzuführen. Das Weltjudentum steht in Spanien auf der Seite der Bolschewisten in Barcelona.

Danksagungen

Dieser Roman hat eine lange Entstehungsgeschichte. Nachdem ich mit Carlo Feltrinelli im weit zurückliegenden Jahr 2012 darüber sprach, haben Arbeit, Familie und Freunde mich in Beschlag genommen und mir keine Zeit für die umfassende historische Recherche gelassen, die zum Schreiben unerlässlich war.

Mein Dank geht vor allem an den allzu früh verstorbenen Professor Christopher Duggan von der Universität Reading für seine Unterstützung und seine historischen Texte über das Sizilien der vergangenen zwei Jahrhunderte, die ich wieder und wieder gelesen habe. Danke an Gaetano Briuccia, den wiedergefundenen Verwandten und Autobiografen von *Ottanta anni di vita in Sicilia*, das mich zu den Beschreibungen Palermos während des Zweiten Weltkrieges und unter dem Bombenhagel von 1941–43 inspiriert hat. Dank auch an Mimmo Cuticchio, Gründer der Associazione Figli d'Arte Cuticchio, die zum UNESCO-Kulturerbe der Menscheit gehört, und Autor des bei Liguori erschienenen Buches *La nuova vita di un mestiere antico*, durch das ich die Marionettenoper kennen- und lieben gelernt habe. Ein weiterer Dank geht an Marida Planeta, die mir am Klavier bei der Auswahl der von Maria gespielten Stücke geholfen hat.

Ich danke Beatrice Fini für die Veröffentlichungen aus der Zeit des Faschismus, darunter der »Almanach der italienischen Frau«, die sie entdeckt und mir geschenkt hat.

Ein zweites posthumes Dankeschön geht an Antonio Gambino, der mir mit seinem *Inventario italiano* geholfen hat, Italien und die Italiener besser zu verstehen.

Ich danke meinem Unikollegen und engen Freund Rino Messina, ehemaliger Vorsitzender des Militärgerichts von Palermo und Autor von *La strage negata*, herausgegeben vom Istituto Poligrafico Europeo, in dem er die Geschehnisse vom 19. Oktober 1944 in Palermo rekonstruiert, als die Armee auf einen friedlichen Demonstrationszug »pasta pane e lavoro« rufender Männern, Frauen und Kinder schoss, 24 Menschen tötete und 156 verletzte. In einem Urteil von 1947 stufte das Militärgericht Taranto das Massaker zu »fahrlässiger Überschreitung der Notwehr« herab.

Ich danke all denen, die mir ihre alten Häuser und privaten Bibliotheken geöffnet und ihre Erfahrungen während des Faschismus und des Zweiten Weltkrieges mit mir geteilt haben. Danke für die Freundlichkeit und Geduld, mit der ihr mir zugehört und meine drängenden Fragen beantwortet habt.

Ich danke Cristiana und Riccardo Mastropietro von der Produktionsfirma Pesci Combattenti, die mich beim Filmen in der Mailänder Scala und in Crespi d'Adda unterstützt haben. Ich danke der Intendanz der Mailänder Scala, dass sie mir die Türen zu der Oper geöffnet haben, die meine Figuren besuchen, und der Gemeinde von Crespi d'Adda, dieser großartigen, von der UNESCO zum Weltkulturerbe erhobenen Industriesiedlung, dass sie mir den Besuch des Dorfes und des Friedhofes so leicht gemacht haben.

Ich danke allen, die mich mit ihren Ratschlägen, Büchern, Erinnerungen, Unterlagen und bibliografischen Hinweisen unterstützt haben.

Ich danke meiner unermüdlichen und kritischen Lektorin Giovanna Salvia.

Zu guter Letzt danke ich dem Programmleiter des Feltrinelli-Verlages Alberto Rollo, der all meine Romane begleitet hat, für sein verlegerisches Können und seine kundige Führung in der Scala und in Crespi d'Adda. Ihm ist es zu verdanken, dass die Arbeit am *Jasmingarten* selbst in den schwierigsten Phasen ein Vergnügen war.

Inhalt

1.	Eine altmodische Verlobung	5
2.	Ein Tag, der alle ratlos macht	15
3.	Ein Blitz aus heiterem Himmel	19
4.	Nach jeder finsteren Nacht geht die Sonne wieder auf	26
5.	Vuttara	35
6.	Die drei Industrien Siziliens	45
7.	Der Schmetterling	59
8.	Eine nie gekostete Frucht	66
9.	Eine ungewöhnliche voreheliche Vereinbarung	76
10.	Nackt und bloß	81
11.	Anisplätzchen	87
12.	Der zerbrochene Spiegel	93
13.	Maria trinkt ihn bitter	100
14.	Besorgungen für die Aussteuer	105
15.	Pietros Mutter	113
16.	Brüsseler Spitze	121
17.	Die Hochzeit	126
18.	Maricchia denkt nach	133
19.	Hochzeitsreise	138
20.	Eine glückliche Hochzeitsreise, die unglücklich zu enden droht	147
21.	Rückkehr nach Sizilien	162
22.	Annas Geburt in Agrigent	174
23.	Jeder Tag hat etwas Schönes	185
24.	Sommerfrische in Fuma Vecchia	189
25.	Enterbt	193

26.	Lesen und Schreiben	203
27.	1914. Silvester in Tripolis	210
28.	Totengebäck	229
29.	»Trinakrien, das schöne … weil Schwefel dort entsteht!«	237
30.	Kalbsleber auf venezianische Art mit Frittella für Giosuè	248
31.	Wahrer Liebe verzeiht man viel	259
32.	Wir teilen ein Schicksal	267
33.	Erpressung	276
34.	»Ich bin der Geist, der stets verneint.«	286
35.	»Ora veni lu patri tò«	293
36.	1935. Gold für das Vaterland	299
37.	Ein Brief aus Buenos Aires	304
38.	Der »Almanach der italienischen Frau«	308
39.	Glauben, gehorchen, kämpfen	318
40.	Via San Callisto	322
41.	Pietros Tod	333
42.	Giosuès Briefe	339
43.	Schirokko	347
44.	Die jüdischen Bäder in der Casa Professa	355
45.	9. Mai 1943. Im Bombenhagel	363
46.	Im Marionettentheater	369
47.	Ein gemeinsamer Spaziergang durch Palermo	379
48.	Gewollt und heiß geliebt	385
49.	1948. Rubens Besuch	393

Verzeichnis der Hauptfiguren	403
Anmerkungen der Autorin	405
Danksagungen	411

Unsere Leseempfehlung

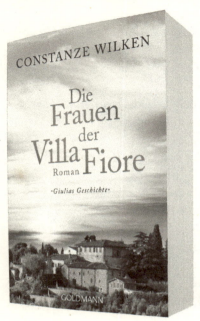

ca. 480 Seiten
Auch als E-Book
erhältlich

Seit Generationen ist das toskanische Weingut Villa Fiore im Besitz der Familie Massinelli. Nach Jahren der Misswirtschaft leiten nun die zerstrittenen Brüder Lorenzo und Salvatore die Geschäfte. Als Lorenzos älteste Tochter Giulia nach langer Abwesenheit nach Hause zurückkehrt, erfährt sie, dass ein Unbekannter Sabotage betreibt, um die Massinellis zu ruinieren. Gemeinsam mit dem kalifornischen Weinexperten Paul Reed versucht sie verzweifelt, das Familiengut zu retten. Paul ist von ihr fasziniert. Doch Giulia zweifelt und steht bald vor der schwersten Entscheidung ihres Lebens …

www.goldmann-verlag.de
www.facebook.com/goldmannverlag

GOLDMANN
Lesen erleben